CHRISTINA M. FISCHER

WÜSTEN ERBE

© privat

Christina M. Fischer, Jahrgang 1979, lebt mit ihrer Familie im schönen Main Spessart. Sobald sie lesen konnte, verschlang sie ein Märchenbuch nach dem anderen, später wechselte ihre Leidenschaft zu Fantasy. Mit vierzehn Jahren begann sie mit dem Schreiben eigener Geschichten. Ihre bevorzugten Genres sind Urban Fantasy, Dark Fantasy und Romance Fantasy.

Prolog

Bevor die Explosionen begannen, nahm man die Veränderung in Sula durch einen unwirklichen Moment der Stille wahr. Die Stadt, sonst gebadet in den monotonen Geräuschen des Marktes und ihrer Bewohner, durchlief eine Veränderung, der sich niemand entziehen konnte. Plötzlich wurde die Stille von mehreren aufeinanderfolgenden Erschütterungen verdrängt, begleitet von Rufen, die sich aufgeregt in den Himmel erhoben.

Den Höflingen fiel es als erstes auf und sie eilten in Scharen zu den Terrassen, um nachzusehen, was los war.

Weskar selbst behielt seine Würde und versuchte sich weiterhin um seine Geschäfte zu kümmern. Seit Renya gestorben war, hatte er sich keine Frau genommen und das musste er, um neue Verbündete zu gewinnen, die ihm dabei halfen, den Thron zu halten. Durch eine Ehe mit ihren Töchtern stieg für ihre zukünftigen Enkelkinder die Chance, nach ihm auf den Thron zu folgen. Doch jedes Mal, wenn er kurz vor einem Treffen mit einer passenden Heiratskandidatin stand, hatte er die kleine Frau mit den grauen Augen im Kopf und sein Innerstes krümmte sich vor Schmerz.

Sie waren Kindheitsfreunde gewesen. Eine ungleiche Freundschaft – sie, die Tochter aus wohlhabendem Hause, und er, der Dieb aus Sulas Gosse. Eines Nachts hatte sie ihn dabei erwischt, wie er ein Brot stehlen wollte, aber sie hatte ihn nicht verraten oder ihn angeschrien, wie es die anderen Höflinge taten. Nein, die neunjährige Renya hatte ihm damals zu dem Brot noch ein Stück Fleisch und Orangen mitgegeben. Außerdem hatte sie ihm zugeflüstert jede Woche am Dienstag wiederzukommen, dann hätte sie weiteres Essen für ihn.

Diese Gelegenheit war zu gut, um wahr zu sein, das hatte ihn das Leben auf Sulas Straßen gelehrt, daher war er sofort misstrauisch geworden und hatte entschieden sie vorerst zu beobachten.

Er hatte es nicht geglaubt, aber sie wartete tatsächlich in dem schattigen Plätzchen hinter der Küche auf ihn. Da er Soldaten in den Nischen vermutete, war er gegangen, ohne sich zu erkennen zu geben, obwohl sein Magen vor Hunger geschmerzt hatte.

Die Woche darauf war sie wieder am verabredeten Treffpunkt erschienen und dieses Mal hatte er sich ihr gezeigt. Keine Soldaten hatten ihn festgenommen, stattdessen konnte er sich endlich seit langer Zeit den Bauch vollschlagen.

Renya hatte ihm auch zu einer Anstellung verholfen. Er hatte alles getan, um sich für diesen Gefallen erkenntlich zu zeigen, arbeitete unermüdlich und vermied jeden Fehler. Sein Eifer war Renyas Vater aufgefallen. Da er Weskars scharfen Verstand sogleich erkannte, nahm er ihn unter seine Fittiche. Er wurde auf teure Schulen geschickt, die ihn zu einem weisen Mann erziehen sollten.

Weskar war stolz auf sich gewesen und hatte geglaubt einer glücklichen Zukunft entgegen zu blicken. Sein Magen hatte seit seiner Begegnung mit Renya nicht mehr vor Hunger geknurrt und er trug die kostbarsten Gewänder Sulakans. Nichts erinnerte an den Straßenjungen, der er einst gewesen war.

Nach einigen Jahren begann er zu glauben, dass er dazu gehörte. Seine Lehrer ergossen sich in begeisterten Lobreden und prophezeiten ihm eine glorreiche Zukunft im Palast. Das weckte seinen Ehrgeiz, denn dem König persönlich zu dienen, war, was sich jeder Gelehrte Sulakans erhoffte. Aber für Renya hätte er diesen Traum aufgegeben. Was er wollte, war eine Anstellung, die es ihm ermöglichte, sie zu freien und zu seiner Frau zu machen. Dafür war er sogar nach Ashkan gereist, um zwei Jahre in der berühmtesten Universität Sulakans zu studieren.

Bei seiner Rückkehr hatte er geglaubt in einem Albtraum festzustecken, denn als er nach ihr sehen wollte, um ihr seine Gefühle zu gestehen, war sie schon zur Drittfrau des Königs geworden. Die Welt schien damals für ihn unterzugehen. Gegen jeden Werber hätte er vorgehen können, aber nicht gegen diesen Mann.

Danach war es schwerer geworden, sie zu treffen, da er den Harem nicht betreten durfte. Folglich hatte er nach anderen Möglichkeiten gesucht, sie zu sehen, und war zum Berater ihres Mannes aufgestiegen.

Die Jahre, in denen er in Ashkan für eine Zukunft studiert hatte, die nun nicht mehr eintreten würde, hatten sie verändert. Renya hatte ihre Lebenslust und ihre ungezügelte Wildheit verloren, aber sie hatte dem König dennoch ihr Herz geschenkt. Das war ihr größter Verrat ...

»Mein Herr, ist alles in Ordnung?«

Palun, sein Leibwächter, hatte den Blick auf seine Hände gerichtet. Weskar fiel erst jetzt auf, wie stark das Dokument in seinem Griff zitterte. Hastig legte er es beiseite und stand von dem wuchtigen Thron auf, der sich am Kopfende der weitläufigen Halle befand. »Alles in Ordnung.«

Dann wandte er sich den Höflingen zu, die sich auf den breiten Balkon begeben hatten, von dem aus man die Hauptstadt am besten beobachten konnte. Sie drängten sich so eifrig gegen die Brüstung, dass sie fast nach unten gefallen wären. »Was zum Teufel geht da vor sich? Ist ein Gebäude eingestürzt?«

Manche Teile Sulas waren uralt und hätten längst abgerissen werden sollen, doch im Moment interessierten ihn wichtigere Angelegenheiten. Die Aufrüstung seiner Truppen hatte oberste Priorität.

»Ich habe Unket geschickt, um nachzusehen.«

Unket war Paluns rechte Hand und seine Augen, da er selbst niemals Weskars Seite verließ, sobald sie sich außerhalb seiner privaten Gemächer befanden.

Er verspürte den Drang der Neugierde ebenfalls, aber er wollte sich nicht auf eine Stufe mit den Höflingen stellen.

»Ich ziehe mich zurück«, verkündete er laut, doch keiner der Anwesenden reagierte auf ihn.

»Herr, gehen wir«, drängte Palun beunruhigt. »Ich will Euch in Euren Räumen sicher wissen.«

Weskar wusste, warum dem so war. Die Räumlichkeiten des Königs befanden sich an einem leicht zu verteidigenden Ort. Innerhalb des Palastes hatte man verschiedene Bereiche mit hochstehenden Mauern verstärkt, die sie wie Ringe umschlossen. Diese konnte man bei einem Angriff schließen und mit Leichtigkeit verteidigen. Die Angreifer mussten erst diese Barrieren überwinden, um zu seinen privaten Gemächern zu gelangen.

Palun war sich nicht sicher, ob ein Angriff bevorstand, aber er war ein umsichtiger Mann und er würde ihn zuerst in Sicherheit bringen und sich dann erkundigen, um was für eine Gefahr es sich handelte.

Weskar hatte den Mann für seinen Schutz ausgesucht, weil er ihn an sich selbst erinnerte und nicht aufgrund von reiner Nächstenliebe. Er war Renyas Familie in seiner Jugend so dankbar gewesen und hätte sogar sein Leben für sie gegeben. Diese Dankbarkeit nutzte er nun aus. Er hatte Palun aus Sulas Gassen geholt, nachdem die Gabe des jungen Mannes ersichtlich geworden war. Mit kostbarer Kleidung, einem Haus, in dem mehrere Frauen auf ihn warteten, und guten Dienern hatte er ihn ausgestattet und dafür Paluns Treue errungen. Der junge Mann würde ihn bis zu seinem letzten Atemzug verteidigen und darauf setzte Weskar.

Gemeinsam traten sie den Weg zu seinen Gemächern an. Unterwegs hörte er aus dem Harem die Stimmen der Frauen, die darauf hofften zu seiner Ehefrau aufzusteigen. Keine von ihnen war Renya, also ließ er sie zurück.

Vor seinen Gemächern lief Unket ihnen entgegen. Sein Gesichtsausdruck genügte, um ihn zu beunruhigen.

»Mein Herr, Sula wird angegriffen.«

Weskar erstarrte, doch nur kurz, denn er hatte Vorsichtsmaßnahmen für einen solchen Fall getroffen. »Dann schlagt den Aufstand nieder«, befahl er selbstsicher.

»Herr.« Unket verneigte sich, als wären ihm seine folgenden Worte unangenehm. »Die Rebellen greifen aus der Luft an und sie haben die Unterstützung von Sulas Bewohnern. Unsere eigenen Luftschiffe stehen aufgrund von Sabotage in Flammen und unsere Wachen haben alle Hände voll damit zu tun, die Aufstände in der Stadt niederzuschlagen.«

Sehr lange hatte Weskar dieses Gefühl nicht verspürt, doch nun fühlte er die Angst wie eiskalte Finger über seinen Rücken streicheln. »Aufstände?«

Unket nickte, ohne ihm in die Augen zu sehen. »Die Menschen laufen auf den Straßen und rufen aus, der rechtmäßige Herrscher Sulakans würde bald zurückkehren.«

Weskar schlug aufgebracht eine Vase vom Sockel, die den Flur zierte. »Welcher Herrscher? Dayorkan ist tot und davor hat er seinen verräterischen Bruder beseitigt. Alle anderen Söhne des Königs sind ebenfalls tot.«

»Herr, sie sprechen von dem jüngsten Spross. Er soll überlebt haben.«

Die Welt verschwand für einige Sekunden vor seinen Augen, als er diese schloss. Er erinnerte sich nur allzu gut an den Knaben mit Renyas Blick. Es hatte eine Zeit gegeben, da hätte er sich gewünscht den Jungen zu mögen. Doch jedes Mal hatte er den König in ihm gesehen, obwohl der Prinz vielmehr Renya aus dem Gesicht geschnitten war.

Unruhig ging Weskar weiter zu den Gärten vor seinen Gemächern. Er glaubte keine Luft zu bekommen. Berichte waren in den Palast vorgedrungen, denen zufolge Prinz Falukard in der offenen Wüste sein Ende gefunden hatte. Dayorkan hatte ihnen geglaubt und er hatte keinen Grund zu zweifeln gehabt, denn Renya war untröstlich gewesen.

Weskar schaute in den blauen Himmel, der immer dunkler wurde, da der Abend schnell über Sulakan hereinbrach. »Palun, wir verlassen die Stadt.«

Der junge Mann sah ihn überrascht an. »Herr?«

Bei all seinen Plänen hatte er eine Sache nicht bedacht. Er hatte nicht erwartet, dass die Bewohner Sulas sich gegen ihn wenden würden. Er hatte seine Flotte verloren und seine Wachen hatten gegen den wütenden Mob keine Chance, aber er würde den Krieg um die Herrschaft nicht verlieren. Sula war nur eine Stadt, er hatte Verbündete, die ihm dabei helfen würden, die Krone zurückzuerlangen. Und dann würde er diese verräterische Stadt für ihre Taten bezahlen lassen.

»Ich sagte, wir ziehen uns aus Sula zurück«, wiederholte er mit eisiger Stimme, während er den Flur verließ und den grünen Garten betrat.

»Wir sind gerade erst eingetroffen und Ihr wollt schon gehen?«

Beim Klang der spöttischen Stimme fuhren sie zu der Mauer herum, die seine privaten Gärten umschloss. Aus dem Schatten der Steinwand löste sich eine Gestalt.

Im ersten Moment glaubte Weskar, Renyas Sohn wäre hier, um über ihn zu richten, doch der Mann, der langsamen Schrittes auf sie zukam, war blond und hatte blaue Augen. Es konnte niemand anderes als Obosans Enkel Aidan sein. Hellhaarige Menschen waren in seinem Land eine Seltenheit und nur der alte Schwertmeister des jungen Prinzen Falukard hatte sich eine Frau aus Kidarka geholt. Er erinnerte sich mit Groll an den Alten. Alle Höflinge hatten sich nach seiner Thronübernahme gefügt, doch Obosan hatte ihm mit seinen Luftschiffen nur Probleme bereitet. Weskar hatte nicht nur darauf achten müssen, die Höflinge bei Laune zu halten, sondern auch die Verluste zu kompensieren, die diese Luftpiraten verursachten.

Wie hatte dieser Mann es geschafft, bis hierher vorzudringen? Nicht nur patrouillierten viele Wächter in den königlichen Gemächern, es gab auch Schutzzauber, die jeden Unbefugten vernichteten.

»Töte ihn, Unket«, befahl er.

Der Mann gehorchte seinem Befehl und ging auf den Neuankömmling los. Währenddessen baute Palun sich vor ihm auf, bereit, ihn gegen alle Gefahren zu verteidigen.

Weskar verzog abschätzig den Mund. Dieser Eindringling würde in Kürze sein Leben verlieren, nur war ihm dies nicht bewusst.

Während der Luftpirat gegen Unket focht, beobachtete Weskar neben den Kämpfenden auch seinen Leibwächter aufmerksam. Der junge Mann bewegte die Finger beider Hände in einem seltsamen Rhythmus.

Unket war ein außergewöhnlicher Schwertkämpfer, aber sein Gegner war ihm mehr als nur ebenbürtig. Dennoch würde er Paluns Magie nichts entgegensetzen können.

Kaum hatte er das gedacht, als sich ein tödlicher Feuerball aus Paluns nach vorne gereckten Händen löste, der direkt auf den Luftpiraten zielte.

Weskar lächelte triumphierend, bereit, das Ende seines Feindes mitzuerleben. Er genoss es, seinen Gegenspieler Obosan durch den Tod seines einzigen Nachfahren in Trauer zu stürzen.

Kurz bevor der Feuerball den Mann erreichen konnte, prallte er gegen einen unsichtbaren Schild. Das überraschte alle Anwesenden und die Kämpfenden lösten sich voneinander.

Die Miene des blonden Mannes verfinsterte sich. »Wir hatten eine Abmachung, Hermia. Du solltest dich verborgen halten.«

Mit wem sprach der Narr?

Noch ehe Weskar diesen Gedanken zu Ende gefasst hatte, löste sich eine weitere Person aus dem Schatten der Mauer. Die dunkelhäutige Frau war schön genug, um in seinem Harem zu gehören, und sie bedeutete Ärger. Ihre Anwesenheit beantwortete auch seine Frage. Eine Zauberin könnte jeden Schutzwall im Palast überwinden und den Feind bis ins Innerste führen.

Palun, der sofort erkannte, dass sie ebenfalls über Magie verfügte, setzte neue Prioritäten und wob einen weiteren Zauber, dieses Mal mit der Begabten als Ziel. Kaum hatte er damit begonnen, als sich eine wilde Kreatur aus der Luft auf ihn stürzte.

Weskar erhaschte nur einen kurzen Blick auf das Raubtier und wich erschrocken zurück. Der Raubvogel lenkte die Angriffe von Krallen und scharfem Schnabel immer wieder auf Paluns Gesicht, besser gesagt, auf seine Augen. Eines hatte er schon verloren, das andere würde folgen, wenn er nicht schnell genug handelte.

Während Weskar für wertvolle Sekunden nicht wusste, wie er reagieren sollte, kämpften die Schwertkämpfer weiter. Die Zauberin lenkte ihre Bemühungen darauf, das Tier vor Paluns magischen Attacken zu schützen.

Als Unket vom Schwert des Luftpiraten tödlich getroffen wurde, bekam Weskar es mit der Panik zu tun. All seine Intrigen und Pläne hatten ihn hierher geführt, aber er hatte niemals erwartet zu versagen.

Im nächsten Moment schaffte Palun es, das Tier zu treffen. Die Falkin entkam dank der Zauberin Paluns tödlichem Feuerangriff mit geringen Verbrennungen und zog sich zurück.

Palun packte Weskar und zog ihn tiefer in die Wohnbereiche des Königs. Er selbst hoffte auf ein Wunder, ansonsten würde er heute sein Leben verlieren.

Der Angreifer und die Zauberin näherten sich seinem Gemach. Er hörte sie argumentieren. Obosans Enkel forderte, dass sie sich aus den Kämpfen heraushielt. Was für ein Dummkopf, war er doch einzig und alleine ihretwegen am Leben.

»Die Garde!«, rief Palun aus. Sein linkes Auge war vollkommen zerstört, aber er richtete immer noch all seine Bemühungen darauf, ihn in Sicherheit zu bringen.

Kurz darauf hörte er das Näherkommen seiner Wachen.

»Es sind viele«, wandte Obosans Enkel ein.

»Lass mich das machen.« Diese Stimme gehörte der Frau, die Aidan Hermia genannt hatte.

Was sie als Nächstes hörten, waren schmerzhafte Schreie und das Prasseln von hungrigen Flammen.

Weskar fing an zu zittern. Sein letzter Plan musste nun greifen.

»Palun«, stieß er leise hervor. Von seinem Standort am Fenster aus sah er einen seiner Männer nach dem anderen fallen. Dieses Miststück drohte mit ihrer Magie all seine Bemühungen zu vernichten. »Wir müssen es jetzt tun«, drängte Weskar.

Sein Leibwächter nickte mit grimmiger Entschlossenheit, dann legte er seine eigene Magie um sich und begann sich zu verändern.

Weskar trat von Palun zurück. Den Mann, den er aus den Slums geholt hatte, um für ihn zu sterben, durchlief eine schmerzhafte Verwandlung. Die Struktur seines Körpers veränderte sich und nahm eine andere Form an. Die Jugend verschwand aus seinen Zügen, sein Gesicht wurde schmal und länglich, die Gestalt hager.

»Herr«, krächzte Palun mit einer Stimme, die der seinigen glich.

Weskar wäre am liebsten sofort geflohen, aber seine Rettung basierte darauf, dass Palun starb, damit er leben konnte. »Mein Junge, ich verdanke dir so viel.«

»Nein, Herr«, wandte Palun schweißüberströmt ein, da der Zauber ihn erschöpft hatte. »Ich verdanke Euch alles ...«

Palun hatte nun seine Gestalt vollkommen übernommen. Weskar zog sich tiefer in seine Räume zurück.

»Macht schnell, Herr«, krächzte sein Leibwächter. »Ich versuche nachzukommen.«

Der arme Wicht glaubte sogar daran. »Ja, tu das.«

Hinter seinem Sekretär befand sich ein verbogener Mechanismus in der Wand, den er nachträglich hatte einbauen lassen. Dieser führte zu einem Geheimweg, der ihn sicher aus der Stadt brachte.

Er hatte sich gerade hinter der Mauer versteckt und die Tür des Geheimgangs geschlossen, als er die Stimmen seiner Angreifer hörte, gefolgt von einem Schrei. Dann wurde das Zimmer in Feuer gebadet.

Palun hatte seinen Zweck erfüllt.

Weskar wandte sich ab und folgte dem schmalen Pfad in die Tiefe. Unterwegs entdeckte er Leuchtsteine in einem Behälter, die flackernd ihr Licht verstrahlten, sobald er die Haube von ihnen nahm.

Diesen Fluchtweg hatte nur Palun gekannt und er war tot. Jemand anderem würde er auf diesem Weg nicht begegnen.

Ab und zu vernahm er Explosionen. Der Optimist in ihm riet ihm zu bleiben und zu kämpfen, aber wenn sie sich seiner Luftschiffe entledigt hatten und das Volk Sulas hinter den Rebellen stand, blieb ihm nur eine kleine Chance und er wollte kein Risiko eingehen.

Etwa eine Stunde lang war er in dem engen Gang unterwegs. Die Bauarbeiter für diesen geheimen Weg hatte er allesamt persönlich ausgewählt. Sie durften in der ganzen Bauzeit nicht ein einziges Mal die Baustelle verlassen, aber dafür hatte er ihre Familien entschädigt. Sie wären sogar noch versorgt, wenn die Leichen ihrer getöteten Söhne und Ehemänner auftauchen würden.

Auf den letzten Metern des unterirdischen Weges hörte er Tiergeräusche. Weskar hob den Kopf und schaute zur Steindecke über sich. Ab nun musste er Vorsicht walten lassen.

Der breite Raum, der sich am Ende der schmalen Treppe befand, kam in Sicht. Darin hatte er Proviant, Geld und unauffällige Kleidung gelagert. Er legte die Leuchtsteine zur Seite und schaute an sich hinab. Seine Kleider waren von außergewöhnlicher Qualität und es tat ihm in der Seele weh, seinen Kaftan mit den wunderschönen Stickereien auszuziehen, danach folgte die breite weiße Hose.

Weskar warf einen Blick in den unauffälligen Sack und verzog angewidert das Gesicht. Diese Kleidung war von niederer Qualität, der Stoff grob und kratzig, außerdem sahen Hose und Kaftan aus, als wären sie schon eine Woche lang getragen worden.

Weskar überwand seinen Ekel und zog sich rasch an, danach packte er etwas Geld und Proviant in den Reisebeutel. Zusätzlich hatte er sich gegen ein Schwert entschieden. Krieger wurden misstrauisch beäugt und Aufmerksamkeit wollte er am allerwenigsten. Stattdessen befand sich ein einfacher aber tödlicher Dolch bei der Kleidung. Die lange Klinge mit dem dunkelgrauen Griff musste genügen, um sich zu schützen.

Nachdem Weskar etwas nachlässig ein Tuch um sein Haupt gebunden hatte, schulterte er den Reisebeutel und machte sich auf den Weg nach oben. Die Leiter führte zu einer Falltür und nachdem er sie hochgestiegen war, betrat er das Gebäude, das er nur für den Fall einer Flucht gekauft hatte. Es grenzte an eine Karawanserei und war geschützt durch halbhohe Wände, sodass er rasch zum Eingang des Hauses huschte und dann den offenen Hof überquerte.

»Wer ist da?«

Weskar erstarrte. Aus dem Schatten des Hofes erhob sich ein Mann. Er trug abgewetzte Kleidung an seinem mageren Körper, der nur aus Haut und Knochen zu bestehen schien.

»Das hier ist mein Schlafplatz. Wie bist du hier reingekommen?«

Der wertlose Wurm stank gegen den Wind. Das war kein Wunder, da er aussah, als hätte er sich seit Jahren nicht gewaschen.

»Ich schlafe schon seit zwei Jahren hier, aber nie bin ich gierig geworden. Als Bettler sollte man so höflich sein zu fragen, ob man den Schlafplatz eines anderen benutzen darf.«

Weskar brodelte vor Zorn, denn er stimmte dem Mann von ganzem Herzen zu.

»Ich hab dich hier noch nie gesehen. Wieso sprichst du nicht? Hast du deine Zunge verschluckt?«

Würde der Bettler ihn erkennen?

Noch während er sich mit der Frage beschäftigte, gab es eine gewaltige Explosion auf der anderen Stadtseite.

»Ah, das muss die Garnison des alten Esels sein.«

Mittlerweile zitterte Weskar vor Zorn. Seine Garnison war mit Kriegern bestückt gewesen, die er sich mit viel Gold gekauft hatte. Und diese unwürdigen Hunde hatten alles zerstört.

Der Bettler schien ihn nicht zu beachten, sondern hatte den Blick über die Mauer gerichtet, wo ein rötlicher Schein die Dunkelheit des Himmels zu vertreiben versuchte. »Sie laufen durch die Straßen und verkünden, der Prinz würde zurückkehren. Was hältst du von dieser Entwicklung, Bruder?«

»Ich hoffe, er begleitet dich in den Tod.«

Bevor der Mann reagieren konnte, hatte Weskar dem Tölpel seinen Dolch in die Seite gerammt und eine Hand auf dessen Mund gepresst, um seinen Schmerzensschrei zu unterdrücken. Während der widerwärtige Bettler sich in seinen Armen wand, jagte Weskar ihm die Klinge tiefer ins Fleisch.

Es widerte ihn an, diesen Narren anfassen zu müssen, selbst das Blut auf seiner rechten Hand und der Speichel des Sterbenden an seiner linken fühlten sich ekelhaft an.

Viel zu lange lag es zurück, dass er sich selbst die Hände schmutzig gemacht hatte, aber das würde sich in Zukunft ändern.

Der Sterbende erschlaffte und fiel schließlich zu Boden. Weskar bückte sich, um seine Klinge und seine Hände an der Kleidung des Toten zu säubern. Ganz sauber wurden sie nicht, aber zumindest würde nicht jeder durch seine blutigen Finger alarmiert werden.

Weskar bückte sich nach seinem Hab und Gut und ging weiter. Obwohl er sich so gut wie möglich gesäubert hatte, hatte er immer noch das Gefühl, unrein zu sein. Am liebsten hätte er seine Hände in frisches Wasser getaucht, aber er brauchte jeden Schluck davon für die Reise, die er antreten musste.

Niemand beachtete ihn, als er zu der Karawanserei ging und dort ein Kamel kaufte. Mit ihm versuchten noch mehr Menschen aus der Stadt zu fliehen. Der Karawanenführer würde sich diese Gelegenheit, Geld zu verdienen, nicht entgehen lassen und so schnell wie möglich aufbrechen. Genau darauf hatte er gebaut, als die Rebellen die Stadt angegriffen hatten. Da seine Feinde damit beschäftigt waren, die Stadt einzunehmen, achtete man nicht auf die vielen Menschen, die in Panik versuchten Sula zu verlassen.

Die Dunkelheit hatte sich über das Land gesenkt, als Weskar sich der Stadt zuwandte, die sieben Jahre lang ihm gehört hatte. Feuer brannten in einigen Teilen der alten Hauptstadt, er sah sogar das Gerüst der Werft, in der man Luftschiffe baute und reparierte, und ballte zitternd die Hand zur Faust. Wie konnte man so gedankenlos alles zerstören?

Natürlich erkannte er Obosans Strategie dahinter, doch er hatte jedes dieser Schiffe in Auftrag gegeben und Unsummen dafür gezahlt. Ein Vermögen ging heute Nacht in Flammen auf.

Nur mit Mühe hielt er seine Wut im Zaum. Noch war nicht alles verloren. Er hatte einen Plan und aufgrund von Paluns Verwandlung würden seine Feinde annehmen, er wäre tot. Das verschaffte ihm einen Vorsprung und er würde gestärkt mit neuen Verbündeten nach Sula zurückkehren und diese Stadt in Schutt und Asche legen.

I

Dayana schloss die Augen und genoss den Wind, der ihr durch das lange Haar fuhr. An ihren Oberschenkeln spürte sie die Kraft des Hengstes, der sie durch eine Welt aus Sanddünen trug. Teufel ritt schnell und ausdauernd, froh darüber, endlich der Box des Luftschiffes entkommen zu sein. Als sie sich lachend nach vorne lehnte, wurde er noch schneller. Fast konnte sie seine Freude, endlich wieder nach Herzenslust reiten zu können, körperlich spüren, denn sie teilte sie.

Nachdem Aidans Luftschiff sie kurz vor Sula in der Wüstenstadt Oboo abgesetzt hatte, war Dayana anfangs schnell ermüdet, obwohl Falk darauf geachtet hatte, dass sie sich in den größten Hitzeperioden ausruhten. Es wäre wesentlich bequemer gewesen, direkt nach Sula zu fliegen, doch Falk wollte sich in Oboo mit einigen wichtigen Würdenträgern treffen, daher legten sie die Strecke auf Kamelen zurück. Das diente einem weiteren Zweck. Er wollte die Bewohner Sulakans kennenlernen und sich auf seinem Weg in die Hauptstadt ihre Sorgen anhören.

Für seine Sicherheit sorgten Aizens Sandreiter, die als Leibwächter fungierten. Dayana war dem ehemaligen Hauptmann in ihrer Zeit als Ishars Auserwählte in die Hände gefallen. Später hatte Aizen Falk bei seiner Suche unterstützt, als die Häscher ihres ungewollten Verlobten sie entführt hatten. Nach ihrer Rettung hatte Aizen das nomadenhafte Leben eines Sandreiters für eine Anstellung beim König eingetauscht.

Eine neue Stellung hatte auch Falks früherer bester Freund Aidan bekommen. Als dessen Befehlshaber war er mit seiner Verlobten Hermia direkt zur Hauptstadt weitergeflogen, um alles für die Ankunft des Königs vorzubereiten.

»Mütterchen!«

Ein fast panisch ausgestoßener Ruf brachte sie dazu, nach hinten zu sehen. Der Sandreiter, der ihr dicht auf den Fersen blieb, war ihr nicht fremd. Toshiro war Aizens rechte Hand und hatte ihr diesen Spitznamen gegeben, da sie sich in ihrer Zeit als Auserwählte als alte Frau verkleidet hatte, um unbehelligt in Sulakan reisen zu können. Alleinreisende Frauen konnten von jedem Mann dazu genötigt werden, eine Ehe mit ihm einzugehen. Da Falk und Aizen sich im Lager mit einigen Würdenträgern unterhielten, war Toshiro dazu abgestellt worden, für ihre Sicherheit zu sorgen. Mehr als einmal hatte der grimmige Mann in den vergangenen Wochen betont, dass sie der Grund seiner grauen Haare sein würde. Eine glatte Lüge, denn wie Falk und Aizen besaß er rabenschwarzes Haar. Dieses hatte der Sandreiter unter einem weißen Tuch verborgen, daher fiel die rauchgraue Tätowierung auf der einen Seite seines Gesichts umso mehr auf.

Weil sie wusste, dass sein Pferd durchaus mit Teufel mithalten konnte, wandte sie sich wieder nach vorne und schloss die Augen. Der Schleier, den sie sich vor das Gesicht gebunden hatte, um den Sand von Nase und Mund fernzuhalten, drückte gegen ihre Lippen. Ihr leichter Kopfputz, den Hermia mit Spangen in ihren Locken befestigt hatte, kitzelte mit ihrem Haar ihre Schultern.

Wenn Falk sie sehen könnte, würde er ihr eine Predigt halten, aber sie waren so lange auf diesem Luftschiff eingepfercht gewesen, dass sie sogar gejubelt hatte, als er ihrem Wunsch nachgab, einen Ausritt zu der großen Oase in der Nähe von Oboo zu machen. Das hatte ihn viel Überwindung gekostet, denn noch waren sie nicht sicher und er witterte in allem eine Gefahr für sie.

»Mütterchen!«

Als Toshiro sie erneut bei dem Spitznamen rief, wandte sie sich ihm ein weiteres Mal zu und folgte seiner ausgestreckten Hand zu einer Palmenreihe, die sich rechts von ihr befand. Sobald Dayana den Hengst in diese Richtung lenkte, bauschte sich ihr Schleier auf und flog ihr vom Kopf. Sie konnte noch sehen, wie Toshiro den teuren Soff fluchend auffing, bevor sie Teufel erneut die Füße in die Flanken drückte, was ihm ein erfreutes Wiehern entlockte.

Dayana lachte und war versucht die Zügel loszulassen, um die Arme auszustrecken, aber das hätte ihrem Leibwächter einen Herzinfarkt beschert. Daher begnügte sie sich damit, den Rausch der Geschwindigkeit mit gebührender Sicherheit zu genießen. Weil Teufel eines der schnellsten Pferde dieses Landes war, erreichte sie lange vor Toshiro die Wasserstelle. Sie zügelte den Hengst und saß ab, bevor sie ihn zum Wasser führte und seinen langen Hals streichelte.

Seit sie Sulakan erreicht hatten, trug sie die übliche Gewandung des Landes. Enge Beinkleider aus einem mit Goldfaden bestickten hellblauen Stoff und dazu das passende Leibchen, das sich knapp oberhalb des Nabels teilte und ihr in einer Art Rock bis zu den Knöcheln reichte. Auch hatte sie entschieden sich den Bauchnabel mit einem Schmuckstück durchstechen zu lassen, wie es in Sulakan Sitte war. An den Füßen lagen goldene Kettchen auf ihren Knöcheln und an den Handgelenken kunstvolle Armbänder. Das Fußkettchen war niedlich, aber die vielen Armbänder hatten sie gestört, weshalb sie sich nur für eines entschieden hatte. Das Verlobungsgeschenk von Falk. Dayana griff sich ins Haar und verzog das Gesicht, weil der Sand, der Nebeneffekt eines Wüstenlandes, seinen Weg überallhin fand. Sie hatte sich ihre Locken erst gestern gewaschen und schon wieder konnte sie Sandkörner unter ihren Fingern fühlen.

Wenig später erschien Toshiro auf seinem braunen Hengst und saß ab. Sein Gesicht war angespannt und sie verzog schuldbewusst ihres, als er auf sie zukam, den leuchtenden Stoff ihrer Kopfbedeckung in der Faust.

»Danke, dass du ihn aufgefangen hast.«

Toshiro schüttelte resigniert den Kopf. »Wenn mein König dich gesehen hätte, er hätte dir den Hintern versohlt.«

»Nein, hätte er nicht«, grinste sie ihn an. »Falk weiß, dass ich eine sichere Reiterin bin.«

»Das weiß ich auch und mir ist trotzdem flau im Magen geworden, weil ich die Vorstellung nicht loswerden konnte, wie du vom Pferd fällst und dir das Genick brichst.«

Dayana hielt inne und nahm den Sandreiter genauer in Augenschein.

Toshiro sah tatsächlich etwas blass um die Nase aus. »Tut mir leid, dass du dich gesorgt hast. Es war nur so schön, den Wind zu spüren.«

»Und nicht die Wände dieses Luftschiffes, ich verstehe«, brummte der hochgewachsene Mann etwas sanfter, weil er eine furchtbare Abneigung gegen Flugschiffe hatte. »Trotzdem, wir haben hier keine Wachen abgestellt und ich bin für deine Sicherheit verantwortlich.«

Teufel trank in durstigen Zügen von dem Wasser, während Dayana sich nach einem schattigen Plätzchen umschaute.

»Ich habe in der Nähe ein Zelt, in dem ihr euch ausruhen könnt.«

Erst als die Person sprach, wurde ihnen bewusst, dass sie nicht alleine waren. Im Bruchteil einer Sekunde hatte Toshiro sein Schwert gezogen und sich beschützend vor ihr aufgebaut. »Bleib zurück!«

Das herzhafte Lachen offenbarte ihnen, dass es sich bei dem Neuankömmling um eine Frau handelte. Sie war ungewohnt groß, überragte Dayana um zwei Köpfe und trug ein schwarzes Gewand, das fast alles von ihr verhüllte. Ein seidiger Schleier in der gleichen Farbe bedeckte ihr Gesicht. Die Augen darüber waren von einem so tiefen Braun, dass Dayana nicht wegsehen konnte.

»Ich reise mit kleiner Gefolgschaft und obwohl mein Zelt nicht prächtig ist, ist es doch kühl und schattenspendend.«

Toshiro wäre am liebsten zurückgeritten, aber sie spürte keine bösen Absichten von der Frau ausgehen. Da der Sandreiter ahnte, wie ihre Antwort lauten würde, steckte er seufzend sein Schwert ein. »Die Höflichkeit gebietet es, sich vorzustellen«, verlangte er grummelnd.

»Das stimmt, verzeih. Ich bin Neher und unterwegs nach Sula, um den Feierlichkeiten des neuen Herrschers beizuwohnen.«

Dayana warf ihrem Begleiter einen zaghaften Blick zu. Neher wusste offenbar nicht, wen sie vor sich hatte. »Ich bin ...«

»Yana«, fiel Toshiro ihr ins Wort. »Wir sind ebenfalls zu den Feierlichkeiten eingeladen.«

Ihre Gastgeberin musste lächeln, denn ihr Schleier verzog sich über ihrem Mund, als sie sie voran winkte. Das Zelt, welches sich direkt hinter der Palmenreihe befand, stellte sich, wie Neher gesagt hatte, als klein, aber überaus kühl heraus. Dayana ließ sich auf die bunten Kissen nieder und neigte dankbar den Kopf, als die Frau ihr einen Metallbecher hinhielt, in dem sich eine dunkle Flüssigkeit befand. Sie löste den Gesichtsschleier an einer Seite, um trinken zu können, doch bevor sie dazu ansetzen konnte, hatte Toshiro ihr den Kelch abgenommen, um daran zu riechen und selbst einen Schluck zu nehmen. Danach stellte er den Becher vor sich ab. Sie wusste, dass er es nicht tat, um sie zu bevormunden, sondern weil er Gift darin befürchtete.

»Toshiro, das ist unhöflich«, brachte sie matt hervor.

Neher beobachtete sie aufmerksam. »Mach dir keine Gedanken. Dein Wächter tut alles, um seinem Beruf gerecht zu werden. Ich nehme an seinem Verhalten keinen Anstoß.«

Nach Nehers Worten entspannte Dayana sich und kreuzte die Beine, bevor sie ihre Gastgeberin ansprach. »Vielen Dank für dein Verständnis.«

Neher trug immer noch ihren Gesichtsschleier, doch in manchen Teilen des Landes war es Brauch, sein Antlitz verhüllt zu lassen.

»Aus welchem Teil Sulakans kommst du?«, fragte Dayana neugierig. Es fiel ihr schwer, so viele Leute zu duzen, aber das gehörte zu Sulakans Brauch. Nur sehr hohe Herren wurden öffentlich formell angesprochen und da sie sich nicht als künftige Königin Sulakans vorgestellt hatte und sie nichts über Nehers Stand wusste, war die persönliche Anrede üblich.

»Ashkan. Hast du davon gehört?«

»Die Stadt des Wissens, hat F... mein Verlobter gesagt.«

Zum Glück hatte sie verhindern können Falks Namen zu erwähnen. Der Blick dieser dunklen Augen zeugte von Intelligenz. Neher konnte sicher zwei und zwei zusammenzählen.

»Dein Verlobter? Wann findet die Hochzeit statt?«

»Bald«, antwortete Toshiro für sie.

Neher lächelte erneut. »Vielleicht werde ich davon hören. Nun, Sandreiter, die Zeit dürfte ausreichend gewesen sein, um festzustellen, dass mein Dattelwein deiner Herrin nichts anhaben wird.«

Brummend hielt Toshiro ihr den Kelch hin. Dayana hob das Metall an die

Lippen und nippte daran. Das Getränk war süß und schmeckte so herrlich, dass sie am liebsten weitergetrunken hätte, aber jeder hatte sie gewarnt Dattelwein mit Bedacht zu genießen, denn man schmeckte den Alkohol kaum heraus.

»Der ist gut«, rief sie entzückt aus. Toshiro nickte zustimmend.

»Meine Familie stellt den Wein seit vielen Generationen her. Dreißig Jahre schon beliefern wir den Palast, daher bin ich persönlich aufgebrochen, um mich zu vergewissern, dass das Abkommen weiterhin Bestand hat.«

Dayana konnte Nehers Beweggründe verstehen. Ein neuer Herrscher könnte neue Abkommen schließen und alte verwerfen.

»Wenn der König davon trinkt, glaube ich nicht, dass du dich darüber sorgen musst.«

Neher neigte ob des Kompliments den Kopf.

Als von außerhalb des Zeltes Stimmen zu hören waren, erhob Toshiro sich, um nachzuschauen. Wenn er nicht von Lorans magischem Geschenk, der Bernsteinkette, die sie beschützte, gewusst hätte, hätte er sie nicht alleine gelassen.

Dayana vermisste ihren alten Freund. Der Magier hatte viel für sie und Falk getan, sich aber seit ihrer letzten Begegnung nicht mehr gezeigt.

»Was für Zufälle es gibt«, sagte Neher leise.

Dayana richtete den Blick wieder auf ihre Gastgeberin und zuckte zusammen. Neher saß ihr gegenüber und doch schien sie ihr näher gekommen zu sein. »Was meinst du?«

»Gerüchte durchstreifen das Land. Sie erzählen von einer Frau, die nicht aus Sulakan stammt und doch unsere Königin werden soll. Ihre Schönheit soll das Herz unseres Herrschers erobert haben.«

Dayana fühlte sich verlegen und mied Nehers Blick, daher öffnete sie überrascht den Mund, als die andere Frau ihr Kinn anhob, um ihr in die Augen sehen zu können.

»Und nun sitzt Sulakans künftige Königin in meinem Zelt und trinkt von meinem Dattelwein.«

Weil sie nicht wusste, was sie sagen sollte, begegnete sie Nehers Blick und war für einen Moment sprachlos. Schließlich lächelte sie wieder. »Wäre ich diese Frau, könnte man unsere Begegnung wirklich als einen glücklichen Zufall betrachten.«

»Nicht wahr?« Neher zog die Hand zurück und schenkte sich selbst nach. »Nun, spätestens auf dem Hochzeitsfest werde ich die Wahrheit erfahren.«

»Was hältst du von der Idee einer fremdländischen Königin?«, wagte sie zu fragen.

»Gute Geschäftsbeziehungen«, lautete Nehers knappe Antwort und sie brachte Dayana zum Lachen.

»Du bist durch und durch eine Geschäftsfrau. Gut zu wissen.«

Nachdem sie ihren Becher leergetrunken hatte, stand sie auf und Neher tat es ihr gleich.

»Wir werden sehen, ob Sulakan deine Meinung teilen wird.«

Sie wollte das Zelt verlassen, doch Neher trat vor sie. Erst jetzt merkte Dayana wie groß die Frau wirklich war, fast so groß wie Falk.

»Ich warte gespannt auf unsere nächste Begegnung«, verkündete sie mit samtiger Stimme und drückte ihr eine Flasche mit einem langen Flaschenhals in die Hände. »Für die Verköstigung des neuen Königs. Nachdem sein Leibdiener sich vergewissert hat, dass das Geschenk nicht vergiftet ist, würde ich mich freuen, wenn du dich an Neher erinnerst.«

Sie überkam ein eigenartiges Gefühl in der Nähe der Frau. Es war nicht beunruhigend, sondern als gäbe es bei Neher ein Geheimnis zu entdecken, das sie geschickt verborgen hielt.

»Danke für dieses Geschenk. Solltest du in Sula angekommen sein, gib mir das zurück.«

Impulsiv zog sie den kostbaren Kopfputz aus ihrer Tasche und hielt ihn Neher hin. Etwas anderes hatte sie im Moment nicht bei sich, um sich bei ihrer Gastgeberin erkenntlich zu zeigen, doch auf dem Kopfputz befand sich das Zeichen des königlichen Hauses Sulakans. Jeder, der ein Gewand oder einen Gegenstand mit diesem Zeichen fand, wurde vor den König geführt. Dumm wäre es, wenn derjenige es gestohlen hätte. Mit ihrem Geschenk aber bekam Neher die Möglichkeit, Falk zu begegnen und ihm ihr Anliegen vorzutragen.

Neher verneigte sich leicht. »Ich werde es solange für dich verwahren.«

Dayana nickte ihr zu und ging nach draußen, wo sie Jem und Will vorfand, die ihnen gefolgt sein mussten. Es war eine Überraschung gewesen, dass ihr Vater Wills Wunsch nachgegeben hatte, Dayana zu begleiten. Ihr Bruder wollte die Kampfkunst Sulakans studieren und die politischen Beziehungen beider Länder stärken.

Auf der Sirfayn, dem Luftschiff, das sie und Falk vor so vielen Monaten nach Sulakan geflogen hatte, war ihr Jem begegnet. Der Schiffsjunge hatte sie ebenfalls in ihrer Zeit als Ishars Auserwählte unterstützt. Daher hatte Falk seinem Wunsch nachgegeben, ebenfalls ein Krieger Sulakans zu werden. In Sula würden beide Jungen in der Kaserne aufgenommen und ausgebildet werden. Seit ihrer Begegnung waren Will und Jem unzertrennlich. Und sie stellten zu Falk und Dayanas Leidwesen in letzter Zeit nur Unsinn an.

»Yana!«, rief Jem so übertrieben gekünstelt, dass es jedem auffallen musste. Toshiro, der die Jungen davon in Kenntnis gesetzt haben musste, dass sie inoffiziell hier war, zuckte zusammen und hätte am liebsten aufgestöhnt.

Dayana bemerkte die drei Diener erst jetzt, die hinter der kleinen Behausung einige Kamele versorgten.

»Wir werden zurückerwartet«, verkündete Toshiro mit einem Abschiedsgruß in Nehers Richtung. Diese sah ihnen stumm zu, wie sie aufsaßen und den Rückweg antraten.

»Was hast du von ihr bekommen?«, fragte der Sandreiter, nachdem sie eine gewisse Entfernung zurückgelegt hatten.

»Dattelwein für Falk. Keine Sorge, ich überlasse ihn dir zuerst.«

Toshiro nickte erleichtert.

Sie traten die Rückreise gemächlicher an, da Dayana die Zeit fernab der Gäste genoss, mit denen Falk sich unterhielt. Sie hatte nichts gegen die Höflinge, aber die Blicke mancher Männer waren ihr unangenehm, denn ihr Starren war kalt und herzlos.

»Wo hast du deinen Kopfputz gelassen, den ich gerettet habe?«, erkundigte sich Toshiro.

»Sie wird ihn mir in Sula zurückgeben.«

Der Sandreiter seufzte laut. »Mütterchen, du bist zu vertrauensselig.«
»Sie wollte uns nichts Böses«, entgegnete Dayana beharrlich.
»Nun gut. Lass uns ein schnelleres Tempo anschlagen. Falk erwartet uns bei Sonnenuntergang zurück und wenn wir nicht da sind, bricht die Hölle los.«
»Ein schnelleres Tempo?«, wiederholte Dayana grinsend.
Er brauchte einen Moment um zu begreifen. Bevor er ›Wag es ja nicht!‹ brüllen konnte, drückte sie Teufel lachend die Oberschenkel in die Flanken und der Hengst preschte los, den fluchenden Sandreiter und die quietschenden Jungen hinter sich lassend.

**

Sie hatte sich immer noch nicht an die Schnelligkeit gewöhnt, mit der die Nacht in der Wüste Einzug hielt.

Nach ihrer Rückkehr war sie von einigen Frauen, die Hermia als ihre Dienerinnen auserkoren hatte, frisiert und vorzeigbar gemacht worden. Nun schritt sie zu dem großen Zelt, in dem sich Oboos Würdenträger aufhielten. Bevor sie jedoch hineinging, beobachtete sie mit Toshiro im Rücken Falk dabei, wie er mit seinen Untertanen umging.

Er hatte die Miene des Königs aufgesetzt, ein Gesichtsausdruck, der seine wahren Gefühle verbarg. In dieser Rolle musste er gütig aber auch grausam handeln. Vor allem musste er um jeden Preis vermeiden schwach zu erscheinen. Selbst als der rechtmäßige Thronerbe Sulakans bekam er nicht die Unterstützung aller. Viele der Höflinge konnten ihm Steine in den Weg legen. Einige taten es bereits, da er als erste Amtshandlung die Sklaverei verboten und alle Schuldner freigesprochen hatte. Die nächste Hürde war eine fremdländische Königin. Dayana wusste, was für ein Spießrutenlauf sie erwartete. Obwohl Falk einen Vertrag unterzeichnet hatte, in dem er sich bereit erklärte nur sie zur Frau zu nehmen, würden die Höflinge immer wieder versuchen ihn dazu zu überreden, seinen Harem aufzufüllen. In der Hoffnung, dass gerade eine ihrer Töchter sein Herz erobern und sie von seiner Seite verdrängen könnte. Das war eine Tatsache, die sie von vornherein gewusst hatte, aber

Falks Liebe würde sie stark bleiben lassen. Obwohl sie aus Khimo stammte, war sie Ishars Priesterin und die Frau, die er liebte.

»Mütterchen?«, fragte Toshiro behutsam, der ihr Zögern spürte.

Sie schüttelte den Kopf und ging los. Gerade als sie den Schatten der Palme verließ, begegnete sie Falks Blick. Ihr Geliebter hatte sich erhoben und wartete lächelnd auf sie. Viele der Anwesenden drehten sich verwirrt um.

Dayana hatte sich gewaschen und trug nun eine weite Stoffhose sowie ein knappes Oberteil. Den cremefarbenen Schleier hatte die freundliche Dienerin in ihren Locken befestigt, während eine andere die Haut ihres Bauches mit wundervollen Blumen in der traditionellen rotbraunen Farbe gezeichnet hatte. Ihre Augen waren von einem tiefschwarzen Lidstrich umgeben, der die dunkelgrünen Sprenkel im Braun ihrer Iris hervortreten ließ, von deren Existenz sie gar nicht gewusst hatte. Mit nur einem Blick in den Spiegel war ihr gewusst geworden, dass sie schön war, aber das würde nicht reichen, damit einige dieser Männer sie als Königin akzeptierten. Nichtsdestotrotz zögerte sie nicht ein einziges Mal, als sie Falk entgegenschritt. Sein Blick, der so brennend auf ihrer Gestalt lag, war das einzige, was zählte.

»Liebste.« Kurz bevor sie ihn erreichte, hielt Falk ihr die Hand hin und sie nahm neben ihm Platz.

Die Gäste des neuen Königs verschlangen sie mit Blicken. Viele Männer Sulakans erlagen der Schönheit des weiblichen Geschlechts und sie würden ihrem König eine solche Frau nicht neiden. Dayana schwor sich, dass sie nach und nach auch ihren Verstand zu spüren bekommen würden.

»Ich möchte euch allen meine Braut vorstellen«, begann Falk. »Dies hier ist die Blume meines Herzens. Dayana Levenstein, eine hohe Adelige aus unserem Nachbarreich Khimo, mit dem ich wichtige Geschäftsbeziehungen aufzunehmen gedenke.«

Ihre hohe Stellung war ein Pluspunkt. Außerdem würde Sulakan durch bessere Beziehungen zu Khimo profitieren, das konnte niemand bestreiten.

»Wahrlich, eine wunderschöne Blume«, machte ein Mann ihr ein Kompliment, hinter dem Sharuk Al'Far saß. Der junge Mann hatte Obosan und Aidan dabei unterstützt, Sula einzunehmen, doch selbst nach dieser Tat traute Falks Lehrmeister ihm nicht vollkommen. Wann immer Dayana ihm begegnet war, hatte er eine starre Miene aufgesetzt und ihren Blick gemieden. Der Mann, der gesprochen hatte, musste ein älteres Familienmitglied sein, denn er saß vor Sharuk und glich einem alten Fuchs.

»Ich hoffe, diese Blume betet zu Kadesh«, meinte ein anderer Höfling.

Und so beginnt es, dachte Dayana innerlich seufzend. Sie hatte gehofft dieses Thema vermeiden zu können, doch für den Fall, dass dies nicht geschah, hatte sie mit Falk und Aizen besprochen, was und wie sie es am besten sagen sollte.

»Wie jede Blume Sulakans, so bete ich zur weiblichen Göttin Ishar, auf dass ich mit gesunden Kindern gesegnet werde.«

Alle Frauen beteten zu Ishar, daraus konnte niemand ihr einen Strick drehen.

Der Mann, der sie angesprochen hatte, bedachte sie eines abschätzigen Blickes. Er war nicht davon begeistert, sie als seine künftige Königin zu haben.

»Devna Beruk, du starrst meine Braut an«, sagte Falk immer noch ruhig, aber mit einer Warnung in der Stimme.

Der rundliche Höfling verneigte sich vor Falk, aber Dayana sah ihm an, dass er diese Geste nicht ernst meinte.

Danach wurde sie den Anwesenden vorgestellt und lernte einige der Männer kennen, die Sulakan in Falks Abwesenheit mitregiert hatten. Die meisten von ihnen hatten Weskar gut gedient, nur wenige lehnten sich offen gegen ihn auf. Aidan hatte Falk vor einigen dieser Männer gewarnt, doch ihr Liebster wollte seine Feinde in Sichtweite haben.

Als Tochter eines Grafen hatte sie gelernt, was nötig war, um einem König zu dienen oder um ihn zu stürzen, daher wusste sie, was diese Männer taten. Sie warteten auf ein Zeichen der Schwäche.

Ihr schenkten sie nach der Vorstellung keine Aufmerksamkeit mehr, aber das lag an Sulakans Denkweise, die Frauen nicht den gleichen Intellekt einräumte wie den Männern. Während sie ihren Blick über die Gäste schweifen ließ, schwor sie sich sie für diese Nachlässigkeit büßen zu lassen.

***

Die Feierlichkeiten dauerten bis tief in die Nacht an. Es gab köstliche Speisen, Tänzerinnen, die ihren Körper in ein Wunderwerk der Kunst verwandelten, und Akrobaten, die eine Darbietung nach der anderen vorführten. Dayana hätte sich viel früher zurückziehen können, doch sie wartete auf Falk. Er schien ihren Wunsch zu teilen, denn mehrmals spürte sie seine Finger, die auf ihrer Hüfte lagen und sie zart streichelten.

Als der Morgen hereinbrach und die meisten Gäste sich zurückgezogen hatten, verließen sie gemeinsam das Zelt und stiegen eine Sanddüne nach oben, wo Falk eine Decke auf den Sand legte. Dayana ließ sich darauf nieder und lächelte ihm zu, als er sich neben sie setzte und sie an sich zog.

Im Hintergrund spürte sie Lamins und Toshiros Blicke, die beide geschworen hatten sie vor jedweder Gefahr zu bewahren. Wie der Sandreiter, so hatte auch Lamin die Aufgabe erhalten, über jemanden zu wachen. Er und sein kleiner Sohn waren vor Jahren mit Obosan geflohen, als es für Falks Unterstützer im Palast zu gefährlich wurde. Nun beschützte er Falk mit seinem Leben.

Trotz des Wissens, nicht vollkommen alleine zu sein, genoss Dayana Falks Nähe. Er war warm und seine Umarmung vertrieb die Kälte der Nacht.

»Ich liebe dich.«

Von seinen Worten überrascht, schaute sie zu ihm auf.

»Das habe ich die ganze Zeit gedacht, als ich dort unten saß und sie dich anstarrten. Mit jedem geringschätzigen Blick vergrößerte sich mein Zorn und ich wäre beinahe aus der Haut gefahren. Du bist meine Gefährtin und du bist so klug, aber sie können nicht über die Tatsache hinwegsehen, dass du eine Frau bist. Mehrere Male wollte ich sie packen und schütteln, damit ihnen klar wird, wie wertvoll du bist.«

Ihn das sagen zu hören, war genug. »Nicht alle dienen dir. Ich habe mir geschworen sie büßen zu lassen, sollten sie den Fehler machen, mich zu unterschätzen.«

Falk lachte herzhaft auf und presste einen Kuss auf ihre Stirn. »Genau diese Antwort habe ich von dir erwartet.«

Sehr lange saßen sie stumm da und genossen die Nähe zueinander und das Schauspiel der Natur, als sich der Himmel im Osten aufklarte und der neue Tag die letzten Sterne vertrieb.

»Wir haben uns versprochen unseren Weg zusammen zu gehen, aber erst jetzt begreife ich richtig, was uns das kosten kann. Wir werden nicht sicher sein, solange unsere Feinde am Leben sind.«

Dayana griff nach seiner Hand und presste ihre Lippen auf die Innenfläche, dann schaute sie ernst in seine Augen, die wie Eis schimmerten. »Attentate, Giftanschläge, Leibwächter, die einen auf Schritt und Tritt bewachen. Ich gehöre zum hohen Adel, Falk, und weiß daher, was das Spiel der Macht mit sich bringt. Als du mich fragtest, ob ich deine Königin werde, wusste ich, worauf ich mich einlasse. Ich bin nicht blind in diese Beziehung gegangen, aber es fühlt sich richtig an. Du wirst ein guter König sein. Für die Menschen deines Landes, damit es keine Sklaverei und keine Korruption mehr gibt. Ishar selbst wollte es so haben und Sulakan braucht einen Herrscher wie dich.«

Mit seiner Entscheidung, Sulakan von den anderen Reichen abzuschotten, hatte Weskar den Handel zum Erliegen gebracht. In vielen Teilen des Landes fehlte es am Nötigsten. Aus Falks Erzählungen war herauszuhören gewesen, dass sein Vater dafür gesorgt hatte, dass der Handel während seiner Regentschaft florierte und es den Menschen gut ging. Dies konnte wieder so werden.

»Wir entscheiden gemeinsam«, verkündete er entschlossen und genau das war der Punkt, in dem sie nicht mit ihm übereinstimmen konnte. Sie würde sich nicht unterdrücken lassen, aber gemeinsam zu herrschen bedeutete eine Frau über die Höflinge zu stellen. Als Ehefrau an seiner Seite würde man sie dulden, aber nicht als Königin, die ihnen Befehle erteilte. In diesem Punkt musste sie nicht mit Direktheit, sondern mit Raffinesse vorgehen.

»Wir entscheiden gemeinsam, aber …«

Falk, der ahnte, was sie sagen wollte, legte einen Finger auf ihre Lippen. »Ich werde dafür sorgen, dass wir genügend Verbündete haben und unangreifbar sind. Du wirst meine Königin sein, Dayana. Nichts und niemand wird dich bedrohen.«

Sie sah die Ernsthaftigkeit in seinem Blick und liebte ihn dadurch noch mehr. Für diesen einen Moment war sie sogar bereit zu vergessen, dass die Welt grausam war.

2

Die Hitze der Wüste machte ihm nichts aus. Er konnte das Brennen der Sonne ebenso ertragen wie den kratzenden sandigen Wind. Was er aber auf keinen Fall duldete, waren aufgeblasene Fatzken. Und genau ein solcher hatte heute das Dorf seines Vaters erreicht.

»Brudan Kel Kaffar.«

Seine Mundwinkel verzogen sich ohne sein Zutun. Am liebsten hätte er vor diesem unwürdigen und verwöhnten Hund ausgespien, aber jede Flüssigkeit war zu kostbar, um sie an die Wüste zu verschwenden, und das hier war das Dorf seines Vaters. Ihm würde sein Verhalten nicht zusagen.

»Wesir, diese Reise führt dich fernab deiner Stadt.«

Und ihm wäre es am liebsten, wenn sie ihn in den Tod geführt hätte.

»Ist der Dorfobere zu sprechen?«

Er wusste also, was Brudan von ihm hielt. Und er wollte ihn übergehen und gleich vor seinem Vater sprechen.

Brudan, der im Schatten seines Zeltes gesessen hatte, erhob sich zu seiner vollen Größe und trat vor den elenden Wurm. Die Wirkung, die er auf andere hatte, war ihm bewusst. Er war der größte und stärkste Mann dieses Landes und war noch nie im Kampf besiegt worden. Es überraschte ihn nicht, wenn seine Feinde ihn fürchteten, aber dass dieser kleine Wicht nicht eine Miene verzog, während er ihn um vier Köpfe überragte, war eine Überraschung. Fast gab er dem drängenden Verlangen nach, seine Hand auf den kleinen Schädel des Widerlings zu legen und zuzudrücken.

Als würde Weskar diesen rohen und tödlichen Wunsch spüren, wich er vor ihm zurück.

»Herr!«

Kerdu, die rechte Hand seines Vaters, kam aus einem der größeren Gebäude, als hätte er geahnt, dass der Erstgeborene seines Herrn dabei war, eine wichtige Geschäftsbeziehung zu zerstören.

Brudan unterdrückte seine Aggression, indem er sich versprach, sich später im Kampf zu verausgaben. Kerdus angespannte Schultern lockerten sich, was ihn zu einem Grinsen verleitete. Der kleine Mann war sein Lehrmeister gewesen und er hatte ihn gut unterrichtet, doch seit Brudan ihn im Kampf besiegt hatte, war er auf der Hut vor ihm. Vielleicht lag es auch daran, dass Brudan Kerdus andere beiden Schüler dabei getötet hatte.

Viele nannten ihn ein Monster oder Kadeshs Übel. Tatsache war, dass er es nicht anders gelernt hatte. Sein Vater Arudan Kel Kaffar füllte sein Haus mit großen und starken Frauen, die ihm allesamt starke Söhne und Töchter gebaren. In seinem Haushalt galt nur eine Regel, was die Söhne betraf: Nur einer konnte sein Nachfolger werden. Der Stärkere.

Schon von klein auf waren sie dazu animiert worden, einander zu belauern und auf jede Schwäche zu achten. Seinen ersten Menschen hatte er mit neun Jahren getötet, als die neue Lieblingsfrau seines Vaters ihm einen weiteren Erben geboren hatte. Das Baby war schwach gewesen und hatte sich nicht gewehrt. Das zweite Opfer war die Mutter des Neugeborenen gewesen. Aus Rachedurst hatte sie sich geradezu in seine Dolche geworfen. Was er von diesem Tag wusste, war der brennende Blick seines Vaters, der ihn voller Begeisterung dabei beobachtet hatte, wie er sein Fleisch und Blut tötete. Diese Erinnerung rumorte seitdem in seinem Verstand, lauerte wie eine Spinne in seinen Gedanken. Wann immer er sich eines weiteren Bruders entledigt hatte, hatte er diesen Blick vor Augen gehabt. Bereits mit vierzehn Jahren hatte er alle anderen Söhne von Arudan Kel Kaffar getötet. Seine drei Schwestern fürchteten ihn so sehr, dass sie ihren eigenen männlichen Nachwuchs erdrosselten, bevor er es tat.

Er konnte nicht mehr sagen, wann der Ausdruck im Gesicht seines Vaters sich verändert hatte, ab wann er ihn als Monster zu sehen begann. Der einst stolze Blick hatte sich in Verachtung verwandelt, als wäre sein Sohn durch einen Verrückten ersetzt geworden.

Obwohl Kerdu ihn nicht aufgefordert hatte, folgte Brudan ihm und dem unerwarteten Gast zum Haus seines Vaters. Wie üblich bei den Randstämmen, so waren ihre Dörfer nicht protzig, sondern besaßen nur das Nötigste. Das Haus des Stammesanführers aber hob sich von allen ab, um zu zeigen, wer hier das Sagen hatte.

Gemeinsam betraten sie das kühle Innere und wurden sogleich von der derzeitigen Hauptfrau des Stammesführers begrüßt. Brudan gönnte ihr nur einen kurzen Blick. Sie hasste ihn, um das zu wissen, musste er sie nicht ansehen, denn jede Frau tat das. Es hinderte ihn dennoch nicht daran sich jene zu nehmen, die ihm gefielen. Die einzigen Weiber, die er als tabu ansah, waren die Frauen seines Vaters.

Merima, die neue Hauptfrau, verneigte sich vor ihnen und führte sie tiefer in das Haus. Im Moment versuchte sein Vater alles, um sie zu schwängern, daher waren seine anderen Frauen für den Haushalt zuständig.

»Mein Herr empfängt Euch gleich.« Erneut verneigte sie sich.

Brudan regte sich verärgert. Sie hatte ihn nicht ein einziges Mal angesehen. Ob das ihre neue Art war, ihm zu trotzen?

Beinahe wäre ihm ein Schnauben entwichen. Merima teilte schon seit einem Jahr das Lager seines Vaters und trug immer noch kein Kind im Leib. Er kannte den Stammesführer. Nicht mehr lange und sie würde in der Gosse landen. Es musste nur eine wesentlich hübschere Frau seinen Weg kreuzen und das Schicksal dieses Weibes war besiegelt.

Abschätzend ließ er den Blick über ihre Gestalt gleiten. Sein Vater mochte Gefallen daran gefunden haben, aber er bevorzugte kleine und zierliche Frauen. Vielleicht hätte er sich Merimas erbarmt, wenn sie seinen Vorzügen entsprochen hätte, doch so konnte er nichts mit ihr anfangen.

Kerdu bewegte die Schultern und versuchte sich seine Unruhe nicht anmerken zu lassen. Brudan versenkte seinen Blick im Rücken seines ehemaligen Lehrmeisters. Er konnte sich noch zu gut an die Schläge erinnern, die er als Kind von ihm einstecken musste. All diese Prügel hatte er mit gleicher Münze vergolten. Er hätte eigentlich sterben sollen, aber es war sein eigener Vater, der Brudan daran gehindert hatte, Kerdu zu töten.

Brudan blickte auf seine Hand hinab, das Ereignis vor so vielen Jahren vor

Augen. In diesem Moment drehte Kerdu sich um. Nein, er täuschte sich nicht. Der Mann wurde tatsächlich blasser und das genoss er. Je mehr Angst und Schrecken er verbreitete, umso weniger Widerstände würden ihn erwarten. Dreißig Jahre lang hatte er so gelebt und in den nächsten Jahren würde er garantiert nicht von diesem Pfad abkommen.

»Bitte, Herr.«

Merima hielt den Stoffvorhang für sie auf. Kerdu ging als Erster hinein, gefolgt von dem Unwürdigen. Das hätte sein Vorrecht sein sollen, er war Arudans Erbe. Um seine Wut zu zeigen, rammte er im Vorbeigehen Merima seinen Ellbogen in den Bauch. Sie krümmte sich keuchend und mit geweiteten Augen, dann versperrte der zurückfallende Vorhang ihm die Sicht auf sie.

Vor ihm breitete sich das private Gemach seines Vaters aus. Er konnte eine Dokumentenkiste erkennen, auf dem ein uraltes Siegel prangte. Brudan legte an Geschwindigkeit zu und erreichte die Mitte des Raumes zur gleichen Zeit wie Kerdu.

»Mein Herr.«

Der Angesprochene saß im Schatten der Hauswand, damit die Sonne ihn nicht blendete, und hielt sich ein Pergament vor das Gesicht.

Brudan fühlte sich unbehaglich bei diesem Anblick. Sein Vater war stark und allmächtig und doch hatte er einen Feind, den niemand besiegen konnte. Und dieser Feind machte nicht vor den Stärksten Halt, er war unsterblich und unzerstörbar ... das Alter. Kein Mann würde Brudan besiegen und in die Knie zwingen können, aber das Alter würde es schaffen.

Während er diesen unangenehmen Gedanken von sich schob, richtete er seine Konzentration auf das beginnende Gespräch.

Arudan legte die Pergamentrolle beiseite und nahm seinen Gast in Augenschein. »Du liegst gut in der Zeit. Ich hatte dich frühestens morgen erwartet.«

Weskar ließ sich seine Überraschung nicht anmerken. »Die Schnelligkeit ist bei dem, was ich vorhabe, von größter Wichtigkeit.«

»Hm, was du vorhast? Das wird nur funktionieren, wenn du dir meine Hilfe gesichert hast.«

Stumm trat der Wesir einen Schritt an den alten Mann heran. Brudan war versucht ihn zurückzuhalten. Als hätte Arudan das vermutet, hob er den Blick und schaute ihn an. Nein, er wollte keine Unterbrechung, also entspannte Brudan die zu Fäusten geballten Hände.

»Dann sag mir, Wesir, was für eine Art Hilfe hast du dir vorgestellt?«

Weskar musste nervös sein, vielleicht sogar verängstigt, aber wenn es um Verhandlungen ging, ließ er sich nichts anmerken. Obwohl es Brudan störte, konnte er nicht umhin diesen Wicht für seine Standhaftigkeit zu bewundern.

»Ich sage dir fürs Erste, was du gewinnen wirst«, fuhr Weskar fort. »Die Lehren der Randstämme überall im Land. Ihre Gesetze werden in ganz Sulakan gelten. Sollten die Menschen sich nicht daran halten, kannst du mit ihnen verfahren, wie du das für richtig hältst.«

Sobald Weskar zu Ende gesprochen hatte, flammte der Blick seines Vaters auf. Anders konnte Brudan es nicht benennen. Der Stammesanführer war immerzu in Gedanken vertieft, beschäftigte sich mit Strategien und organisierte mehrmals im Jahr Treffen mit den anderen Randstämmen. Er wusste, dass ein Stamm alleine nichts ausrichten konnte, aber zusammen könnten sie sogar einen König in die Knie zwingen. Und doch hatte er dabei nie dieselbe Begeisterung gezeigt, die er fühlte, wenn er von seinem Glauben zu Kadesh sprach. Arudan war ein treuer Anhänger des Gottes und er wollte dessen Gesetze in jedem sulakanischen Herz verankert wissen. Was Weskar ihm also vorschlug, ließ ihn nicht kalt, sondern entfachte eine Begeisterung in ihm, die Brudan nur einmal zu sehen bekommen hatte.

Arudan kam auf die Beine. Er trug weite Pluderhosen und eine locker zugeschnürte Weste. Sein drahtiger Körper war nicht mehr so stark wie einst, aber er konnte im Kampf immer noch siegreich hervorgehen. »Wieso jetzt? Das alles hättest du mir früher anbieten können.«

Der Wesir trat einen weiteren Schritt an Brudans Vater heran. »Jetzt habe ich gemerkt, dass Verrat an jeder Ecke lauert, wenn man nicht die nötigen Verbündeten hat. Ich biete dir das Vorrecht an, wenn es darum geht, die Gesetze des Glaubens durchzusetzen. Was die Politik betrifft, wirst du dich nicht einmischen.«

Brudan zitterte aufgrund dieser Respektlosigkeit. »Vater, lass mich unserem Gast Manieren beibringen.«

Arudan hob die Hand um ihn zurückzuhalten, dabei musterte er Weskar lange. Schließlich ging er auf den Mann zu. »All das könnte ich auch alleine erreichen. Dazu brauche ich dich nicht.«

Der Wesir drehte sich nicht um seine Achse, um Arudan mit den Augen zu folgen, der begonnen hatte ihn langsam zu umkreisen. »Wie viele Jahre schon versuchst du die Randstämme zu vereinen? Und hat es funktioniert?«

Arudan gab ihm keine Antwort. Das musste er auch nicht, denn Weskar fuhr fort.

»Ich kann dir die Kooperation mit dem Stamm aus dem Norden zusichern. Damit wären wir nicht unbesiegbar, aber wir hätten eine Chance. Zumal du immer noch behauptest über die stärksten Krieger zu verfügen.«

Dafür musste sein Vater ihn töten. Brudan hätte es sofort getan.

Dieses Mal stellte Arudan sich ihm in den Weg, als würde er seine Gedanken lesen. Der dunkle, kalte Blick seines Vaters hielt ihn an Ort und Stelle und Brudan fühlte etwas, das er sonst nie fühlte – einen leisen Stich des Unbehagens, der sich allmählich in Angst verwandelte.

»Und wie willst du das erreichen, mein guter Wesir?«

Weskar wandte sich ihm nun zu. »Kario Beldar wünscht meine Vermählung mit seiner einzigen Tochter. Ich verdränge das Blut der alten Herrscher vom Thron und erschaffe eine neue Dynastie. Seine Tochter wird mit mir den Grundstein dafür legen.«

Arudan schnaubte leicht. »Kario hält zu viel am Weltlichen fest, wo doch das Göttliche am Ende siegen wird. Allerdings muss ich zugeben, dass er klug ist und es deswegen geschafft hat, die kleineren Stämme in seinem Herrschaftsbereich unter seinem Kommando zu vereinen.«

Soweit Brudan wusste, hatte Kario eine goldene Zunge. Der gewiefte Mann könnte einem ein halbtotes Kamel aufschwatzen und man würde ihn noch dafür loben, wie geschickt er dabei vorgegangen war.

»Er ist der einzige, der das jemals geschafft hat, das ist wahr. Ich habe in Erfahrung gebracht, dass er nun auf ein Bündnis mit einem weiteren Stamm aus ist. Wenn du dich mit ihm zusammentust, hätten wir die nötige Stärke, um Sulakan zu reinigen.«

»Und wie soll ich mich deiner Meinung nach mit ihm verbünden?«

»Deine Frau hat dir schon seit einem Jahr keinen weiteren Erben geschenkt. Kario hat eine jüngere Schwester. Seine einzige Bedingung ist ihre Unantastbarkeit, so wie die ihrer Kinder.«

Brudan fing an zu kochen und in genau diesem Moment schaute sein Vater ihn an. Kario wusste sehr wohl, wie man es in diesem Stamm handhabte, und er wollte ihn mit dieser Vereinbarung übergehen.

»Ich breche ihm jeden Knochen im Leib«, knurrte Brudan.

»Dafür müsstest du erst an ihn herankommen und zwischen dir und ihm stehen drei Stämme«, wagte Weskar zu sagen.

»Und zwischen uns steht niemand ...«

Brudan wollte nach vorne preschen, doch bevor er einen Schritt machen konnte, legte sein Vater ihm eine Hand auf die Brust. »Habe ich dir erlaubt unseren Gast so anzusprechen?«

Fassungslos blickte er dem alten Mann ins Gesicht. »Ich bin dein Erbe und habe immer so gehandelt, wie du es wolltest. Jetzt soll ich von anderen verdrängt werden?«

Arudan lachte bellend auf. »Verdrängt werden? Von einigen Neugeborenen? Ich alleine entscheide, wer mir nachfolgt, und wen du dabei tötest, hat nichts damit zu tun. Erfülle meinen Wunsch und sorge dafür, dass Kadesh in jedem Herzen wohnt. Das bedeutet es, mir zu dienen, Sohn. Diese Vereinbarung kommt meinem Herzenswunsch sehr entgegen und das von einem Fremden. Wie also kann mein Fleisch und Blut sich beweisen?«

Brudan wusste im ersten Moment nicht, was er sagen sollte, dann senkte er den Blick und ging vor seinem Vater in die Knie. »Befiehl mir und ich werde deine Klinge sein, Herr«, sagte er. »Lass mich machen wozu ich am besten geeignet bin. Ich werde deine Feinde zerstückeln und Kadesh auf ihren Gräbern pflanzen, wenn sie ihn nicht in ihr Herz lassen wollen.«

Als er dieses Mal aufschaute, versank er im gierigen Feuer von Arudans Augen. Der alte Mann legte seine Hand auf seine Schulter und drückte vor

Begeisterung zitternd seine Finger in sein Fleisch. »Ja, mein Sohn. Das ist der Weg, den ich schon immer für dich vorgesehen habe.« Schließlich wandte er sich an den Wesir. »Du bist mutig und das bewundere ich. Was die Politik betrifft, bin ich nicht interessiert, solange sie unserem Glauben nicht in die Quere kommt. Was den Rest betrifft, so haben wir eine Vereinbarung.«

Arudan streckte die Hand aus und nach zwei Sekunden kam Weskar zu ihm und ergriff sie mit entschlossener Miene.

3

Warmer Wüstenwind bauschte die luftigen Vorhänge. Die Leuchtsteine in ihren Halterungen flackerten beständig und verströmten ihr gedämpftes Licht in den weitläufigen Flur. Die zierliche Frau, die nur eine hauteng Stoffhose und ein knappes Bustier trug, bewegte sich behutsam voran, wobei sie auf jedes Geräusch lauschte. Das lange Haar hing ihr in einem langen Zopf gebunden die Schulter hinab bis zur Brust und bewegte sich bei jedem Schritt verführerisch. Aus der dunklen Nische heraus beobachtete Falk jede ihrer Regungen und jeden Gesichtsausdruck, sogar das schuldbewusste Verziehen ihres Mundes, als sie ungewollt Krach machte.

Als sie drohte aus seinem Sichtfeld zu verschwinden, trat er aus seinem Versteck hinaus. »Wohin schleichst du dich um diese Uhrzeit?«

Ertappt fuhr sie zu ihm herum, die braunen Augen vor Überraschung geweitet. »Äh ...«

»Ja?« Langsam ging er auf sie zu. Ihre Haut, einst blass und empfindlich, hatte einen sanften Goldton angenommen. Angesichts seines intensiven Blickes färbten sich ihre Wangen rot. Die Brust unter dem goldbraunen Seidenstoff hob und senkte sich sanft. Er konnte der Versuchung nicht widerstehen und berührte ihren schlanken Hals.

»Ich konnte nicht schlafen.«

Während er die zarte Haut über ihrer Halsschlagader streichelte, flatterten ihre Lider vor Aufregung, was ihm ein Lächeln entlockte.

»Falk, du machst das absichtlich«, warf sie ihm vor.

Leise lachend ließ er die Hand sinken, als ihre Brauen sich vorwurfsvoll zusammenzogen und die Form von Schwingen annahmen, die er so sehr liebte. Sie waren dicht genug, um ihrem Gesicht Anmut und Stärke zu verleihen.

Ohne auf ihre entrüstete Miene zu achten, zog er sie an sich und vergrub seine Lippen in ihrem Haar. »Verzeih mir. Ich konnte nicht widerstehen.«

»Wunderbar. Jetzt werde ich gar nicht mehr ruhig schlafen können«, beschwerte sich Dayana, während sie das Gesicht in seinem weißen Hemd verbarg.

»Das kann ich schon nicht mehr, seit wir in Sula sind«, flüsterte er rau. Daraufhin hob sie den Kopf und suchte nach seinem Mund. Er stöhnte laut auf und genoss es, die Süße ihrer vollen Lippen zu schmecken.

Seit sie Burg Levenstein verlassen hatten, schliefen sie in getrennten Betten. Hermia sorgte wie ein Wachhund dafür, dass sie nie richtig alleine waren, und verhinderte so jegliche Zweisamkeit. Im Grunde war er selbst dafür bis zur Hochzeit zu warten, doch bis dahin musste noch fast ein Monat vergehen und er vermisste Dayanas Nähe schmerzlich. Es spielte keine Rolle, dass sie bereits eine Nacht miteinander verbracht hatten, denn damals war er aufgrund eines Fluches in einem Frauenkörper gefangen gewesen. Diese eine Nacht war einzigartig und unvergesslich. Selbst jetzt wurde er von einem tiefen Gefühl der Sehnsucht gepackt, wenn er an Kashan zurückdachte. Seine Empfindungen waren vollkommen anders gewesen. Tiefgehender. Fast vermisste er es so zu fühlen. Und doch wollte er eine Zukunft mit ihr in seiner wahren Gestalt. Er war als Mann geboren und als Mann fühlte er sich komplett.

»Worüber denkst du nach?«

Ihre Stimme riss ihn aus seinen Gedanken. Er liebte ihren Klang und könnte ihr ewig zuhören. »Ich dachte an unsere Reise. An Kashan, unseren Anfang und an all die Pfade, die wir gemeinsam gingen und die uns hierher führten.«

Seufzend schlang sie die Arme um ihn. »Wahrscheinlich werden wir für lange Zeit keine Abenteuer mehr erleben.«

Das befürchtete er auch. Als neuer König Sulakans galten viele Sicherheitsvorkehrungen für ihn. Aizen, den er zu seinem Berater ernannt hatte, stellte in Bezug auf seine Sicherheit etliche Regeln auf. Eine davon lautete, den Palast niemals ohne Leibwächter zu verlassen. Er hatte ihm sogar Leibwächter innerhalb des Palastes aufdrängen wollen, aber außer Lamin hatte Falk niemand anderen akzeptiert. Für Dayanas Sicherheit sorgten Toshiro und Hermia, sofern Letztere sich in Sula aufhielt. Aidans Verlobte befand sich derzeit in einer Lehre als angehende Zauberin und wechselte mehrmals zwischen den beiden Städten Ashkan und Sula. Sie hatte den Palast mit etlichen Schutzzaubern abgesichert.

Normalerweise waren die Frauen des Königs nicht wirklich in Gefahr, denn in Sulakan hatten sie nicht viel zu sagen. Doch Dayana war eine freie Frau Khimos und besaß ihren eigenen Kopf. Zudem wusste jeder, dass er sich entschlossen hatte nur eine Frau zu heiraten. Die Adeligen Sulakans hatten dies mit gemischten Gefühlen aufgenommen. Viele befürchteten, dass ihnen dadurch Thronerben verwehrt blieben, und manche hofften sogar darauf, dass in diesem Fall ihre eigenen Töchter auf den Platz an seiner Seite vorrückten.

Seine beiden Brüder hatten insgesamt acht Söhne gehabt, doch Intrigen und Attentate hatten sie das Leben gekostet. Er war nun der letzte direkte Nachkomme einer weitreichenden Dynastie. Wenn er keine Kinder bekam, konnte ein großer Streit um den Thron ausbrechen. Vielleicht würde dies sogar geschehen, doch im Moment wollte er nicht daran denken, sondern sich auf Dayanas Nähe und ihre streichelnden Finger konzentrieren, die über seinen Rücken wanderten.

Als Schritte sich ihnen näherten, drehte er sich um und verdeckte ihre Gestalt mit seiner. Der Neuankömmling stellte sich als der hochgewachsene Sharuk Al'Far heraus. Er trug sein langes Haar, das sonst zu einem strengen Zopf gebunden war, offen und hatte sogar die schwere Rüstung abgelegt, die er am Tag trug. Der junge Adelige hatte sich von seiner Entscheidung, Aidan als Befehlshaber das Kommando über die Soldaten zu übertragen, nicht sonderlich begeistert gezeigt. Noch hatte er nicht gegen diese Beförderung protestiert, aber Falk sah die Unzufriedenheit in dessen missmutigem Gesicht wachsen.

»Mein König.« Sharuk blieb überrascht stehen.

Falk nickte ihm zu und zog die Brauen zusammen, als Dayana hinter seiner Gestalt hervortrat und der Blick des jungen Mannes zu lange auf ihr verweilte. Besonders Sharuks Onkel Hathuk Al'Far, der ebenfalls in Oboo zugegen gewesen war, zeigte sich unzufrieden darüber, dass Dayana ihre Gebete an Ishar richtete und nicht an Kadesh. Viele forderten von ihm, ihr das zu untersagen. Seine Weigerung rief weiteren Unmut hervor.

Falk machte sich keine Illusionen über seine Regentschaft. Mit seiner toleranten Art stieß er mit vielen traditionell denkenden Männern zusammen. Das Volk mochte sich über seine Herrschaft freuen, in den Adelskreisen hatte er jedoch viele Feinde. Dieser junge Mann gehörte wahrscheinlich dazu. Falk zweifelte nicht daran, dass Sharuk Al'Far ihm einen Dolch in den Rücken rammen würde, wenn sich ihm die Gelegenheit bot. Ob er es tatsächlich versuchte, blieb abzuwarten. Jeder andere Monarch würde einen möglichen Feind des Hofes verweisen, doch er hatte seine am liebsten in nächster Nähe.

»Entschuldigt, ich wollte zu den Gärten.«

Diese hätte er auch auf anderen Wegen erreichen können. Dass dieser Mann so nah an Dayanas Gemächer gelangen konnte missfiel ihm, selbst Hermias Zaubersprüche änderten nichts daran. Er überlegte diese Bereiche des Palastes für Unbefugte sperren zu lassen, doch er konnte sich vorstellen, wie Dayana darauf reagieren würde.

Als Falk schwieg, verneigte Sharuk Al'Far sich hastig vor ihm und ging.

»Was war denn das?«, fragte Dayana leise, nachdem der junge Adelige außer Sicht war.

»Das, Liebste, war eine mögliche Bedrohung.«

Er konnte sofort sehen, wie es hinter ihrer Stirn zu arbeiten anfing.

»Wenn er wirklich eine Gefahr ist, hätte Aidan ihn des Hofes verwiesen.«

Nickend griff er nach einer lockigen Strähne ihres Haares und zog sie glatt, ehe er losließ und sie wieder ihre ursprüngliche Form annahm. »Wenn ich es ihm erlaubt hätte, wäre Sharuk schon lange nicht mehr bei uns, aber ich kann nicht alles von mir weisen, was eine Bedrohung sein könnte. Ich muss nicht nur das Volk zufriedenstellen, sondern brauche auch die Unterstützung des Adels. Viele davon besitzen erheblichen Einfluss. Wenn sie sich alle gegen mich stellen, erschwert das unsere Regentschaft.«

Ihr Mund verzog sich zu einem zynischen Lächeln. »Sie werden es uns auch so nicht leicht machen.«

Das stimmte. Er wünschte sich, es wäre anders. Am liebsten wäre er weiterhin Falk, der in Khimo lebende Spion, aber sein Volk brauchte ihn. Unter Weskars Herrschaft hatten die Menschen Sulakans viel Ungerechtigkeit erdulden müssen. Die Stadtwachen, die sein Volk eigentlich beschützen sollten, waren korrumpiert und ließen sich bestechen. Das zumindest war etwas, was er mühelos hatte ändern können. Aizens Sandreiter hatten bereits begonnen die faulen Äpfel von den guten zu trennen.

Was ihn in seiner neuen Position unterstützte, war sein gutes Verhältnis zu den anderen Königshäusern. Das öffnete ihm Türen, vor allem, weil er bereits Botschafter nach Sulakan eingeladen und sogar von fast allen eine Zusage erhalten hatte. Viele Königshäuser zeigten sich erfreut darüber, dass eine Adelige aus Khimo zu seiner Königin wurde. Zumindest von dieser Seite aus schien es keine Probleme zu geben.

»Was geht denn hier vor sich?«

Ertappt fuhren sie auseinander. Dayanas Seufzen entwich fast auch seiner Kehle, als Hermia um die Ecke rauschte. Die dunkelhäutige Zauberin trug ein nachtblaues Gewand und schien auf dem Weg zu ihren Gemächern zu sein, die sich genau neben Dayanas befanden. Die sonst freundliche und hilfsbereite Frau erwies sich strenger als jede Gouvernante, die er früher, zu seiner Zeit als Schürzenjäger, zu überlisten versucht hatte.

»Hermia, wir ...«

»Drei Monate habt ihr schon geschafft. Der letzte wird auch im Nu vorübergehen«, kam sie ihm zuvor.

Daran zweifelte er mittlerweile. Je länger er Dayana sehen, sie aber nicht berühren konnte, umso schmerzlicher sehnte er sich nach ihr.

»Wir haben uns doch nur umarmt«, wandte seine Liebste schmollend ein.

»Ja, so fängt es an.«

Ehe er sich versah, hatte Hermia den Arm um Dayana gelegt und sie in ihr Gemach zurückgeführt.

Seufzend lehnte Falk sich gegen eine breite Säule, die den Flur säumte. Was die Tradition betraf, verhielt Hermia sich wie eine Drachin. Er hatte sogar aufgegeben zu zählen wie oft er versucht hatte in Dayanas Gemach zu gelangen. Er hatte sie im Schlaf neben sich spüren und umarmen wollen, mehr nicht. Die Fallen, die ihn dort erwartet hatten, waren würdig, um die königliche Schatzkammer zu bewachen. Nur mit knapper Not war er dem Feuertod entkommen.

»Ich habe dich gewarnt, dass sie furchteinflößend sein kann.«

Normalerweise würde er sich über seine Nachlässigkeit ärgern, wenn es jemand anderer als Aidan wäre, der sich an ihn herangeschlichen hatte. Aber der ehemalige Pirat war ein fähiger Krieger und verstand es, sich verborgen zu halten. Vor allem kannte er sich in dem Palast aus, da er vor seiner Verlobung etlichen Frauen innerhalb dieser Mauern aufgewartet hatte.

»Ach ja? Zufälligerweise heiratest du sie nächstes Jahr.«

Falk stieß sich von der Säule ab und ging durch den offenen Durchgang zu den Gärten, wo er Aidan an einen Baum gelehnt vorfand. Die Kleidung seines Freundes war staubig und auf seinen Wangen wucherte ein Drei-Tage-Bart, folglich war er sofort nach seiner Rückkehr zu ihm gekommen.

»Hermia weiß nicht, dass du zurück bist?«

Aidan verzog das Gesicht. »Die Neuigkeiten, die ich dir bringe, solltest du sofort hören.«

»Dayana muss dabei sein«, meinte Falk, doch Aidan schüttelte den Kopf.

»Nicht im Kriegsrat.«

»Sie wird meine Königin«, wandte er ein.

»Ja und du kannst dich gerne mit ihr alleine beraten, aber der Kriegsrat wird sich nicht von einem Tag auf den anderen verändern und das weißt du. Sprich außerhalb des Rates mit ihr.«

Es widerstrebte ihm, denn er wollte alles mit Dayana teilen.

Aidan fuhr sich über die müde wirkenden Augen. »Ich meine es ernst, Falk. Du willst zu viele Veränderungen und das zu schnell. Nach dem zu urteilen, was ich erfahren habe, brauchen wir die Hochstehenden Sulakans mehr denn je.«

Er klang so ernst, dass Falk sich unwillkürlich anspannte. »Gehen wir in meine Gemächer.«

Sein Freund folgte ihm stumm durch den Garten zu seinem privaten Bereich, der nur vertrauten Personen zugänglich war. In den Räumen, die einst seinem Vater gehört hatten, erinnerte nichts mehr daran, dass Weskar hier jahrelang residiert hatte. Gleich nach seinem Eintreffen in Sula hatte er befohlen die Einrichtung neu zu gestalten. Lediglich die kleine überdachte Nische neben dem Schlafzimmer ließ er unberührt, denn er wusste, dass dies der Lieblingsplatz seiner Mutter gewesen war. Hier hatte sie ein Buch gelesen, sich ausgeruht und dabei aus dem Fenster gespäht. Sie hatte es geliebt Sulas geschäftigem Treiben zuzusehen.

Die Erinnerung an seine Mutter schmerzte und erfüllte ihn mit Reue und das, obwohl er wusste, dass sie es nicht gewollt hätte. Was er von ihrem Schicksal wusste, stammte vom Hörensagen. Einige meinten, sie hätte sich aus einem Turm gestürzt, während andere behaupteten, die Drittfrau des damaligen Königs wäre einer Krankheit erlegen. Im Nachhinein wünschte Falk sich sie gerettet zu haben. Warum hatte er sie nicht mit sich genommen? Aber wäre sie überhaupt mitgegangen? Sie hatte seinen Vater geliebt und er hatte geglaubt, sie wäre ohne seine Anwesenheit in Sula sicher.

Falk führte Aidan zu der kleinen Sitznische im Empfangsraum vor seinem Schlafzimmer. Während sein Freund sich auf die weiche Sitzunterlage mit den vielen Kissen niederließ, ging er zu einem Tresen, auf dem sich zwei Karaffen mit Wasser und Dattelwein befanden. Aidan schenkte er den Wein ein, während er sich für Wasser entschied. Mit den Kelchen in der Hand ging er zu seinem Freund.

»Aizen wird bald hier sein?«, vermutete er.

»Ich ließ sofort nach ihm schicken.«

Und tatsächlich ertönte gleich darauf das höfliche Klopfen an der Tür.

»Komm herein«, forderte Falk seinen Berater auf.

Es war seltsam, den ehemaligen Hauptmann der Sandreiter einen Kaftan tragen zu sehen. Das Gewand reichte bis an seine Waden und verlieh ihm etwas Fernes, als solle man es sich zweimal überlegen, ihn anzusprechen. Er selbst und Aidan bevorzugten weite Hosen und das knappe Oberteil, das die jungen Männer Sulakans trugen. Sein Berater sah munter aus, was sicher daran lag, dass er nachts lange wach blieb und erst in den frühen Morgenstunden schlief.

»Mein König. Aidan.«

Falk reichte ihm einen Kelch mit Wasser, da er wusste, dass Aizen während eines wichtigen Gesprächs keinen Alkohol trank.

»Deinem Gesicht nach zu urteilen hast du keine guten Nachrichten für uns«, vermutete der Sandreiter an Aidan gewandt.

Jener schnaubte, aber er ließ sich nicht auf Aizens Versuch ein, die Stimmung zu lockern. »Weskar ist am Leben.«

Falk erstarrte für eine Sekunde, schließlich stellte er das Glas ab. Während er Dayana aus den Klauen ihres ungewollten Verlobten befreit hatte, hatten Obosan, Hermia und Aidan mit ihren Luftschiffen und den Rebellen einen Angriff auf Sula gestartet. Die Stadt hatte sich relativ schnell ergeben, vor allem, weil Sulas Bewohner gegen Weskar rebelliert hatten, da er sie in den vergangenen Jahren ausgepresst hatte.

In den Gärten vor diesen Räumen hatte man Weskars verbrannte Leiche gefunden. An dem Finger des Toten hing sogar der große und protzige Ring des Wesirs. Obwohl der Mann von Narben übersät war, trug der Tote eindeutig Weskars Gesicht.

»Wieso denkst du das?«

Aidan lehnte sich in das Kissen zurück. Man sah ihm seine Erschöpfung an. Am liebsten hätte Falk ihn ins Bett geschickt, aber dieses Gespräch war wichtig. Sollte Weskar am Leben sein, würde dieser alles daran setzen, sich seine Macht von ihm zurückzuholen.

»Obosan und ich haben unsere Spitzel im ganzen Land und einige davon auch bei den Randstämmen.«

Die Randstämme waren in Sulakan die stärksten Krieger, aber auch die verbohrtesten. Stur hingen sie an alten Traditionen und weigerten sich mit der Zeit zu gehen.

»Wir konnten sie nicht auf unsere Seite ziehen, also hielten wir es für angebracht, sie weiterhin zu beobachten. Ich habe mich vor einigen Wochen mit meinem Informanten getroffen und er berichtete mir davon, dass sein Herr einen Mann verköstigt, der dadurch auffällt, dass er Luxusgüter geordert hat. Die Stämme machen sich nichts aus Seidenkaftanen und goldenem Schmuck, also hakte er weiter nach. Als er sich den Mann näher anschaute, fiel ihm auf, dass ihm der kleine Finger der linken Hand fehlt.«

Weskar fehlte ein Finger! In den Regierungszeiten seines Großvaters wurde einem Dieb der kleine Finger abgetrennt und Weskar stammte aus dem Armenviertel, das wusste Falk.

»Bist du dir sicher?«, fragte er nach, während sich ein unruhiges Rumoren in seinem Bauch breitmachte.

»Ja, unser Spitzel kannte den Wesir und er ist sich ziemlich sicher. Die Randstämme würden ihn am ehesten unterstützen. Um sie als Verbündete zu gewinnen, würde Weskar ihre religiösen Ansichten in ganz Sulakan verbreiten. Darauf waren sie schon immer aus.«

Sein Großvater und sein Vater hatten sich geweigert diese Art zu leben anzunehmen, denn sie würde die Freiheit in diesem Land zugrunde gehen lassen.

»Nehmen wir an, es stimmt. Wie gehen wir vor?«, wollte Falk wissen.

»Ich würde einen Botschafter zu den Stämmen sicken und sie zu einem Gespräch einladen«, schlug Aizen vor.

»Dann können sie Falk gleich den Kopf abschlagen«, murrte Aidan ungehalten.

»Wie wäre es mit einer Einladung zu meiner Hochzeit?«, meinte Falk.

»Dann mach dich darauf gefasst, dass sie Dayana angehen werden.«

Aizen schien nicht von der Idee angetan zu sein, vor allem, weil ihm viel an seinem Wildfang lag.

»Ich werde mit ihr reden«, versprach Falk. Obwohl er Dayana am liebsten vor allem beschützen wollte, wusste er, dass sie dies nicht guthieß. Sie würde wie eine Löwin kämpfen, wenn er sie ließe.

»Dayana würde ihnen Paroli bieten«, meinte Aidan lachend.

»Und alleine deswegen würden sie sie nicht als deine Königin akzeptieren«, brummte Aizen.

»Wenn ich die Frau nicht ehren darf, die ich liebe, will ich ihre Werte nicht in meinem Land«, verkündete Falk entschieden. »Trotzdem werde ich ihnen die Möglichkeit geben, sich mir anzuschließen. Unter Weskars Herrschaft hatten viele Menschen zu leiden und noch mehr haben auf seinen Befehl hin ihr Leben verloren. Er soll vor Gericht treten und sich verantworten.«

Falk leerte sein Glas, stand auf und ging zu dem Kartentisch, wo man den Standort der Randstämme markiert hatte. Sie umschlossen sein Reich wie ein gefährlicher Ring. In früheren Zeiten mochten sie eine Bedrohung gewesen sein, doch nun waren sie zerstritten und genau das hinderte sie daran, sich Sulakan zu holen. Nichtsdestotrotz konnte sich die Situation ändern und er brauchte einen Notfallplan.

»Wir werden uns mit den meisten Adelshäusern gutstellen müssen«, sagte er in Gedanken.

»Dein Vater hat das getan, indem er seinen Harem mit ihren Töchtern gefüllt hat«, schlug Aizen trocken vor.

Die Braue hebend wandte Falk sich ihm zu. »Das wird hier definitiv nicht passieren.«

»Selbst in unseren Gesetzen steht es jedem Mann zu, selbst zu entscheiden, wie viele Frauen er sich nimmt. Wenn sein Herz nur für eine Frau schlägt, dann kann er nur dieser Treue schwören. Die Sache ändert sich natürlich, wenn du als König keine Nachfolger hättest.«

»Aizen, Dayana und ich sind noch nicht vermählt. Wir konnten in den letzten Wochen noch nicht einmal alleine in einem Raum sitzen, weil Aidans Herzensdame uns gleich auseinander getrieben hat.«

Das schien seinen Freund zu amüsieren, denn er lachte glucksend. »Hermia und ich haben uns in den letzten Wochen nicht gesehen. Sie wollte dich deine eigene Medizin schmecken lassen.«

Falk hielt inne, weil ihm dieser Gedanke nicht gekommen war. »Was?«

»Du kennst doch den Spruch: Geteiltes Leid ist halbes Leid.«

Konnte das wirklich ihre Motivation gewesen sein? Weil sie ihre Liebsten vermisst hatte?

»Da ich als Junggeselle zu dem Thema nichts zu sagen habe, ziehe ich mich zurück«, verkündete Aizen. »Sofern der Wildfang deinem Plan zustimmt, werde ich ein Schreiben an die Randstämme schicken und sie zur Hochzeit einladen.«

Falk dankte ihm und wünschte ihm eine gute Nacht.

Aidan erhob sich ebenfalls, nachdem Falks Berater seine Gemächer verlassen hatte. »Ich ziehe mich auch zurück. Im Übrigen, und ich weiß, dass du das nicht weißt, hast du durch ihn ein Volk der Randstämme so gut wie an deiner Seite.«

Verwundert begegnete er dem Blick des ehemaligen Luftpiraten. »Aizen?«

»Er ist der Enkel von Thurakin aus dem Süden. Wenn es einen Randstamm gibt, der etwas moderner denkt, dann seiner.«

»Also können wir sie zu unseren Verbündeten zählen?«

Aidan zuckte die Schultern. »Ich denke, nicht wegen Aizen alleine. Thurakin hat vierzig Enkel. Aber er wäre eher bereit dir zuzuhören.«

Ein möglicher Stamm als Verbündeter und sogar dieses Bündnis war ungewiss. Er musste es schaffen, Dayanas Zukunft in Sulakan zu sichern und dabei viele Hürden überwinden.

»Verzieh nicht so das Gesicht.« Aidan trat an ihn heran und legte eine Hand auf seine Schulter. »Du bist nicht alleine und wir stehen dir bei.«

Diese Worte, so unglaublich es schien, gaben ihm neuen Mut. Weil er nicht ausdrücken konnte, was er fühlte, zog er seinen Freund in eine feste Umarmung, bevor er ihn entschieden zurückschob. »Du stinkst. Geh zu Hermia, damit du ein Bad bekommst und ich endlich meine Braut in den Arm nehmen kann.«

Sein Befehlshaber gehorchte ihm lachend, doch nachdem er gegangen war, lag Falk lange in seinem Bett, unfähig Schlaf zu finden und das bohrende Gefühl der schlechten Vorahnung von sich zu schieben.

4

Die Mauern hatte man aus dem Sandstein errichtet, den man nur in Sulakan fand. Bei jedem Sonnenuntergang wurde das Licht von ihnen eingefangen und verströmten einen goldenen Schimmer. Die Einwohner nannten Ashkan nicht nur das Wissen des Landes, sondern die goldene Stadt.

Brudan warf einen Blick zurück, bevor er der Stadt den Rücken zukehrte. Seine Männer warteten bereits auf ihn. Sie fürchteten ihn, aber als ihr Anführer erfüllte er sie mit Zuversicht. Niemand würde es wagen, den mächtigen Brudan Kel Kaffar zu bekämpfen. Die meisten flohen bereits bei seinem Anblick.

»Das ist der einzige Weg, über den sie sich nähern können, ohne dass man sie gleich sieht.«

Der leicht erhöhte Hang im Westen versperrte ihm die Sicht, ließ sich aber hervorragend für eine Falle verwenden.

Brudan wandte sich wieder Ashkan zu. Die Stadt war wunderschön und prunkvoll, aber sie widersprach Kadeshs Leitsätzen. Sulakan sollte ein Land sein, das immer in Bewegung blieb. Sie waren Nomaden und die Wüste war ihre Heimat. Sesshaftigkeit schwächte die Krieger und das Land, aus diesem Grund wurden Städte wie Ashkan nicht gebraucht.

»Du willst sie tatsächlich bekämpfen?«

Beim Klang der emotionslosen Stimme spannte Brudan sich an. Als er losgezogen war, um das Wort seines Vaters zu verkünden, hatte er nicht erwartet von Weskar begleitet zu werden. Sein Vater kannte ihn gut genug, um ihm zu ermahnen den neuen Verbündeten unbeschadet wieder nach Hause zu bringen, sonst hätte er diesem Wurm schon am ersten Tag das Genick gebrochen.

»Wenn sich die Möglichkeit ergibt, werde ich kämpfen.«

Er wendete sein Pferd und ritt wieder auf die Stadt zu, dieses Mal auf das Westtor. Die Sonnenseite von Ashkan war reinweiß und sauber, aber er würde dafür Sorgen tragen, dass Kadesh diesen Pfuhl des Unglaubens zeichnete.

Sobald er in den Schatten der hohen Türme und Obelisken ritt, wurde sein Tun sichtbar. Leichen hingen von den Stadtmauern. Bei einigen floss noch purpurnes Blut den hellen Sandstein hinab.

Gerade als er durch das Tor ritt, hörte er hinter sich einen dumpfen Aufprall. Er drehte sich rechtzeitig um und konnte die Köpfe derer auf den Boden rollen sehen, deren Tod er befohlen hatte. Seine Krieger waren immer noch dabei, diesen Befehl auszuführen. Bald folgte ein weiteres Geräusch. Die Körper band man an der Mauer fest und das Wehklagen der Hinterbliebenen erhob sich in den Himmel.

Brudan gab seinem Hengst die Sporen. Das Pferd unter ihm schüttelte den mächtigen Kopf und preschte los.

Die Universität war das Herzstück von Ashkan und ganz Sulakan. Hier wurde das gesamte Wissen des Landes verwahrt. Und ebendieses Wissen sorgte dafür, dass nicht alle Menschen sich Kadesh ganz und gar hingaben.

Die Bibliothek von Ashkan befand sich in einem gewaltigen Gebäude, das sich im Herzen der Stadt in den Himmel erhob.

Sobald er das Universitätsviertel betrat, fielen ihm die Krieger auf, die sich vor der Mauer versammelt hatten, die das Universitätsgelände umgab. Einen der Männer identifizierte er als Dareb, seinen Stellvertreter.

»Was ist hier los?«, herrschte er die Krieger an. Die Stadt war schnell gefallen, weil sich unter den Stadtwachen Anhänger Kadeshs befunden hatten, die seinen Glauben teilten, daher hatte er angenommen, dass seine Männer problemlos in die Universität eindringen konnten.

»Sei vorsichtig, Herr«, warnte Dareb ihn. »Hinter den Mauern sind Fallen. Wir haben die Vorhut verloren.«

Brudan führte seinen Hengst bis zum äußersten Rand und erhaschte einen Blick auf vierzig Tote. »Wie ist das passiert?«

»Das ist der Schutzplan der Universität.«

Nicht sein Stellvertreter hatte geantwortet, sondern Weskar, der beschlossen hatte ihm zu folgen. Seine Augen lagen auf dem weitläufigen Gelände.

Brudan winkte den Wesir zu sich. »Du scheinst die teuflischen Fallen zu kennen, die meinen Männern das Leben gekostet haben.«

Der feine Pinkel verzog den Mund, als würde er in Erwägung ziehen zu schweigen.

Brudan lächelte kalt. »Ashkan wird fallen, Weskar. Egal wie viele Männer ich opfern muss, ich werde es tun. Dieses Schicksal ist unabänderlich. Dein Tod ist es nicht, also sag mir, was ich wissen muss.«

»Dein Vater befahl dir mich zu schützen«, knurrte der hagere Wesir.

»Mein Vater ist weit weg. Auf diesem Schlachtfeld habe ich das Sagen. Ich bestimme, wer stirbt. Also, willst du weiterhin schweigen?«

Nun verzog Weskar den Mund. »Ich habe vor Jahren in Ashkan studiert und kenne eine Möglichkeit, um an unser Ziel zu kommen, ohne Schaden anzurichten.«

Brudan streckte den Arm aus und umfasste Weskars Schulter mit festem Griff. »Oh, aber ich will Schaden anrichten. Je mehr, desto besser. Meine Feinde sollen sehen, mit wem sie Krieg führen.«

Der Wesir verzog vor Schmerzen das Gesicht. »Ich verrate dir, was du wissen musst.«

Brudan ließ zufrieden seinen Arm sinken. »Nur zu.«

»Sulakans Wissen ruht in den Archiven. Aus diesem Grund hat man das Gebäude mit Fallen, aber auch mit Angriffszaubern abgesichert.«

Er deutete auf seine gefallenen Männer. »Das ist mir nicht entgangen. Und weiter?«

»Es gibt verschiedene Mechanismen, die eine Übernahme so gut wie unmöglich machen ... auf der Oberfläche.«

Sein Blick richtete sich auf den Boden. »Oberfläche?«

»Ashkan ist eine unserer modernsten Städte. Die Aquädukte leiten das benötigte Wasser direkt aus der Quelle unterhalb. Ein Großteil davon wird verwendet, um die Universität zu schützen. Man kann durch die Kanalisation gehen, ohne große Verluste in Kauf nehmen zu müssen.«

Diesen Vorschlag nahm er nicht gelassen hin, denn unter Tonnen von Gestein zu marschieren, führte Brudan vor Augen, dass dort nicht einmal seine Kraft ausreichen würde, um ihn am Leben zu erhalten, sollte die Decke über ihm einbrechen. »Die Kanalisation, eh?«

Weskar nickte. Sein Adamsapfel bewegte sich beim Schlucken.

Brudan schaute zu der einfachen Mauer, die jeden Feind glauben ließ sie jederzeit überwinden zu können. »Ich habe einen wesentlich besseren Plan. Dareb!«

Sein Stellvertreter neigte leicht den Kopf. »Herr?«

»Umzingelt das Universitätsgelände. Baut die Mauer so hoch, dass niemand entkommen kann und dann hol unsere besten Flammenwerfer.«

»Was hast du vor?« Weskar wollte ihn aufhalten, daher schlug Brudan ihn vom Pferd. Das hatte diesen Pinkel nicht getötet, denn er hatte nicht all seine Kraft in den Schlag gelegt.

»Das kannst du nicht tun«, ächzte der Wesir, als er sich auf die Beine mühte. »All das Wissen ...«

»Wir brauchen dieses falsche Wissen nicht. Was wir benötigen ist unser fester Glaube an Kadesh«, fuhr Brudan ihn an. »Über Ashkans Asche werde ich eine Stadt errichten, die nur Kadeshs Wort kennt. Jeder Schwächling wird ebenso sein Leben verlieren wie die Ungläubigen. Dareb!«

Der Reiter zuckte zusammen und fing an seine Befehle auszuführen.

Brudan saß von seinem Hengst ab und führte das edle Tier in den Schatten. Als er von dort zur Universität schaute, fiel sein Blick auf den hohen Turm, auf dem sich einige Menschen zeigten. Die Gelehrten nahmen die Betriebsamkeit in den Reihen ihrer Feinde wahr, aber sie konnten sich noch nicht einmal in ihren kühnsten Träumen vorstellen, zu was er fähig wäre.

Während Dareb sich darum kümmerte, dass seine Wünsche umgesetzt wurden, griff er nach dem Wasserschlauch an seiner Hüfte und stillte seinen Durst. Dabei genoss er die wachsende Verzweiflung des Wesirs. In diesem Punkt hatte sein Vater unrecht. Dieser Mann war kein Verbündeter, denn er weigerte sich Kadeshs Leitsätzen mit seinem ganzen Wesen zu folgen. Solche Männer brauchten sie nicht in ihren Reihen, denn sie waren verräterisch.

Die Krieger unter seinem Kommando benötigten nicht einmal eine Stunde, um seine Befehle auszuführen. Und die Gelehrten begriffen immer noch nicht, bis seine Männer die zwei Katapulte herbeischafften.

Sobald das erste Feuergeschoss das Hauptgebäude traf, sank Weskar in die Knie und vergrub seine Finger in Ashkans Erde.

Brudan schnaubte spöttisch und befahl mit dem Beschuss fortzufahren.

Nach nicht einmal zwanzig Minuten versuchten die ersten Menschen sich vor dem Feuer über die Mauer zu retten und wurden von seinen Kriegern niedergemetzelt. Die gefangen genommenen Stadtbewohner, die sich unweit des Geländes zusammen gedrängt hatten, stimmten ein Klagelied an.

Brudan sonnte sich in ihrem Leid. »Und jetzt der Turm«, befahl er, da die meisten umliegenden Gebäude brannten. Dieser Turm war ungewohnt breit und hoch, schien ihn beinahe zu verhöhnen. Es würde lange dauern ihn zum Einsturz zu bringen, aber einstürzen würde er, das schwor sich Brudan.

Bevor das Geschoss abgefeuert werden konnte, geschah etwas mit dem Turm. Der Boden fing unter seinen Füßen zu beben an, dann sackte er ganz weg.

5

»Izana, du musst dich beeilen.«

Großvaters drängende Stimme zu hören war eigenartig, weil er sonst immer die Ruhe in Person war. Nie hatte er die Geduld verloren oder Panik über sich herrschen lassen. Deshalb erschreckte die Verzweiflung sie, die er in diesem Moment an den Tag legte. Er hatte sie an die Hand genommen und zu dem Ort geführt, von dem sie geglaubt hatte, dass er nur ihr bekannt wäre. Eine kleine Seitengasse, die man auf den ersten Blick nicht einsehen konnte, da sich davor ein Laden befand. Jeder Vorbeigehende würde glauben, dass sich dahinter die Häuser aneinander reihten. Izana hatte den geheimen Weg durch Zufall entdeckt und nutzte ihn seither fleißig. Der Verkaufsstall war verlassen und heruntergekommen und erwies ihr einen guten Dienst.

»Was? Hast du gedacht, ich weiß nicht, wie du dich nachts vom Gelände schleichst?«, fragte ihr Großvater amüsiert.

Schuldbewusst senkte Izana den Blick. Ihre Familie hütete das Herz von Ashkan schon seit acht Generationen. Kein anderer kannte die Stadt besser als sie. Ihr Großvater war Benen Hazar, Großmeister von Ashkan und Hüter allen Wissens, und sie, als einzige Nachkommin seines Blutes, hatte man ebenfalls in die Geheimnisse Ashkans eingeweiht. Das war vor vier Jahren und sie erinnerte sich daran, als wäre es gestern gewesen, als man sie in die geheimen Gewölbe unter der Stadt geführt hatte. Viele Gelehrte hatten sich dagegen ausgesprochen, dass man einer Frau die Zukunft Ashkans anvertraute, aber ihr Großvater hatte nicht auf die alten Ziegenböcke gehört.

Bereits mit fünfzehn Jahren beherrschte sie sämtliche Dialekte ihrer Landessprache und wusste sogar in der längst vergessenen Art zu schreiben. Noch nicht einmal die ganz alten Archivare waren dazu imstande. Sie war stolz auf ihre Abstammung und begierig darauf, ihre Bestimmung zu erfüllen und ihre Linie fortzuführen, den nächsten Hüter in die Welt zu bringen und ihn oder sie auszubilden. Allerdings hätte sie nie erwartet, dass Ishar ihr ein anderes Schicksal zugedacht und Ashkan dem Untergang weihte.

»Wir müssen uns beeilen«, drängte ihr Großvater erneut. Obwohl noch eine Reihe von Gebäuden sie von den Flammen trennte, spürte sie die Hitze unangenehm auf der Haut.

Izana ließ den Blick über die brennenden Gebäude gleiten. In ihnen ging Wissen zugrunde, aber diesen Verlust konnten sie verkraften. Die Inschriften wurden erst dann aus dem Turm entfernt, wenn man Abschriften davon in mindestens fünf Städten aufbewahrte. Obwohl die Originale verloren waren und ihr Herz um sie weinte, so war zumindest das Wissen nicht abhandengekommen.

»Izana, hier.«

Benen führte sie durch den engen Weg zu einem alten Haus, das früher einmal ein Stall gewesen war. Nach der Vergrößerung des Universitätsgeländes hatte man auch dessen Standort gewechselt. Seitdem lag es verlassen da.

In der hintersten Box war der Gestank am schlimmsten. Izana hielt sich die Hand vor die Nase, um den widerwärtigen Geruch etwas zu verdrängen. Auf ihrer Haut lag noch der feine Blumengeruch der Salbe, mit der sie sich eincremte.

Unerschrocken trat Benen hinein und fasste in den Mist, zog einen Hebel nach oben. Ein Teil der Wand schob sich zur Seite und gab einen schmalen Durchgang frei. Davon hatte Großvater nichts gesagt. Sie war nur über eine Erwähnung gestolpert, als sie die Tagebücher des Mannes gelesen hatte, der Ashkan erbaut hatte.

»Woher weißt du davon?«

»Mein Kind, ich war von dem gleichen Wissenshunger beseelt wie du. Das Rausschleichen habe ich dir vererbt.«

Sich vorzustellen, dass der alte Mann, der sonst immer streng von ihr verlangte Übungen durchzuführen, ebenfalls als Kind das Weite gesucht hatte, erschien ihr unmöglich.

»Dass du die geheimen Pfade kennst, erweist sich heute als Segen. Du musst es bis zur Ostseite schaffen. Ich schlage mich zur Westseite durch.«

Erst als er diese Worte sprach, wusste sie, was er vorhatte. Ihr Herz schien für einen Moment auszusetzen, nur um umso heftiger in ihrer Brust zu schlagen. »Nein, das darfst du nicht tun.«

Sie erwartete die Strenge zu sehen, die er sonst immer an den Tag legte, doch seine Hände waren ungewohnt sanft, als er ihr Gesicht umfasste. »Tochter meiner Tochter, Kind von meinem Herzen, du musst keine Angst haben.«

Kopfschüttelnd krallte sie sich in seinen Kaftan, während ihr die Tränen ungehindert die Wangen hinabliefen. »Ich weiß, was du vorhast. Tu das nicht. Komm mit mir.«

Erneut erschien das wehmütige Lächeln auf seinem Gesicht. »Schon oft blickte die Familie Hazar einem Feind ins Auge. Eine ganze Dynastie verschwand und wurde durch eine neue ersetzt, aber wir sind immer noch die Hüter von Ashkan. In dir liegt unsere Hoffnung, Kind. Führe meine Lehren fort. Bleib am Leben und mach mich stolz.«

Sie wusste, dass er es nicht verkraften könnte, wenn sie sterben würde, aber genauso wenig wollte sie die Menschen im Stich lassen, mit denen sie aufgewachsen war. »Großvater ...«

»Das ist deine Bestimmung, Izana. Und jetzt geh.« Er drückte einen Kuss auf ihre Stirn. »Ich gebe dir eine Sandspanne Zeit.«

Eine Sandspanne, das waren dreißig Minuten. Obwohl es sich anfühlte, als würde er ihr das Herz aus der Brust reißen, zwang sie sich zu einem Lächeln. »Das ist mehr als genug.«

Als traute er sich nicht sie gehen zu lassen, wandte er sich hastig ab und ging davon.

Izana verschwendete keine Zeit. Halb geblendet von den Tränen, die noch immer nicht aufhören wollten zu fließen, stolperte sie in den geheimen Gang und griff nach einem Behälter voller Leuchtsteine.

Die Gänge unterhalb des Geländes waren alt. Viele hatte man abriegeln und neu verstärken müssen, aber diesen Pfad kannten nur die Familienmitglieder des Hüters. Und nur sie alleine führten Bauarbeiten an den Tunneln durch, was ihr vor Augen führte, dass die letzten Wartungen zu Zeiten ihres Großvaters zurücklagen, da ihre Eltern von einer Seuche dahingerafft wurden, als sie gerade mal vier Jahre alt gewesen war. Izana war dankbar für ihre rasche Auffassungsgabe und ihren außergewöhnlichen Orientierungssinn. Um Unbefugte zu täuschen, hatte man unzählige Irrwege eingebaut, aber sie wusste, wohin sie gehen wollte, und zögerte nicht ein einziges Mal.

Ein unterirdischer Pfad führte von hier bis außerhalb der Stadtmauer, aber das war nicht ihr Ziel. Izana ging stattdessen tiefer in das brennende Gebiet. Für den Fall eines Feuers hatte man die besten Filter angebracht, aber für einen Moment wurde die Luft so stickig, dass sie glaubte nicht atmen zu können. Zum Glück verlor sich das Gefühl, als sie in der nächsten Biegung verschwand. Sie wusste allerdings, dass eine Rückkehr nicht mehr möglich war. Und Großvater würde ihr auch nicht folgen können.

Izana verdrängte den Schmerz und ging schneller. Für den Weg alleine bräuchte sie zwanzig Minuten, sollte sich kein Hindernis vor ihr befinden. Es war nicht schlimm, wenn sie den Mechanismus nicht zur gleichen Zeit aktivierten. Schlimm war es nur, wenn Benen seine Seite zuerst in Gang setzte.

Während sie immer schneller wurde und sogar zu laufen anfing, war sie dankbar für ihre eigene Entscheidung, die Seidenkleider zu verpönen, die ihre Amme mit bewundernden Worten gelobt hatte. Stattdessen hatte Izana sich für bequeme Hosen und einen Kaftan entschieden. Ihr langes Haar verriet sie als einziges als Frau, was nicht bedeutete, dass Männer keine langen Haare hatten. Nur ihre langen Strähnen verliehen ihrem Gesicht eine Weichheit, die ihren Zügen sonst fehlte.

Es war unglaublich schwer, Zeit zu messen, wenn man keine Sonne hatte, daher beruhigte Izana sich erst, als sie einen runden Raum erreichte, in dessen Mitte sich ein Podest befand. Sie ging darauf zu und glitt mit den Fingern über den porösen Rand, bis sie eine bestimmte Stelle ertastete, die sie leicht nach innen drückte. Das Podest schob sich nach hinten und gab einen Blick auf das Herzstück des Geländes frei. Der Mechanismus war so alt wie Ashkan selbst und nie zuvor hatte man diese Vorsichtsmaßnahme einleiten müssen. Sie kniete sich hin und wandte sich der Tafel zu, die aus mehreren

Steinen bestand, die man darüber bewegen konnte. Nur der Hüter oder sein Nachfolger waren in der Lage, die richtige Kombination einzugeben.

Izanas schweißfeuchte Hände zitterten, als sie diese auf die Drehscheibe legte. Viele der Steine trugen ein Wort oder einen Namen in Alt-Sulakanisch und konnten nur vom Hüter aktiviert werden. Ihr Großvater hatte sie mit diesen ewigen Fragen und Rätseln in den Wahnsinn getrieben. Sie hatte nicht gewusst, warum er so großen Wert auf derart banale Informationen legte, denn die Fragen waren alltäglich gewesen und er wurde fuchsteufelswütend, wenn sie falsch antwortete.

Izana bewegte die Drehscheiben zur richtigen Antwort hin und das viermal in Folge, bevor sie mit angehaltenem Atem auf das Zuschnappen der Falle wartete. Nach einer nie zu enden scheinenden Zeit setzte sich der Mechanismus in Gang und ein neues Feld erschien, das noch komplizierter war. Auch die zweite Frage konnte nur von einem Mitglied der Familie beantwortet werden.

»Ein Hoch auf Prinzessin Lotusseife«, flüsterte Izana.

In den Büchern hatte man eine Falle eingebaut, sollte ein Verräter Zutritt zu dem Wissen erlangen. In den Geschichten wurde behauptet, dass die erste Prinzessin Ashkans sich ihre Haut mit Lotus wusch. In Wahrheit jedoch badete sie regelmäßig in Milch und Honig.

Erneut gab sie die richtige Antwort ein. Dieses Mal bewegte sich ein Teil des Bodens und gab einen Gang unterhalb des Podestes frei. Während Izana aufstand und die schmalen Stufen nach unten stieg, meinte sie ein Krachen zu hören.

»Beeil dich«, murrte sie sich selbst an und wäre fast in den kleinen Raum gefallen, der sich unterhalb erstreckte. Wie Benen es beschrieben hatte, befand sich dort der Schlüssel, der das Herz Ashkans retten konnte.

Ihre Finger zitterten, als sie diese um die beiden Zwillingshebel legte. Trotzdem achtete sie darauf, sie genau zur gleichen Zeit nach vorne zu ziehen. Im nächsten Moment wackelte der Boden unter ihren Füßen so stark, dass sie fast hingefallen wäre.

Eine Welle der Erleichterung durchströmte sie. Dass sie noch am Leben war, verriet ihr, dass sie vor ihrem Großvater eine der Zwillingskammern erreicht hatte. Trotzdem konnte ihr Leben verwirkt sein, wenn sie sich nicht beeilte.

Nachdem sie in Gang gesetzt hatte, was nie zuvor versucht worden war, rannte sie die Stufen wieder nach oben, schnappte sich den Behälter mit den Leuchtsteinen und trat die Flucht an.

Der Weg mündete in eine Sackgasse, in der sich eine Geheimtür befand, die zu den Aquädukten führte. Sobald Izana die Tür öffnete, wurde sie von dem drückenden Fäkalgeruch einer ganzen Stadt begrüßt. Hustend zog sie sich das Tuch über Mund und Nase, was aber nicht viel half.

Um diesem schlimmen Dunst zu entgehen, musste sie an die Oberfläche. Die Ostseite befand sich nahe an der Stadtmauer, folglich blieb ihr genügend Zeit zur Flucht. Die Seite, die ihr Großvater gewählt hatte, lag im Herzen von Ashkan, er würde es nicht rechtzeitig hinausschaffen.

Während sie auf den Wegen rannte, die die Arbeiter benutzten, die sich um die Aquädukte kümmerten, bekam sie Seitenstechen. Jeder Schritt war schmerzhaft und brannte in ihren Lungen, doch sie wurde nicht langsamer.

Gerade als sie glaubte nicht weiterlaufen zu können, erreichte sie die letzte Treppe. Diese führte direkt in das Haus des Reinigungspersonals.

Die ganze Stadt war festgesetzt worden, sie hatte es gesehen, als ihr Großvater sie ins Archiv gezerrt hatte, um sie in Sicherheit zu bringen. Von dort hatten sie hilflos dem Abschlachten ihres Volkes zugesehen, als dieses Monster einen Tod nach dem anderen befahl. Zuerst hatte es die Soldaten getroffen, die geschworen hatten Ashkan zu beschützen, dann waren die Frauen an der Reihe gewesen.

In diesem Moment hatte ihr Großvater sie ins Innere des Gebäudes geschickt, damit ihr dieser Anblick erspart blieb. Der Tod war schnell über die Männer gekommen, aber die Frauen schrien über mehrere Stunden hinweg, bis man sie erlöste. Obwohl sie nicht gesehen hatte, was diese Barbaren ihnen antaten, so glaubte sie selbst jetzt ihre Schreie in den Ohren zu haben.

Sie hatte immer gewusst, dass die Welt ungerecht war und die Tatsache, dass man gut war und Gutes tun wollte, nicht immer bedeutete, dass einem das Gleiche erwiesen wurde. Aber während sie diesen Schreien gelauscht hatte, hatte sich in ihrem Inneren ein unbändiger Zorn aufgebaut. Sie war eine Frau und bei den Randstämmen weniger wert als ein Zuchthengst, aber sie würde ihnen den Untergang bringen, das schwor sie sich. Und an diesem Schwur hielt sie fest, als sie ihres Weges ging.

Im Haus der Reiniger hatten die Hazars immer einen Notfallsack bereitgestellt. Diesen nahm sie nun an sich. Der Gestank der Abwasserkanäle hing in ihren Kleidern, also tauschte sie diese gegen dessen Inhalt. Natürlich waren sie für einen Jungen gedacht und ein Junge würde sie tragen.

Entschlossen griff Izana nach ihrem Dolch und schnitt sich das lange Haar Strähne um Strähne bis zum Kinn ab. Da sie keinen Spiegel zur Hand hatte, wusste sie nicht, wie sie aussah, daher band sie ein Tuch um ihren Kopf.

Ihre Verkleidung musste ausreichen, also schulterte sie den Sack, in dem sich Wechselkleidung und Nahrungsmittel befanden, die für einen Marsch in der Wüste geeignet waren.

Die Tür führte in einen breiten Hof, der nach der Übernahme verlassen war. Bald wäre sie in Sicherheit. Sie musste nur eine kleine Strecke zurücklegen.

Vom Haus der Reiniger aus hatte man einen guten Blick auf den breiten und hohen Turm. Die Flammen näherten sich ihm bereits. Dann begann alles abzusacken.

Schreie erhoben sich in Ashkans Himmel, doch dieses Mal stammten sie von den Feinden. Der sonst aufrechte Turm sackte plötzlich zu einem Viertel in die Tiefe. Von ihrem Platz aus sah Izana, wie die Gelehrten in dessen Inneren die letzten Eingänge versiegelten. Der Schutzmechanismus funktionierte.

Im Turm war das gesamte Wissen Sulakans vereint und aus diesem Grund war es die oberste Pflicht Ashkans, ihn zu bewahren. Wenn man ihn schon nicht retten konnte, dann musste man ihn in der Hoffnung versiegeln, dass eines Tages bessere Zeiten kamen und man ihn aus den Fängen des Sandgrabes befreien konnte.

Ein schmerzhaftes Keuchen entfloh Izana, als das Gebäude weiter nach unten sackte. Daneben war Großvater, der den letzten Schritt tat und mit dem Turm in die Tiefe sank.

Benen Hazar hatte sein Leben für das Vermächtnis der Familie gegeben. Nun lag es an ihr, Ashkan und sein Wissen zu retten, aber alleine konnte sie es unmöglich schaffen. Sie brauchte Hilfe.

Ein Blick auf die Männer der Randstämme und sie wusste, woher sie diese Hilfe beziehen sollte. Der Feind ihres Feindes war ihr Freund. Die einfachste Lösung.

Während die Krieger sich von dem Schrecken erholten, huschte sie durch die leeren Straßen Ashkans zu einem der drei Getreidesilos. Der Feind hatte auch dort Posten bezogen, aber musste ihn verlassen haben, um nach ihren Kameraden zu sehen, denn niemand hielt sie auf.

Izana suchte verzweifelt nach Verbündeten oder Stadtbewohnern, die sie ebenfalls in Sicherheit bringen konnte, aber sie traf auf niemandem. Schweren Herzens machte sie sich nach einer halben Stunde auf den Weg zu dem kleinsten der drei Silos, zu dessen Füßen sich eine verborgene Falltür befand. Darüber hatte man einen alten Fuhrwagen abgestellt, den sie nie im Leben hätte wegziehen können. Zum Glück aber war sie schmächtig genug, um darunter zu kriechen. Nach einem kurzen Dankgebet an Ishar entfernte sie das Heu von der Stelle und zerrte die Falltür nach oben.

Die Dunkelheit darunter sollte auf eine Fünfzehnjährige beängstigend wirken, aber sie hatte in den letzten Tagen in einem Albtraum gelebt. Die Finsternis unter ihren Füßen erschien ihr beinahe tröstlich, als sie sich in ihre Arme gleiten ließ und den Durchgang hinter sich schloss.

6

Der Tag, der so glorreich begonnen hatte, drohte in einer Katastrophe zu enden. Brudan, der sich mit knapper Not davor gerettet hatte, von dem Abgrund verschlungen zu werden, in den das Universitätsgelände gesackt war, unterdrückte einen Wutschrei. Viele seiner hier postierten Männer hatten nicht überlebt, dafür aber der elende Weskar. Mit aller Verzweiflung hievte er sich gerade am Rand des Abgrundes hoch. Das Verlangen, den hageren Mann am Nacken zu packen und nach unten zu stoßen, wurde übergroß. Nein, er durfte nicht vergessen, dass sein Vater befohlen hatte den Pinkel leben zu lassen.

»Das hast du vergessen zu erwähnen, was?«, knurrte er den Wesir an.

Dieser schüttelte den Kopf. »Ich hätte nicht gedacht, dass sie auf diesen Schutzmechanismus zurückgreifen. Nun liegt alles unter Ashkan begraben. Das gesammelte Wissen unseres Landes ...«

Der Wurm macht auf ihn den Eindruck, jeden Moment loszuheulen. »Diese Narren haben uns einen Gefallen getan. Was dieses Land braucht, kann nicht in Büchern gefunden werden. Wir werden die Lehren von Kadesh bringen.«

Abrupt wandte er sich von dem gewaltigen Krater ab und ging zu den Männern, die überlebt hatten, da sie sich in anderen Stadtteilen aufgehalten hatten. Sein Blut kochte, wenn er daran dachte, wie knapp er dem Tod entkommen war.

»Herr.« Krall, ein Bogenschütze mit einem pockennarbigen Gesicht, kam auf ihn zugelaufen. »Bist du verletzt?«

Brudan spie den Sand aus, den er in der kurzen Zeit eingeatmet hatte, als nur seine Muskelkraft ihn davor bewahrte in den Abgrund zu stürzen. »Wir haben Männer verloren.« Sein Blick glitt zum Marktplatz der Stadt, wo man die Bewohner Ashkans in Schach hielt. »Zweihundert von ihnen werdet ihr für die zweihundert von meinen aussuchen. Den Rest tötet ihr.«

Krall verlor etwas an Farbe, aber er verneigte sich wortlos und ging. Danach wurde Brudan der Abend durch die Schreie der Gefolterten versüßt, die sich über das Tal erhoben, in dem sich einst die wichtigste Stadt dieses Landes befunden hatte.

Prioritäten änderten sich. Brudan hatte dem Geist Sulakans den Todesstoß versetzt, damit ein neuer entstehen konnte. Nun würde er das gleiche mit dem Glauben dieses Landes tun.

7

Zwei Jahre waren seit seiner ersten Begegnung mit Dayana vergangen. In ein paar Monaten würde in Khimo der erste Schnee fallen. Diesen Anblick und die Vorfreude darauf hatte er immer geliebt. Hier würde es nie schneien, aber Sulakan hatte andere Wunder zu bieten. Wunder, die er Dayana zeigen wollte.

Falk stand am offenen Fenster seines Ankleidezimmers und blickte nach draußen. Unter der Sonne Sulakans hatte seine Haut eine dunklere Färbung angenommen. Meistens trug er weite Hosen und eine offene Weste, vor allem, weil er wusste, dass Dayana ihn gerne in dieser Gewandung sah. Wann immer sie ihn zu Beginn so gekleidet gesehen hatte, waren ihre Wangen errötet und sie hatte verlegen den Blick gesenkt, nur um immer wieder zu ihm zurückzuschauen, wenn sie sich unbeobachtet glaubte. Er fand das entzückend und es schmeichelte ihm. Vor allem, weil sie die gleiche Wirkung auf ihn ausübte, nur wollte er seinen Blick nicht von ihrer Gestalt lösen.

»Mein König?« Aizen klopfte an und trat herein. Der Sandreiter hatte sich festlich gekleidet und trug zur Abwechslung ein hellblaues Gewand, welches sein dunkles Haar betonte. Als er seinen legeren Aufzug bemerkte, hob er eine Braue. »Solltest du dich nicht langsam umziehen?«

Falk deutete zu den Kleidern auf dem Bett. »Gleich, ich wollte nur meine Gedanken sammeln.«

»Hast du dich etwa umentschieden?«

Die Frage war vielmehr spöttisch gemeint, was Falk zu einem leisen Lachen anregte. »Niemals«, antwortete er. »Dayana wird heute meine Frau.«

Aizen kam zu ihm und sah ihm dabei zu, als er sich die Weste von den Schultern streifte und stattdessen in eine längere und viel edlere Version davon stieg. »Ich habe nach deiner Braut gesehen.«

Diese Worte ließen Falk innehalten. Er wandte sich seinem Berater zu. »Ja?«

»Ich bin froh, dass du davon absiehst, mich zum Eunuchen zu machen.« Aizens trockener Kommentar amüsierte ihn. »Das verdankst du einzig und alleine meinem Vertrauen in Dayana.«

Brummend trat der Sandreiter hinter ihn und richtete Falks langes Haar. »Sie ist ein Nervenbündel, aber ein glückliches. Hermia meinte, dass Dayana schon zweimal Salz in ihr Getränk kippen wollte.«

Wenn es ihr so erging wie ihm, würde sich alles zum Guten wenden, sobald sie einander sahen.

»Ist der Palast abgesichert?«, erkundigte er sich.

»Wir haben jeden Winkel abgesucht und alle möglichen Vorsichtsmaßnahmen getroffen. Ich wünschte nur, du hättest nicht gleich die Randstämme zu deiner Hochzeit eingeladen.«

Ihm wäre ein anderer Zeitpunkt auch lieber gewesen, aber Dayana hatte darauf beharrt. Die Hochzeit war die beste Möglichkeit, seine Feinde aus der Reserve zu locken. Außerdem bedeutete ein Angriff bei diesem besonderen Ereignis eine Freveltat und würde viele Höflinge auf seine Seite treiben. Dennoch, er hoffte, dass an diesem wundervollen Tag nichts Unvorhergesehenes geschah.

Aizen ging zu dem Tisch. Darauf lag Falks goldenes Stirnband auf einem Kissen. Offiziell würde man ihn nach einem Jahr Regentschaft zum König krönen. In dieser Zeit musste er dem Volk Sulakans beweisen, dass er ein würdiger Herrscher wäre. Da jedoch nie zuvor ein König abgelehnt worden war, galt dies als reine Formalität. Trotzdem wollte er der erste Herrscher sein, der alles für sein Volk richtig machte.

Aizen setzte ihm das Stirnband auf und trat dann zurück. »Du siehst gut aus.«

Dankbar neigte Falk den Kopf. In ihm brannte die Sehnsucht Dayana zu sehen. Er wollte sie an seiner Seite wissen, also schritt er weit aus.

Ishar musste mit ihnen sein, denn ein frischer Wind begrüßte ihn, als er durch die weiten Flure des offenen Palastes wanderte. Unterwegs begegnete er einigen von Aizens Sandreitern. Toshiro selbst war dazu eingeteilt worden, für Dayanas Sicherheit zu sorgen.

In den Gärten umgab ihn der Geruch der in voller Blüte stehenden Blumen. Kurz stockte Falk, weil er sich in seine Kindheit zurückversetzt fühlte. Er hatte das Gefühl, seine Mutter hinter sich stehen zu sehen, wenn er sich umdrehte.

Auch für dich ist dieser Tag, dachte er bei sich. Er würde sich mit der Frau vermählen, die er liebte, und nur mit dieser einen Frau.

»Falk?«, fragte Aizen.

Er schüttelte den Kopf und ging weiter auf ein breites Tor zu, vor dem sich eine Menschenmenge versammelt hatte. Dahinter lag der Thronsaal, in dem man gekrönt wurde, eine Heirat vollzog oder seinen Erben den Höflingen vorstellte.

Die Menge hatte eine freie Gasse für ihn gebildet. Lamin musste sich ihm im Garten angeschlossen haben, denn sein Leibwächter ging neben Aizen und hielt nach Gefahren Ausschau.

Er selbst suchte die Menge nach Abgesandten der Randstämme ab, doch keiner trug das blutrote Band um die Brust, das sie kennzeichnete.

Bevor ihn ein ungutes Gefühl beschleichen konnte, richtete er seinen Blick auf das erhöhte Podest, auf dem sich ein Stuhl befand, der jedoch breit genug war um Dayana und ihm Platz zu bieten. Diese Neuerung würde vielen missfallen, aber er wollte mit offenen Karten spielen, was diese Ehe anging. Und vor allem würde es die Höflinge davon abhalten, ihn mit weiteren Heiratsangeboten zu bestürmen, wenn sie sahen, wie ernst es ihm mit Dayana war.

Gemeinsam mit Aizen stieg er auf das Podest, während Lamin sich seitlich stellte. Als er sich auf den Stuhl niederließ, trat sein Berater vor ihn und begrüßte in seinem Namen die Gäste. Der ehemalige Hauptmann der Sandreiter war ein großartiger Redner, der immerzu die richtigen Worte fand, um jeden wichtigen Gast individuell anzusprechen. Er musste sich die Namen und die Daten zu den Personen regelrecht eingetrichtert haben. Noch nicht einmal Falk konnte sich an jedes der vielen Gesichter erinnern.

Im Vergleich zu Weskar war er ein junger König. Viele würden ihn aufgrund seiner Jugend unterschätzen, aber er würde sich behaupten. Sein Vater war nur zwei Jahre älter gewesen, als man ihn zum König ausgerufen hatte.

Plötzlich kam Bewegung in die Wartenden und bald darauf erschien Hermia in dem Thronsaal. Weil die Zauberin hochgewachsen war, vermochte Falk zu Beginn nur den luftigen Hauch des Gewandes zu sehen, den die Frau trug, die hinter ihr ging.

Falk spannte sich an und dankte der Tatsache, dass er saß, als Hermia beiseitetrat und der Braut den Vortritt ließ, sonst wären ihm bei ihrem Anblick die Beine weggeknickt.

Dayana sah unglaublich aus. Sie trug ein hautenges weißes Gewand, das wie seine Kleidung mit Goldfäden bestickt war. Das Kleid reichte ihr bis zu den Knöcheln und war vielmehr züchtig, dennoch schmeichelte es Dayanas Sonnenbräune und ihrer Lockenpracht. Der mit Juwelen besetzte Schleier reichte ihr bis zur Hüfte und funkelte im Licht der Sonne.

Ein Raunen ging durch die Gäste, als sie ihre neue Königin zum ersten Mal sahen. Dayana war eine Schönheit und sie gehörte zu ihm.

Als sie vor dem Podest stand, erhob er sich von seinem Platz und streckte ihr die Hand entgegen. Aizen hatte richtig gelegen, sein geliebter Wirbelwind war ein einziges Nervenbündel. Er erkannte es daran, dass ihre Nasenflügel bebten. Ihre Finger zitterten als sie zu ihm trat, aber das Lächeln in ihrem Gesicht zeugte von Glück und Entschlossenheit.

Mit zwei Schritten war sie bei ihm und nahm an seiner Seite Platz. Er wünschte sich ihre Familie hierzuhaben, doch Marian war mit ihrem vierten Kind schwanger und die Reise stellte sich als zu anstrengend heraus. Der Lord hingegen hasste das Fliegen und hatte wahrscheinlich deswegen Will erlaubt in Sulakan zu bleiben. Der liebenswerte Luftkapitän Storik Elmo hatte persönlich den jungen Lord zu ihnen gebracht. Laut seinen Aussagen war auf dem Luftschiff eine tiefe Freundschaft zwischen ihm und Jem entstanden. Seitdem waren die beiden Jungen unzertrennlich. Auch jetzt standen sie Seite an Seite und grinsten albern, als sie Dayanas Reaktion beobachteten.

Hermia stellte sich neben Aidan, der in der Menge gewartet hatte, danach begann die Hochzeitsgesellschaft sich aufzuteilen. In dem großen Raum waren mehrere Tische und Sitzmöglichkeiten aufgestellt worden. Speisen und Getränke wurden herbeigetragen und an die Wartenden ausgeteilt.

Währenddessen trat Toshiro zu ihnen und beugte das Knie, während er einen handgroßen Kelch hochhielt. Dayana stand auf und nahm das Gefäß entgegen. Es gehörte zur Tradition, dass der Leibwächter der Braut ihnen das Brautgetränk persönlich überreichte. So wurde vermieden, dass ein Fremder sie vergiftete.

Als Dayana sich wieder gesetzt hatte, trank sie einen Schluck des traditionellen Dattelweins und hielt ihm dann den Kelch hin, da das Brautpaar aus einem Gefäß trank.

Falks Blick landete auf ihren glänzenden Lippen. Er wollte sie so sehr, dass er sogar nachts von ihr träumte, und konnte nicht glauben, dass es heute Nacht so weit sein würde.

Als hätte sie seine Gedanken erraten, griff Dayana nach seiner freien Hand und streichelte über seinen Handrücken. Falks Puls schoss in die Höhe und er war zutiefst dankbar für die weite Hose.

***

Nach dem Essen gab es einige akrobatische Darbietungen. Die Höflinge stießen Bewunderungsrufe aus und klatschten voller Begeisterung. Aizen hatte sich um die Hochzeitsvorbereitungen gekümmert und die meisten Darsteller ausgesucht. Und er hatte gut gewählt. Dayana folgte den Kunststücken mit glänzenden Augen, so herzhaft lachte sie.

Nach den Darbietungen wurden die Geschenke an das Brautpaar überreicht. Dem Stand angemessen traten Würdenträger hervor und überreichten Juwelen und seltene Köstlichkeiten. Je prächtiger das Geschenk, umso besser situiert war der Gönner.

Bereits nach einer halben Stunde besaß Dayana drei Sets aus Diamant- und Rubinschmuck. Das wertvollste Objekt war eine Kette aus Gold, in der drei funkelnde Diamanten eingefasst waren. Zu Falks Verdruss stammte die Kette aus dem Haus von Sharuk Al'Far. Der junge Mann verzog nicht eine

Miene, als er Dayana das Schmuckstück hinhielt. Diese hatte verunsichert einen Blick darauf geworfen und sich bedankt.

Die Hochzeitsfeierlichkeiten unterschieden sich deutlich von denen Khimos. In Khimo bezahlte der Vater der Braut eine Mitgift, diese konnte nach Einigung auch vom Bräutigam gestellt werden. In seinem Land wurde das Brautpaar von den Gästen fürstlich beschenkt. Der Geschenkeberg nahm zu, je weiter der Abend voranschritt.

Als die Sonne untergegangen war und der Mond und die Sterne das Himmelszelt zierten, endete die Musik. Falk stand auf und hielt Dayana seine Hand hin. Ihre Finger zitterten, aber sie schaute ohne Scheu in sein Gesicht. Normalerweise war man in seinem Land durch dieses Fest vermählt, doch er wollte diesen Tag für Dayana unvergesslich gestalten.

Während die Adeligen eine Gasse bildeten, führte er seine Braut durch die Anwesenden zu seinen privaten Gärten. Diese hatten sich ebenfalls seit seinem letzten Besuch verändert. Auf seine Bitte hin hatte Aizen einen Hochzeitsbogen bauen lassen, der mit herrlich duftenden Blumen geschmückt war.

Als Dayana überrascht stehen blieb, trat Falk vor sie. »Ich will dich auf jedwede Art zu meiner Gefährtin machen. Das Heiratsgelübde deines Landes gehört ebenso dazu.«

Ihre Unterlippe zitterte, dann schlang sie die Arme um ihn und presste ihr Gesicht gegen seine Brust. Falk legte eine Hand auf ihren Schleier und lächelte, weil er es geschafft hatte, ihr eine solche Freude zu bereiten.

Abgesehen von Lamin und Toshiro, die immer über sie wachten, waren sie im Moment alleine. Sobald Dayana ihn losgelassen hatte, führte er sie weiter zu dem geschmückten Hochzeitsbogen.

Kurz danach trafen die speziellen Gäste ein, die er für diesen Anlass eingeladen hatte. Aizen, Aidan und Hermia, Jem und Will, aber am wichtigsten war eine Person für diese Zeremonie.

Storik Elmo stellte sich in den Hochzeitsbogen und winkte sie voran. »In meiner Eigenschaft als Kapitän eines Luftschiffes ist es mir gestattet, ein Ehegelübde verbindlich zu machen. Es ist mir eine Ehre, diese Ehe beschließen zu dürfen.«

»Mein lieber Storik Elmo, mir ist es eine Ehre«, brachte Dayana erstickt hervor.

Falk verneigte sich vor dem bärenhaften Mann. »Danke, dass du uns diesen Wunsch erfüllst.«

Die große Aufmerksamkeit schien dem Luftkapitän unangenehm zu sein, denn seine Wangen brannten vor Verlegenheit. Storik räusperte sich und richtete dann das Wort an die Anwesenden.

Falk gab sich ganz dem Eheversprechen hin. Er wusste, Lamin und Toshiro würden für ihre Sicherheit sorgen, daher konzentrierte er sich in diesem Moment nicht auf die Umgebung, sondern nur auf seine Liebste.

Was diesen Augenblick trübte, war die Abwesenheit seiner Mutter, denn abgesehen von einem weit entfernten Verwandten war kein Familienmitglied mehr am Leben. Trotzdem schafften die Teilnehmer dieser besonderen Zeremonie es, die Einsamkeit in ihm zu vertreiben. Sie waren die Menschen, die ihm am nächsten standen und die er immer im Herzen tragen wollte.

»Versprecht ihr einander zu lieben und zu achten, auf dass euer gemeinsamer Lebensweg von Glück und Freude erfüllt ist?«

Falk hatte für diesen besonderen Anlass einen Ring für Dayana und sich anfertigen lassen, den ein außergewöhnliches Juwel zierte. Nachtschatten. Ein Diamant, der seine Farbe veränderte. Viele trauten ihm zu die Stimmung seines Trägers einzufangen. Auf Dayanas Hand hellte sich das dunkle Violett auf, bis der Stein in der Farbe von lila Flieder schimmerte.

Dayanas Augen leuchteten auf, als sie den außergewöhnlichen Ring betrachtete. Dieses Geschenk war fürstlich, denn Nachtschatten war ein seltener Rohstoff. Es gab nur zwei Minen in der bekannten Welt und diesen Edelstein abzubauen war am aufwendigsten.

»Ich verspreche es«, sagte er. Dieses Mal flatterte ihm das Herz in der Brust, als Dayana seinen Ring über den Finger streifte.

»Ich verspreche es.« Ihre Stimme war klar und verständlich.

Falk konnte nicht mehr an sich halten und beugte sich zu ihr hinab, um sie zu küssen. Für einen Moment versteifte Dayana sich, dann schlang sie die Arme um seinen Nacken und erwiderte seinen Kuss.

Storik hüstelte und fuhr mit seinem letzten Satz fort, mit dem er das Brautpaar aufforderte einander zu küssen. Die Gäste lachten amüsiert und riefen ein Hoch auf sie aus.

Falk unterbrach den Kuss und lehnte seine Stirn gegen Dayanas. Nie hatte er sich glücklicher gefühlt als in diesem Moment.

Plötzlich lief eine Gestalt auf sie zu und er wurde zur Seite gedrängt. Überrumpelt sah er neben sich und lachte, denn Will hatte es kaum erwarten können, seine Schwester zu umarmen. Und hinter ihm wartete Jem darauf, Falks Frau zu gratulieren.

Dieser Gedanke ließ ihn für wenige Sekunden den Atem anhalten. Seine Frau! Sich das vorzustellen erschien ihm wie ein Wunder, daher war er froh, als Aidan zu ihm trat und ihm gratulierte.

Während all seine Freunde zu ihnen kamen um sie in den Arm zu nehmen, konnte er nicht verhindern Dayana sehnsuchtsvolle Blicke zuzuwerfen. So sehr er seine Freunde schätzte, er wollte mit ihr alleine sein. Als würde sie das Gleiche verspüren, schaute Dayana auch immer wieder zu ihm.

Es war Obosan, der sich ihrer erbarmte und die Gäste davon scheuchte.

Falk stand einige Schritte von Dayana entfernt und ging in dem Moment los, in dem auch sie ausschritt. »Endlich alleine«, flüsterte er und griff nach ihren Händen.

»Ja«, stimmte sie ihm zu. »Ich habe es genossen und mich über alle Anwesenden gefreut, aber ich konnte den ganzen Tag nur an diese Nacht denken.«

Er sollte nicht befangen sein, denn sie hatten sich schon einmal geliebt, aber heute Nacht würde er ihr zum ersten Mal in seinem richtigen Körper beiliegen.

Falk führte sie zu seinen Gemächern. »Als meine Frau wirst du ab nun bei mir schlafen.«

»Deine Höflinge werden Zeter und Mordio schreien«, lachte sie.

»Nicht lange, denn ich werde alles daran setzen, sie mit einem Erben zu beglücken.«

Dayana küsste ihn. Sie hatten sich auch über Kinder unterhalten und es war ihr Vorschlag gewesen, nicht mit dem Nachwuchs zu warten. Das Volk

Sulakans brauchte einen Erben und als Mutter seines Kindes würden sogar die Höflinge sie akzeptieren. Trotzdem wollte er mit ihr die Welt bereisen. Bereits in einem Jahr stand ein Staatsbesuch in Kidarka an und in dem Jahr darauf wollte er sie nach Khimo bringen. Um diese Reisen zu ermöglichen, würde er vieles im Voraus erledigen müssen, aber er kannte ihren Wunsch, mehr von der Welt zu sehen, und wollte ihn erfüllen.

»Ich frage mich, ob unser Kind deine Augen bekommt«, sagte sie.

»Und deine Sommersprossen«, fügte er hinzu.

Im Inneren seines Schlafgemaches löste er die Nadeln von ihrem Schleier, bis der kostbare Kopfputz zu Boden glitt. Schließlich war es ihm möglich, mit seinen Fingern durch ihre Locken zu gleiten. Er liebte es, wie seidig sie sich anfühlten. Während er eine Strähne zu seinen Lippen führte, öffnete sie überrascht den Mund. Falk gab dem Impuls nach und küsste nach ihrem Haar sie.

»Falk«, hauchte sie seinen Namen und wanderte mit den Händen zu seinem Oberteil, ließ ihre Finger auf seiner bloßen Haut tanzen.

Früher war er derjenige gewesen, der die Verführung begonnen hatte, aber Dayana war mutig genug diese köstlichen Gesten zu erwidern und er fühlte sich seltsam berauscht alleine bei der Vorstellung, wo ihre Finger demnächst sein würden.

Als sie mit der Zungenspitze suchend über seine Lippen wanderte, stockte ihm der Atem. Sanft legte er die Hände auf ihre Hüften und zog sie eng an sich. Diese Nacht sollte nur ihnen gehören.

Er hatte Mühe, sich zu beherrschen, denn nie zuvor hatte er sich so gewollt gefühlt. Dayana öffnete die Knöpfe seines Oberteils, während sie ihn immerzu küsste und in Richtung Bett schob.

Gerade als er sich darauf sinken lassen wollte, erklang von draußen eine Stimme. »Falk? Dayana?«

Er stieß ein unterdrücktes Knurren aus, als er den Sprecher als Aizen erkannte. Da er wusste, dass sein Berater ihn niemals grundlos gestört hätte, fuhr er nicht aus der Haut. Dayana lehnte sich schwer atmend gegen ihn.

»Was ist?«, fragte er grollend.

»Es gibt Ärger.«

8

Die Hochzeitsgesellschaft hatte sich bereits aufgelöst, daher trafen sich zu dieser nächtlichen Besprechung nur die Mitglieder des Kriegsrates, zu dem unter anderem auch Obosan und Sharuk Al'Far gehörten. Da Dayana wusste, dass die Männer Sulakans nichts davon hielten, eine Frau im Kriegsrat zu haben, stand sie mit Hermia in der Nische, die es ihnen erlaubt, das Geschehen im Thronsaal zu verfolgen, ohne gesehen zu werden.

»Was ist passiert?«, fragte Hermia leise genug, damit nur Dayana sie hörte.

»Ich weiß es nicht«, antwortete sie ebenso leise.

In dem Saal, dessen Wände golden schimmerten, kam es zu Bewegungen, als ein hagerer Mann zum Ende des Raumes schritt, wo Falk auf seinem Thron saß. Seine Kleidung war staubig und das junge Gesicht ungewaschen. Er musste stundenlang ohne Unterbrechung geritten sein.

»Mein König, das ist Soldat Elis Danber, der in Ashkan stationiert war.« Sharuk Al'Far trat vor Falk und deutete auf den erschöpften Mann. »Er hat Kunde, die uns nicht gefallen wird.«

Von ihrem Platz aus sah Dayana, wie Falk den Krieger ins Auge fasste. »Sprich.«

»Seid gegrüßt, mein König. Ich gehöre zur Stadtwache der großen Stadt Ashkan und wollte gerade meinen Dienst antreten, als wir angegriffen wurden.«

Jeder hielt den Atem an. Selbst Dayana wusste, dass Ashkan das Juwel des Landes war. Die gewaltigen Archive der Stadt waren mit uraltem Wissen gefüllt. Ein solcher Verlust würde Sulakan schwächen.

»Wer griff an?«, wollte Obosan wissen.

Der Mann schaute nun zu ihm. »Mitglieder der Randstämme. Ich kann nicht genau sagen, welcher Stamm, aber sie trugen das rote Band um die

Brust. Sie haben viele getötet. Mich ließen sie am Leben, damit ich dem König berichte.«

Falk hatte die Randstämme mit einem Friedensvertrag im Sinn zu ihrer Hochzeit eingeladen. Das musste ihre Antwort sein.

Tief in ihrem Inneren fühlte Dayana einen Stich des Entsetzens, denn diese Handlung bedeutete Krieg. Als hätte Falk ihre Gefühle vernommen, blickte er in ihre Richtung. Sie wäre am liebsten zu ihm gegangen, um ihn in den Arm zu nehmen. Die Angst drohte diesen besonderen Tag zu verderben.

»Elis Danber.«

Der Mann richtete sich strammer auf, als Falk ihn direkt ansprach. »Mein König?«

»Du hast einige schlimme Tage hinter dir. Ich kann dir ansehen, dass du ohne Unterbrechung durchgeritten bist. Ruh dich aus und nimm etwas Essen zu dir.«

Der Soldat rührte sich nicht von der Stelle.

»Du hast mir etwas zu sagen?«, fragte Falk.

»Ashkan ist mein Zuhause, die Stadt, die zu schützen ich geschworen habe. Es war nicht richtig, dass man mich gehen ließ, während meine Freunde gefangen genommen und getötet wurden.«

Anhand seiner zitternden Stimme musste der Bote ziemlich jung sein, vielleicht hatte man ihn deswegen gehen lassen.

Falk schritt auf ihn zu und legte eine Hand auf seine Schulter. »Ich werde noch heute nach Ashkan aufbrechen. Reitest du mit mir?«

Da fing Elis Danber an zu zittern. »Sie wollten, dass ich die Gelegenheit ergreife, meinen König zu töten, aber das kann ich nicht.«

»Wer wollte das?« Falks Stimme klang immer noch ruhig, obwohl er innerlich toben musste.

»Ich kenne seinen Namen nicht, aber die meisten nennen ihn den Riesen. Er sagte, dass er bei jedem Sonnenaufgang zehn Soldaten köpfen lässt.«

Daher rührte seine verzweifelte Unruhe. Sie würden es niemals vor Sonnenaufgang nach Ashkan schaffen.

»Und wieso hast du die Gelegenheit nicht ergriffen?«

Von ihrem Platz aus konnte sie es nicht genau sagen, aber sie glaubte, dass der junge Krieger Falks Blick suchte.

»Die Gnadenlosigkeit, die der Riese an den Tag legte, habe ich nie zuvor gesehen. Er hätte meine Freunde selbst dann nicht verschont, wenn ich meinen König ermordet hätte.«

»Dann werden wir ihm diese Gnade auch nicht erweisen«, sagte Falk und da nickte Elis mit neu gewonnener Zuversicht.

»Ich reite mit Euch.«

»Die Vorbereitungen werden Stunden dauern, selbst wenn wir uns beeilen. Ich meine es ernst, iss etwas, trink genug und ruh dich aus. Der Ritt nach Ashkan wird uns viel abverlangen.«

Dieses Mal verließ der Bote den Thronsaal.

Für Minuten herrschte Ruhe, die von Aizen unterbrochen wurde. »Es fängt also an.«

»Ich hatte gehofft, dass es nicht dazu kommen wird.«

Falk kam auf sie zu. Für einen Moment glaubte Dayana, dass er zu ihr treten würde, doch kurz vor der Nische blieb er stehen. Sie streckte die Hand aus und legte sie auf die Raumabtrennung.

»Aizen, weißt du, wer der Riese ist?«, wollte Aidan wissen.

»Ich kenne nur einen, der aus der Masse sticht. Sein Name ist Brudan Kel Kaffar. Ich hatte nicht viel mit ihm zu tun, aber selbst mir sind Geschichten über seine Grausamkeit zu Ohren gekommen. Wenn wir ihn nicht aufhalten, wird er ganz Ashkan niederbrennen. Die Worte des Boten stimmen, er wird seine Drohung wahrmachen.«

Dann blieb Falk wirklich keine andere Wahl. Er würde in den Krieg ziehen.

Während der Kriegsrat über ein rasches Vorgehen entschied, konnte Dayana nicht mehr an sich halten. Sobald Falk verkündete, dass sie sich in einer halben Stunde in den Ställen treffen würden, rauschte sie aus ihrem Versteck. Hermia versuchte nicht sie aufzuhalten, da sie ihren eigenen Weg ging, der sie zu Aidan führte.

Da Dayana wusste, dass Falk so schnell wie möglich zu ihr kommen würde, eilte sie zu ihrem gemeinsamen Gemach und öffnete gerade die Tür, als er um die Ecke bog. Zuerst wollte sie auf ihn zulaufen, doch sie befürchtete in Tränen auszubrechen und das wollte sie nicht auf dem Gang tun.

Ihr Liebster schien zu wissen wie es in ihr aussah, denn er nahm ihre Hand und führte sie in das Schlafzimmer. Erst dort zog er sie an sich und vergrub seine Lippen in ihrem Haar.

»Unsere Hochzeitsnacht habe ich mir anders vorgestellt.«

Der Tag, an dem sie sich vermählt hatten, würde der Tag sein, an dem der Krieg begann. Die meisten würden es als ein schlechtes Omen deuten und deswegen hatten die Randstämme diesen Zeitraum für einen Angriff auf Ashkan gewählt.

»Ich will mit dir kommen«, versuchte sie ihn zu überreden. »Hermia begleitet Aidan auch.«

»Hermia ist eine Begabte.«

»Ich handhabe den Bogen besser als viele deiner Krieger«, versuchte sie es weiter.

»Dann wäre der Palast schutzlos und jeder könnte angreifen.«

Sie hasste seine Logik. »Also lässt du mich zurück, damit ich unser Zuhause beschütze? Ich nehme dich beim Wort. Wenn es einen Angriff gibt, stehe ich bewaffnet auf Sulas Wehrmauern.«

Für einen Moment schien er wie erstarrt, dann lachte er. »Mit Toshiro an deiner Seite kann ich mich mit dem Gedanken anfreunden.«

Dayana küsste ihn. »Falls du es wagst zu sterben, werde ich dir die Hölle heiß machen. Du hast mich erst zu deiner Braut gemacht, wag es ja nicht, mich zu deiner Witwe zu machen.«

»Niemals«, versprach er ernst. »Es gibt noch einiges zu erledigen, bevor ich sterbe.«

Erneut küssten sie sich. Mit einem Gefühl der Frustration klammerte sie sich an ihn. Sie wollte ihn in ihrem Bett und nicht in einer Schlacht, aber die Menschen Ashkans brauchten ihren König mehr als sie ihren Mann.

»Dann geh und komm gesund zurück.«

Sie wollte ihn bitten zu bleiben so lange er konnte, wusste aber, dass der Kriegsrat ihn ebenfalls brauchte. Viele Entscheidungen mussten noch getroffen werden. Selbst dieser kurze Moment mit ihr war Zeit, die ihm fehlte, daher hielt sie ihre Ängste zurück.

Falk schaute sie liebevoll an, als wolle er sich jeden Gesichtszug einprägen, schließlich presste er seine Lippen auf ihre Stirn. »Wenn ich heimkehre, mache ich dich zu meiner Frau«, versprach er ihr. Weil sie in Tränen ausgebrochen wäre, nickte sie anstelle einer Antwort.

Als er den Raum verlassen hatte, ließ sie sich auf die Sitzgelegenheit sinken und presste sich die Hand auf die schmerzende Brust.

»Komm gesund zurück«, flehte sie leise.

9

Eine Schar Krähen verkündete das schlimme Schicksal Ashkans, noch bevor sie es mit eigenen Augen sahen. Falk, der an der Spitze seines Heeres ritt, hatte schon die ganze Zeit ein ungutes Gefühl in den Eingeweiden gehabt. Jetzt verwandelte sich dieses Gefühl zu einer Faust, die seinen Magen umschloss.

»Wir sind zu spät.« Die stockenden Worte waren von Aidan gesprochen worden.

Falk gab Teufel die Sporen und preschte voran. Es war gedankenlos und er müsste sich von seinen Freunden sicher eine Schimpftirade anhören, doch er konnte nicht anders.

Ashkan, das Herz seines Landes, lag rußgeschwärzt unter der grellen Sonne. Die einst hellen Sandsteinwände waren blutbesudelt, als hätten die Angreifer die Bewohner auf den Wehrmauern geköpft und sie dort ausbluten lassen.

Jemand ritt neben ihm. Er erwartete ein Mitglied seines Stabes zu sehen, stattdessen war es Elis, der sein Pferd gnadenlos antrieb, schneller zu reiten. Auf dem Gesicht des jungen Mannes lag der gleiche panische Ausdruck wie in seinem, nur war es für den Soldaten schlimmer, denn das hier war seine Stadt und die Toten darin seine Freunde.

»Falk, schau.« Aizen hatte ihn eingeholt und deutete zu einer Stelle, die sich östlich von Ashkan befand und über der die Krähenschar wie ein düsterer Vorbote schwebte.

Nachdem Falk den leichten Hang überwunden hatte, konnte er einen Blick auf das werfen, was sich dort befand. Zuerst glaubte er die Randstämme hätten etwas gebaut, vielleicht eine Falle, doch dafür standen die Holzblöcke zu nah beieinander. Er hob die Hand und deutete an dorthin reiten zu wollen. Sein Heer wendete gekonnt und strebte das eigenartige Gebilde an.

Erst als Elis einen qualvollen Schrei ausstieß, begriff Falk. Sein Magen, der bisher gegrummelt hatte, schwieg, stattdessen pochte sein Herz und pumpte das Blut schneller durch seine Adern. Eine ungläubige Stille hatte sich auf ihn gelegt.

Er zügelte Teufel und sog den Anblick in sich auf, obwohl er sich am liebsten abgewandt hätte. Die Szene vor seinen Augen war zu grausam, um wahr zu sein. Sein Verstand weigerte sich zu begreifen, was seine Augen sahen.

»Diese Bastarde«, knurrte der sonst immer beherrschte Aizen. »Diese verfluchten Bastarde!«

Elis hatte die ersten Pfähle erreicht und versuchte sie zum Umkippen zu bringen.

Die Ruhe, die Falk überkommen hatte, zeugte nicht von Gleichgültigkeit, sondern von einer entschlossenen Wut. Das hier waren seine Landsleute, sein Volk, das zu schützen er geschworen hatte und jemand hatte sich auf die grausamste Weise an ihm vergriffen, die er jemals erlebt hatte. Es war ihm gleich, welche Konsequenzen das nach sich ziehen würde, aber nun, als er die etwa zweihundert Männer und Frauen sah, die man zum Sterben auf Holzpflöcke gebunden hatte, schwor er sich die radikalen Randstämme vollständig zu vernichten.

»Los, helfen wir ihnen«, rief er seinen Männern zu und stieg von Teufels Rücken.

Einige Krähen hatten sich an den wehrlosen Menschen gütlich getan. Er wollte sich die Furcht noch nicht einmal vorstellen, die sie bei ihrem Anblick überkommen haben musste.

Innerhalb mehrerer Stunden schafften sie es gemeinsam, alle Menschen von den Pfählen zu holen. Von den zweihundert waren zehn am Leben und selbst sie standen an der Schwelle des Todes. Einer von ihnen war entstellt. Er hatte ein Auge und mehrere Stücke Fleisch an die Krähen verloren. Der Verwundete musste Elis' Freund sein, denn der junge Mann hielt sich die ganze Zeit in seiner Nähe auf.

***

Die Bewohner Ashkans von den Pfählen zu holen, die Überlebenden zu versorgen und die Toten zu vergraben, hatte den ganzen Tag angedauert. Die Nacht brach schnell über das Tal herein, in dem Ashkan lag, und verbarg die von Menschenhand begangenen Gräueltaten.

Als Falk das Heilerzelt betrat, wollte Elis aufstehen. »Bleib sitzen«, bat er den jungen Mann. »Du musst vollkommen erschöpft sein.«

»Genauso wie Ihr, Herr.«

Die Bewunderung, die ihm aus Elis' Augen entgegen strahlte, ließ Falk befangen werden, denn er hatte sie nicht verdient.

»Nie zuvor sah ich einen Adeligen so unermüdlich schuften, dass er dreck- und blutverschmiert war, und Ihr findet die Zeit, nach Euren Leuten zu schauen.«

Falk ließ sich auf einen leeren Stuhl sinken und warf einen Blick auf Elis' Freund, der zu seinem Glück den Schmerzen davonschlummerte. »Ich hätte schneller sein müssen«, flüsterte er erschöpft.

»Das sage ich mir auch die ganze Zeit. Ich hätte schneller sein müssen, aber das war nicht möglich. Wir sind so geschwind, wie es ging, hierher geritten. Natürlich wäre ein Flugschiff schneller gewesen, aber es hätte Zeit gekostet, eines anzufordern, und es wäre auf das gleiche Ergebnis hinausgelaufen.«

Falk schaute ernst zu Elis auf. »Ashkans Vernichtung war mir eine Lehre. Ich werde nicht wieder eine Stadt ungeschützt lassen.«

Er würde dafür sorgen, dass es ein Sicherheitsnetz in ganz Sulakan gab. Dafür würde er eine Armada aus Flugschiffen aufstellen, aber die Randstämme würde er persönlich jagen.

»Ich frage mich, wieso sie die anderen getötet haben und nur diese zweihundert auf die Pfähle banden.«

»Balan meinte, dass der Anführer der Angreifer zweihundert seiner Männer verlor, als die Sicherheitsmaßnahmen der Universität in Kraft traten. Er wollte Gleiches mit Gleichem vergelten.«

Elis' Stimme klang erschüttert, als würde das Geschehene auszusprechen es noch schlimmer machen.

»Wenn wir diesem Monster gegenüberstehen, werden wir ihm dieselbe Behandlung zuteil kommen lassen und keine Gnade zeigen«, knurrte Falk. Er erhob sich und nickte Elis zu. »Bleib bei deinem Freund. Ich werde Leute abstellen, die die Überlebenden in Sicherheit bringen. Die anderen werden auf eine Konfrontation mit den Randstämmen zusteuern. Du kannst entscheiden, ob du mit deinem Freund gehst oder ...«

»Ich begleite Euch«, antwortete Elis, ohne zu zögern. »Wenn dieses Monster nicht aufgehalten wird, wird es noch mehr Opfer geben.«

Falk konnte nicht widersprechen, denn er wusste, dass der junge Krieger recht hatte.

»Ich ...«

Die wispernde Stimme war weder von Falk noch von Elis gekommen. Erst als der Verwundete sich auf dem Lager regte, merkten sie, dass er wach war.

»Balan?« Elis beugte sich sofort über ihn. »Brauchst du etwas? Hast du Durst?«

»Ich habe euch ... sprechen gehört«, flüsterte der Verwundete. Er musste genauso jung wie sein Freund sein, aber sein zerstörtes Gesicht erzählte eine Geschichte voller Grausamkeit. Jeder Mensch, der einen Blick auf ihn werfen würde, würde im ersten Moment zusammenzucken.

»Du solltest schlafen«, versuchte Falk auf ihn einzureden.

»Nein, ich muss es sagen. Wenn ihr aufbrecht, will ich mit euch gehen.«

Das verschlug Falk die Sprache. Sogar Elis wusste nicht was er sagen sollte. Schließlich trat er an das Bett heran und sah in das gesunde Augen des Überlebenden, das nicht von dicken Bandagen verborgen war. »Dein Körper braucht Zeit, um zu heilen, Balan, und wir müssen schnell reiten.«

»Ich halte durch«, beharrte er darauf.

»Das musst du nicht. Du kannst mit uns kämpfen, wenn du zu Kräften gekommen bist. Lass dich heilen, erlange deine Stärke zurück und komm dann nach.«

Widerspenstig schüttelte der junge Mann den Kopf. »Nein, ich muss mit euch reiten. Ich weiß nicht, wieso ich ihn verspüre, aber in mir ist ein Drang, der keine Ruhe gibt. Ich werde erst Frieden finden, wenn der Verantwortliche getötet ist.«

Balans schmales Gesicht war einst wunderschön gewesen, nun war er entstellt, doch sein verbliebenes rechtes Auge leuchtete mit einer Stärke, die Falk beeindruckte. Er sparte sich seine Überzeugungsversuche, denn er wusste, dass Balan nicht nachgeben würde.

»Wenn Elis sich bereit erklärt sich um dich zu kümmern, darfst du bei dem Tross bleiben.«

Der Soldat verneigte sich. »Ich passe auf ihn auf, Herr.«

Balan verzog den verstümmelten Mund zu einem Lächeln. »Das erinnert mich an die Zeit im Bau. Weißt du noch, wie unser Vorgesetzter uns letztes Jahr angeschrien hat, weil du damals so betrunken warst, dass ich dich in dein Bett tragen musste?«

Falk, der sich auf den Weg zum Ausgang gemacht hatte, drehte sich zu den beiden um. »Im Bau? Soweit ich mich erinnere, wird die Kaserne so bezeichnet. Wie alt seid ihr wirklich?«

Ertappt erwiderten Elis und Balan seinen Blick.

»Eure Zukunft hängt von dieser Antwort ab, also denkt nach, bevor ihr sprecht«, warnte er sie.

»Sechzehn«, gestand Elis leise.

»Du sagtest, du seist ein Soldat Ashkans.«

»Das ist er«, bestätigte Balan. »Als die Angreifer uns zu übermannen drohten, waren nicht genug Truppen hier stationiert. Deswegen hat unser Kommandant die Altersgrenze für den Dienst gesenkt. Glaubt uns, mein König, wir haben bei Ashkans Fall mehr als genug Kampferfahrung gesammelt, um Männer genannt zu werden.«

Vom Alter her waren sie trotzdem Kinder. Falk widerstand dem Drang, sie sofort nach Sula zu schicken, wo sie in Sicherheit wären. Dort würden sie nicht lange bleiben. Er erkannte es in ihren entschlossenen Mienen.

»Ich werde mit meinem Berater und mit meinem Befehlshaber darüber sprechen. Bis dahin ruht ihr euch aus.«

Er hasste es, dass er nichts zu sagen wusste. Die passenden Worte müssten ihre Herzen erreichen können, aber er war immer noch zu gefangen von Ashkans Untergang.

Sobald er das Zelt verlassen hatte, suchte er nach Aizen und Aidan, doch von den beiden war keine Spur zu sehen. »Wo ist der Befehlshaber?«, fragte er einen vorbeigehenden Soldaten.

»Beim Abgrund, Herr.«

»Mein König.« Lamin trat aus dem Schatten, von dem aus er über ihn wachte. »Aizen wollte sich den Zustand der Universität ansehen.«

»Gut, wir reiten ebenfalls dorthin.«

***

Die Angreifer hatten versucht die Stadt in Schutt und Asche zu legen, doch man hatte eine feuerfeste Paste in die Häuser eingebaut, die ein Ausbreiten der Flammen verhinderte. Viele Gebäude waren abgebrannt, aber Ashkan war nicht vollständig vernichtet worden. Trotzig hatte es sich den Randstämmen widersetzt.

Falk lächelte matt, als eine Bilderflut an seinem inneren Auge vorüberzog. Als Kind war er oft in dieser Stadt gewesen, da ein Zweig seiner Familie hier lebte. Er erinnerte sich an hohe Mauern, die das Licht der Sonne reflektierten.

Ashkans Bewohner waren Forscher und hatten die fortschrittlichsten Geräte hergestellt, denn Wissen war hier großgeschrieben worden. Und genau das verstand er nicht. Ashkan hätte nicht so einfach fallen dürfen. Die Stadt hätte einer jahrelangen Belagerung standhalten können. Wie also hatten die Feinde es ins Innere geschafft? Das war die Frage, die er noch ergründen musste.

Während er ritt, bemerkte er eine Straße, die ihm bekannt vorkam. In der Nähe hatte sein entfernter Cousin gelebt. Teufel brachte ihn schnell voran und bald schon hatte er das prachtvolle Anwesen erreicht, das er als Kind mehrere Male besucht hatte. Das Blut auf der Straße und auf den Wänden verriet nichts Gutes. War er nun das einzig lebende Mitglied der Königsfamilie? Er hatte sich seinem Cousin nie verbunden gefühlt, aber jetzt verspürte er einen Stich der Einsamkeit im Herzen. Falk konnte nicht glauben, dass der Erhalt seiner Dynastie nun auf seinen Schultern lag.

»Herr.« Lamin deutete vor sich. Falk folgte seiner ausgestreckten Hand und schluckte, denn es fehlte ein ganzes Viertel in dem Stadtbild Ashkans.

Er hatte sein Ziel noch nicht erreicht, als er die Rufe seiner Krieger hörte. Allesamt hielten sie sich an der Schwelle des Universitätsgeländes auf. Dieses war durch zwei Tiere gekennzeichnet, die links und rechts auf der Straße thronten, die zur Universität führte. Die Schlange aus schwarzem Metall überragte ihn um drei Meter. Sie hatte sich aufgerichtet, wie sie es tat, wenn sie sich kurz davor befand, ihr Gift in einen Biss zu legen. Sie und ihr Gift galten als Wahrzeichen für Gesundheit und Weisheit. Das andere Tier stellte einen goldenen Löwen dar. Majestätisch schritt er voran und hielt den Blick unabänderlich auf sein Ziel gerichtet. In ihm sahen die Menschen Ashkans Stärke, die diese Stadt ebenso vorangebracht hatte wie die Weisheit. Nur hundert Meter hinter ihnen müsste sich die Mauer befinden, die das Universitätsgelände umschloss.

Bei seinem Herannahen teilten sich die Krieger. Falk zügelte seinen Hengst und ließ sich aus dem Sattel gleiten, als er Aidan und Aizen entdeckte. Beide Männer trugen eine finstere Miene zur Schau.

»Mein König.« Aizen verneigte sich leicht.

Schweigend trat Falk an den Kraterrand und blickte in die Tiefe. Was er sah, war Sand, der den Boden des Kraters bedeckte. Falk erkannte den Schutzmechanismus. Jeder Prinz war darüber unterrichtet worden.

Um das Wissen vor der Zerstörung zu bewahren, hatten die Gelehrten den Turm der Weisheit in ein Sandgrab gebettet. Das Schlimme daran war, dass sich im Inneren des Turmes noch Menschen befanden, die unter Massen von Sand verschüttet waren. Die Legende besagte, dass nur Ishar das Wissen aus seinem Grab befreien konnte. Aber wie es mit Legenden der Fall war – sie trafen nicht immer zu.

Falk verspürte den Wunsch zu schreien. Diese verfluchten Fanatiker hatten vorgehabt die mehrere Jahrtausende alte Geschichte seines Landes zu vernichten. Den Gelehrten war keine andere Wahl geblieben.

»Wir könnten versuchen ihn zu bergen«, schlug Aidan vor.

»Nein, das können wir nicht«, entgegnete Falk ruhig. »Die Schutzmechanismen sind aktiv und der Sand wird uns behindern.«

Er würde seine Männer riskieren und die Gelehrten im Turm waren so gut wie tot. Dieses Wissen erfüllte ihn mit Verzweiflung. Er wollte sie und sein Volk retten, wusste aber nicht wie.

Falk schloss für einen Moment die Augen und richtete seine Gebete an Ishar. Er flehte um das Leben der begrabenen Menschen, wusste aber, dass sie nicht immer überall sein konnte.

»Und was machen wir jetzt?«, fragte Aidan.

Falk öffnete die Augen. »Ashkans Mörder haben einen Vorsprung. Wir setzen alles daran sie einzuholen.«

Viele der Männer, die ihn gehört hatten, gaben mit immer lauter werdenden Rufen ihre Zustimmung kund. Selbst seine Vertrauten nickten ihm beipflichtend zu. Er ließ Ashkan nicht im Stich, denn die Menschen dieser Stadt waren zum großen Teil vernichtet worden. Aber es gab noch mehr Leute, die den Randstämmen zum Opfer fallen konnten. Obwohl sein Herz danach schrie, zu Dayana zurückzukehren, musste er diese schändlichen Täter zur Strecke bringen.

»Aidan, schick Kundschafter aus. Sie sollen herausfinden wohin die Randstämme geritten sind. Aizen, wir bereiten alles für unseren Aufbruch vor. Im Morgengrauen wird die Jagd nach den Mördern weitergehen.«

Obwohl seine Männer ihm zuriefen, dass sie an seiner Seite reiten würden, fühlte Falk sich ruhelos. Das würde kein kurzer Kampf werden. Die Randstämme lebten unter den härtesten Bedingungen. Sie waren stark und kannten das Land am besten. Es konnte ihn alles kosten, einen Stamm zu besiegen und er musste gleichzeitig darauf achten, sie nicht zu einem Bündnis miteinander zu treiben.

10

»Eine Frau sollte niemals alleine ausreiten. Und überhaupt, wieso hier?«

Dayana hielt sich betont gerade auf Sells Rücken und vermied es, zu dem alten Drachen zu sehen, der sich selbst zu ihrem Beschützer ernannt hatte. Der grauhaarige Mann war als Haremswächter ausgebildet worden. Da Falk abgelehnt hatte sich weitere Frauen zu nehmen, übertrug er seine Aufmerksamkeit auf sie. Sie war die Gemahlin des Königs und dadurch seine Königin, aber in seinen Augen stand sie als Frau weit unter ihm.

Obwohl ihr bald der Kragen zu platzen drohte, wusste sie, dass sie die Unterstützung seines Hauses brauchte, weswegen sie sich auf die Zunge biss und den aufsteigenden Fluch in ein Lächeln verwandelte. »Ioran Kizam, du machst dir zu viele Sorgen.«

»Und das zu Recht. Diese Stadt ist voller Gefahren. Hier sind Diebe und Mörder unterwegs. Und wenn es nicht die Kriminellen sind, dann sind es die Menschen, in denen Krankheiten stecken.«

Der alte Mann sah in jedem Bewohner Sulas Schmutz und Unwürdigkeit. Es musste ein Zwang sein, denn er wusch sich mehrmals täglich die Hände, bis die Haut rissig wurde. Auch berührte er niemanden, wenn es nicht sein musste.

»Aber ich bin nun mal die Ehefrau des Königs, werter Ioran. Sula ist die Hauptstadt Sulakans und ich möchte sie kennenlernen. Vom Palast aus werde ich das nicht erreichen.«

Bevor er dazu kam, die Frage zu stellen, warum sich eine Frau mit dem Volk abgeben musste, ritt Dayana zu Will und Jem auf. Die Jungen reagierten verdrossen auf die Anwesenheit des Eunuchen. Ihnen wäre ein Ausritt ohne den Haremswächter auch lieber gewesen.

»Herrin ...«

Ioran verstummte, als Toshiro vor ihn ritt und ihm so die Sicht auf sie versperrte. Dayana lächelte ihn dankbar an und richtete ihren Blick wieder nach vorne. Sie trug prunkvolle Kleider, die das Zeichen Ishars zwischen ihren Brüsten für alle sichtbar ließen. Die freizügige Kleidung war bei jungen Frauen akzeptiert und viele Menschen nahmen ihre Ankunft freundlich auf. Mit den Frauen unterhielt sie sich über die Wüstengöttin. Obwohl sie Ishars Kräfte in ihrer ersten Liebesnacht mit Falk verloren hatte, spürte sie den Segen der Göttin immer noch in sich. Falk hatte mit seinen Worten recht gehabt, sie würde für immer zu Ishar gehören.

Mehrere Male bat sie Toshiro anzuhalten, um sich mit den Stadtbewohnern zu unterhalten. Ihre Aussprache war gut, aber der feine Dialekt verriet sie als Ausländerin. Die älteren Stadtbewohner empfingen sie harscher, aber nicht feindselig. Dayana macht sich Mühe, ihre Aussprache zu verbessern, nachdem die Alten sie korrigiert hatten, was von ihnen gerne gesehen wurde. Am Anfang, als sie Toshiro gebeten hatte Sula zu besuchen, wäre der Sandreiter fast einem Herzanfall erlegen. Er hatte erst zugestimmt, als sie mit einer angemessenen Eskorte einverstanden war.

Nachdem die Menschen gesehen hatten, dass sie sich bemühte die Gebräuche Sulakans zu lernen, war das Misstrauen zu ihr verschwunden. Sie war immer noch eine Tochter Khimos, aber sie wollte lernen und das gefiel den Menschen. Mittlerweile war auch Toshiro nicht mehr angespannt wie eine Bogensehen. Natürlich blieb er weiterhin auf der Hut, aber er sah ein, dass ihre täglichen Ausritte etwas veränderten. Die Bewohner von Sula begannen sie zu akzeptieren.

Ihre Reitgesellschaft erreichte den großen Markt. Dayana ritt an unzähligen, mit bunten Tüchern behangenen Ständen vorbei. Händler hielten ihr kostbare Waren hin und priesen sie mit den ausgefallensten Lobreden. Mehr als einmal erwischte Dayana sich dabei, nach einem wunderschönen Stoff oder einer goldenen Kette zu greifen, und konnte sich nur mit Mühe zurückhalten. Als Königin stand es ihr zu, den ganzen Markt leer zu kaufen, doch die Staatskasse war geplündert. Weskar hatte Unsummen in den Ausbau der Luftflotte investiert und auch die mittlerweile geflohenen Söldnertruppen mussten ein Vermögen gekostet haben. Wichtige Einkäufe wurden generell von Palastbediensteten erledigt.

Das Herz des Marktes befand sich in einem Atrium, in dem die Menschen sich hinsetzen und eine Kleinigkeit essen konnten. Hier stand auch der legendäre Alabasterbrunnen Sulas.

Dayana hielt ihr Pferd an, damit Toshiro ihr beim Abstieg helfen konnte. Danach ging sie zu dem großen Brunnen, der zu Füßen der Wüstengöttin erbaut worden war. Ishar war eine Göttin mit vielen Gesichtern, daher konnte ein junges wie auch ein altes Antlitz zu ihr gehören. Während sie darauf zuging, erinnerte sie sich an das erste Mal, als sie diesen Brunnen in einer Vision gesehen hatte, die ihr der Magier Loran geschickt hatte, damit sie Falk nach Sula brachte. Damals schon hatte sie den Markt wunderschön gefunden, aber mit der Wirklichkeit war ein Traum nicht zu vergleichen.

Die Frauen, die am Brunnen ihre Wasserkrüge auffüllten, schenkten ihr ein Lächeln und grüßten sie freundlich, als Dayana sich auf die warmen Steine setzte und die Finger durch das Wasser gleiten ließ. Der Anhänger, der von ihrem Stirnband hing, glitt zur Seite und funkelte im Sonnenlicht.

»Hast du Durst?«, erkundigte sich Toshiro, weil er ihre Nachlässigkeit kannte, nicht genug zu trinken. In einer Wüstenregion zu leben, war etwas anderes als in Khimo, wo es selten unerträglich heiß wurde.

»Ja, bitte.«

Sie stand auf und nahm den Trinkschlauch von ihrem Beschützer entgegen. Jem und Will hatten bei einem Händler haltgemacht, der kostbare Dolche verkaufte, während Ioran sich bei einem Mann im Atrium aufhielt, der prächtige Stoffe verkaufte. Obwohl der Eunuch es nicht ertragen konnte, Menschen zu berühren, ließ er mit sichtbarem Genuss die Seide über seine Finger gleiten.

Aus diesem Mann wurde sie nicht schlau. Er kritisierte sie bis zum Äußersten und doch sorgte er dafür, dass sie die prachtvollsten Kleider und Juwelen trug. Ioran sah es als seine Pflicht an, die Königin herrschaftlich herzurichten. Dafür drängte er sie oft genug endlich einen Erben hervorzubringen. Die Fragen, die er ihr stellte, hätten jede Gouvernante in die Flucht geschlagen.

Dayana hatte sogar davor gestanden, ihm eine saftige Ohrfeige zu verpassen. Allerdings wusste sie, dass er sich körperlich rein gar nichts aus ihr machte. Sie war nur ein Gefäß, das einen Erben für seinen König hervorbringen konnte. Das war seine Pflicht als Haremswächter. Aus diesem Grund sah sie über die persönlichen Fragen hinweg.

Als der alte Mann einen tiefroten Stoff in die Höhe hielt, leuchteten seine Augen begeistert. Dayana wusste sofort, dass sie demnächst ein neues Kleid in ihrem Schrank vorfinden würde.

»Du könntest dem König schreiben«, sagte Toshiro.

»Und was? Dass der Haremswächter sich zu sehr um mein Wohl sorgt? Falk hat genug um die Ohren. Ich werde ihn nicht mit Problemen belasten, die ich selbst lösen kann. Ioran ist nicht gefährlich, ich kann ihn handhaben.«

Dessen war sie überzeugt. Sie wollte in Falks Abwesenheit neue Verbündete gewinnen. Deswegen lernte sie täglich mehrere Stunden lang Wissenswertes über Sulakans Adel. Die wichtigsten Familien kannte sie bereits von ihrem Unterricht, den sie als Grafentochter genossen hatte. Allerdings hatte sich das Machtverhältnis in den vergangenen Jahren verändert und sie musste sich auf den neuesten Stand bringen. Viele Gelehrte Sulas hielten nichts davon, einer Frau Politik beizubringen. Sie hatte einige Höflinge um Unterstützung gebeten und es gerade noch so aussehen lassen können, als wolle sie nur aus Eifer alles lernen. Die zuvor misstrauischen Männer hatten sie nachsichtig belächelt und gemeint, dass sie lieber Unterricht in den schönen Künsten nehmen solle. Um dennoch etwas zu lernen, verbrachte sie Stunden in der Bibliothek. Der Archivar ließ sie gewähren, nachdem er sich vergewissert hatte, dass sie nach Wissen lechzte und die Bücher anständig behandelte. Trotzdem weigerte auch er sich ihr etwas über Sulakans Politik beizubringen.

Weil sie auf diese Weise nicht zu Wissen gelangte, versuchte sie es über die Dienerschaft, indem sie vorgab eine vorbildliche Gastgeberin sein zu wollen. Das fanden die Menschen nicht sonderbar, immerhin war es höflich, sich nach den Familien zu erkundigen, die im Palast residierten. Mittlerweile hatte sie eine Liste zusammengestellt und wusste sogar, dass sich sieben potenzielle Bräute für Falk in Sula aufhielten.

Dayana seufzte. Als Hermia bei ihr gewesen war, hatte sie sich mit jemandem aussprechen können, aber nun war sie alleine. Toshiro würde ihren Groll nie so verstehen können, wie es eine Frau tat, deswegen teilte sie sich ihm nicht mit, was diesen Punkt betraf.

Durch das Säulengeflecht, das sich über das Atrium spannte, blinzelten vereinzelt Sonnenstrahlen hindurch. Dayana schloss die Augen und genoss die Betriebsamkeit des Marktes. Die vielen Stimmen kündeten von einer florierenden Wirtschaft. Besser könnte es für ein Land nicht laufen. Die Frauen unterhielten sich am Brunnen über alltägliche Sachen. Eine sprach von ihren schlaflosen Nächten, weil das Baby zahnte, während eine andere über Rückenschmerzen klagte und darum betete, Ishar möge die Geburt endlich einleiten.

Diese Gespräche waren Dayana am liebsten. Sie konnte den Frauen bei ihren Problemen nicht helfen, aber sie zeigten ihr, dass in Sula der normale Alltag herrschte.

Plötzlich vernahm sie in dem Gewirr vieler sprechender Menschen eine Stimme, die ihr im Gedächtnis geblieben war. Dayana richtete den Blick wieder nach vorne und konnte eine Frau ausmachen, die sich lautstark bei einem Händler über die horrenden Preise beschwerte.

»Ein dreifacher Preisaufschlag? Kein Wunder, dass sich der Wein in Sula nicht verkaufen lässt. Ich wollte meinen Quellen nicht glauben, aber das hier zu sehen, bestätigt meine schlimmsten Befürchtungen.«

»Du hast hier nichts zu sagen, Frau. Wenn es ein Problem gibt, schick deinen Mann oder deinen Bruder, und nun scher dich fort.«

»Neher!«, rief Dayana, die nur mit Mühe ihre Wut zurückhielt.

Die große Frau fuhr überrascht zu ihr herum. Sie trug das gewohnt weite Gewand, das mehr wie ein Umhang aussah, und den Schleier, der nur den Bereich um die Augen freiließ. Neher brauchte nur einen Moment, um Dayana wiederzuerkennen.

Der Händler, der ihr mit Herablassung begegnet war, begann unruhig zu werden.

»Gibt es ein Problem?«, erkundigte sich Dayana.

Neher überging ihre Frage. »Ich kann nicht glauben, dass ich dich schon jetzt treffe. Übermorgen wollte ich in den Palast, um dir deinen Kopfputz zurück zu geben.«

Die große Frau trat zu ihr und streckte fragend die Arme aus. Es war eine Geste Sulakans, durch die Neher bat sie drücken zu dürfen. Dayana griff fröhlich nach ihren Händen und zog sie an sich, damit sie deren Wange mit ihrer eigenen berühren konnte.

»Gibt es ein Problem mit dem Händler?«, wollte sie erneut wissen.

»Nur ein kleines Ärgernis. Diese Unannehmlichkeit kann ich lösen, indem ich ihn nicht mehr mit unseren Waren beliefere.«

»Unsinn. Toshiro, würdest du dafür sorgen, dass hier alles nach dem Rechten läuft? Ich bin sicher, der König würde sich auch dafür interessieren.«

Nun bekam das Gesicht des Händlers eine grünliche Farbe.

»Ich habe mich tatsächlich gefragt, wann du mich besuchen wirst«, fuhr Dayana fort. »Es gab noch keine Gelegenheit, mich für deine Gastfreundschaft zu revanchieren. Und am Tag meiner Hochzeit fand ich dich nicht unter den Gästen.«

Neher folgte ihr zum Brunnen, wo sie sich ebenfalls auf den warmen Stufen niederließ. »Ich ließ dir die gleiche Behandlung zuteilkommen wie jedem Reisenden. Auf dem Nachhauseweg wollte ich dir deinen Schleier wiedergeben. Unser Kamel wurde krank, deswegen habe ich mich verspätet.«

Diese Aussage traf Dayana. Sie richtete sich gerade auf. »Neher, du hast es noch nicht gehört?«

Die Kunde müsste sie eigentlich erreicht haben, denn Falk ließ die meisten Städte vor Angriffen warnen.

Die dunklen Brauen wölbten sich über Nehers Augen. »Ich blieb mit dem kranken Tier einige Tage in Ishars Tempel. Dort lebt es sich abgeschieden. Ich kam erst vor zwei Stunden in Sula an.«

»Du sagtest, du lebst in Ashkan.«

Auf ihre Worte hin nickte Neher. »Ja, in der Nähe wachsen die berühmten Datteln, die ich für unseren Wein verwende.«

»Ashkan wurde angegriffen.«

»Was?«

»Die Nachricht kam vor einer Woche. Überlebt haben gerade mal zwanzig Stadtbewohner. Alle anderen wurden von den Randstämmen getötet. Der Turm von Ashkan versank im Sand.«

Als Nehers Gestalt zu zittern anfing, nahm Dayana sie in den Arm. »Es tut mir leid, aber es gibt keinen einfachen Weg, um dir das zu sagen.«

Neher hatte den Kopf gesenkt. Ihr Kinn ruhte auf Dayanas Schulter. »Der Turm ist versunken?« Das schien sie am fassungslosesten zu machen. »Niemals zuvor ist das geschehen. Wieso?«

Auf diese Frage hatte Dayana keine Antwort. Aber sie konnte Nehers Freundlichkeit gleicher Münze erwidern. »Du bist auf Reisen. Wenn du keine Bleibe hast, biete ich dir eine Unterkunft im Palast an.«

»Du beliebst zu scherzen«, murmelte Neher. »Ich bin eine Händlerin aus Ashkan und kein Höfling.«

»Du hast einen großen Verlust erlitten und das mindeste, das ich tun kann, ist, dir einen Schlafplatz anzubieten.«

Sie würde dieses Angebot keinem anderen machen, aber Neher war eine Ausnahme. Im Moment würde jeder Überlebende von Ashkan im ganzen Land Gastfreundschaft erfahren.

»Mütterchen.« Toshiro trat zu ihnen. »Ich habe mich um den Händler gekümmert und die Stadtwachen informiert. Außer dem Wein waren auch seine anderen Waren übertevert. Wir sollten den Rückweg antreten.«

»Neher, wo halten sich deine Mitarbeiter auf?«

»Draußen vor der Stadt, bei unseren Kamelen«, antwortete Neher. Ihre Stimme klang emotionslos, als müsste sie sich zwingen zu begreifen und würde es nicht schaffen.

»Toshiro, ich biete dieser Frau unsere Gastfreundschaft an. Bevor wir in den Palast zurückkehren, kümmern wir uns um ihr Hab und Gut.«

Der Sandreiter verbarg seine Gedanken hinter einem gelassenen Gesichtsausdruck.

»Ich werde mich sofort um die Unterbringung dieser Frau kümmern.« Zu ihrer Überraschung kamen diese Worte aus Iorans Mund. »Im Haremsflügel befinden sich einige leerstehende Gemächer.«

Dieser Fuchs! Er musste ihr Gespräch mit Neher belauscht haben und nun hoffte er auf diese Weise an eine Zweitfrau für Falk zu kommen. Wahrscheinlich glaubte er, dass sie Neher eher akzeptieren würde als eine vollkommen Fremde.

Dayana schluckte eine Verwünschung hinunter. »Das wird nicht nötig sein. Im Flügel der königlichen Familie gibt es auch leerstehende Gemächer.«

Diese Räume waren für die Lieblingsfrauen des Königs erbaut worden, später hatte man darin die Kinder einquartiert. Aidan und Hermia lebten dort, wenn sie sich in Sula aufhielten. Nun würde Neher dort einen Platz zum Leben haben.

Ihre Aussage schien Ioran noch glücklicher zu stimmen. »Natürlich. Ich verstehe. Vielleicht möchte Eure Freundin ebenfalls neue Gewänder.«

Und er wollte sie bei dieser Gelegenheit gleich neu einkleiden.

»Ich habe Ishar den Treueeid geleistet«, unterbrach Neher den viel zu enthusiastischen Haremswächter.

Iorans fröhliche Miene fiel in sich zusammen. Ishar den Treueeid zu leisten, bedeutete Enthaltsamkeit. Obwohl Dayana Falk vertraute, war sie froh über dieses Wissen, denn dadurch würden keine Komplikationen entstehen.

»Nun, das ist ... erfreulich.« Ioran presste die Worte hinaus, wandte sich um und ging zu seinem Pferd, wo er die gekauften Stoffe in die Satteltaschen packte.

Neher drückte ihre Hand. »Es tut mir leid. Ich wollte keine Probleme verursachen.«

»Das machst du nicht. Wärst nicht du es, würde er nach jemand anderem suchen. Er ist ein Haremswächter.«

»Und dein Untergebener«, erklärte Neher ungewohnt kalt. »Dir zu dienen, sollte seine oberste Pflicht sein.«

»Ich bin eine Außenstehende und zudem die Frau, die seinen Beruf überflüssig zu machen droht«, sagte Dayana leise. »Ioran ist wichtig und ich will mir seine Loyalität sichern ... auf meine Weise.« Sie kam auf die Beine und hielt Neher die Hände hin. »Komm, sammeln wir deine Leute ein. Danach kann ich dir in aller Ruhe deine Fragen beantworten.«

Wie Neher gesagt hatte, warteten ihre Diener außerhalb der Stadt. Toshiro kümmerte sich darum, dass der Palast Nehers Waren mit ihrer Zustimmung einkaufte. Den Dattelwein hatten Dayana und Falk zu ihrer Hochzeit getrunken. Über Nachschub würde ihr Geliebter sich nicht beklagen. Auch eines der Zimmer war in Windeseile für die hochgewachsene Frau vorbereitet worden. Als Neher um ein Bad bat, ließ Dayana sie alleine und kam zwei Stunden später mit einer Essensplatte zurück, auf der sich eine saftige Hammelkeule, weich gekochte Kartoffeln und das einheimische Gemüse befand, dem Dayana immer noch nichts abgewinnen konnte.

Normalerweise musste eine Frau ihrer Stellung nicht anklopfen, aber sie konnte die Erziehung, die sie in Khimo genossen hatte, nicht einfach ablegen. Dayana klopfte an und hörte kurz darauf Nehers Stimme, die sie bat einzutreten.

»Ich habe etwas zu essen mitgebracht«, verkündete sie und blieb nach drei Schritten im Zimmer stehen.

Neher stand im offenen Türbogen, der zu den privaten Gärten des Zimmers führte, und hielt der Sonne ihr unverschleiertes Gesicht entgegen. Als Dayana schwieg, drehte sie sich zu ihr um. Ihr Antlitz mit den langen Wimpern über den dunklen Augen, der geraden Nase und den vollen Lippen war wunderschön und dennoch verlieh die markante Kieferform Neher etwas androgynes, als hätte ihr Körper sich nicht entscheiden können, ob sie eine Frau oder ein Mann werden wollte. Sie erinnerte sie so sehr an Falks verfluchte Frauengestalt, dass Dayanas Herz sich vor Sehnsucht zusammenzog.

»Was hast du?« Neher kam zu ihr und nahm ihr die Platte aus der Hand, um sie auf den Tisch zu stellen. Danach legte sie eine Hand auf Dayanas Rücken.

»Bisher habe ich dein Gesicht nicht gesehen, das hat mich überrascht«, antwortete sie verlegen lächelnd.

»Vor Freunden zeige ich mich.«

Waren sie Freunde? Dayana beschloss diese Frage auf später zu verschieben. Irgendetwas an Neher zog sie an. Es war nicht körperlich, denn ihr Herz schlug für Falk. Wahrscheinlich empfand sie Sympathie für diese offenherzige Frau, was bei der Mentalität dieses Landes selten vorkam.

»Dann setzen wir uns. Du musst Hunger haben und ich habe auch noch nicht zu Mittag gegessen.«

»Können wir draußen essen? Zu Hause habe ich es geliebt, in der Sonne zu liegen und zu dösen. Diese Tage waren selten, aber ich habe sie dafür umso mehr genossen. Ich kann immer noch nicht glauben, dass meine wundervolle Stadt ...«

Neher schluckte schwer. Schließlich schüttelte sie den Kopf, als müsste sie den Schmerz verbannen, und schenkte Dayana ein Lächeln. »Nun?«

Sie erinnerte sich an Nehers Frage. »Ich speise auch lieber draußen. Auf meinen Wunsch hin wurde ein Teil des Gartens so gestaltet, dass man zusammensitzen kann.«

»Wenn es dir recht ist, geh voran. Ich trage das Essen«, bot Neher an.

Dayana lächelte verzückt, weil sie es gar nicht erwarten konnte, ihrer neugewonnenen Freundin ihren Lieblingsplatz im Garten zu zeigen.

»Du siehst glücklich aus«, stellte Neher fest.

»Ich fühlte mich in den ersten Tagen in Sula fremd. Wusste nicht, wie ich mich den anderen gegenüber verhalten sollte. Was durfte ich tun? Was sollte ich unterlassen? Selbst die wunderschönen Blumen in den Palastgärten waren mir nicht vertraut. Dann verschwanden Falk und Aidan für eine Woche. Niemand sagte mir warum. So oft ich Aizen nach den beiden fragte, umso mürrischer wurde er, aber er verriet mir nichts. Als ich glaubte es nicht mehr ertragen zu können, kehrten sie zurück.«

Dayana spürte Tränen der Freude aufsteigen, als sie sich an den Tag vor drei Monaten erinnerte.

»Ob du es glaubst oder nicht, die beiden sind nach Khimo geflogen und haben einen Gartenarchitekten nach Sula gebracht. Er hatte die Aufgabe, die privaten Gärten des Königs so zu gestalten, dass ich mich heimisch fühle.«

Als sie zu Ende gesprochen hatte, trat sie durch den Torbogen in den Außenbereich und überwand die kurze Strecke bis zu ihren Gärten mit federnden Schritten. Nach einigen Metern kamen die Blumen in Sicht, die Falk für sie nach Sula holen ließ. Wunderschöne Rosen, deren Besonderheit darin bestand, dass sie widerstandsfähig waren und in zwei Farben erblühten. Dayana ließ liebevoll den Blick über die fliederfarbenen Blumen gleiten, an deren Spitzen die Farbe Purpur einen kontrastierenden Abschluss bildete.

Als sie neben Neher trat und ihre Hand auf deren Schulter legte, zuckte diese zusammen. »Hermia hat einen Schutzzauber um den Garten gelegt. Nur wenige dürfen ihn betreten.«

Neher schüttelte den Kopf. »Dann hätte ich nicht fragen sollen, ob wir draußen speisen. Verzeih mir.«

»Ich mag dich.«

Auf diese Worte reagierte Neher noch seltsamer. Ihre fassungslose Miene gepaart mit den roten Wangen brachte Dayana zum Kichern.

»Entschuldige, wenn ich zu direkt bin. Falk sagt immer, dass ich mit der Tür ins Haus falle.«

»Der König hat nicht unrecht«, brummte Neher verlegen.

»Ich halte nichts davon, jemandem etwas vorzuspielen, wenn es nicht sein muss. Vielleicht liegt es daran, dass wir beide Ishar dienen, aber ich genieße deine Gesellschaft. Ich habe nicht viele Freundinnen in Sula gefunden und würde mich freuen, wenn ich dich dazu zählen darf.«

Dayana führte Neher zu dem Rosenbogen, durch den man Hermias Zauber passieren konnte. Diese Magie funktionierte nur mit der Akzeptanz des Königspaares und reagierte auf Falks und Dayanas Stimme. Da sie Neher berührte und dabei das Losungswort flüsterte, griff der Zauber und würde sie fortan problemlos durchlassen.

»Freundinnen«, wiederholte Neher leise. »Das bin ich. Freundin und deine Verbündete. Ich gehöre Ashkans Adel an, aber wenn es stimmt, dass meine Stadt in Trümmern liegt, habe ich alles verloren. Mein Vermögen befindet sich zum Glück in anderen Städten, aber meine Haupteinnahmequelle lag in Ashkan. Ich weiß nicht wie ich mich für deine Freundlichkeit revanchieren soll.«

Dayanas Augen weiteten sich vor Überraschung. »Daran habe ich gar nicht gedacht. Wenn du zum Adel gehörst, müsstest du dich mit den Adelshäusern Sulakans auskennen.«

»Fünf Stunden pro Tag, in denen ich Namen über Namen lernen musste. Sosehr ich mich heutzutage bemühe sie zu vergessen, sie bleiben mir im Gedächtnis«, seufzte Neher.

»Fantastisch«, jubelte Dayana. Würde Neher nicht immer noch das Essen tragen, sie hätte sie umarmt. »Es wird Monate dauern, Ashkan wieder bewohnbar zu machen und abzusichern. Wenn du einverstanden bist, würde ich mich über Lektionen freuen, die das Adelsgeschlecht Sulakans betreffen.«

Neher stellte die Essensplatte auf dem kleinen Tischchen ab und ließ sich von Dayana auf einen Zweisitzer ziehen. »Meine Korrespondenzen mit den anderen Zweigstellen unseres Familienunternehmens werden Zeit brauchen. Aus diesem Grund würde ich mich freuen mich auf diese Weise erkenntlich zu zeigen.«

»Du ahnst nicht, was für einen Gefallen du mir damit tust.«

Dayana nahm zwei Teller von der Platte und begann Stückchen des Hammelfleisches darauf zu verteilen.

»Herrin, du musst mich nicht bedienen«, wehrte Neher ab.

»Sag doch Dayana zu mir. Und ich bediene dich nicht. Beim nächsten Mal darfst du das Essen servieren. Während wir unsere Mägen füllen, beginnen wir mit der ersten Lektion?«

»Wie könnte ich da Nein sagen«, antwortete Neher lächelnd.

***

Zwei Stunden später rauchte Dayana der Kopf. Es war nicht einfach, sich all die fremdländischen Namen zu merken, daher baute sie sich Eselsbrücken, um sie zu behalten. Was sie befürchtet hatte, erwies sich als wahr. Sharuk Al'Fars Familie galt als eine der führenden Adelshäuser in Sulakan. Es war keine gute Idee gewesen, ihn zu übergehen, auch wenn sie Falks Wunsch teilte, Aidan für seine Taten zu belohnen. Trotzdem, sie hätten einen Weg finden müssen, Sharuk eine hohe Position zu übertragen.

»Alles in Ordnung?«, erkundigte sich Neher. »Du bist blass.«

»Ich zerbreche mir immer noch den Kopf darüber, warum die Al'Fars uns unterstützen.«

Das gute Essen hatte sie so träge gemacht, dass sie regelrecht in den Sitzen lagen. Dayana hatte die Knie angezogen und schaute in den blauen Himmel.

»Es gibt Gerüchte darüber, dass Weskar ihre Rivalen bevorzugt hat. Aus diesem Grund haben sie sich von ihm distanziert.«

Das machte die Sache nicht einfacher. Sie musste einen Weg finden, Sharuks Familie das Gefühl zu geben, an Macht gewonnen zu haben. Doch wie?

»Soweit ich weiß, residiert das Oberhaupt seit zwei Jahren in Sula«, fuhr Neher fort. »Die Kinder sind in Oboo aufgewachsen, aber Sharuk und seine Schwester harren ungewohnt lange in Sula aus.«

»Seine Schwester?«, fragte Dayana überrascht.

»Eine Schönheit«, antwortete Neher. »Sie war mit einem Edelmann verlobt, allerdings wurde diese Verbindung vor einem halben Jahr gelöst.«

Das war zu gut, um ein Zufall zu sein. Dayana richtete sich gerade auf. Zu dieser Zeit war bekannt geworden, dass Falk am Leben war und nach Sula zurückkommen würde, um seinen Thron einzufordern. Sie versuchte sich an die Gesichter der jungen Frauen zu erinnern, die bei den Festen anwesend gewesen waren und Falk mit ihren hungrigen Blicken verschlungen hatten.

»Du vermutest richtig, dass die Al'Fars versuchen werden ihre Tochter in den Harem zu bringen. Es ist ein ungeschriebenes Gesetz, dass die Frau, die zuerst mit dem Kind des Königs schwanger geht, Königin wird.«

Dayana verzog bei dieser Information das Gesicht. »Ich kenne diese Frau nicht und würde ihr am liebsten die Augen auskratzen«, murrte sie. Falk hatte sich nicht für andere Liebschaften interessiert, aber an jedem Hof wurde intrigiert und besonders die Kandidatinnen, die in der engeren Auswahl standen, zeigten keine Gnade.

Ihre Anverwandte in den Harem zu lassen, würde die Al'Fars zufrieden stellen, aber diesen Weg wollte sie nicht gehen. Ihr ganzes Wesen sträubte sich dagegen. Auch wenn sie die Vorteile einer Allianz sah, würde sie Falk nicht mit einer anderen Frau teilen. Niemals.

»Herrin?«

Aber auf der anderen Seite wollte sie Falk unterstützen, wenn er von seinem Feldzug zurückkehrte. Nein, das konnte sie nicht.

»Dayana.« Neher trat in ihr Blickfeld und ging vor ihr in die Hocke. »Obwohl ich dich nicht lange kenne, kann ich dir deine Gedanken vom Gesicht ablesen. Mach dir das Leben nicht schwer. Die Al'Fars sind mächtig, das stimmt, aber jeder hat seine Stärken und Schwächen. Du musst einen Weg finden, um sie für dich zu gewinnen. Dabei spielt es keine Rolle, ob du ihre Gunst gewinnst oder sie mit einer Sache in der Hand hast.«

Erpressung gehörte nicht unbedingt zu ihren bevorzugten Methoden, aber sie würde sie eher einsetzen, als Falk eine Zweitfrau vorzusetzen. »Gut, wollen wir fortfahren?«, fragte Dayana und Neher stimmte zu.

Die Zeit verging wie im Flug. Neher war ein Ausbund an Informationen. Dayana bewunderte sie dafür, sich all die Namen merken zu können.

»Mütterchen?« Toshiros Stimme kam von außerhalb des königlichen Gartens. Er wachte in jeder freien Minute über sie und hatte sich nicht gezeigt, um Neher und ihr Freiraum zu geben.

»Komm zu uns«, lud Dayana ihn ein.

Der Sandreiter durchschritt die Barriere und blieb bei ihrem Anblick stehen.

Dayana lag halb auf dem Sofa und wäre fast eingeschlafen, wenn sein ernstes Gesicht sie nicht wachgerüttelt hätte. »Was gibt es?«

»Der König hat uns Kunde geschickt. Er verfolgt Ashkans Angreifer immer noch. Der Bote hatte ein Schreiben von Hermia für dich.«

Dayanas Puls stieg an. Um weniger Aufmerksamkeit auf sich zu ziehen, hatte sie mit ihr und Falk ausgemacht, dass er ihr unter dem Namen der Zauberin schreiben würde.

Sie konnte es kaum erwarten. Alleine der Gedanke an Falk hatte ihre Müdigkeit sofort vertrieben. Dayana sprang von der Polsterbank und schnappte freudig nach dem Brief.

»Ich lasse dich alleine«, entschied Neher. »Es ist spät geworden und wir können den Unterricht morgen fortsetzen.«

»Wollen wir zusammen frühstücken?« Dayana schaute von dem Schreiben auf, um Blickkontakt zu Neher aufzubauen.

»Ich werde morgen früh auf dich warten.«

Auch Toshiro zog sich zurück, denn er kannte ihren Wunsch, Falks Worte alleine zu lesen.

Dayana brach das Siegel, das man auf einem Schreiben drückte, um anzuzeigen, dass der Brief ungelesen war. Die Schrift bestätigte ihre Vermutung. Hermia war nicht in Reichtum aufgewachsen und beherrschte mittlerweile das Schreiben, aber sie war weit davon entfernt, eine saubere Handschrift zu haben. Falks Handschrift war elegant und selbstsicher. Er setzte jedes Zeichen, ohne zu zögern, an und erlaubte sich nie Fehler. Der ganze Brief war ordentlich und ohne Flecken verfasst worden.

Dayana fing an zu lesen.

Meine Liebste,

ich kann gar nicht beschreiben, wie sehr ich mir wünsche dich in die Arme zu schließen. Die Sehnsucht nach dir raubt mir meinen Schlaf. Auch jetzt muss ich an dich denken.
Wir lagern in der Oase Turda. Auf ihrem Weg hinterlassen die Randstämme eine blutige Spur der Verwüstung. Wir haben fünf Dörfer passiert, in denen sie jeden niedergemetzelt haben. Es gab keine Überlebenden, wir konnten nur die Toten begraben. Ich treibe uns an, aber sie sind uns immer einen Schritt voraus. Aidan ist mittlerweile aufgebrochen, um uns ein Luftschiff zu besorgen. Damit wollen wir ihrer Spur besser folgen. Hermia hält sich wacker. Vielleicht sollte ich es anders formulieren. Sie brennt darauf, diese Mörder ihre Magie spüren zu lassen.

Bei der Erwähnung ihrer Freundin lächelte Dayana, doch das Lächeln verschwand, als sie weiterlas.

Die Krieger verhalten sich unruhig. Einige, die Lobreden auf Kadesh anstimmten, sind desertiert. Ich vermute, dass sie sich

den Randstämmen oder anderen Deserteuren angeschlossen haben. Obwohl ich nichts lieber täte, als zu dir zurückzukehren, muss ich diesen Männern Einhalt gebieten. Die Menschen Sulakans müssen sich wieder sicher fühlen. Aus diesem Grund werden wir noch eine Weile getrennt sein.
Es ist keine einfache Zeit für uns und würde es anders gehen, wäre ich jetzt bei dir. So hoffe ich, dass du nicht vergisst wie wichtig du mir bist. Das bedeutet auch, dass du dich mit deinen Sorgen an mich wenden kannst, ich weiß, dass du einige haben musst. Schreib mir, wie du dich fühlst, meine Liebste. Ich werde regelmäßig Kuriere in die umliegenden Städte schicken, damit ich deinen Brief erhalten kann.
Ich liebe und verehre dich aufs Innigste.
Falk

Lange stand Dayana an Ort und Stelle und hielt das Schriftstück an ihre Brust gepresst. Falks Worte hatten die Sehnsucht in ihrem Herzen nicht abklingen lassen, sondern sie vielmehr verstärkt. Am liebsten hätte sie Toshiro gerufen und wäre auf Sell oder auf dem Kamel, das sie Falk getauft hatte, losgeritten. Sie wäre überglücklich ihn zu sehen, aber an seiner Seite zu sein, würde ihm in diesem Kampf nicht helfen.

Dayana hatte in den vergangenen Monaten vieles beobachtet, was sie nur noch mehr darin bestärkte, dass sie in Sula bleiben musste. Es tobte eine weitere Schlacht in diesem Land, nur wurde sie bei Hofe ausgetragen, und es war ebenso wichtig, dass sie den Sieg errang.

Langsam ließ sie die Hand sinken und ging mit dem Brief den schmalen gepflasterten Pfad entlang, bis sie vor dem Gemach stehen blieb, das sie mit Falk teilte. Toshiro musste immer noch über sie wachen, das würde das schleichende Gefühl, beobachtet zu werden, erklären.

Das restliche Essen befand sich abgedeckt auf der Platte, aber sie brannte darauf, Falk eine Antwort zu schreiben. Ihr Brief wurde wesentlich länger, allerdings achtete sie darauf, nichts zu erwähnen, was ihm Sorgen machen könnte. Wenn die Situation in Sula zu eskalieren drohte, würde sie seinen Rat suchen.

Die Sonne war dabei unterzugehen, als sie vom kunstvoll verarbeiteten Sekretär aufstand. Die Rosen auf den Schubladen glichen denen des Rosengartens.

Dayana entnahm einem Fach den schmalen Wachsstab und hielt ihn kurz in die kleine Flamme der Kerze, die sie vor diesem Arbeitsgang angezündet hatte. Danach presste sie das Wachs auf das Schreiben und drückte ihr Siegel hinein. Der feine Siegelring war für persönliche Zwecke gefertigt worden und gehörte zum Königshaus.

Während Dayana darauf wartete, dass das Wachs trocknete, schaute sie sich in ihrem Gemach um. Das Fehlen ihrer Dienerin beunruhigte sie. Zu dieser Zeit musste die junge Frau, die sich sonst um ihre Belange kümmerte, längst eingetroffen sein.

Als sie das Schlafgemach verlassen wollte, trat eine Gestalt vor sie. Dayana entkam ein überraschter Laut.

»Ich bin es.«

»Toshiro, verflucht!«, stieß sie hervor. »Du hast mich halb zu Tode erschreckt.«

»Normalerweise würde ich darauf antworten, dass du das verdient hast, aber ...« Sein grüner Blick suchte die nähere Umgebung ab.

Aizens Vertrauter war ein fähiger Krieger und würde nicht umsonst diese Vorsicht walten lassen.

»Was hast du?«

»Renza müsste bei dir sein.«

Renza hieß die junge Frau, die sich um sie kümmerte. Hermia hatte sie persönlich ausgewählt. Die geborene Sulakanerin war freundlich, manchmal zu schüchtern, und sie erledigte ihre Aufgaben gewissenhaft.

»Ich habe mich auch schon gefragt, wo sie steckt«, meinte Dayana, nun doch besorgt.

»Ich werde nachsehen, was los ist, aber möchte dich nicht alleine lassen. Kannst du bei Neher warten?«

»Ich habe doch Lorans magischen Anhänger.«

»Darauf verlassen wir uns jetzt nicht«, warf Toshiro ernst ein.

Dayana unternahm erst gar nicht den Versuch zu widersprechen. Auf Toshiros Gespür war Verlass und sie wollte genau wie er, dass Renza gefunden wurde.

Neher reagierte überrascht auf ihr Anklopfen, verlangte aber keine Erklärung, als Toshiro ihr mitteilte, dass Dayana bei ihr bleiben würde. Normalerweise vertraute er einer vollkommen fremden Frau nicht, daher vermutete sie, dass Toshiro Neher längst durchleuchtet hatte.

Mit einer knappen Verbeugung verließ er sie und verschwand in den Gärten.

»Komm und setz dich, Dayana.« Neher zog sie zu einem dunkelroten Zweisitzer. »Dein Leibwächter ist ein fähiger Mann und wird sicher bald zurück sein.«

Dayana, die den Brief immer noch in den Händen hielt, steckte ihn in ihre Tasche und beugte sich besorgt nach vorne. Für Renzas Abwesenheit konnte es mehrere Gründe geben, aber das würde ihre innere Unruhe nicht erklären. Neher hätte sie vertrösten können, doch auch sie ahnte, wie ungewöhnlich die Abwesenheit ihrer Leibdienerin war. Renza hatte sich nicht um irgendeine Frau gekümmert, sondern um die Königin Sulakans.

Eine Stunde später wurde an Nehers Tür angeklopft. Davor standen Toshiro und zwei weitere Sandreiter, die Aizen und Falk treu ergeben waren. Das ungute Gefühl verstärkte sich.

»Was ist mit Renza?«, fragte Dayana besorgt.

»Wir haben sie im Kellergewölbe gefunden. Anscheinend wollte sie frischen Dattelwein für dich besorgen. Jemand hat sie niedergeschlagen und eingesperrt.«

Das klang so unglaubwürdig, dass Dayana die Worte fehlten.

»Also hat es begonnen«, sagte Neher.

»Begonnen?«

»Die Art, wie sie vorgegangen sind. Es müssen die Frauen gewesen sein, die in den Harem wollen«, erklärte sie.

Dayana versuchte das Zittern ihrer Finger zu unterdrücken, indem sie die Hände zu Fäusten ballte. Sie hätte es wissen müssen. Intrigen bei Hofe waren sogar in Khimo an der Tagesordnung. In Sulakan verhielt es sich nicht anders. Die Dienerinnen einer Favoritin spürten die Streitigkeiten immer zuerst am eigenen Leib. Damit wollte man ihre Herrin beschämen, denn eine Adelige ohne Leibdiener würde zum Gespött des Hofes werden.

Dayana stand auf. »Wurde sie schwer verletzt?«

»Sie hat eine Platzwunde am Hinterkopf. Jemand muss sie mit einem stumpfen Gegenstand niedergeschlagen haben«, antwortete Toshiro.

Zu Zeiten ihres Vaters waren die Intrigen in Khimo schlimm gewesen. Der untreue erste Gemahl von Königin Amarana hatte die Privilegien seines Titels ausgenutzt und sich mehrere Konkubinen gehalten. Fast monatlich war eine von ihnen einem Unfall zum Opfer gefallen.

»Dann finde die verantwortliche Adelige«, knurrte sie Toshiro an. »Es ist mir egal welche Mittel du einsetzt.«

»Das ist keine gute Idee.«

Der Widerspruch war von Neher gekommen. Dayana wandte sich ihr überrascht zu.

»Die hochgeborenen Frauen werden sich nicht die Hände schmutzig machen. Und die Dienerinnen, die es wahrscheinlich getan haben, werden ihre Herrinnen niemals beschuldigen.«

Ganz gleich, was sie versuchte, die Verantwortlichen würden davonkommen. Frustriert biss Dayana sich auf die Unterlippe. »Wo ist Renza jetzt?«

»Die Heiler wollen sie über Nacht unter Beobachtung stellen. Sie liegt im Krankenzimmer und hat geschlafen, als ich nach ihr gesehen habe.«

Dayana bezwang den Drang, sofort nach Renza zu sehen. »In Ordnung, dann will ich jeden Tag eine neue Dienerin haben«, entschied sie. Noch nicht einmal die hochgeborenen Töchter konnten so vielen Frauen etwas anhaben.

»Abgelehnt. Ich werde garantiert keine Unbekannte in deine Nähe lassen.« Toshiro klang unerbittlich.

Dayana stand auf und fing an im Raum auf und ab zu gehen. Schließlich blieb sie stehen und fasste den Sandreiter ins Auge. »Gut, dann wirst du einen vertrauenswürdigen Mann damit beauftragen, Renza zu beschützen. Er soll unauffällig vorgehen. Wenn meine Dienerin in Gefahr ist, soll er wie zufällig vorbeikommen. Um es weniger auffällig zu machen, könntest du diese Wache täglich austauschen.«

»Du willst sie beschützen, das verstehe ich. Aber bis wann? Bis du einen Weg gefunden hast, die Bedrohung zu vernichten?«

Dayana nickte Neher zur Bestätigung zu. »Bis die Schuldigen auf die Idee kommen, alles wäre absichtlich geschehen, möchte ich sie enttarnt haben.«

Toshiro fuhr sich nachdenklich über das stoppelige Kinn. »Die Idee ist nicht schlecht. Renza wäre zeitweise in Sicherheit. Und wie willst du herausfinden, wer die Fäden in der Hand hält?«, erkundigte er sich.

»Indem ich die werten Damen kennenlerne, die sich in das Bett meines Mannes schleichen wollen.«

Toshiro sah sie immer noch verständnislos an, aber auf Nehers Mund erschien ein wissendes Lächeln.

»Ah, du begibst dich in das Vipernnest.«

II

Izana sehnte den Abend herbei. Das Tuch um ihren Kopf schützte sie vor der heißen Wüstensonne, aber sie fühlte sich ausgelaugt und erschöpft. Ihr Kamel, das sie in der letzten Siedlung erstanden hatte, war gesättigt und würde noch eine Weile ohne Wasser auskommen. Erfahrene Reiter konnten lange Zeit im Sattel verbringen und sogar darin schlafen, aber sie hatte bisher nur Pferde geritten. Die Höhe behagte ihr nicht, doch für die lange Strecke waren Kamele am geeignetsten.

Das Tier röhrte und streckte ihr den Kopf entgegen. Es war ungewohnt anschmiegsam und suchte, so oft es ging, nach Streicheleinheiten.

Izana beugte sich vor, um das Trampeltier zu kraulen, während sie den Blick über die Ebene gleiten ließ, hinter der sich die Sanddünen ihres Heimatlandes abzeichneten. Die Tage waren nach drei Wochen wesentlich leichter zu ertragen, auch wenn sie immer noch an ihre gefallene Stadt und die Leute denken musste, die sie verloren hatte.

Sie hob die Hand über die Augen, um ihnen eine kurze Pause von der blendenden Helligkeit der Sonne zu gönnen. Zwei Tage in dieser Richtung befand sich eine kleine Karawanserei. Sie könnte dort Waren einkaufen, um die Tarnung eines jungen Händlers aufrechtzuerhalten. Allerdings müsste sie dann auch Wachen einstellen und das widerstrebte ihr.

Seufzend griff sie nach dem halbvollen Wasserschlauch. Auch für ihren Wasservorrat wäre ein Aufenthalt in einer Oase gut.

Vielleicht könnte sie sich einer Karawane anschließen. Diese Art zu reisen war am sichersten, man musste nur die richtigen Leute finden. Großvater hatte ihr beigebracht, auf was sie achten musste.

Der Gedanke an ihn ging mit einem tiefen Schmerz in ihrer Brust einher. Der alte Mann war schon lange tot und obwohl sie alles versucht hatte, hatte sie immer noch nicht gefunden, was sie suchte. Sie besaß ein herausragendes Gedächtnis und konnte jedes Buch detailliert wiedergeben, das sie gelesen hatte. Dieses Können alleine würde aber nicht dafür sorgen, dass der Turm aus seinem Sandgrab entstieg.

Die Aufgabe, die sie erledigen sollte, war klar definiert. Sie musste Begabte finden, was nicht so einfach war, da diese Menschen früher in Sulakan gejagt und getötet worden waren.

Plötzlich machte ihr Kamel einen Satz nach vorne. Izana hielt sich gerade noch rechtzeitig fest, um zu vermeiden nach unten zu stürzen. »Ruhig, Großer.«

Irgendwann musste sie ihm einen Namen geben, aber bisher wollte sie vermeiden sich zu sehr an das Tier zu binden.

Obwohl sie alles versuchte, ließ das Kamel sich nicht beruhigen. Dafür musste es einen Grund geben. Izana sah sich um, aber es waren ihre Ohren, die die Gefahr zuerst wahrnahmen.

Sie befand sich in einem offenen Tal, in das eine ganze Stadt gepasst hätte, und genau in dieses führten Reiter ihre Pferde. Neben den galoppierenden Pferdehufen vermochte sie das Klirren von Stahl auf Stahl zu hören. Wer auch immer auf sie zuritt, kämpfte.

Da sie nicht zwischen die Fronten geraten wollte, trieb sie ihr Kamel voran, doch die Reiter saßen auf Pferden und die waren schneller. Nach fünf Minuten befand sie sich am Rand des Kampfgeschehens und konnte nur mit knapper Not einem Schwerthieb ausweichen, der darauf abzielte ihr den Kopf von den Schultern zu trennen.

Izana dachte gar nicht daran, nach ihrem Dolch zu greifen, sondern gab Fersengeld. In einem Kampf würde sie unterliegen. Und wenn sie starb, war die Aufgabe, die man ihrer Familie auferlegt hatte, verloren.

Ein Reiter wurde auf sie aufmerksam. Vielleicht erschien sie ihm als ein Gegner, der leicht zu besiegen war, denn er ritt mit gezogenem Schwert auf sie zu. Unweit von ihm konnte sie einen weiteren Krieger ausmachen, der auch die Verfolgung aufgenommen hatte. Gehörten sie zusammen?

»Schneller«, stieß sie aus und trieb das Kamel mit der kleinen Reitpeitsche an, die sie sonst nie benutzte.

Das Pferd des Kriegers war nicht für weite Strecken in der Wüste geeignet, aber es hatte kein Problem damit, ihr Kamel einzuholen. Izana hörte die Hufe des Reittieres direkt neben sich und lenkte das Kamel zur Seite, bevor die ausholende Klinge es treffen konnte.

Was für ein Unglück. Wieso musste sie in diesen Kampf geraten? Alle Welt schien sich gegen sie verschworen zu haben.

Der Verfolger fing sich viel zu schnell. Im Tal wurde weitergefochten, aber sie befanden sich etwas abseits von der großen Gruppe. Ein weiterer Angriff zielte darauf, die Flanke ihres Kamels zu treffen. Dieses Mal kam ihr der störrische Charakter ihres Reittieres zugute. Es trat nach dem Angreifer aus und erwischte das Vorderbein des Pferdes.

Izana warf einen Blick zurück und konnte den Krieger sehen, der versuchte seinen sich aufbäumenden Hengst zu beruhigen. In diesem Moment erreichte ihn der zweite Reiter.

»Jetzt ist es vorbei«, murmelte sie, doch zu ihrer Verwunderung setzte der Neuankömmling ihr nicht nach, sondern griff den anderen Krieger an.

Das war ihre Chance, allen davon zu reiten. Izana wandte sich von den Kämpfenden ab und stieß einen Schrei aus, als sie einen Zug am Bein spürte. Sie war auf die Kämpfenden so fixiert gewesen, dass sie den dritten Reiter nicht bemerkt hatte. Mit dem nächsten Griff packte er ihr Oberteil und zog sie vom Kamel.

Ein Fall aus dieser Höhe konnte sie das Leben kosten, also konzentrierte sie sich darauf, so zu fallen, dass Kopf und Genick geschützt waren.

Vor Schreck brach ihr Kamel aus. Izana drehte sich gerade noch rechtzeitig von den Hufen weg, die sie zu zertrampeln drohten.

Während die zwei Krieger miteinander kämpften, war der letzte Reiter vom Pferd gestiegen. Izana richtete sich mit einem flauen Gefühl im Magen auf. »Bitte, ich gehöre nicht zu den Kriegern«, sprach sie zu ihm, wobei sie versuchte sich ihre Angst nicht anmerken zu lassen. Wenn sie sich aufregte, bekam ihre Stimme eine zu hohe Tonlage. »Ich bin ein Händler und will in die nächste Karawanserei.«

Der Krieger kam gemessenen Schrittes auf sie zu und zog sein Krummschwert. Ein Stoffstück bedeckte sein Gesicht, außerdem trug er eine Augenklappe auf dem linken Auge. Das sichtbare blaue Auge erinnerte sie an den Himmel. Einen gnadenlosen Himmel. Izana hatte das Gefühl, an der Schwelle des Todes zu stehen, so fest hielt die Angst sie in ihrem Griff. Trotzdem konnte sie nicht aufgeben. Entschlossen festigte sie ihren Stand und griff nach ihrem Dolch. Gegen einen Schwertkämpfer war sie unterlegen, aber sie würde nicht kampflos aufgeben.

»Ich will nicht kämpfen, aber mein Leben ist im Moment zu kostbar, um es dir zu überlassen.«

Sie stand kurz davor, vor Angst zusammenzubrechen, als der Mann stehenblieb. Nur zehn Schritte trennten sie voneinander. Sein Auge wanderte von ihrem Gesicht und tiefer, dann zog er die Brauen zusammen. »Eine Frau?«

Erschrocken folgte sie seinem Blick und konnte sehen, dass der Stoff ihres Oberteils auseinanderklaffte. Die leichte Schwellung ihrer Brust verriet ihr Geschlecht.

Izana fluchte und rannte los. Sie hatte zu viele Geschichten darüber gehört, was alleinstehenden Frauen in der Wüste blühte, und sie würde sich garantiert nicht einfangen lassen.

Ihr Kamel, so unglaublich es war, schien sich etwas aus ihr zu machen, denn es kam auf sie zugeritten. Sie griff mit den Händen nach dem Sattel um sich hochzuziehen und stieß einen Schrei aus, als ihr Bein gepackt wurde.

Ächzend fiel sie zu Boden. Ein Arm schlang sich um ihre Mitte als sie aufstand um erneut zu fliehen. Sie kämpfte verbissen, versuchte den Krieger zu treten und zu kratzen, doch er hielt sie so, dass sie ihn nicht verletzen konnte. Als sie austrat, schwang er die rechte Hand mit dem Schwert und steckte es ein, damit er beide Hände freihatte. Sie konnte sein Gesicht nicht sehen, aber er war größer und stärker als sie.

»Ich will nicht. Lass mich los, du Hund.«

Zur Antwort erklang hinter ihr ein Schnauben. »Hast du noch einen, Balan? Soll ich ihm den Rest geben?«

Der zweite Krieger, der sie unbeabsichtigt gerettet hatte, schritt auf sie zu. Der Stahl seines Schwertes glänzte rot von vergossenem Blut.

Izana knurrte und mobilisierte all ihre Kräfte. In ihrem Kopf gab es nur einen Gedanken: Sie durfte nicht sterben!

Tatsächlich schaffte sie es, ihn so zu erwischen, dass er seinen Griff lockerte. Izana trat nach ihm und kam frei, doch mittlerweile hatten sie sie wie ein wildes Tier eingekreist.

Sosehr sie nach einem Ausweg suchte, so sehr wurde ihr die Aussichtslosigkeit ihrer Situation bewusst. Weil sie dennoch nicht aufgeben wollte, hielt sie ihren Dolch angriffsbereit. Dann würde sie eben ihr Leben so teuer wie möglich verkaufen.

Bevor der dazu gekommene Mann sie angreifen konnte, hob der andere die Hand. »Warte, Elis. Das ist kein Mitglied der Randstämme.«

Tatsächlich blieb der andere Krieger stehen. »Und was macht er auf dem Schlachtfeld?«

Da sie die zerrissenen Teile mit der linken Hand festhielt, glaubte der andere Mann einen Jungen vor sich zu haben.

»Ich sollte euch vielmehr fragen, wieso ihr euch entschieden habt in dem Tal zu kämpfen, das ich gerade durchquert habe.«

Ihre Beine zitterten und das Blut rauschte ihr in den Ohren. Die Todesangst hielt sie in ihrem Griff, aber sie wartete nur auf den passenden Moment zur Flucht.

»Wenn stimmt, was du sagst, sollte der Befehlshaber sich mit dir unterhalten und entscheiden, ob du ein Feind bist oder nicht.« Der Krieger, dessen Gesicht ihr viel zu jung erschien, steckte sein Schwert ein und deutete hinter sich.

Viele der Kämpfenden am Boden trugen die rote Schärpe der Randstämme um ihren Torso. Sie waren schnell besiegt worden. Obwohl Izana sich in Gefahr befand, fühlte sie eine Welle der Genugtuung in sich aufsteigen. Es waren die Männer, die ihre geliebte Stadt angegriffen hatten.

Als ihr Blick auf dem Einäugigen landete, zog sie die Brauen zusammen. Er hatte ihr wahres Geschlecht nicht verraten, aber sie durfte sich nicht darauf verlassen, dass er das für immer tun würde. Bevor es zu auffällig wurde, dass sie ihre Brüste bedeckte, zog sie sich den Turban vom Kopf und ließ die Tuchfalten auf den Riss fallen. »Dann bringt mich zu eurem Befehlshaber«, forderte sie.

Der Mann, der Balan hieß, deutete mit der Klinge zu der Stelle, an der die letzten Kämpfe ausgetragen wurden.

Was Izana zuerst auffiel, war ein Falke, der über einem bestimmten Punkt in der Luft kreiste und ab und zu nach unten schoss. Beim Näherkommen bemerkte sie auch warum. Das Tier half einem Krieger bei seinem Kampf. Der Mann war groß und hatte das helle Haar eines Kidarkers. Er kämpfte mit einer edlen Klinge und achtete auf die Angriffe seitens des Vogels, damit er nicht zwischen die Schwerter geriet. Izana war nur wenige Meter von ihm entfernt, als er seinem Gegner den Todesstoß versetzte. Der Getötete sank zu Boden.

»Befehlshaber!«, rief Elis. »Wir haben einen Jungen ausgespürt. Er sagt, dass er nicht zu den Randstämmen gehört. Was sollen wir mit ihm machen?«

Izana verzog das Gesicht. In der Luft hing der schwere Eisengeruch von frisch vergossenem Blut. Bereits von hier aus war der Anblick der Leichen grauenvoll. Alles in ihr schrie danach den Blick abzuwenden, aber sie wollte sich diese Schwäche nicht eingestehen.

»Ein Junge, was? Elis, bist du so blind, dass du eine Frau nicht erkennst, wenn sie vor dir steht?«

Izana griff sich an die Brust, weil sie glaubte sich dadurch verraten zu haben, aber die Tuchfalten bedeckten immer noch alles. Als sie den blonden Mann lächeln sah, unterdrückte sie einen derben Fluch.

Während der Befehlshaber sich bückte, um seine Klinge an der Kleidung des toten Gegners zu säubern, winkte er sie voran.

Sie schluckte den Ekel hinunter und ging langsam los. Obwohl sie diesen Menschen nicht kannte, befand sie sich in seiner Hand.

»Dann lass mal hören. Was macht ein Mädchen alleine in der Tarkati-Wüste?«

»Sag mir erst, wer du bist«, verlangte sie.

Der Mann mit der Augenklappe stieß ein belustigtes Lachen aus. »Sie hat Zähne, Befehlshaber.«

»Und eine spitze Zunge. Mir wäre es lieber, wenn sie mir einen Namen verraten hätte. Aber was soll's. Ich bin der Befehlshaber der Armee Sulakans unter dem Kommando des neuen Herrschers Falukard. Du kannst mich Aidan nennen.«

Izana stockte der Atem. Konnte das möglich sein?

»Ihr seid dem neuen König unterstellt?«

»Ja, ich diene ihm.«

Sie hatte nach jemandem gesucht, der ihr behilflich sein konnte. An den jungen König hatte sie nicht gedacht, aber auch er könnte ihr helfen.

»Ich bin Izana, Enkelin von Benen Hazar und Hüterin des großen Turmes von Ashkan.«

Sofort verschwand die Heiterkeit aus dem Gesicht des blonden Mannes. »Mädchen, wenn du dich wichtigmachen willst ...«

»Wichtig?«, unterbrach sie ihn kalt. »Ich sah mit eigenen Augen, wie meine Stadt unterging. Mein Großvater gab sein Leben, um den Turm in Sand zu betten. Ich bin die einzige Person, die weiß, wie man Ashkan sein Wissen zurückgeben kann. Ich mache mich nicht wichtig, Befehlshaber, ich bin es.«

Die Männer in der Nähe hatten aufgehört sich miteinander zu unterhalten und lauschten nun ihrem Gespräch. Izana war, als würde sie von ihren Blicken durchbohrt werden. Wenn dieser Mann beschloss ihr nicht zu helfen, war sie verloren, also hielt sie seinen prüfenden Augen stand. Ganz gleich, wie es in ihrem Inneren aussah, sie durfte sich ihre Unsicherheit nicht anmerken lassen.

»Balan, Elis, wir reiten bis zum Abendeinbruch. Ihr zwei seid dafür verantwortlich, dass die Hüterin von Ashkans Turm nicht entkommt.«

Die Art, in der er das Wort *Hüterin* gesagt hatte, verriet ihr, dass er ihr noch nicht glaubte. Izana lockerte die angespannten Schultern. Zumindest hatte er sie nicht seinen Männern überlassen.

»Befehlshaber, was ist mit den Toten?«, fragte ein Krieger.

»Unsere Männer werden in Tücher eingehüllt. Wir nehmen sie zur nächsten Siedlung mit, wo sie begraben werden«, entschied Aidan.

»Und die Krieger der Randstämme?«

»Die verrotten unter Ishars Sonne.«

Selbst Izana zuckte bei diesem Befehl zusammen. Nicht bestattet zu werden, war die größte Angst der Randstämme. Kadesh empfing seine Krieger durch den Sand, jeder andere wurde von ihm verschmäht.

Die Männer murmelten untereinander, aber keiner wagte gegen den Befehl ihres Anführers zu verstoßen.

»Wenn jemand zu schwer verwundet ist, um transportiert zu werden, bleibt er mit den Heilern und einer Wachtruppe hier«, lautete ein weiterer Befehl.

»Nun denn, bringen wir dich zu deinem Kamel.«

Der Einäugige war bereits vorgegangen, um ihr Reittier einzufangen, daher kamen diese Worte von Elis.

Die Umstehenden handelten schnell. Im Nu waren alle Verwundeten versorgt und die Toten in die traditionellen Leichentüchern gehüllt worden. Der feine Geruch nach Kräutern durchzog die Gegend. Manchmal konnte man die Verstorbenen nicht gleich beerdigen, daher sollten die Kräuter den Verwesungsgeruch überdecken.

Nachdem Balan ihr das Kamel gebracht hatte, überlegte sie, ob sie einen Fluchtversuch wagen sollte, aber das hier war die beste Option. Wenn ihr jemand helfen konnte, dann ein König.

»Reiten wir los.«

Der Befehlshaber trat zu einem braunen Hengst. In der linken Hand hielt er die Zügel von zwei weiteren Pferden. Das mussten die Reittiere ihrer Wächter sein.

»Bei Nachteinbruch erreichen wir vielleicht die Siedlung. Wenn nicht, lagern wir unter freiem Himmel. Ich hoffe, du hast dich ausreichend ausgeruht, denn zuvor machen wir keinen Halt.«

»Behandle mich nicht wie eine verweichlichte Hochgeborene«, zischte Izana. Ihre Amme hätte sie für ihren Tonfall gerügt, den sie einem Mann gegenüber anschlug, aber sie hatte sich dagegen entschieden, sich zu verstellen.

Unerwarteterweise schien ihre forsche Art dem Befehlshaber zuzusagen.

»Umso besser. Brechen wir auf!«, rief er so laut, dass seine Stimme über die Ebene hallte.

Izana knurrte den Einäugigen an, als er ihr auf das Kamel helfen wollte. »Ich kann das alleine.«

Viele Männer hätten mit Wut auf ihre Zurückweisung reagiert, aber ihre Wächter lachten laut. Sie wirkten heiter und gelöst, doch Izana machte nicht den Fehler, sie zu unterschätzen.

Die getöteten Krieger hatte man auf den Pferde festgebunden, während die Verwundeten ritten. Wie befohlen blieb eine kleine Gruppe zurück, die sich um die schwerverwundeten Soldaten kümmern sollte. Einige begannen schon damit, ein Zelt aufzubauen.

»Werden sie sicher sein?«, wollte sie wissen.

»Die Wächter bei ihnen zählen zu unseren besten Kriegern. Das Luftschiff, das uns folgt, wird sie am nächsten Morgen abholen.«

Izana richtete den Blick wieder nach vorne.

Die kommenden Stunden wurden anstrengend. Das Kamel gab alles, aber es war eher für gemächliche Ritte zu gebrauchen und mit den Pferden konnte es nicht mithalten.

»Wir schlagen das Lager auf«, verkündete Aidan, als sie bei Abendeinbruch eine Felsgruppe erreichten.

»Du bist eine schreckliche Reiterin«, stellte Elis kopfschüttelnd fest.

Izana biss die Zähne fest aufeinander.

»Sie versucht das Kamel wie ein Pferd zu reiten.«

Balan stieg ab und nahm ihr die Zügel aus der Hand. Erst als sie ebenfalls abgestiegen war, folgte Elis ihr. Sie gingen auf Nummer sicher, was ihren Befehl betraf.

»Hast du ein Reisezelt dabei?«, wollte Balan wissen.

»Ich schlafe unter Ishars Zelt.«

»Was für ein Ausbund an Frömmigkeit«, meinte Elis belustigt. »Aber mit dir werden zweihundert Mann unter freiem Himmel schlafen. Komm mit.«

Die zwei führten sie zur Mitte des Lagers, wo bereits ein Zelt stand, vor dem der Befehlshaber seinen Hengst striegelte.

»Lady Auserwählte, es scheint dir gut zu gehen.«

Ihr Hintern tat von dem schnellen Ritt weh, aber sie würde den Teufel tun und ihm das auf die Nase binden.

»Sie ist wundgeritten«, meldete Balan sich.

Izana funkelte ihn erbost an. »Bin ich nicht!«

»Für eine Frau läufst du ziemlich breitbeinig.«

Wieso bemerkte er diese Dinge? Vor allem tat er es nicht zum ersten Mal.

»Mir geht es gut«, beharrte sie stur.

»Wenn du das sagst.« Dieses Mal meldete sich Elis zu Wort. »Wäre es anders, hätten wir eine hilfreiche Salbe, die die Schmerzen lindert.«

Izana biss die Zähne aufeinander. Obwohl sie diese beiden erst so kurze Zeit kannte, verspürte sie den Wunsch, sie in den Himmel zu schießen. »Ich werde die Salbe gerne zur Vorsorge verwenden«, presste sie hervor.

»Dafür ist sie aber nicht gedacht«, entgegnete Elis.

Wenn dieser Kerl nicht den Mund hielt, würde sie ihn treten.

»Es ist genug. Ärgert Lady Auserwählte nicht.«

Was für ein anmaßender Befehlshaber, denn der Anführer selbst tat das Gleiche wie seine Männer.

»Gehen wir hinein und reden dort.«

Das Zeltinnere bot genügend Platz. Izana entdeckte einen Fellhaufen und einige Kissen. Manche Hochgeborene ritten mit ihrem Mobiliar als Gepäck, aber dieser Trupp war auf Geschwindigkeit aus.

Aidan streckte einladend den Arm aus. »Setzen wir uns.«

Izana ließ sich auf ein Kissen nieder und zuckte zusammen, weil ihr Hintern trotz der weichen Sitzunterlage schmerzte.

Aidan nahm ihr gegenüber Platz. Sie erwartete, dass ihre Wächter sich ebenfalls setzten, aber sie blieben in der Nähe des Zelteinganges stehen.

»Ignorier die zwei. Sie sind übertrieben vorsichtig und können sich nicht einmal für fünf Minuten entspannen.«

Nach dem Verlust ihrer Stadt fiel es auch ihr schwer, sich gehen zu lassen. Noch nicht einmal im Schlaf wurde sie von den schlimmen Albträumen verschont.

»Nun, dann fang an«, forderte ihr Gastgeber sie auf.

Izana rutschte auf dem Kissen hin und her, um es sich bequemer zu machen. Am liebsten hätte sie eine Unterredung mit dem König, aber sein Befehlshaber würde entscheiden, ob sie vorsprechen durfte. »Was willst du wissen?«

»Die Stadt, wie konnte sie eingenommen werden?«

Diese Frage war wichtig, damit das Gleiche bei einer weiteren Stadt verhindert werden konnte.

»Mein Wissen stammt vom Hörensagen, aber ich gebe es gerne weiter, wenn du einverstanden bist.«

Aidan nickte und Izana suchte nach den richtigen Worten. Wichtige Gespräche sollten wohl überlegt geführt werden. Das war eine Lehre ihres Großvaters, die sie immer beachtet hatte.

»Die Soldaten, die kamen, um uns zu warnen, meinten, es hätte Verräter in den eigenen Reihen gegeben. Sie hätten sich für den Wachdienst am Tor eingetragen und dann dem Feind die Tür geöffnet. Der Widerstand war zu gering und als die Tore offen waren, gab es kein Aufhalten mehr.«

Was sie von dieser schrecklichen Nacht am besten in Erinnerung behalten hatte, waren die Schreie, lange bevor der Alarm geschlagen wurde.

»Ja, das deckt sich mit unseren Berichten.« Aidan griff nach einem Trinkbehälter und zwei Bechern. »Trink erst etwas, denn du musst mir alles sagen. Versuch dich an jedes noch so unwichtige Detail zu erinnern.«

»Du bist grausam.«

Aidan hob überrascht eine Braue. »Inwiefern bin ich das?«

»Ishar hat mich mit einem überragenden Gedächtnis gesegnet. Wenn ich mich zu intensiv erinnere, ist das für mich, als würde es gerade stattfinden.«

»Es tut mir leid«, erwiderte der Kommandant, aber er widerrief seine Bitte nicht.

Izana versuchte sich gegen den Schmerz zu stählen, als sie die Technik einsetzte, mit der sie auf jede kleinste Erinnerung zurückgreifen konnte. Ihr war, als hätte sie wieder den beißenden Feuergeruch in der Nase und als würde sie erneut die triumphierenden Rufe der feindlichen Krieger hören, die Kadeshs Namen priesen. Sie waren gnadenlos und unbelehrbar. Niemals wüssten sie zu schätzen, was ihre Familie seit Jahrhunderten bewahrte.

Izana erinnerte sich an Benen, an den Schmerz, der sie durchzogen hatte, als Tonnen von Sand ihn begraben hatten. Ihre Stimme klang, als würde sie von einem fernen Ereignis sprechen. Sie wirkte ruhig und gefasst, innerlich aber war sie aufgewühlt. Nach seinem Verlust hatte sie sich fast jede Nacht in den Schlaf geweint.

Während sie erzählte, stellte der Befehlshaber ihr an manchen Stellen Fragen. Wie viele Soldaten hatten sich auf der Feindesseite befunden? Wie war ihre Bewaffnung? Die Feuerkatapulte schienen ihn zu beunruhigen. »Hast du ihren Anführer gesehen?«

»Ja, ich habe das Rindvieh gesehen, das sie angeführt hat«, stieß sie zornig aus. »Unser letzter magischer Verteidigungsangriff hätte ihn fast getötet. Er hing wie eine Made an der Kante des Abgrunds.«

Ihre Verachtung für diesen Barbar war grenzenlos. Fanatiker wie er hatten es nicht verdient, in dieser Welt zu leben. Vor Ashkans Fall hatte sie die Randstämme bemitleidet, die es vorzogen, für die Zukunft blind zu bleiben, nun schrie ihr ganzes Wesen nach Vergeltung. Sie wollte Rache. Wäre sie nicht Benens Erbin, sie hätte sich blindlings in einen Feldzug gegen diese radikalen Männer gestürzt.

»Ein zäher Hund. Je mehr ich von ihm höre, umso dringender will ich ihn töten.«

»Er hat den Tod verdient.« Izana ballte die Hände zu Fäusten, weil ihr die Stimme versagte.

Die Stille im Zelt wurde unerträglich, bis Aidan sich vorbeugte und ihr den kleinen Becher hinhielt. »Hier, trink etwas, Lady Auserwählte. Der Dattelwein wird dich vielleicht für einige Stunden schlafen lassen.«

Izana leerte das Getränk in einem Zug. Die Süße des Weines vermischte sich mit der Schärfe des Alkohols. Als würde Aidan ihren Wunsch nach Vergessen spüren, hielt er ihr nach dem Becher den Trinkschlauch hin. Izana trank weiter. Sie wusste nicht wie viel sie getrunken hatte, als der Befehlshaber ihr den Beutel aus der Hand nahm.

»Besinnungslos saufen kannst du dich, aber du wirst die Konsequenz davon morgen zu spüren bekommen und wir brechen früh auf.«

Izanas Verstand funktionierte träge, doch die Trauer war nun etwas ferner, als würde ein Schleier sie von ihr fernhalten.

»Du kannst hier schlafen, Lady Auserwählte«, hörte sie Aidan sagen. Seine Stimme klang, als würde er sich von ihr entfernen.

Blinzelnd versuchte sie ein letztes Mal die Müdigkeit zu durchdringen. Wie dumm von ihr sich zu betrinken, wo sie doch von einer Armee umringt war.

Als der Befehlshaber aufstand, folgte sie ihm mit den Augen. Er trat zu Balan und Elis. »Ihr zwei bleibt bei ihr. Viele der Männer haben seit Monaten keine Frau mehr gesehen. Ich will nicht, dass ihr etwas passiert.«

Glaubte er ihr? Würde er sie den König treffen lassen? Diese Fragen waren wichtig, aber ihr Verstand schrie nach Ruhe. Sie wollte nicht denken und am allerwenigsten wollte sie sich jetzt erinnern. Sie wollte einfach nichts fühlen, nur für diese eine Nacht. Die Toten Ashkans sollten schweigen und ihr nicht mehr hinterher rufen, wie ungerecht es war, dass sie lebte und alle anderen nicht.

Izana versank in eine vom Alkohol betäubte Traumwelt. Sie konnte sich an den friedlichen Tag vor fünf Monaten mit Benen erinnern. Er hatte ihr an ihrem fünfzehnten Geburtstag erlaubt einen Becher Wein zu trinken. Wie glücklich er ausgesehen hatte. Sie hatte sogar bemerkt, wie er sich heimlich eine Träne aus dem Augenwinkel gewischt hatte.

Ein leises Schluchzen stieg ihre Kehle empor.

Plötzlich spürte Izana eine kühle Hand auf ihrer Stirn. Träge öffnete sie die Augen. Jemand beugte sich über sie.

»Es ist nur ein Traum.«

Erst da bemerkte sie, dass ihre Wangen tränennass waren.

»Warum habe ich überlebt und die anderen nicht?«

Diese Frage quälte sie die ganze Zeit.

»Das kann dir niemand beantworten. Und im Grunde ist es nicht wichtig, weil du darauf keinen Einfluss hattest.«

»Also alles auf die Göttin schieben?«, fragte sie flüsternd.

»Wenn es dir dadurch besser geht.«

Diese Antwort war simpel und im Moment genau das, was sie brauchte.

Als die schattenhafte Gestalt gehen wollte, griff sie nach der Hand, die sich von ihrem Gesicht entfernte. »Bleib hier.«

Zu wem sie diese Worte sagte, war bedeutungslos. Es konnte nur Balan oder Elis sein. Jetzt zog sie Trost aus der Anwesenheit dieser Person.

»Bleib hier und halt die schlimmen Träume fern«, bat sie leise.

»Das mache ich ... für heute Nacht.«

12

Die Frauen Sulakans waren von einer dunklen und stillen Schönheit. Wenn Dayana still sagte, meinte sie deren Verhalten. In der Gegenwart eines Mannes lächelten sie scheu und sprachen kaum. Das änderte sich, wenn sie unter sich waren.

Dayana hatte seit dem Vorfall mit Renza immer wieder Bereiche aufgesucht, an denen sich die Frauen aufhielten, die in den Harem wollten. Große Gärten oder Festsäle, in denen Akrobaten Kunststücke vorführten. Gleich zu Beginn war ihr die Kluft aufgefallen, die zwischen ihnen herrschte. Die Töchter der Höflinge hielten geschlossen zusammen und machten sie zur Außenseiterin.

»Du kannst ruhig etwas überheblich sein«, ließ Neher verlauten, die neben ihr ging. Aufgrund ihrer schwarzen Kleidung und der Verhüllung hatte sie den unschönen Spitznamen *Krähe* bekommen. Obwohl Dayana kurz davor gewesen, war die Dienerin zu bestrafen, die diesen Ausdruck verwendete, hatte Neher herzhaft gelacht und sich für das Kompliment bedankt, denn Krähen galten als schlaue Tiere.

»Ich will sie nicht aufstacheln.« Dayana seufzte.

Falk befand sich nun schon seit acht Wochen auf seinem Feldzug. Die vielen Briefe halfen ihr dabei, die Einsamkeit erträglicher zu machen, aber sie steigerten auch ihre Sehnsucht nach ihm. Jede Nacht verlangte es sie nach seiner Umarmung und sie wachte am nächsten Morgen frustriert auf. Die Zeit mit Neher lenkte sie ab und genau das machte ihre neugewonnene Freundin unentbehrlich.

»Sie sind schon aufgestachelt. Du bist die einzige Frau des Königs und er hat nur Augen für dich.«

An diesem Morgen hatte Dayana entschieden in den großen Palastgärten spazieren zu gehen. Der Sonntag galt in Sulakan als Ruhetag. Er diente dafür, sich mit der Familie zu befassen und die Seele baumeln zu lassen. Aus diesem Grund erschien Sula ihr ungewohnt ruhig.

»Ich vermisse die Gärten Khimos«, gestand Dayana leise. »Sulakan ist ein wunderschönes Land, aber in Khimo ist der Überfluss vorhanden. Die Pflanzenwelt ist gesättigt und blüht in den richtigen Monaten wunderschön.«

Neher griff nach Dayanas Hand. »Lass uns ausreiten.«

Der Vorschlag ihrer Freundin überraschte sie. »Und wohin?«

»Einen halben Tagesritt von hier entfernt gibt es ein kleines Dorf, das ich dir gerne zeigen würde.«

Neher machte ihr diesen Vorschlag mit der besten Absicht, aber wenn Dayana Toshiro darum bitten würde, Sula zu verlassen, würde der Sandreiter einen Schwall Flüche loslassen.

»Das kommt nicht in Frage«, kam es prompt von der Seite.

Ab und zu ging Toshiro gut sichtbar in ihrer Begleitung, an manchen Tagen hielt er seine Anwesenheit geheim. Dayana hatte ihn den ganzen Morgen über nicht gesehen.

»Sandreiter, du kannst sie nicht für immer in Sula einsperren«, wandte Neher ein.

»Das wollen wir sehen.«

Obwohl Dayana Nehers Gesicht verborgen blieb, musste sie dem Blick des Wächters mit Stärke begegnen. »Gefangen in einem Palast voller Vipern, umringt von hohen Mauern, wie soll die Königin Sulakan zu lieben lernen?«

Anscheinend teilte Toshiro Nehers Sorgen, denn sein Schweigen dauerte länger als gewöhnlich an.

»Ihr beiden, streitet nicht meinetwegen«, versuchte Dayana die Wogen zu glätten.

»Wohin willst du sie bringen?« Diese Frage richtete Toshiro an Neher.

»Genta«, antwortete sie.

Der Name schien dem Sandreiter etwas zu sagen, denn seine Miene wurde weicher. »Ich verstehe, warum du sie dorthin bringen willst. In Ordnung, ich muss einige Vorbereitungen treffen.«

Dayana blieb vor Überraschung der Mund offen stehen. Sie glaubte sich verhört zu haben. »Du hast nichts dagegen?«, fragte sie ihren Leibwächter, um sicher zu gehen.

»Nicht, wenn es um Genta geht.«

Sobald er geantwortet hatte, wuchs ihre Neugierde. »Was ist in Genta?«

»Das wirst du dort sehen.« Auf einem Wink von ihm zeigte sich ein zweiter Sandreiter, der mit ihm Wache gehalten hatte. »Du beschützt sie weiterhin. Ich werde mich um alles kümmern, dann sollten wir in einer Stunde aufbrechen können.«

»Wirklich?« Dayana glaubte immer noch sich verhört zu haben. Als Toshiro nickte, stieß sie einen erfreuten Ruf aus. »Das ist fantastisch. Ich muss sofort packen.«

***

Es fühlte sich immer noch surreal an, als Dayana wenig später im Aufzug einer einfachen Frau mit Toshiro und Neher zu den Ställen ging. Der Rock bestand aus einem fließenden Stoff und das Oberteil bedeckte jeden Zentimeter Haut. Diese Art der Kleidung wurde in Sulakan von älteren Frauen getragen, die schon erwachsene Kinder hatten, daher würde kaum ein Mann sie eines Blickes würdigen. Zusätzlich hatte sie sich einen Schleier angelegt, der den Großteil ihres Gesichts verdeckte.

Sogar Neher hatte sich umgezogen und die schwarze Kleidung gegen einen beigefarbenen Umhang eingetauscht, der jede Kontur ihres Körpers verhüllte.

Vor Aufregung fiel es Dayana schwer, ruhig zu bleiben. »Für Renza wird gesorgt?«

Diese Frage stellte sie schon zum dritten Mal. Um die Frauen zu täuschen, hatte die Gemahlin eines Sandreiters ihren Platz eingenommen. Sie würde Dayanas Gemach nicht verlassen, aber sollte jemand gründlicher nachsehen, würde er eine verhüllte Frau vorfinden, die entschieden hatte, den ganzen Tag für die Sicherheit ihres Gemahls zu beten.

»Es wird ihr gut gehen, weil ihr Mann auf sie aufpasst, also hör auf dich zu sorgen«, brummte Toshiro.

»Ich kann es kaum erwarten«, gestand sie ihm grinsend. »Wir sind bei unserer Anreise durch das Land gezogen, aber wir haben so vieles nicht gesehen.«

»Genta wird dir gefallen«, sagte Neher zuversichtlich und half ihr auf das Kamel.

Toshiro hatte sich für eine kleine Reisegruppe entschieden, was ihm Bauchschmerzen bereiten musste, aber eine größere Reitertruppe würde zu viel Aufmerksamkeit auf sich ziehen. »Yana, denkst du an die Regel?«

Das Gleiche galt für den Titel, weshalb Toshiro sie mit dem Spitznamen ansprach, den er ihr bei ihrer ersten Begegnung mit Neher gegeben hatte.

»Ja. Wir sind Pilger, die das Land durchstreifen, und wollen einen Besuch in Genta einlegen. Neher und ich sind deine Frauen. Neher kommt aus Itah und ...«

»Schon gut. Die Hintergrundgeschichte hast du dir gut eingeprägt. Mir ist nur wichtig, dass du dich an die wichtigste Regel hältst.«

»Ich halte mich bedeckt und höre auf jeden Befehl von dir?«

Toshiro seufzte laut. »Aus deinem Mund klingt das so unerfreulich, aber ich will dich sicher wissen.«

Er log sie nicht an. Als er die Gurte ihres Sattels überprüfte, berührte sie ihn kurz am Arm. »Ich verstehe das, Toshiro. Danke, dass du diesen Ausflug möglich machst.«

Er wandte sich rasch ab, aber sie glaubte seine hochroten Ohren zwischen den schwarzen Locken gesehen zu haben.

»Der Sandreiter hat einen schwachen Punkt, was dich anbelangt«, flüsterte Neher ihr amüsiert zu, als der hochgewachsene Mann zum nächsten Kamel ging.

»Er wird uns beschützen.«

Dayana war zuversichtlich. Sie war eine Fremde in diesem Land, aber auf Toshiro und seine Sandreiterbrüder konnte sie sich verlassen.

Kaum eine Stunde später hatten sie Sulas Mauern hinter sich gelassen und ritten durch eine kleine Vorstadt. Toshiro hatte zwei Sandreiter mitgenommen. Einer ritt voraus und kundschaftete die Route aus, während der anderen aufpasste, dass sie nicht verfolgt wurden.

Dayana schaute sich neugierig um. Die Zahnräder der Politik mahlten langsam, aber bereits in dieser kurzen Zeit von Falks Herrschaft konnte sie kleine Veränderungen bemerken. Beim letzten Besuch war dieser Vorort Sulas ärmlich gewesen. Reich war er jetzt auch nicht, aber im Zentrum befand sich ein frisch angelegter Brunnen, der die Bewohner mit Wasser versorgte. Außerdem hatte Falk dort ein kleines Handelsdepot errichten lassen, damit die Menschen mit Gütern handeln konnten. Die Bewohner sahen gut genährt aus und schienen zufrieden zu sein. In spätestens zwei Jahren wollte Falk sein Land mit allem versorgen, was es brauchte. Dafür gab es bereits wichtige Handelsabkommen mit den Nachbarländern. Zudem wollte er eine reibungslose Wasserversorgung auf die Beine stellen. Manch einer warf ihm vor übereifrig zu sein, aber Dayana hatte vollstes Vertrauen in ihn.

Sie ritten den ganzen Tag durch und blieben nur stehen, wenn der Körper Erleichterung benötigte. Als sie bei Abendeinbruch immer noch kein Dorf sah, wandte sie sich an Toshiro. »Übernachten wir heute Nacht unter freiem Himmel? Bei der großen Felsgruppe dort?«

Der Sandreiter lenkte seinen Blick in die Richtung, die Dayana ihm zeigte. »Ja, wir übernachten dort.«

Eine Stunde später erreichten sie das, was Dayana als Felsgruppe bezeichnet hatte. Der volle Mond beherrschte den Himmel, weshalb Dayana rasch ihren Irrtum einsah. »Das ist ein Dorf.«

»Das, Dayana, ist Genta«, korrigierte Neher sie mit sanfter Stimme.

Der weiche Ausdruck in den dunklen Augen ihrer Freundin überraschte Dayana. »Warst du schon einmal hier?«

»Als Kind. Ich hatte meine Mutter so oft bedrängt, dass sie es einmal erlaubte.«

Toshiro steuerte den steinernen Durchgang an, der natürlich erschaffen worden zu sein schien. Davor wurden sie von zwei Personen empfangen, die sich ihnen als Onto und Keria vorstellten. Der Mann und die Frau mussten weit über siebzig sein. Sie trugen weiße Gewänder und hatten ein herzliches Lächeln auf den Lippen.

»Das hier ist Sulakans Traum und, wie ich hoffe, seine Zukunft«, flüsterte Neher ihr zu.

Toshiro war abgestiegen und ging auf die Dorfbewohner zu, um sie zu begrüßen. Dayana ließ sich umständlich vom Kamel gleiten und war überrascht, als Neher sie hielt, bevor sie stolpern konnte.

»Du bist viel zu klein für dieses Reittier«, seufzte sie. »Zum Glück ist es sanft und wirft dich nicht ab.«

»Danke, Neher.« Dayana lächelte ihre Freundin an und hakte sich bei ihr unter.

»Es wäre uns eine Freude, euch heute Nacht bewirten zu dürfen.« Onto neigte höflich den Kopf.

»Yana, wir dürfen über Nacht in Genta verweilen«, verriet Toshiro ihr.

Da er sie mit dem Spitznamen ansprach, wussten diese Leute nichts von ihrem Titel. »Wie überaus gütig. Vielen Dank.«

Gemeinsam führten sie die Tiere zu einem Stall, in dem sich sowohl Kamele als auch Pferde befanden.

Das Dorf war mit der Hilfe von großen Leuchtsteinen hell genug, um alles erkennen zu können. Die Bauten wirkten nur auf den ersten Blick gedrungen, hier wurde wirklich jede Fläche ausgenutzt. Sogar auf den flachen Dächern befanden sich Terrassen, auf denen man abends unter dem freien Himmel verweilte. Zwischen den Gebäuden wanderten die Dorfbewohner auf gepflasterten Straßen umher. Einige von ihnen fielen Dayana deswegen auf, weil sie hellhaarig waren.

Neher, die ihre Neugierde bemerkte, beugte sich zu ihr hinab. »Genta ist der einzige Ort in Sulakan, der zu Kidarka gehört«, verriet sie ihr.

»Ich verstehe nicht«, gab Dayana zu.

»Dulkan, der Vorfahre des derzeitigen Königs und Dynastiegründer, war ein Räuber, der für seine Familie und Freunde die Schergen des Königs bestahl. Dieser König war ein gieriger und grausamer Herrscher. Außerdem litt er an Größenwahn, denn er hatte vor, Kidarka zu erobern, und das, obwohl sein Volk hungerte und starb. Je weiter er die Kriegsbemühungen vorantrieb, umso mehr Anhänger gewann Dulkan, bis sogar der kidarkische

König von ihm hörte. Er berief ein Treffen mit dem Räuberhauptmann ein und schlug ihm vor, den Thron für sich zu beanspruchen. Dulkan lehnte ab, aber er war einverstanden dem König zu dienen, den das Volk wählen würde. Zusammen stürzten sie den grausamen König und obwohl er es nicht wollte, wurde Dulkan zum neuen gekrönt. Kidarkas Herrscher aber missfiel die Art, wie viele Männer Sulakans ihre Frauen behandelten. Er verlangte einen einzigen Ort in der Nähe Sulas für sich. Dort sollten Männer und Frauen die gleichen Rechte besitzen und in Frieden leben. Zu Beginn bestand Genta aus vier Familien, aber im Laufe der Zeit wurde dieser Ort zu einer kleinen Stadt. Jeder Bewohner Sulakans darf hier leben und Zuflucht suchen, sofern er sich den Regeln unterwirft.«

»Der kidarkische König hat gehofft, dass die Menschen Sulakans von Genta lernen, wenn sie sehen, wie es wächst und gedeiht.«

Neher nickte erfreut und deutete zu einer kleinen Familie, die entlang der Häuser spazierte und sich an den Händen hielt. »Das sind Sulakaner. Es gibt hier keine Zweit- oder Drittfrauen, auch keine Unterdrückung. Die Könige Sulakans haben das Abkommen geachtet. Einige sicher nur, weil Kidarka ein mächtiges Reich ist. Einen Angriff auf Genta würden sie mit voller Stärke ahnden.«

Während sie den Ältesten auf der breiten Straße folgten, fielen Dayana weitere Dinge auf. »Das sind Statuen von Ishar.«

»Kadesh hat hier keinen Platz. Genta ist dafür da, um zu wachsen und dabei zivilisiert zu bleiben. Das Ziel dieses Dorfes ist es, zu einer gewaltigen Stadt anzuwachsen. Wenn das erreicht ist und eine bestimmte Menschenanzahl in Genta lebt, wird das Land wieder an Sulakan fallen.«

»Was für ein kurioses, aber wundervolles Abkommen«, sagte Dayana. Dieser Ort war, was Falk und sie sich für ganz Sulakan wünschten. Ein Land, in dem jeder das Recht hatte, in Frieden zu leben. Deshalb hatte Neher sie hierher gebracht. »Danke dir«, sagte sie gerührt und hatte dabei Tränen in den Augen. Zu wissen, dass es hier auch einen Traum gab, den sie teilte, ließ sie sich dem Land näher fühlen.

Ihre Freundin bewegte unbehaglich die Schultern. »Das ist doch nichts.«

»Doch, es bedeutet mir so viel«, erwiderte Dayana entschieden. »Ich war verloren in diesem Palast.«

Falk hatte sie zu seiner Königin gemacht, daher begegneten ihr fast alle höflich, und doch ließen sie sie spüren, dass sie eine Fremde war. Für Falk ertrug sie alles, aber je länger die Trennung von ihm andauerte, umso mehr hatte sie das Gefühl, in diesen Mauern zu ersticken. Neher musste das bemerkt haben.

»Herrin Yana.« Der Älteste deutete zu einem freien Platz, auf dem sich viele Tische und Stühle befanden. »Du bist zu einem günstigen Zeitpunkt angereist. Jedes Jahr halten wir ein Fest, um Ishar zu danken. Willst du mit uns speisen?«

Die Aussicht, mehr Zeit in Genta zu verbringen, stimmte sie froh. »Es wäre mir eine Ehre. Vielen Dank.«

Das Fest war gut besucht. Manche Menschen servierten, andere wiederum spielten Instrumente, die für eine fröhliche Melodie sorgten. Auf einer offenen Fläche inmitten des Platzes tanzten und lachten Menschen zum Rhythmus der gespielten Musik. Um sich herum sah Dayana glückliche Gesichter, die diesen Abend sichtbar genossen. Sogar Toshiro lachte mit ihnen und sie erlebte ihn selten ausgelassen.

»Darf ich dich bewirten?« Neher führte sie zu einem freien Platz und griff zu einem bauchigen Krug. »Das hier ist Dattelwein. Genta ist auch berühmt für den Wein, den sie aus der Wüstenfrucht gewinnen, aber sie schmeckt bitter.«

»Bitter?« Alleine die Vorstellung brachte Dayana dazu, den Mund zu verziehen.

»Die Wüstenfrucht ist gesund und hat heilende Kräfte bei Entzündungen. Für den Genuss ist Dattelwein am besten.«

Dayana hielt ihr einen Becher hin, damit Neher ihr einschenken konnte. Dabei schaute sie auf die dunkle Flüssigkeit, die im Licht der Leuchtsteine glänzte.

»Er duftet gut«, seufzte Neher. »Ich sollte der Konkurrenz keine Komplimente machen, aber ich kann nicht anders.«

Dayana wartete, bis Neher sich ebenfalls von dem alkoholischen Getränk eingegossen hatte, dann hob sie ihren Becher, prostete ihr zu und setzte die Lippen an den Rand. Die Art, wie Neher sie beim trinken anschaute, fühlte sich seltsam an.

»Köstlich«, kommentierte Neher. »Ich kann von Glück sprechen, dass Genta seine Waren meist für sich verwendet, sonst müsste ich mich um mein Geschäft sorgen.«

Dayana lachte unbeschwert und trank einen weiteren Schluck.

Der Abend war angefüllt mit heiteren Menschen, wunderbarer Musik und herrlichen Geschichten. Sie saßen bis weit nach Mitternacht zusammen. Erst als einige der Kinder einschliefen, zerstreuten sich die Menschen. Das Essen wurde in die Lagerräume getragen, ansonsten blieben Tische und Stühle im Freien.

»Neher und du teilt euch ein Zimmer«, informierte Toshiro sie. »Ich werde davor Wache halten.«

»Auch du brauchst deinen Schlaf«, wandte Dayana ein.

»Keine Sorge. Nach drei Stunden wechsle ich mich mit dem nächsten Wächter ab. Jetzt ruht euch aus. Morgen gibt es noch mehr zu sehen.«

»Mehr?«, entfuhr es Dayana.

»Einiges mehr«, verriet Neher ihr lachend und öffnete die Tür.

Im Inneren befand sich eine einfache Bettstatt, die für zwei Personen gedacht war. Dayana ging zur linken Seite, wo sich ihre Satteltasche befand. Die Sandreiter, die Toshiro ausgeschickt hatte, um das Zimmer zu überprüfen, mussten sich darum gekümmert haben.

»Deine Sachen sind auch hier«, meinte Dayana mit einem Blick auf die Ledertasche, die sich auf Nehers Sattelknauf befunden hatte.

»Allerdings rechnete ich nicht damit, ein Bett teilen zu müssen.«

Der Tonfall ihrer Freundin ließ Dayana hellhörig werden. »Findest du es unangenehm?«

»Eher ungewohnt. Bisher habe ich immer alleine geschlafen.«

Nachdenklich schaute Dayana sich um. »Soll ich auf dem Boden schlafen?«

»Untersteh dich«, wehrte Neher ab.

Dayana streifte sich das schwere Oberteil und den Rock vom Körper und schlüpfte in ein knielanges Nachthemd mit Spitzensaum an den Ärmeln. Als sie sich umdrehte, trug Neher immer noch den Umhang, der ihre Gestalt vollständig bedeckte. Verdattert wandte sie das Gesicht ab, um Dayanas Blick nicht begegnen zu müssen.

»Es tut mir leid. Ich zeige mich nicht gerne leicht bekleidet.«

»Dann schläfst du so.« Dayana kletterte auf das Bett und hielt Neher die Hand hin.

»Ich mache mich erst frisch, dann komme ich zurück. Leg dich schon hin.«

Vieles an dieser Situation erinnerte sie an die Zeit mit Falk, als er Lorans Fluch erdulden musste, der ihn in einen Frauenkörper verbannt hatte. Vielleicht genoss sie Nehers Nähe auch deshalb, weil sie sich durch sie an damals erinnerte.

»Beeil dich. Draußen hat es sich abgekühlt.«

Dayana schmiegte sich in die weiche Bettunterlage und zog die Decke über sich. Die frische Bettwäsche roch angenehm und half ihr dabei, zur Ruhe zu kommen. Nachdem Neher das Zimmer verlassen hatte, konnte Dayana ein paar Worte hören, die zwischen ihr und Toshiro ausgetauscht wurden.

Sie dachte an Jem und Will, die mit den anderen Jungen in der Kaserne schliefen, in der Sulas Krieger ausgebildet wurden. Damit sie nicht ausgegrenzt wurden, hatte man ihren Ausbildern gesagt, dass die Jungen von mächtigen Adelshäusern aus Khimo geschickt worden waren, um Handelsbeziehungen und die Freundschaft zwischen den Reichen zu stabilisieren. Die Jungen hätten Genta geliebt, aber es wäre viel zu auffällig gewesen sie mitzunehmen.

Je mehr Zeit verging, umso träger wurde Dayanas Verstand. Falk würde Genta lieben, dessen war sie sich gewiss.

Sie befand sich bereits in den Wirren des Schlafes, als jemand das Laken anhob und sich zu ihr legte. Dayana seufzte leise und drehte sich um. Ihre Gedanken kreisten um Falk und die Zeit in Kashan. »Du bist spät«, murmelte sie.

»Entschuldige.« Die Stimme schien von weit her zu kommen. Dayana schlang ein Bein um die neben ihr liegende Gestalt und bettete den Kopf auf ihre Brust. Kurz vermeinte sie einen leisen Fluch zu hören, dann spürte sie einen Kuss, der ihre Stirn streifte und Finger, die durch ihr Haar fuhren.

»Falk«, hauchte sie glücklich und schlief ein.

***

Gentas Plantagen erstreckten sich auf der südlichen Dorfseite. Während Dayana zwischen den Obstbäumen schlenderte, begegnete sie den Dorfbewohnern, die sich um die erntereifen Früchte kümmerten. Viele begrüßten sie gut gelaunt und wünschten ihr einen schönen Tag.

»Neher, sieh mal!« Dayana deutete zu einer weißen Blume, die in großer Vielzahl zwischen den Bäumen wuchs. »Sie sieht wunderschön aus und sie riecht herrlich.«

Ihre Begleiterin hatte dunkle Schatten unter den Augen und schien nicht viel geschlafen zu habe. »Diese Blumen gehören zur Jasminpflanze, allerdings wachsen sie nicht auf Büschen, sondern am Boden. Trotzdem behalten sie ihren betörenden Duft.«

»Ich mag den Geruch«, gab Dayana zu. »Im Palast habe ich keine gesehen.«

»Es gibt sie«, teilte Neher ihr mit. »Es hieß, die letzte Hauptfrau des Königs hätte Kopfschmerzen von dem Geruch bekommen, daher wächst sie nicht in der Nähe der königlichen Gemächer.« Sie trennte eine Blüte ab und steckte sie in Dayanas Haar. »Du siehst wunderschön aus.«

»Wahrscheinlich, weil ich einen wunderschönen Traum hatte«, gestand Dayana glücklich. »Ich habe davon geträumt, in Falks Armen zu liegen.« Die Wärme einer anderen Person neben sich zu spüren hatte sie vermisst. »Wenn ich dir zu nahe gekommen bin, tut mir das leid.«

»Du hast ein Bein über mich gelegt«, bemerkte Neher trocken.

Verlegen senkte Dayana den Blick. »Oh.«

»Und dann hast du dich an mich geschmiegt.«

Hitze stieg in ihr Gesicht. »Das tat ich im Schlaf. Ein Glück, dass wir Frauen sind.«

»Ja, ein Glück«, stimmte Neher ihr sanft zu. »Du vermisst deinen Mann.«

»Sehr. Ich kann nicht glauben, dass er in unserer Hochzeitsnacht aufbrechen musste, noch bevor wir ...« Diese Tatsache frustrierte sie so sehr, dass sie erst bemerkte was sie sagte, als Nehers Gesichtszüge entgleisten.

»Yana, bist du unberührt?«

Da es zu spät war um es zu leugnen, nickte sie. »In etwa. Ich war Ishars Auserwählte und wir kamen zusammen, aber so wirklich ist es noch nicht passiert. Ashkan wurde angegriffen und Falk musste sofort aufbrechen.« Mit der Hand strich sie gedankenabwesend über eine rosa Blüte, die das hellbraune Blätterwerk schmückte.

»Das darfst du niemandem sagen.« Neher packte sie an den Schultern und sprach leise, aber eindringlich auf sie ein. »Wenn der König seiner Gemahlin nach der Hochzeit länger als drei Monate nicht beiwohnt, verstößt er sie.«

»Was?« Dayana schüttelte amüsiert den Kopf. »Das ist Unsinn.«

»Es ist gesetzlich festgehalten. Der König hätte mit dir schlafen müssen, um diese Regelung außer Kraft zu setzen. Keine widrigen Umstände können daran etwas ändern.«

Nun wurde ihr doch unbehaglich zumute. »Aber wir kamen in Kashan zusammen. Ishars Macht ist seitdem verschwunden.«

»Vor Ishar wart ihr als Geliebte verbunden und das hat sie akzeptiert. Die Adeligen werden das nicht.«

Wenn dem so war, wieso hatte Falk ihr nicht davon berichtet? War ihm diese Regel unbekannt? Vielleicht hatte er geglaubt, dass ihr keine Gefahr drohte, da sie in ihrer Hochzeitsnacht zusammen gewesen waren, wenn auch nur für kurze Zeit.

»Wir sprechen nie wieder darüber«, entschied Neher. »Und überhaupt, ich habe rein gar nichts gehört.«

Dankbar schlang Dayana die Arme um ihre Freundin und drückte sie.

»Jetzt ist aber gut.« Neher tätschelte ihre Schulter und trat einen Schritt von ihr zurück.

»Herrin?« Onto, der Dorfälteste kam auf sie zu. Dabei schritt er für einen Mann seines Alters weit aus.

»Guten Morgen, Onto«, begrüßte sie ihn.

»Ich würde mich gerne alleine mit dir unterhalten.«

Das war ungewöhnlich. Toshiro schlief, deswegen wachte ein anderer Sandreiter über sie. Der junge Mann schien nicht zu wissen, ob er Onto als Bedrohung einstufen sollte oder nicht. Wenn sie auf ihren Leibwächter beharrte, würde sie preisgeben eine hochstehende Person zu sein.

»In Ordnung. Wir bleiben in Sichtweite.« Den letzten Satz sprach sie zu Neher und dem jungen Sandreiter Kelior.

Onto führte sie zu einer Sitznische, die im Schatten eines riesigen Baumes angebracht worden war. Die Holzbank war von der Sonne bereits ausgeblichen.

»Was ist denn so wichtig?«, wandte Dayana sich an den alten Mann, dessen struppiger Bart ihm bis zum Bauch reichte. Die Sonne schien hinter ihm und blendete sie leicht. Plötzlich verschwanden seine Konturen und Dayana schwindelte. Als sie wieder klar sehen konnte, hatte sich die Umgebung verändert. Sie saß nicht mehr in der Plantage von Genta, sondern lehnte am Stamm einer hohen Palme. Vor ihren Augen erstreckte sich eine lebensspendende Oase, die verlassen zu sein schien. Als sie sich bewegte, spürte sie die Rinde der Palme am Rücken.

Dayana kam auf die Beine und schaute sich um. Sie hatte sich geirrt, denn sie war nicht alleine. Ihr entkam ein erfreuter Ausruf, als sie die alte Frau sah, die am Rand der Wasserstelle saß. »Akira!«, rief sie.

So schnell es ihr möglich war, rannte Dayana zu der alten Frau, die sie in ihrer Zeit als Ishars Auserwählte unter ihre Fittiche genommen hatte. Akira schloss sie mit einem warmen Lächeln in die Arme. »Wie ich sehe, bist du selbst verheiratet immer noch ein Wildfang.«

Nachdem sie die Nähe ihrer alten Freundin ausreichend genossen hatte, blickte Dayana auf. »Wie ist das möglich? Und wo sind wir überhaupt?«

»Die Göttin ist nahe«, antwortete Akira mit ungewohnt sanfter Stimme. »Ich wollte dich ein letztes Mal sehen und Ishar erfüllte mir meinen Herzenswunsch.«

Hatte sie sich verhört? Das Gefühl der Freude in ihrem Inneren ebbte ab und wurde von Sorge verdrängt, trotzdem ließ sie sich ihre Unruhe nicht anmerken und lächelte Akira an. »Wie ist es dir ergangen?«

»Als der König dich nach Sula brachte, war ich zugegen. Ich traute kaum meinen Augen, als ich dich erkannte.«

An ihrem ersten Tag in Sula waren die Straßen menschenüberfüllt gewesen. Sie hatte in so viele Gesichter geblickt, dass sie sich kaum noch an eines erinnern konnte. Akira hatte sie darunter nicht entdeckt.

»Bist du noch in Sula?«

»Nein, wir sind noch am gleichen Abend weitergereist.«

Enttäuscht seufzte Dayana. »Ich hätte dich gerne besucht und auch deine Enkeltochter gesehen.«

»Wir werden uns kein weiteres Mal begegnen.«

Da, erneut dieses Gefühl der Beklemmung. Dayana schaute sich Akiras Gestalt ein weiteres Mal an. Die alte Frau trug ein einfaches weißes Leinengewand und trug das weiße Haar unbedeckt. So hatte sie sich vor anderen nie gezeigt.

»Du bist ...« Ihr versagte die Stimme, weil der Schmerz sich in ihrer Brust ausbreitete. Das war keine wirkliche Begegnung, sondern eine Vision. Ishar hatte es ihnen ermöglicht einander ein letztes Mal zu sehen.

Akira war immer eine robuste Frau gewesen, der man angesehen hatte, was für ein raues Leben sie geführt hatte. Nun war ihr Gesicht von einer ungewohnten Sanftheit erfüllt, als wäre sie von einer schweren Bürde befreit worden.

Dayana schüttelte den Kopf. »Das ist nicht fair. Ich wollte dich treffen und mit dir reden, ich ...«

»Es ist nicht so schlimm, wie du mich gerade ansiehst«, versicherte die Alte ihr. »Meine Zeit ist gekommen, wie auch irgendwann deine Zeit kommen wird. Allerdings bin ich der Göttin dankbar dafür, dass sie mich dich ein letztes Mal treffen ließ, selbst wenn dieses Treffen nicht in der Wirklichkeit stattfindet. Wir sind miteinander verbunden, Kind, denn wir beide waren Ishars Auserwählte. Meine Hoffnungen liegen nun auf deinen Schultern. Sorge dafür, dass meine Tochter und Enkeltochter ein gutes Leben führen können. Erfülle meine letzte Bitte für alle Frauen Sulakans.«

Eine Träne löste sich von Dayanas Wimpern und floss ihr die Wange hinab.

»Weine nicht«, flüsterte Akira und strich die Träne fort. »Du bist unsere Hoffnung. Straffe deinen Rücken und stelle dich deinen Gegnern. Ich bin nicht naiv genug zu glauben, dass es wenige sein werden, die versuchen dir Steine in den Weg zu legen. Aber ich weiß auch, wie stark du sein kannst.«

Akira wollte, dass Genta ein Erfolg wurde. Sie wollte die Rechte ihrer weiblichen Nachkommen ebenso gesichert wissen wie die der Männer.

Dayana griff nach den runzligen Händen ihrer Freundin und lächelte durch den Tränenschleier hindurch. »Ich werde dich nicht enttäuschen, Akira. Mein Mut wird nie versiegen.«

»Dann kann ich beruhigt gehen.«

Akira beugte sich zu ihr hinab und küsste sie auf die Stirn. Dabei verblasste ihre Gestalt immer mehr, während sie ein glückliches Lächeln auf den Lippen trug.

Dayana hoffte Ishar zu sehen und sich mit ihr über Akiras Verlust unterhalten zu können, aber die Göttin gab sich nur der Auserwählten zu erkennen und Dayana hatte ihre Nacht mit Falk hinter sich. Die Illusion der Oase verschwand und sie sah sich Onto gegenüber.

»Herrin Yana, geht es dir gut?«

Zumindest war der alte Mann keine Illusion. Nur, wie sie ihm die Tränen erklären sollte, die haltlos über ihre Wangen flossen, war ihr ein Rätsel.

»Habe ich etwas Falsches gesagt? Ich wollte mich nur erkundigen, ob du mit deinem Gefolge eine weitere Nacht in Genta verbringen willst, um das Sonnenfest mit uns zu feiern.«

Sie wischte sich die Tränen fort und versuchte sich an einem Lächeln. »Es ist nichts, ich habe nur das Gefühl, als hätte eine alte Freundin mich für sehr lange Zeit verlassen. Was das Fest betrifft, muss ich mich mit meinen Gefährten absprechen.«

Akira, die ihr immer so herrisch erschienen war, befand sich nun in Ishars Schoß. Sie spürte es tief in sich.

Nachdem Onto sich vergewissert hatte, dass es ihr gut ging, verließ er sie. Neher trat zu ihr und umfasste besorgt Dayanas Gesicht. »Was ist passiert?«

»Ich habe dir erzählt, dass ich Ishars Auserwählte war.«

»Es kursieren viele Gerüchte darüber, wie der König um dich freite.«

»In dieser Zeit hatte ich Visionen, in denen ich die Göttin sah und mich mit ihr unterhielt. Nie fühlte ich mich ihr verbundener als damals.« Kurz vermeinte sie Sehnsucht in Nehers Blick zu sehen, doch der Augenblick verflog. »Vorhin hatte ich eine Vision, doch nicht Ishar stand vor mir, sondern die alte Frau, die mich in dieser Zeit leitete. Sie hieß Akira und sie hat mir vieles beigebracht. Jetzt ist sie ... gestorben.«

Dieses Mal nahm Neher sie in den Arm. »Dayana, es tut mir so leid.«

Sie schüttelte den Kopf und hob das Gesicht. »Das muss es nicht. Ich werde Akiras Wunsch erfüllen und alles, was ich kann, dazu beitragen, Sulakan zu einem besseren Ort für Frauen zu machen.«

Vielleicht hörte Neher ihre Entschlossenheit aus ihren Worten heraus, denn sie lächelte warm. »Und ich werde dich mit allem, was ich habe, dabei unterstützen.«

Diese Hilfe würde sie auch benötigen, wenn sie sich um das Vipernnest im Palast kümmerte. Es hatte schon genügend Intrigen bei Hofe gegeben.

13

In der weiten Ebene vor ihm erhob sich ein rötliches Gebirge in den Horizont, welches in der Mitte geteilt war und einen natürlichen Durchgang bildete. Lange bevor sie die Felsformation erreichten, hatte Falk gewusst, dass es sich um die berühmten Berge von Shida handelte. Ein Gebirge, wie es kein zweites in Sulakan gab. Es war durchzogen von Höhlen und geheimen Pfaden.

Die Randstämme, die Ashkan verwüstet hatten, hatten sich vor zwei Wochen aufgeteilt und ihn damit gezwungen seine Streitmacht ebenfalls in zwei Gruppen zu spalten. Während Aidan mit seinen Reitern der kleineren Gruppe gefolgt war, hatte er die Verfolgung der Hauptstreitmacht übernommen.

»Mein König, worauf warten wir?« Sharuk Al'Far saß immer noch auf seinem Pferd und beugte sich ungeduldig nach vorne. Er brannte auf einen Kampf.

Falk wollte nicht als Feigling dastehen, aber ihn beschlich ein schlechtes Gefühl bei der scheinbar einzigen Route, die genau mitten durch dieses Gebirge führte. »Wir schlagen hier das Lager auf«, befahl er.

»Herr, uns bleiben noch einige Stunden Tageslicht«, wandte Sharuk ein.

Falk gab es auf, seine Wut zu verbergen, und ließ diese dem jungen Adeligen mit seinem Blick zukommen.

»Wir schlagen das Lager auf«, wiederholte Aizen seine Worte, bevor Falk die Chance bekam, einen seiner mächtigsten Verbündeten zu vergraulen.

Sofort saßen die Männer ab und begannen mit der Errichtung des Lagers. Sharuk Al'Far überließ sein Reittier seinen Untergebenen und setzte sich hin um einige Karten zu studieren.

Falk wandte sich von dem Adeligen ab und begegnete Aizens Blick.

»Du hast richtig entschieden.« Der Anführer der Sandreiter deutete zu dem breiten Durchgang. »Die Randstämme kennen sich bestens in dieser Gegend aus und dieser Weg riecht nach einer Falle.«

»Schicken wir Kundschafter aus. Sie sollen sich in den umliegenden Ortschaften erkundigen. Außerdem wünsche ich, dass das nächste Luftschiff diesen Engpass überfliegt.«

»Das wäre die Falukard. Sie ist uns am nächsten, allerdings hat sich Hermia mit den Heilzaubern für unsere Verwundeten verausgabt. Sie wird es schaffen, einen Kontakt herzustellen, aber das war's dann.«

Sobald entschieden war, dass Hermia sich die meiste Zeit in Sula aufhalten würde, hatte Obosan nach einem weiteren Zauberkundigen gesucht. Im Moment hielt sich der viel zu junge und zerbrechlich scheinende Oreg auf dem Luftschiff seines Meisters auf. Um rasch Nachrichten auszutauschen, hatten er und Hermia tagelang zusammen trainiert. Das Gespräch durch Magie über viele Meilen hinweg, kostete viel Kraft und hielt nur für höchstens eine Minute an. Sie war eher für kurze Nachrichten gedacht und nicht für komplizierte Korrespondenzen.

»Ich rede mit ihr«, bot Aizen an und machte sich auf den Weg zum Zelt der Heiler.

Falk befreite Teufel von der Schwere des Sattels und nahm ihm auch die Decke weg, die den Schweiß aufsaugen sollte. Neben ihm wurde bereits sein Zelt aufgebaut. Es behagte ihm immer noch nicht, seine Arbeit anderen aufzubürden, aber er war König. Viel hing vom Respekt dieser Männer ab und wie sie ihn sahen. Selbst wenn er einer von ihnen sein wollte, so war er es nicht. Diese neue Distanz missfiel ihm, aber er nahm sie in Kauf, um seinem Volk zu dienen. Freundschaft und Zutraulichkeit durfte er sich nur bei ganz wenigen erlauben.

Teufel wieherte leise und stupste ihn mit dem Kopf an. Seit seinem Aufbruch am Morgen nach seiner misslungenen Hochzeitsnacht schien der massige Hengst nach Dayana Ausschau zu halten.

»Du vermisst sie auch, nicht wahr?«

Es kam keine Antwort, aber Teufel wandte ihm den langen Hals zu, damit er ihn kraulte.

Nach einigen Streicheleinheiten fing Falk an sein Pferd zu striegeln, während er ihm Hafer zum Fressen und Wasser zum Trinken hinstellte. Bis er sein Tier fertig versorgt hatte, war das Lager errichtet worden. Einige Lagerfeuer spendeten den Männern Wärme, aber dieses Licht minderte nicht die Schönheit der Sterne. Der ganze Nachthimmel machte auf ihn den Eindruck, als hätte Ishar den Sternensand zufällig in den Himmel verstreut. Es gab dunkle Gebiete, in denen wenige Sterne leuchteten, und dann gab es einen bestimmten Bereich im Himmel, in dem sich die Sterne ansammelten, als würden sie sich vor der Dunkelheit fürchten und könnten ihr nur so standhalten.

Falk hätte kein Zelt gebraucht, dafür genoss er den Anblick viel zu sehr. Wer blickte gerne auf eine Stoffdecke, wenn er Ishars Schöpfung vor Augen haben konnte?

Die Männer unterhielten sich leise. Während Falk vor seinem Zelt saß, konnte er einigen Gesprächen lauschen. Viele Krieger hörten sich entmutigt an. Jeder Mann unter seinem Kommando wollte die Schandtat in Ashkan rächen, aber ihre Gegner waren gewieft. Sie riskierten nicht Kopf und Kragen, ohne sich die Sache gut überlegt zu haben. Wenn das so weiterging, würden ihn Jahre von Dayana trennen.

Seufzend richtete er den Blick von den Sternen auf die Männer. Vielleicht hatte Aidan mit seiner Beute mehr Glück gehabt.

»Wichtige Neuigkeiten, mein König.« Aizen kam schnellen Schrittes auf ihn zu. In den Händen hielt er eine Depeschentasche. Der Bote musste am anderen Ende des Lagers eingetroffen sein, weswegen Falk ihn nicht gesehen hatte. In dieser Richtung lag Sula.

Falk kam sofort auf die Beine. Seit er seine Frau in der Hochzeitsnacht verlassen musste, hielten sie einen regen Briefverkehr aufrecht. Beim Lesen ihrer Zeilen konnte er fühlen, was Dayana durchmachte. Sie beschwerte sich nie, aber er kannte sie gut genug, um zu wissen, dass es ihr nicht gut ging.

»Neuigkeiten von Aidan und von deiner Frau.«

Falk nahm die Tasche an sich und ging mit seinem Berater in sein Zelt. Dort lud er die Leuchtsteine auf, indem er sie gegeneinander rieb, damit das

Innere von einem sanften Lichtschein erhellt wurde. »Setz dich«, lud er Aizen ein. Dieser ließ sich auf den Kissenhaufen nieder und schaute ihm dabei zu, wie Falk sich zu ihm gesellte und dabei einen Brief aus dem Beutel zog.

Als Erstes öffnete er den Brief von Aidan und las ihn durch. »Er hat die feindlichen Krieger eingeholt und vernichtet. Dabei gab es nicht viele Verluste. Fünfzehn Mann.«

Er versuchte sich nicht das Herz schwer zu machen. Während eines Kampfes musste man mit Todesopfern rechnen. Diese Männer hatten ihr Leben nicht grundlos verloren. Sie hatten es geopfert um die Sicherheit Sulakans zu gewährleisten.

»Er reitet jetzt nach Thoulu und hat einen interessanten Gast bei sich. Eine Überlebende aus Ashkan ... die Hüterin ...«

Überrascht schaute er von dem Schreiben auf.

»Dürfte ich?« Aizen deutete auf den Brief.

»Natürlich.«

Falk überließ ihm das Schreiben und goss sich und seinem Freund einen Schluck des Hochzeitsweines ein. Das alkoholische Getränk erinnerte ihn an Dayanas Kuss, als sie beide aus demselben Kelch getrunken hatten, um sich ein Versprechen zu geben.

In der Stille, die nur vom leisen Rascheln des Briefpapiers unterbrochen wurde, versuchte Falk seine Sehnsucht nach seiner Frau zu zügeln. Die Monate ihrer Trennung fühlten sich wie eine kleine Ewigkeit an. Zum Glück hatte Aizen ihn an das unbrauchbare Gesetz erinnert, demnach er seiner Frau nach drei Monaten beiliegen musste. In Kriegszeiten konnte es von dem König aufgehoben werden und das hatte er getan.

»Die Hüterin des Wissens.« Aizen legte das Schreiben auf den niedrigen, aber breiten Tisch. »Sie hat den Turm in sein Grab gelegt, bevor die Randstämme ihn vernichten konnten.«

»Und hofft nun, dass ich ihr helfen kann«, schlussfolgerte Falk, bevor er leicht schnaubte. »Um ehrlich zu sein, ich habe keine Ahnung, wie ich das schaffen soll. Ich bin zwar der König, aber gegen den Sand bin ich genauso machtlos. Sie wird eine Enttäuschung erleben, wenn wir unsere Krieger treffen.«

»Dann lassen wir uns von diesem Treffen überraschen. Der andere Brief ist offiziell von Dayana an dich.«

Das wusste er. Sein Augenmerk lag auf dem Brief für Hermia. Die Spione Sulakans begingen den Fehler, die Frauen dieses Landes zu unterschätzen. Sie würden einige Briefe an ihre Männer abfangen, verloren jedoch das Interesse, wenn eine Frau einer Freundin schrieb. Daher tauschten Dayana und er sich unter dem Deckmantel von Hermias Namen aus.

Ungeduldig brach er das Wachssiegel und öffnete den Brief. Damit das Schreiben dem langen Weg trotzte, hatte man das Papier so verarbeitet, dass es eine gewisse Steife besaß. Die Seiten knisterten, als er sie auseinanderfaltete.

Sein Herz zog sich vor Sehnsucht zusammen, als er Dayanas Handschrift erkannte. Sie liebte es zu schreiben und hatte mittlerweile die Angewohnheit entwickelt, den Anfang eines Satzes verschnörkelt zu beginnen. In Khimo wurde der Handschrift große Bedeutung beigemessen. Wer viel schrieb, war im Vorteil. Aus diesem Grund hatten viele Adelshäuser einen hauseigenen Schreiber engagiert, der ihre Korrespondenzen führte. Dayana schrieb selbst und sie wusste ihre Gedanken gut in Worte zu fassen. Falk sog die Zeilen in sich auf und vergaß dabei die Außenwelt. Als er geendet hatte, tauchte er wie ein Schwimmender, der die Oberfläche durchbrach, in die Wirklichkeit zurück.

Aizen hatte ihm die Zeit zum Lesen gegeben und ihm eine weitere Runde des Weines eingeschenkt. Falk wollte ablehnen, denn er hatte sich selbst das Versprechen gegeben, nach Hause zurückzukehren, bevor die in einen Lederbeutel gehüllte Flasche mit dem Hochzeitswein leer wurde.

»Trink erst und dann lies dir das hier durch. Der Brief war an mich adressiert. Ich sollte entscheiden, ob ich ihn dir zeige.« Aizen zog ein Schreiben aus den Falten seines Umhangs.

Der Absender überraschte Falk nicht. Der Brief stammte aus Toshiros Feder. Dayanas Wächter war seinem Hauptmann treu ergeben und würde sich in einer schwierigen Situation zuerst an ihn wenden.

Falk begann zu lesen. Je weiter er kam, umso ungezügelter wurden die

Gefühle in ihm. Toshiro berichtete in den niedergeschriebenen Zeilen, was Dayana ihm verschwieg, um ihm keine Bürde zu sein. Er hatte damit gerechnet, dass sein Hofstaat es ihr nicht leicht machen würde, aber dass die Frauen bereits mit dem Intrigenspiel begannen, da er noch nicht einmal drei Monate weg war, gab dem Zorn in seinem Inneren Nahrung.

Er widerstand dem Drang, den Brief zu zerknüllen, und gab ihn Aizen zurück. Toshiro hatte die Situation klar erfasst. Er riet auch Dayana dieses Problem alleine händeln zu lassen und das verdammte ihn zur Tatenlosigkeit.

»Dass sie es wagen, ihre Dienerin anzugreifen«, stieß er hervor. Nur mühsam konnte er das Zittern seines Körpers unterdrücken.

»Du kennst das Spiel. Die Frauen gehören zu den wichtigsten Häusern unseres Landes. Man hat ihnen ihr Leben lang eingebläut den passenden Mann zu verführen. Und nun kehrt der rechtmäßige König zurück. Eine ausländische Frau scheint in ihren Augen nichts weiter als ein Ärgernis zu sein, das sie aus der Welt schaffen wollen.«

»Dayana wird sich davon nicht verängstigen lassen«, entfuhr es Falk.

Aizen stimmte ihm grinsend zu. »In der Tat. Deine Frau ist eine Löwin. Der Umstand, dass sie nun in der Fremde lebt, mag sie verunsichern, aber sie wird sich nicht lange von diesem Gefühl beirren lassen. Ich habe Toshiro angewiesen ein Auge auf sie zu haben und uns unverzüglich zu informieren, falls sie in Lebensgefahr gerät. Dayana muss das Spiel mit den Frauen gewinnen. Wir greifen nur ein, wenn es notwendig erscheint.«

Aizens Ratschlag war verständlich. Falk wusste, wie wichtig es war, dass Dayana sich behauptete, aber sein Herz kämpfte gegen seinen Verstand an. Er wollte bei ihr sein, um sie vor Gefahren zu schützen.

»Für den Moment ist sie sicher.«

Aizen nickte. »Toshiro weicht ihr nicht von der Seite. Sie hat außerdem eine Freundin gefunden, die Dayana überallhin begleitet und ihr mit Rat und Tat zur Seite steht.«

»Eine Freundin?«, fragte Falk überrascht. Die Frau musste Dayana nach seinem Aufbruch getroffen haben.

»Die Weinhändlerin, der Dayana damals in der Oase begegnete.«

Aizen berichtete ihm von den Zusammentreffen und der Einigung der beiden, Dayana Unterricht zu Sulakans Adel zu erteilen.

Manche Männer Sulakans waren Narren. Würden sie sich nur nicht von der Tatsache blenden lassen, dass Dayana eine Frau war. Sie besaß einen messerscharfen Verstand und das war ein Gewinn für das Land.

Falk setzte das Glas an die Lippen und trank es in einem Zug leer. Wäre er kein König und nicht für ein ganzes Land verantwortlich, er hätte alle zum Teufel gejagt, die Flasche mit dem Hochzeitswein leer getrunken und wäre auf der Stelle nach Hause geritten.

Als wäre Aizen in der Lage, seine Gedanken zu lesen, packte er den Lederbeutel mit dem Dattelwein weg. »Lass uns auf Neuigkeiten von der Falukard warten. Hermia wird uns sicher bald aufwarten.«

Die Zauberin suchte sie eine halbe Stunde später auf. Wie immer trug sie ihr Gesicht verschleiert, aber das Feuer in ihrem Blick warnte jeden davor, es sich mit ihr zu verscherzen.

»Mein König.« Respektvoll verneigte sie sich und trat nach seiner Aufforderung in das Zelt. »Obosan hat sich einverstanden erklärt unsere Position am Morgen zu überfliegen. Die Falukard hat die Grenzen der Randstämme überflogen. Dort war alles ruhig.«

»Dann müssen wir tatsächlich warten, bis das Luftschiff hier ist«, seufzte Falk, schließlich reichte er ihr die Depeschentasche. »Darin ist ein Schreiben für dich.«

Hermia nahm den Brief hinaus. Der Schleier über ihrem Mund verzog sich, als sie zu lächeln anfing. Er musste keine Gedanken lesen, um zu wissen, dass der Brief von Aidan war.

»Dann verabschiede ich mich. Bis morgen früh.«

»Gute Nacht«, wünschte er ihr.

Aizen verabschiedete sich ebenfalls und ließ ihn mit seinen Gedanken und seinem Verlangen nach seiner Frau alleine.

***

Die Nacht ging unspektakulär zu Ende. Insgeheim hatte Falk sich auf einen

Angriff der Randstämme vorbereitet. Da er Kundschafter ausgesandt hatte, wusste er, dass die Krieger die Schlucht nicht am anderen Ende verlassen hatten. Folglich mussten sie sich immer noch darin befinden, als die Sonne des neuen Tages am Horizont erschien.

Falk hatte sein Zelt verlassen und kümmerte sich zuerst um die Bedürfnisse seines Reittieres, als er das leise Surren der Schwebesteine hörte. Kurz darauf kam sein Flaggschiff, die Falukard, in Sicht. Um seinem Status als König gerecht zu werden, hatte Obosan das Luftschiff aufrüsten lassen. Im Inneren befanden sich derzeit zwölf Geschütze, was daran lag, dass jeder Pirat darauf erpicht war, das Schiff des Königs zu kapern. Der Ballast hatte der Falukard einen Teil ihrer Geschwindigkeit genommen, sie dafür um einiges gefährlicher gemacht.

»Ho, ihr Landratten.«

Obosans stämmige Gestalt war auf dem erhöhten Deck gut zu erkennen. Falk winkte ihm zu und schaute dem Luftschiff nach. Sollte es Feinde auf der erhöhten Position des Gebirges geben, würde er ihnen den Garaus machen.

Angespannt beobachtete Falk, wie das Luftschiff sich voran wagte. Er wartete auf eine Explosion oder ein anderes Zeichen eines Angriffs, doch nichts geschah.

Eine Stunde später kehrte sein Flaggschiff zurück. Lange hatte es über einer bestimmten Position geschwebt und sogar Männer nach unten gelassen.

»Sie sind weg!«, rief Obosan ihnen zu, noch während er mit dem Lastenaufzug hinabgelassen wurde.

»Dann hätten die Kundschafter auf der anderen Seite sie wegreiten sehen«, wandte Aizen ein.

Der Alte schüttelte den Kopf. »Im Gebirge existiert ein weit verbreitetes Höhlensystem. Wir haben es nicht ganz durchsuchen können, weil es Tage in Anspruch genommen hätte. Ein Mitglied meiner Mannschaft stammt aus der Gegend und hat mich aufgeklärt. Diese Höhlen gelten bei seinem Volk als Ort des Bösen, deswegen werden sie von den meisten gemieden. Die Randstämme haben diese Ängste nicht.«

Das zu hören, entfachte in Falk eine leise Wut. Diese Bastarde waren tatsächlich entkommen. Alle Augen lagen abwartend auf ihm. »Können wir sie noch erwischen?«

Kopfschüttelnd legte Obosan eine Hand auf seine Schulter. »Es gibt zu viele Ausgänge an zu vielen Stellen. Wir können unsere Luftschiffe über bestimmte Positionen kundschaften lassen.«

Aber er glaubte nicht an einen Erfolg.

Falk schluckte die Verwünschung hinunter, die ihm auf den Lippen lag. »Die Jagd ist noch nicht vorbei«, stieß er grimmig hervor.

Er hatte zwar ihre Spur verloren, aber das bedrohliche Gefühl in seinem Inneren blieb. Diese Fanatiker würden keine Ruhe geben und sein Volk leiden lassen.

14

Izana glaubte zu verbrennen. Eine Feuerwalze rollte über die hingekauerten Körper hinweg, ohne auch nur einen Ansatz von Schwäche zu zeigen. Orientierungslos schaute sie sich um und stellte fest, dass sie sich unter den Überlebenden Ashkans befand. Dieses Mal jedoch hatte sie es nicht geschafft, den Turm und das darin verborgene Wissen zu retten. Es stand lichterloh in Flammen. Von Zeit zu Zeit hörte man die Schreie der Gelehrten, die sich in die Tiefe und damit in den Tod stürzten.

»Izana!«

Jemand hatte sich auf sie geworfen, um ihre Gestalt vor den schlimmsten Verbrennungen zu bewahren. Als sie sich umdrehte, konnte sie in Benens Gesicht sehen. Ihr Großvater sah fürchterlich aus. Blasen hatten sich auf seiner Haut gebildet, die aufplatzten, als er leidgeplagt das Gesicht verzog.

»Du hast unser Vermächtnis nicht gerettet, Kind. Wieso konntest du es nicht, Izana?«

Sie wollte Entschuldigungen hervorbringen, aber nicht ein Wort kam ihr über die Lippen. Er hatte recht. Ihre Pflicht war der Turm. Wie hatte sie zulassen können, dass er zerstört wurde?

Ihr entkam ein Wimmern. Dieser Gedanke marterte sie, als die Feuerwalze erneut über sie fuhr, dieses Mal ohne die schützende Gestalt ihres Großvaters.

»Wach auf.«

Die Stimme kam aus weiter Ferne. Sie kannte den Sprecher, aber es dauerte einige Sekunden, bis sie ihn als Balan identifizierte.

»Das Reich der Träume braucht jeder Mensch, aber es ist nicht gut, dort zu leiden.«

Izana schlug die Augen auf und starrte auf gelblichen Stoff. Es war das

Zeltdach, das sich über ihnen spannte. Sie drehte den Kopf zur Seite. Balan saß neben ihr auf den Kissen und beobachtete sie stumm.

Immer noch in den Fängen des schrecklichen Traumes setzte sie sich zitternd auf. Ihre Erinnerungen waren verstreut und es lag an ihr sie wieder zu ordnen.

»Hier, trink etwas heiße Milch.«

Die Tontasse, die er ihr hinhielt, fühlte sich weder heiß noch eiskalt an. Sie war so verarbeitet worden, dass das Gefäß nicht die Temperatur des Getränks annahm.

Izana setzte vorsichtig die Lippen an den Rand, da die Milch immer noch dampfte. Das Getränk wärmte sie von innen. Die Sonne musste noch nicht aufgegangen sein, weil sie aufgrund der niedrigen Temperaturen fror, die in der Nacht herrschten.

Balan setzte seine Beobachtung fort. Obwohl sein blaues Auge sie nicht ein einziges Mal losließ, fühlte sie sich nicht unwohl dabei.

In den letzten Tagen hatte sie die Eigenarten ihrer Wächter kennengelernt. Die beiden Männer verband eine tiefe Freundschaft, und das obwohl sie so unterschiedlich waren wie Tag und Nacht. Elis war wagemutig und stürzte sich meist in das Abenteuer. Balan analysierte die Situation zuerst. Wahrscheinlich aus gutem Grund. Es musste an seinem Aussehen liegen, denn er trug sein Gesicht stets verhüllt. Einmal hatte sie Elis nach dem Grund gefragt. Auf die Antwort wartete sie bis heute, aber seine Miene war dunkel geworden und er hatte einen Schmerz in den Augen gehabt, der ihr einiges verriet. Sie drei waren Überlebende Ashkans, nur hatte Balan weniger Glück gehabt.

Nachdem sie ausgetrunken hatte, stand sie auf und ging zu dem kleinen Wasserzuber, wo man sich waschen konnte. Als sie anfing sich das Oberteil auszuziehen, hörte sie ein unverständliches Murmeln aus Balans Richtung kommen.

»Wenn du nicht zuschauen willst, schlage ich vor, du verlässt jetzt das Zelt.«

Demonstrativ drehte sie sich zu ihm um. Unter der Männerkleidung trug sie ihr Leibchen, weil der Stoff sich weich anfühlte und nicht gegen ihre Brüste scheuerte. Balans Blick lag auf der leichten Erhebung ihrer Brust.

»Ich will mich nur waschen und werde mich garantiert nicht alleine und ohne ein Reittier in die Wüste wagen.«

Um sie an einer Flucht zu hindern, befand sich ihr Kamel beim Befehlshaber der Truppen. Jeden Morgen brachte er es zu ihr, damit sie weiterreiten konnte. An diesem würde er nicht vorbeischauen, denn gestern Abend hatten sie die Siedlung erreicht, in der man sich mit dem König treffen wollte. Die wenigen Bewohner lebten am Rande einer Oase und waren dem König treu ergeben.

Erneut murmelte Balan etwas, verließ jedoch das Zelt.

Izana lehnte sich tief einatmend gegen den Tisch, auf dem der Zuber stand. Sie wurde aus ihm nicht schlau. Außerdem verstand sie ihre Neugierde nicht, was ihn betraf. Der Turm war ihre Priorität, aber manchmal beschäftigte sich ihr Verstand mehr mit ihrem Wächter.

Als Izana sich ihrer Hose entledigte, wurde der Zelteingang beiseite geschoben. Erschrocken fuhr sie zum Eingang herum.

»Verzeih mir.«

Nicht Balan war zurückgekehrt, sondern eine ältere Frau in einem schwarzen Umhang, von dem sich ihr langer grauer Zopf abhob.

»Ich habe etwas Wasser gekocht, damit du dich nicht kalt waschen musst.«

Izana ließ die Hose fallen und beeilte sich, um der alten Frau zu helfen.

»Danke dir, Liebes«, sagte die Alte, nachdem sie ihr den schweren Eimer abgenommen hatte. »Die alten Knochen wollen nicht mehr. Es wäre schön, wieder die Kraft der Jugend zu spüren.«

»Auch sie wird vergehen und mich im Austausch mit Weisheit segnen«, antwortete Izana. Wann immer ein Gelehrter über die Schmerzen des Alters geklagt hatte, hatte sie Benen das sagen hören.

Die Frau lachte leise. »Was für eine außergewöhnliche Antwort. Du wirst bestens für die Aufgabe vorbereitet sein und wahrscheinliche deine Vorgänger übertreffen.«

Da Izana das heiße Wasser in den Zuber goss, konnte sie nicht zu der sonderbaren Besucherin sehen. »Wie meinst du das?«

Nach getaner Arbeit stellte sie den Eimer ab und drehte sich zu der alten

Frau, die ihr immer noch eine Antwort schuldete, doch das Zelt war leer und nur der Eimer zeugte davon, dass vor Kurzem noch jemand hier gewesen war.

»Wo bist du?«

Izana stürzte zum Zeltausgang und stolperte erschrocken zurück, denn Balan saß davor. Bei ihrem Anblick kam er auf die Beine und drängte sie ins Innere zurück.

»Bist du wahnsinnig, dich so angezogen ins Freie zu wagen? Falls du es vergessen hast, diese Krieger hatten seit Monaten keine Frau mehr.«

»Ich wollte mich nur bei der Alten bedanken, die mir das Wasser gebracht hat.«

»Welche Alte? Ich habe die ganze Zeit hier gesessen und Wache gehalten.«

Izana schluckte schwer, dann suchte sie nach dem Eimer. Er war weg, aber als sie die Hand in das Wasser des Zubers tauchte, fühlte es sich warm an.

»Was hast du?«

Trotz der Wärme an ihrer Hand war ihr plötzlich kalt. Izana schüttelte den Kopf. »Es ist nichts. Entschuldige.«

»Gut, dann komm nach draußen, wenn du wieder angekleidet bist.«

Die Kälte in seinen Worten reizte sie. »Wieso? Stört dich mein halbnackter Anblick?«

Sie hatte ihn nur necken wollen, doch plötzlich war Balan bei ihr und zog sie an ihren Hüften so nah heran, dass ihre Körper sich berührten.

»Versuche mich nicht, wenn du unwissend bist.«

Sein blaues Auge erschien ihr voller Lebenshunger. Als sie die Hand nach seinem Gesicht ausstreckte, packte er sie. »Du hast genug gespielt, Auserwählte«, knurrte er und ließ sie los.

Izana sah ihm hinterher. Ihr Innerstes war von einem ungekannten Gefühl erfüllt: Erregung.

Sie war fünfzehn und hatte in diesem Bereich kaum Erfahrung und doch hatte ihr Körper auf Balan reagiert. Aber seine Worte gingen ihr nicht mehr aus dem Sinn. Sie hatte wirklich mit ihm gespielt und es doch ernst gemeint. Als Balan sie gehalten hatte, war jeder Gedanke an ein Spiel verflogen. In ihren Augen hatte es nur ihn gegeben, einen Mann, von dem sie alles wissen wollte. Wieso verhüllte er sein Gesicht? Was war ihm widerfahren?

Izana griff nach dem Waschtuch, feuchtete es an und rieb sich damit über die Haut. Ganz gleich wie neugierig sie auf Balan war, ihr blieb keine Zeit dafür. Mit seinen Worten hatte er recht behalten. Sie war die Auserwählte, an ihr lag es, das Wissen ihres Landes aus dem Sand zu holen.

Da ein Versteckspiel nicht mehr notwendig war, ging sie nach dem Waschen zu ihren Satteltaschen und griff nach ihrem Lieblingskleid. Es war ein Geschenk ihres Großvaters gewesen. Die Farbe ähnelte dem dunkelblauen Nachthimmel. Silberne Stickereien symbolisierten die Sterne auf dem Schleier. Izana wusste, dass das Kleid ihrer Figur schmeichelte und ging hinaus. Sie erwartete Balan zu sehen, doch vor dem Zelt saß Elis.

»Du bist tatsächlich eine Frau«, grinste er sie gut gelaunt an.

Izana ersparte sich eine bissige Bemerkung. »Wo ist deine bessere Hälfte?«

»Warum? Genüge ich dir etwa nicht?«

Als er ihr nahe kommen wollte, legte sie kopfschüttelnd ihre Hand auf seine Brust. »Nicht so schnell.«

»Du brichst mir das Herz, Lady Auserwählte.«

Das war der Unterschied zwischen den beiden. Elis neckte sie gutmütig, weil es seiner Natur entsprach. Balan wirkte ... alt. Er hatte zu viel verloren, um unbeschwert sein zu können.

Izana ging an ihrem Wächter vorbei. Weit im Westen trug der Himmel immer noch das Dunkelblau der Nacht in sich, aber der Tag brach rasch herein. In der Siedlung herrschte rege Betriebsamkeit. Die Menschen eilten geschäftig hin und her.

»Was ist los?«

»Man bereitet sich auf die Bewirtung eines Königs vor.«

Diese Worte stammten aus Aidans Mund. Mit großen Schritten kam er auf sie zu, dabei lag sein Blick prüfend auf ihrem Gesicht.

»Du hast Schatten unter den Augen.«

»Nur ein Albtraum«, wehrte Izana ab. »Wann kommt der König? Bin ich angemessen gekleidet? Hör auf so hochnäsig zu grinsen!«

Aidan legte ihr gutgelaunt eine Hand auf die Schulter. »Mach dir keine Sorgen. Der König wird dich schon nicht fressen. Ich hingegen sollte mich sorgen.« Verwundert schaute sie zu dem blonden Mann auf. »Wieso?«

»In seinem Gefolge befindet sich meine zukünftige Frau und als die Streitmacht sich trennte, ging ich ohne Abschied, damit sie mir nicht die Hölle heiß macht.«

»Du bist nicht besonders geschickt im Umgang mit Frauen«, stellte Izana trocken fest. »Sie hätte dich geküsst und dich gebeten vorsichtig zu sein. Jetzt wird sie dir definitiv die Hölle heiß machen.«

Aidan verzog das Gesicht. »Nicht einen Funken Mitleid hast du in dir«, seufzte er.

»Dieses spare ich mir für wesentlich vernünftigere Menschen auf.«

Elis Schultern bebten, als er einen Lachanfall zu unterdrücken versuchte.

Izana schaute Aidan abwartend an. Ihre Amme hätte sie für ihre spitze Zunge gerügt. Mehr als einmal hatte sie ihr zu verstehen gegeben, dass die Männer Sulakans ein so störrisches Weib niemals dulden würden, aber der Befehlshaber des Königs grinste sie unverwandt an.

»Eine kluge Entscheidung. Hermia liebt mich und wird mir vergeben. Nun komm. Wir bereiten dem König das Frühstück zu und unterhalten uns dabei ein wenig.«

***

Die Dorfbewohner erlaubten dem Befehlshaber das weitflächige Gemeindehaus für den König zu verwenden. Izana stand mit Elis und Aidan abseits und sah den Leuten dabei zu, wie sie ein fürstliches Mahl herrichteten. Viele Kriegsanführer hätten sich vom Volk genommen, was sie brauchten, ohne dafür zu bezahlen. Nicht so Aidan. Er hatte gute Waren eingetauscht und für die Früchte bezahlt, die die Siedlung hergab. Die gezuckerten Datteln und die großen Orangen waren hier Handelsgüter.

Obwohl es ihr nicht gefiel, empfand Izana Dankbarkeit und Bewunderung. Das Verhalten des Befehlshabers spiegelte meist das Wesen seines Herrschers wider. Sie konnte es kaum erwarten, diesem Mann zu begegnen.

Die Vorbereitungen waren soeben abgeschlossen worden, als man von draußen laute Rufe hörte.

»Sie sind da.« Aidan überließ ihr den Vortritt.

Um das Gefühl der Unsicherheit zu unterdrücken, schritt Izana forsch aus. Großvater hatte gemeint, dass ihre Aktionen meist im Gegensatz zu ihrem Inneren standen. War sie traurig, reagierte sie in Gegenwart anderer mit Wut, um ihre Schwäche nicht preiszugeben. Angst erfüllte sie mit Mut.

Der Morgen hatte kühl begonnen, aber als sie nun ins Freie trat, wurden sie von Hitze begrüßt. Da es sich jedoch um eine trockene Hitze handelte, setzte sie dem Kreislauf nicht zu.

»Herr.« Balan, der vorausgegangen war, kam schnellen Schrittes auf sie zu. Sein Blick lag für einen Moment auf ihr, bevor er sich auf seinen Befehlshaber richtete. »Ein Luftschiff wurde gesichtet. Es ist die Falukard. Außerdem hat unsere Streitmacht die Ebene vor der Siedlung passiert.«

»Befindet sich der König an Bord?«, fragte Izana den Befehlshaber.

Aidan schüttelte den Kopf. »Er ist bei der Streitmacht.«

»Das kannst du doch nicht wissen.« Sie strengte ihre Augen an, aber von dem Heer sah sie nichts als einen dunklen Schatten, der sich immer mehr näherte.

»Doch, ich weiß es. Gehen wir.«

Aidans Blick war auf das Flaggschiff gerichtet, als er losmarschierte.

Die Luftmänner hatten bereits angelegt und die Schwebesteine auf die niedrigste Stufe gestellt. Mehrere dicke Seile verhinderten, dass das Luftschiff davontrieb. Der Lastenaufzug wurde nach unten gelassen, als sie eintrafen. Die große Frau in dem blutroten Gewand stach aus den Männern hervor. Sie sagte kein Wort, aber als sie den Befehlshaber sah, ging sie zur Öffnung des Lastenaufzuges.

Aidan fing sie in seinen Arme auf und drückte sie an sich. Izana erinnerte sich, dass er sich Gedanken darum gemacht hatte, dass seine Liebste ihm den Kopf von den Schultern riss. Ein Blick in das Gesicht dieser Frau genügte, um alle wissen zu lassen, dass das kompletter Unsinn war. Die dunklen, leicht mandelförmigen Augen blickten voller Liebe in das Gesicht des hellhaarigen Mannes.

»Sie ist gutgelaunt«, stellte Elis fest.

»Sie hat ihn vermisst«, sagte Balan, der sich heimlich dazugesellt hatte.

Izana wartete, bis die beiden sich voneinander gelöst hatten, bevor sie zu ihnen ging.

»Ah, gut, dass du da bist, Lady Auserwählte. Das hier ist meine zukünftige Gemahlin, Hermia.«

Izana verneigte sich höfflich. »Es ist mir eine Freude.«

»Auserwählte?« Hermia trat zu ihr und erwies ihr die gleiche Freundlichkeit einer Verneigung.

»Ich bin die Letzte aus dem Geschlecht der Hüter. Uns obliegt es, über das Wissen von Ashkan zu wachen.«

Hermia schien zu begreifen. »Der Turm. Ich fühlte, wie die Herzen aufhörten zu schlagen. Sie ...«

Der Blick von Aidans Liebster trübte sich. Mutlos ließ sie die Schultern sinken.

Sofort schlang er einen Arm um ihre Schultern. »Was meine Verlobte meint ... Wir erreichten Ashkan, als einige Gelehrte im Sand begraben waren. Trotzdem konnten wir sie nicht retten.«

Das bereitete Hermia ein schlechtes Gewissen.

»Wie hättest du das alleine schaffen sollen?«, fragte Izana. »Wir sprechen über Tonnen von Sand, die verhindern, dass jemand den Turm erreicht.«

»Ich bin eine Begabte«, verriet Hermia ihr.

Izana nickte begreifend. »Trotzdem hättest du alleine nichts ausrichten können. Viele Begabte zusammen vermögen das Wissen aus seinem Grab zu befreien, aber nicht ein einzelner. Mach dir nicht das Herz schwer. Die Gelehrten wussten, was sie opferten, um den Turm zu schützen.«

Dieses Mal waren die dunklen Augen der Begabten warm. »Ich bin froh, dass du am Leben bist.«

Ihre Worte versetzten Izana einen Stich.

Hermia musste es ahnen, denn sie griff nach ihren Händen. »Das bin ich wirklich.«

Verlegen wandte Izana den Blick ab. Sie war erleichtert noch am Leben zu sein, denn ihr Lebenshunger überstieg sogar die Schuldgefühle, die sie darüber empfand. Sie hatte als eine von wenigen überlebt, daher würde sie alles geben, um ihre Pflicht als Hüterin zu erfüllen.

»Der König ist bei der Streitmacht?«

Hermia nickte ihr zu. »Wir hatten einige Verwundete, deswegen kamen wir langsamer voran. Die Schwerstverletzten befinden sich auf dem Schiff.«

»Kam es zu einem Kampf?«, wollte Elis wissen.

»Nur ein Scharmützel. Die Krieger der Randstämme griffen aus dem Hinterhalt an, nicht viele konnten sich rechtzeitig schützen.«

»Du scheinst erfolgreicher gewesen zu sein.«

Ein gedrungener Mann ließ sich gerade an einem Seil vom Schiff gleiten. Er musste an die siebzig Jahre alt sein und doch bewegte er sich mit der Vitalität eines jungen Mannes.

»Großvater«, begrüßte Aidan ihn respektvoll.

»Die Verluste scheinen nicht allzu groß gewesen zu sein.«

Unwillkürlich richtete der Befehlshaber sich auf. »Unsere Feinde haben ihren Anführer ziemlich früh verloren, danach war es nur noch eine Frage der Zeit. Bist du erschöpft?«

Der Alte nahm seinen Enkel in den Arm. »Unsinn. Ich saß die meiste Zeit auf dem Schiff fest und unsere Gegner in den Lüften scheinen kalte Füße bekommen zu haben. Keine Angriffe in den letzte zwei Wochen.«

Das sollte Grund zur Freude sein, doch der alte Mann wirkte vielmehr enttäuscht, was man seinen eingesunkenen Schultern entnehmen konnte.

»Mach die Falukard wieder zum schnellsten Luftschiff«, riet Aidan ihm.

»Und dafür riskieren, von irgendwelchen Halunken gekapert zu werden? Pah.«

Die beiden liebten einander, wie sie Benen geliebt hatte. Izana konnte nicht umhin zu lächeln. Bisher hatte sie eine düstere Weltansicht in sich getragen, die sich nach dem Angriff auf Ashkan und Benens Tod verstärkt hatte. Doch diese zwei so zu sehen, zeigte ihr, dass die Randstämme nicht in der Lage, waren alles zu vernichten.

»Hast du Hunger, Obosan?«

Der Alte winkte ab. »Mein Bauch kann warten, bis der König da ist.«

Und das dürfte bald sein. Hinter dem Luftschiff konnte sie die Reiterschar ausmachen, die sich auf der ganzen Ebene erstreckte. Dieser Anblick und das Wissen, bald dem König gegenüberzutreten, ließen Izana nervös werden. Bevor sie sich dessen bewusst wurde, verschränkte sie unruhig die Finger hinter ihrem Rücken.

Plötzlich spürte sie eine leichte Berührung. Da Elis neben ihr stand, musste er es gewesen sein. Als sie zu ihm aufschaute, lächelte er sie aufmunternd an. Wortlos gab er ihr zu verstehen, dass es nichts zu fürchten gab. Seltsamerweise beruhigte sie sich und atmete tief ein und aus.

Da das Treffen mit der Hauptstreitmacht noch gut eine Stunde dauern konnte, kümmerte sich Obosan um sein Flugschiff. Der Befehlshaber war mit seiner Verlobten verschwunden.

Izana hatte sich an den Brunnenrand gesetzt, der sich inmitten der Siedlung befand. Ein knorriger alter Olivenbaum spendete Schatten vor der steigenden Sonne. In Gedanken spielte sie unzählige Szenarien durch. Wie sie dem neuen König gegenübertreten und welche Worte sie am besten an ihn richten sollte. Ihre zwei Wächter saßen im Schatten eines Gebäudes und beobachteten sie dabei.

Seufzend lehnte sich Izana gegen den warmen Stein. Diese nagende Unsicherheit passte gar nicht zu ihr.

Als sie erneut aufseufzen wollte, fiel ein Schatten auf sie. Izana hob den Blick und konnte Balan sehen, der ihr eine Orange hinhielt. Dankend nahm sie die Frucht an sich.

»Mach dir nicht zu viele Gedanken. Der König ist ein Ehrenmann.«

Sie sollte seinen Worten glauben, aber die nagende Unsicherheit blieb. Um Balan zu beruhigen, lächelte sie leicht, während sie mit dem Nagel in die dicke Schale der Frucht stach. Sofort stieg ihr der süßsaure Geruch der Zitrusfrucht in die Nase. »Es riecht köstlich. Danke.«

Balan kehrte nach einem prüfenden Blick zu Elis zurück.

Izana aß gerne Orangen, aber es war ihr zu mühevoll erschienen, sie zu schälen. Benen hatte das immer für sie getan. Nun wünschte sie sich diese

Frucht für ihn schälen zu können. Die Erinnerung an den alten Mann rief wieder die Tränen hervor, als sie sich die süßsauren Stücke in den Mund schob.

»Ich werde meine Aufgabe erfüllen, Großvater«, versprach sie leise. Als die Süße der Frucht ihre Geschmacksknospen erfreuten, lächelte sie unter Tränen.

Wenig später erreichten die ersten Soldaten die Siedlung. Der Befehlshaber war wieder mit seiner Braut aufgetaucht. Hermia trug ein dunkelgrünes Gewand aus feinster Seide. Das schwarze Haar hatte sie zu einem seitlichen Zopf geflochten. Ihr Gesicht strahlte vor Glück. Ihr Verlobter glich ihr in dieser Hinsicht wie ein Spiegel. Nur ein vollkommen Blinder würde sich fragen, was in der Stunde ihrer Abwesenheit vorgefallen war.

»Da ist er.« Aidan ging eiligen Schrittes auf den Reiter zu, der an der Spitze des Heeres ritt.

Izana fühlte sich wie erstarrt. Sie wusste nicht, was sie erwartet hatte, aber garantiert keinen so jungen Mann. Dieser Gedanke war jedoch wie weggeblasen, als sie seinem Blick begegnete. Unter der Kälte seiner grauen Augen glaubte sie zu erfrieren.

Beide Männer kehrten zu der wartenden Gruppe zurück.

»Mein König, unterwegs haben wir eine weitere Überlebende aus Ashkan gefunden. Darf ich Euch Izana Hazar vorstellen?«

»Hazar?«

Um diesem eisigen Blick für einen Moment zu entkommen, verneigte sie sich, dieses Mal tiefer, da sie einen König vor sich hatte. »Das ist richtig.«

»Ich kenne die Familie Hazar und mir ist auch ihre Aufgabe bekannt.«

Seine Worte brachten sie dazu aufzusehen.

»Du hast das Erbe unseres Landes geschützt.«

Das Eis in seinen Augen schmolz. Izana hatte Mühe, ruhig zu atmen. Sie hegte keine romantischen Gefühle für diesen Mann, aber sein Charisma zog sie in seinen Bann. Zweifelsohne lenkte dieser König die Geschicke dieses Landes und viele würden ihm folgen.

»Ich habe meine Pflicht getan, Herr. Aus diesem Grund ...«

»Warte mit deiner Bitte«, unterbrach Aidan sie sanft. »Der König hat viele Tage im Sattel verbracht und ist sicher hungrig.«

Izana nickte. Sie erwartete, dass König Falukard sich gleich ins Innere begab, doch der hochgewachsene Mann entschuldigte sich und ging zu seinen Kriegern. Fassungslos sah sie ihm dabei zu, wie er sein eigenes Pferd fütterte und zu striegeln begann.

»Das kann noch eine Weile dauern«, sagte Hermia und deutete zum Gemeindehaus. »Warten wir drinnen auf ihn.«

Sie ließ sich von ihr fortführen.

Es nahm tatsächlich eine weitere Stunde in Anspruch, bis der König zum Essen kam.

Die Runde hielt sich klein. Bei dem einzigen Neuzugang handelte es sich um einen schmächtigen Mann. Hermia hatte ihn als Oreg vorgestellt. Seine olivfarbene Haut besaß eine so feine Textur, dass Izana nicht umhin konnte ihn dafür zu beneiden. Gäbe es nicht die tiefe Narbe in seiner rechten Wange, sie hätte ihn makellos schön genannt. Ihre neugierige Musterung schien ihm unbehaglich zu sein. Unruhig rutschte er auf dem Stuhl hin und her.

»Wo ist denn dein Berater?«, erkundigte sich Aidan.

»Aizen ist vorausgeritten, um in Sula nach dem rechten zu sehen«, erzählte der König, während er sich seinen Teller mit Fleisch und Gemüse auffüllte.

»Also habt ihr sie wirklich verloren.«

Balans Stimme hatte für einen Moment gezittert.

»Um zu fliehen, benutzten sie ein Höhlensystem und könnten jetzt überall sein. Wir kehren nach Sula zurück, schöpfen neue Kräfte und versuchen ihre Spur wiederzufinden. Ich gebe die Jagd nach ihnen nicht auf.«

Die Aufgabe als Hüterin sollte ihr am wichtigsten sein, aber Izana ertappte sich dabei, erleichtert aufzuatmen, als sie diese Worte hörte. Die Randstämme hatten unschuldige Menschen getötet und sie wollte wie jeder andere Ashkaner Gerechtigkeit.

»Wir hatten mehr Glück und konnten die kleinere Gruppe in der Tarkati-Wüste schlagen. Dort fiel uns Lady Auserwählte in die Hände.«

»Könntest du mich mit meinem Namen ansprechen?«, fragte Izana bissig.

»Dafür, dass ich dir die Möglichkeit, gab beim König vorzusprechen, solltest du mir meinen Spaß lassen«, antwortete Aidan grinsend.

»Mein Lieber, es ist genug.«

Bevor sie ihn anfahren konnte, wurde Aidan von seiner Verlobten zurechtgewiesen.

»Weswegen wolltest du mich sprechen?«

Da der König sie persönlich ansprach, hielt Izana den Atem an, bevor sie ihn entweichen ließ. »Wenn es Euch keine Umstände macht ...«

»Du kannst die Höflichkeitsfloskeln fallen lassen«, unterbrach der junge Mann sie, allerdings nicht grob.

Izana nickte. »Dann komme ich gleich zum Punkt. Gebt mir so viele Begabte wie möglich, damit ich mit ihrer Hilfe den Turm aus dem Sand heben kann.«

Alle hielten inne und wandten sich ihr zu. Izana ballte unter dem Tisch die Hände zu Fäusten, senkte jedoch nicht ihren Blick. »Ich muss unser Wissen retten.«

Der König legte die Gabel beiseite und wischte sich die Hände an der Serviette ab. »Du möchtest die Hilfe von Begabten.«

Obwohl es keine Frage war, antwortete sie: »Ja.«

»Dir ist bekannt, dass Sulakan nur über eine begrenzte Anzahl an Zauberkundigen verfügt? Wegen der Tötungen, die mein Ururgroßvater durchgeführt hat?«

Erneut nickte sie. »Ich weiß davon, aber das war vor vielen Jahren.«

»Meine Brüder haben der Magie ebenfalls misstraut. Außer Hermia und dem junge Oreg hier befinden sich die meisten Begabten in unseren Nachbarreichen.«

»Dann fordert welche an«, verlangte Izana.

Anscheinend hatte sie etwas Falsches gesagt, denn Aidan legte eine Hand auf den Arm des Königs. »Falk ...«

Es erstaunte sie, dass der Befehlshaber den König mit dem Vornamen ansprach.

»Izana, du hast die Sache nicht bis zum Ende durchdacht. Sagen wir, ich kümmere mich um einige Zauberer und bekomme tatsächlich welche. Du reist mit ihnen nach Ashkan und erhebst den Turm aus dem Sand. Diese Stadt ist im Moment verlassen und ich kann keine Truppen entsenden, um eine tote Stadt bewachen zu lassen. Die Randstämme stellen immer noch eine Bedrohung dar. Ich kann nicht überall sein und nichts könnte sie daran hindern, erneut anzugreifen.«

»Also werdet Ihr mir nicht helfen?«, fragte sie mit zusammengebissenen Zähnen.

»Es würde keinen Sinn machen, dir jetzt zu helfen, solange die Bedrohung bestehen bleibt. Begleite mich nach Sula. Sollte ich die Situation mit den Randstämmen geklärt haben, werde ich ...«

»Dann suche ich eben alleine weiter«, stieß sie hervor und kam auf die Beine. Sie erlaubte es niemandem sie aufzuhalten, als sie aus dem Gebäude lief.

Ihre Füße trugen sie rasch an den Menschen vorbei zu einer Seitengasse, die Schatten bot. Dort lehnte sie sich gegen den immer noch kühlen Lehm einer Hauswand und verfluchte ihr Temperament. Sie wusste ganz genau, dass die Worte des Königs gut durchdacht gewesen waren. Es machte keinen Sinn, den Turm jetzt zu bergen. Trotzdem hatte sie nicht schweigen können. Immerzu dachte sie an ihren Großvater, der ebenfalls begraben war und den sie bergen wollte. Sie musste ihn bei den anderen im Familiengrab wissen.

Bisher hatte sie die Hoffnung in sich getragen, ihre Aufgabe schnell zu erfüllen. Nun schien dieser Feldzug Monate, wenn nicht gar Jahre anzudauern.

»Du sollst nicht weglaufen.«

Izana hatte seine Schritte gehört, noch bevor Balan sich zeigte. »Ich will alleine sein.«

»Willst du nicht. Du schlägst in ohnmächtiger Wut um dich und hoffst, dass dich niemand verlässt.«

Sie wollte ihn anfahren, schluckte die zornigen Worte aber hinunter bevor sie Schaden anrichten konnten. »Ich will Großvater bestatten«. Das Eingeständnis kam ihr leise über die Lippen.

Wortlos trat Balan neben sie und lehnte sich auch gegen die Hauswand. Sie wusste nicht, was sie von ihm wollte. Dass er schwieg oder sie tröstete.

»Mein ganzes Leben lang war er für mich da und hat sich um mich gekümmert. Jetzt ist er fort und ich kann noch nicht einmal an seinem Grab beten.«

»Du weißt, wo er liegt. Deinem Großvater war es wichtig, den Turm sicher zu wissen, aber noch wichtiger war ihm deine Sicherheit. Er wird dir nicht zürnen, wenn du deine Aufgabe nicht gleich erfüllen kannst.«

Das wusste sie. Seufzend schloss sie für einen Moment die Augen. »Für diese Lebensweisheiten bist du viel zu jung.«

»Mag sein, dass das mein Alter betrifft, aber meine Jugend ist in Ashkan gestorben.«

Sie wollte wissen, was ihm Furchtbares widerfahren war. »Zeig mir dein Gesicht.«

Balan zuckte zusammen, als hätte sie ihn geschlagen. Er richtete sich auf und trat vor sie. »Du willst es sehen?«

»Ja.«

Einen weiteren Schritt kam er auf sie zu. Izana presste die Hände flach auf die Lehmmauer hinter sich. »Zeig es mir.«

»Gut, ich erfülle dir deinen Wunsch. Ich darf mich nicht weigern, aber es wird das letzte Mal sein, dass du mich siehst.«

Er hob die Hand zu dem Stoffstück, bereit es beiseite zu ziehen.

»Warte!« Izana griff nach seinem Arm, um ihn daran zu hindern. Dabei taumelte Balan vorwärts.

Erneut fühlte sie seine Wärme an sich. Als sie das Gesicht hob, konnte sie den Blick nicht von seinem blauen Auge lösen. Sie wusste nicht wie er aussah und doch war er immer in ihrer Nähe, wenn es ihr nicht gut ging, als würde er genau wissen, was sie fühlte.

Balan hob den Arm. Sie wartete darauf, dass er sie berührte, doch er stemmte sich von der Wand ab und richtete sich wieder auf. »Komm, der König wartet.«

Izana verfluchte sich und ihr wild pochendes Herz. Ihr Wächter hatte sich bereits abgewandt und wartete am Ende der Gasse auf sie. Dass sie sich so irren konnte. Sie hätte schwören können, dass Balan sie halten wollte.

15

Das Vipernnest, in das sie sich vor zwei Tagen so energisch stürzen wollte, summte vor Energie.

Im Palast gab es verschiedene Aufenthaltsräume. Manche waren geschlechtergetrennt, so auch der Blumensaal, den der erste König aus Falks Dynastie für seine Frau erbauen ließ. Da Dayana im königlichen Flügel mit allem versorgt war, hatte sie diesen Ort bisher gemieden.

»Du siehst nervös aus«, flüsterte Neher ihr leise zu und drückte ihre Hand.

Dayana atmete tief ein und aus, lockerte die Schultern und lächelte ihre Freundin an. »Tut mir leid.«

»Du schaffst das.«

Nehers Ermunterung nahm ihr tatsächlich eine Last von den Schultern. Sie warf einen Blick zurück und konnte Toshiro mit verkniffener Miene am Ende des Zugangs stehen sehen. Die Diskussion mit ihm hatte mindestens eine Stunde gedauert, aber Fakt war, dass Männer diesen Ort nicht betreten durften. Stattdessen war es den Frauen gestattet, eine Dienerin mitzubringen.

Renza war auf dem Weg der Besserung, aber seit dem Angriff auf sie war sie furchtsam geworden. Ihre Aufgaben erledigte sie gewissenhaft, nur wenn sie den Dienerinnen der adeligen Frauen begegnete, fing sie an zu zittern und wurde kreidebleich.

Neher hatte sich erboten mitzukommen und Dayana hatte das Angebot dankbar angenommen.

Das Summen der Gespräche wurde allmählich leiser. Man hatte ihr Kommen bemerkt.

Dayana schüttelte die restlichen Zweifel ab. Als Königin durfte man sie in der Öffentlichkeit nicht rüde behandeln. Sie kannte ihre Rechte. Allerdings war es nachlässig von ihr gewesen, nicht von Anfang an in diesem Saal zu residieren. Nun hatte eine andere Frau den wichtigsten Platz neben dem der Königin ergattert.

In die Wand, die sie von den Frauen trennte, hatte ein Bildhauer Blumen und Ranken geschlagen. Zwischen den filigranen Mustern gab es Löcher, die ihr einen Blick auf die Frauen ermöglichten.

Noch bevor sie ganz in den Saal schritt, konnte sie die sieben Frauen sehen. Eine von ihnen saß am Tisch, der sich zur rechten der Königin befand. Sie war unerwartet groß, aber ihre Schönheit fing sogar Dayana ein.

Es handelte sich um Isetti Al'Far, Sharuks jüngere Schwester. Mit ihren dunklen Augen beobachtete sie das Treiben. Sie waren groß und von langen Wimpern umsäumt. Das schwarze Haar glänzte seidig im Tageslicht. Sie trug ein dunkelrotes Kleid, das ihre schmale Taille und die etwas breiteren Hüften betonte.

Mürrisch gestand Dayana sich ein, dass ihr nie zuvor eine schönere Frau begegnet war. Und doch spürte sie keine Unsicherheit, denn sie war sich Falks Gefühle bewusst. Das gab ihr die Kraft, an allen Frauen vorbei zu ihrem Platz zu schreiten, der sich am Kopfende des Raumes befand.

Die Frauen folgten ihrer Gestalt mit ihren Blicken. Einige waren verunsichert, aber die meisten Frauen in Isettis Nähe schauten sie offen feindselig an. Dayana merkte sich ihre Gesichter.

»Ich grüße euch«, sprach sie, nachdem sie sich auf das erhöhte Podest niedergelassen hatte. Obwohl es durchaus Stühle im Palast gab, benutzten die Sulakaner meist Kissen oder weiche Sitzgelegenheiten, die sich auf dem Boden befanden. Das weiche Polster war so bequem, dass Dayana sich am liebsten hingelegt hätte. »Meine Pflichten hielten mich von diesem Ort fern. Es gibt viel Neues über mein Reich zu erfahren und ich habe noch einiges zu lernen.«

»Ihr beehrt uns mit Eurer Anwesenheit.« Isetti neigte höflich den Kopf und Dayana erwiderte die Geste.

»Die Ehre ist auf meiner Seite. Um euch alle gebührend willkommen zu heißen, habe ich eine Erfrischung für uns zubereitet.«

Kaum hatte sie die Worte zu Ende gesprochen, strömten mehrere Dienerinnen in den Raum. Auf den Tabletts in ihren Händen befand sich eine Spezialität, die man an heißen Tagen in Khimo aß. Das Zitronensorbet war mit klein geschlagenen Eisstücken kühl gehalten worden.

»Was für eine Freude«, sagte Isetti mit einem Lächeln auf den Lippen, von dem Dayana nicht wusste, ob es echt war.

In Renzas Abwesenheit wurde Dayana der Nachtisch von Neher gereicht. Unter den Anwesenden fielen ihr zwei Frauen auf, die die Willkommensspeise verschmähten. Das stellte einen offenen Affront gegen sie dar.

»Neher, du kümmerst dich darum, dass die Damen Gulva und Ineki in der nächsten Woche den Palast verlassen?«

Sie genoss die Verblüffung in den Mienen der besagten Frauen, der rasches Erschrecken folgte. Dayana konnte die Frauen nicht grundlos vom Hof verbannen, daher nahm sie die Gelegenheit gerne wahr. Falls sie jedoch darauf gewartet hatte, Unbehagen in Isettis Gesicht vorzufinden, wurde sie enttäuscht. Sharuks Schwester lächelte sie immer noch freundlich an.

Dayana kostete von der Nachspeise und lächelte verzückt. Der süßsaure Geschmack mundete nicht vielen, aber sie liebte ihn.

»Wir verspeisen an heißen Tagen gekühlte Melonen«, begann Isetti das Gespräch. »Falls es Euch recht ist, würde ich den Köchen vorschlagen die Speise morgen zu servieren.«

»Es wäre mir eine Freude.«

Ihre Teilnahme bei dieser Versammlung sollte dazu dienen herauszufinden wer von den Frauen zu ihren Feinden zählte. Als die Sonne unterging und die Versammlung sich langsam auflöste, hatte Dayana ihre Antwort und sie war niederschmetternd.

Da es der Königin vorbehalten, war die Versammlung als Erste zu verlassen, verabschiedete sie sich von den Frauen und verließ mit Neher den Blumensaal, wo sie einen zutiefst angespannten Toshiro traf. Dayana wusste, dass der Sandreiter sich erst dann entspannen konnte, wenn er sie im Blickfeld hatte.

»Sie alle hassen mich«, stieß sie frustriert aus, als sie ihre Gemächer erreicht hatten.

»Das hat nichts zu sagen«, versuchte Toshiro sie zu beruhigen. »Ruh dich aus und mach dir keine Gedanken.«

Der Sandreiter bezog Posten vor ihrem Wohnzimmer.

Neher ging zu der Wasserkaraffe und füllte zwei Kelche. »Ich würde gerne widersprechen, aber ...«

Da sie nicht weitersprach, kam Dayana zu ihr und nahm ihr einen Kelch ab. »In ihren Augen bin ich nicht nur die Frau, derentwegen sie nicht in den Harem des Königs dürfen, sondern eine Fremde noch dazu.«

Darauf gab Neher ihr keine Antwort, sondern streichelte sanft ihren Rücken.

»Die Abneigung wäre sicher nicht so groß, wenn Isetti Königin wäre.«

Sie fühlte sich wie ein Kind, das verzweifelt versuchte sich den Respekt der anderen Kinder zu verdienen und es nicht schaffte.

Dieses Mal umfasste Neher sanft ihr Kinn. »Königin bist aber du, also ist diese Überlegung sinnlos. Oder willst du deinen Mann für eine von ihnen aufgeben?«

»Niemals«, wehrte Dayana entschieden ab. »Falk und ich fanden einander, als unsere Nöte am größten waren. Durch sie wuchsen wir über uns hinaus. Heute sind wir die, die wir sind, weil wir einander gefunden haben und uns lieben.«

Neher führte sie zu der Sitzfläche inmitten des Raumes und nahm sich den Schleier ab. »Du hast mir noch nicht davon erzählt.«

»Weil ich nicht glaubte, dass es dich interessiert«, gab Dayana überrascht zu. Das Wasser aus dem Kelch schmeckte kühl und angenehm. Sie nahm einen weiteren Schluck und stellte den Becher auf den Tisch.

»Wie könnte ich es nicht sein? Du bist mir zu einer guten Freundin geworden und ich habe nicht viele. Mein ganzes Leben war erfüllt von dem Familiengeschäft. Ich pflegte Beziehungen zu vielen wichtigen Häusern, aber mit keinem saß ich unverschleiert zusammen und sprach über persönliche Dinge. Diese Freundschaft erfüllt mich mit Freude, aber sie macht mich auch ... verletzlich.«

Es waren Nehers ehrliche Gefühle, die sie in Worte zu packen versuchte.

Ein tiefes Gefühl der Zuneigung stieg in Dayana auf. Sie gab ihrem Herzenswunsch nach und schloss die andere Frau in die Arme. »Es ist ein schönes Gefühl, jemandem nahe zu sein und eine Freundschaft aufzubauen. Ich bin so froh dir begegnet zu sein.«

Neher zögerte einen Moment lang, dann legte sie die Hände auf Dayanas Rücken und erwiderte ihre Umarmung. »Ich bin auch froh.«

Als sie sich zurücklehnte, wirkte Neher verblüfft.

»Was ist?«, fragte Dayana.

»Nichts Schlimmes, ich bin nur ...« Neher schüttelte den Kopf, als könne sie sich diese Gefühle nicht eingestehen. »Ich bin froh hier zu sein.« Dann setzte sie sich zurück an ihren Platz, als würde die Nähe zu einer Freundin sie überwältigen. »Und jetzt spielen wir ein Brettspiel. Das regt den Geist an und hält dich auf Trab«, entschied sie.

Das Spiel dauerte bis tief in die Nacht. Dayana sollte sich schlafen legen, aber die Zeit mit einer Freundin zu verbringen, erschien ihr so kostbar, dass sie es nicht übers Herz brachte, den Spieleabend zu unterbrechen, um ins Bett zu gehen.

Der Mond stand hoch am Himmel, als Neher sie mit einem Punkt Vorsprung besiegte. Danach lagen sie zugedeckt auf der weichen Sitzunterlage.

Dayana streckte die Hände in die Luft. »Wenn wir jetzt die Sterne sehen könnten, wäre es perfekt.«

»Draußen sind sie gut zu sehen«, informierte Neher sie.

»Ich möchte nicht aufstehen«, gestand Dayana faul, woraufhin ihre Freundin lachte.

Überrascht setzte Dayana sich auf. »Ich habe dich noch nie so lachen gehört. Es ist ein angenehmes Geräusch, dem ich künftig häufiger lauschen möchte.«

»Dayana ...« Neher verstummte und schluckte schwer, als würde ihr etwas Ungesagtes auf der Zunge liegen. Sie wirkte auch ungewohnt nervös.

Plötzlich wurden sie beide von einem Geräusch aufgeschreckt, das ihnen das Blut aus den Gesichtern trieb. Neher setzte sich sofort auf und stellte sich vor sie.

Dayana hatte zu viel vom Dattelwein getrunken und verfluchte sich dafür, weil sie schwach auf den Beinen war. »Neher ...«

Die hochgewachsene Frau schüttelte warnend den Kopf.

Dayana sah in Richtung des Geräusches und erstarrte, als sie die sich windende Kreatur erblickte. Die fünfzig Zentimeter lange Schlange bewegte sich langsam in das Zimmer hinein. Ihre sandfarbene, musterlose Haut passte sich perfekt der Wüste an. Ein Biss führte zu Lähmungen und Minuten später hörte das Herz auf zu schlagen. Vier Meter trennten das gefährliche Tier von ihnen, aber es hielt unweigerlich auf sie zu.

Ihr Geist funktionierte auf Hochtouren. Sie fragte sich, wie das Reptil es hineingeschafft hatte. Schlangen gab es in Sulakan zuhauf, deswegen achteten die Wachen sorgfältig darauf, diese Gefahrenquelle zu beseitigen. Jemand musste das Tier bewusst in der Nähe ihrer Gemächer ausgesetzt haben.

Zitternd lehnte Dayana sich an Nehers Rücken. Ihre Freundin hatte einen Dolch gezückt. Wahrscheinlich trug sie die kleine Waffe immer bei sich, um sich zu schützen.

»Soll ich Toshiro rufen?«

Leicht schüttelte Neher den Kopf. Schweißperlen zeichneten sich auf ihrer Stirn ab.

Dayana verfluchte sich für ihre eigene Nachlässigkeit. Der Dolch, den Falk ihr geschenkt hatte, lag in der Kommode, wenn sie sich in ihren Gemächern befand. Sie hatte sich in ihren eigenen vier Wänden sicher gefühlt und die Waffe abgelegt.

Toshiro war nur wenige Meter von ihnen entfernt, aber eine laute Stimme würde das giftige Tier noch mehr aufbringen.

»Wenn ich *Jetzt!* rufe, läufst du zu Toshiro«, flüsterte ihre Freundin.

Die Schlange zischelte bedrohlich und richtete sich auf. Ein deutliches Zeichen für ihre Aggression.

Dayana wagte nicht zu sprechen und schüttelte stattdessen den Kopf.

Von draußen erklang ein Knurren. Im gleichen Moment stieß das Reptil zu.

Alles ging so schnell, dass Dayana nicht reagieren konnte. Sie sah, wie

Neher nach vorne stürzte. Da ihre Gestalt ihr die Sicht auf die Schlange versperrte, konnte sie nicht sagen, ob ihre Freundin gebissen wurde, oder nicht.

»Neher?«

Ihre Begleiterin zitterte und brach in sich zusammen.

Dayana wurde übel. Der Schrei, der langsam ihre Kehle hochstieg, wurde laut.

Aus dem Augenwinkel sah sie Toshiro ins Zimmer stürzen, aber ihr Blick konnte sich nicht von Nehers regloser Gestalt lösen. Zu sehen war ein Teil des Schlangenkörpers, der sich bewegte, als würde er Gift pumpen.

16

Dayana hatte sich für ein nachtschwarzes Gewand entschieden, als sie am nächsten Tag zum Blumensaal schritt. Das lange Haar trug sie hochgesteckt und unter einem seidigen Schleier verborgen. Leidlich einige vorwitzige Strähnen umschmeichelten ihr Gesicht. Toshiro ging voraus und hielt ihr die Tür auf. Sie dankte ihm und betrat den großen Saal.

Der Morgen war gerade erst angebrochen und doch unterhielten sich die Frauen ausgiebig miteinander. Erst als Dayana den Vorraum verließ und um die kunstvoll behauene Wand bog, verstummten die verbliebenen fünf Frauen.

Unter den Blicken aller schritt sie zu ihrem Platz. Toshiro, der keine Anstalten machte sich zurückzuziehen, hatte nun ihre Aufmerksamkeit. Als sie die erhöhte Sitzgelegenheit erreichten, hielt der Sandreiter ihr die Hand hin und half ihr die zwei Stufen hinauf.

»Auf ein Wort.«

Die Frau, die sich nun erhob, stand im Rang knapp hinter Isetti Al'Far.

»Paluta Dregor«, nannte Dayana sie beim Namen. »Dir liegt etwas auf dem Herzen?«

»Uns wurde versichert, dass dies ein Ort ist, an dem wir Frauen für uns sein können. Und doch erscheint ein Mann in Eurer Begleitung.«

Nur zu gut erinnerte Dayana sich an Nehers Lektionen. Das Haus Dregor handelte mit Stahl für die Schmieden der Al'Fars. Isetti und Paluta kannten sich seit Kindertagen.

»Ah ja«, sagte Dayana ruhig. »Toshiro ist ein Sandreiter. Sogar einer der besten, möchte ich hinzufügen. Nur sein Hauptmann kennt die Wüste besser.«

»Und dennoch hat das nichts mit der Tatsache zu tun, dass dies ein Ort der Frauen ist«, warf Paluta erneut ein.

Dayana schaute zu ihrem Wächter auf. »Fühlst du dich unbehaglich?«

»Keineswegs, meine Königin.«

Nach seiner Antwort richtete Dayana den Blick wieder nach vorne. »Dann dürfte alles geklärt sein.«

»Wieso zieht Ihr einen Mann einer Dienerin vor?«, fragte Paluta weiter.

Da dieses Gespräch nicht so bald enden würde, drehte Dayana sich leicht zur Seite, damit sie die andere Frau besser im Auge behalten konnte. »Meine Dienerin?«

Isetti beäugte sie aufmerksam, war jedoch klug genug, um zu schweigen. Dayana hatte die Wut in ihrem Inneren gut verborgen, aber die Al'Far hatte sie dennoch wahrgenommen.

»Meine Dienerin ist im Moment abkömmlich. Und solltest du nicht ihr Schicksal teilen wollen, setzt du dich jetzt.«

Paluta hatte ein schönes Gesicht, aber schmale Lippen, die ganz verschwanden, als sie diese zornig aufeinanderpresste.

Obwohl Dayana wusste, dass es klüger war, sich ruhig zu verhalten, betete ein boshafter Teil in ihr dafür, dass Paluta die Beherrschung verlor. Sehr zu ihrem Bedauern nahm die Adelige Platz und Dayana setzte sich wieder gerade hin. Dieses Mal richtete sie das Wort an Isetti. »Wir unterhielten uns gestern darüber, dass du heute gerne Melonen servieren lassen wolltest. Das können wir auf den zweiten Gang verschieben. Stattdessen habe ich eine andere Delikatesse zubereiten lassen.«

Die Adeligen murmelten miteinander. Sie wurden aus ihr nicht schlau und wussten nicht, was sie sagen sollten. Die rüpelhaften Frauen von gestern waren nicht zur Versammlung geladen und sie wollten nicht ihr Schicksal teilen. Die einzigen, die sich zuversichtlich gaben, waren Isetti und Paluta. Waren sie Verbündete? Oder buhlten sie um einen Platz im Harem?

»Würdet Ihr uns von Eurer Heimat erzählen?«, bat Isetti.

»Ich kenne einige gute Geschichten über Khimo, aber meine Heimat ist nun Sulakan«, korrigierte Dayana sie ruhig.

»Dann stimmt der Spruch also, dass man zu Hause ist, wo das Herz wohnt«, sagte Isetti.

Toshiro beugte sich zu ihrem Ohr hinab. »Es ist so weit. Sollen wir fortfahren?«

»Hältst du es für gefährlich?«, flüsterte Dayana zurück.

»Du kannst nicht einen Brand legen und danach fragen, ob du mit dem Feuer spielen darfst«, rügte der Sandreiter sie so leise, dass nur sie es hörte.

Dayanas Aufmerksamkeit richtete sich auf die fünf Dienerinnen, die eine Essensplatte an je einen Tisch servierten. Nur Dayana enthielt sich des Gerichts. Die Dienerinnen der Adeligen hoben die Essensglocke. Darunter waren klein geschnittene Fleischstücke zu sehen, die man mit zartem Gemüse garniert hatte. Es war Sitte bei Hofe, dass die Dienerin das Essen vorkostete. Die Frauen sahen sie misstrauisch an, beunruhigt durch die Tatsache, dass sie selbst kein Gericht serviert bekommen hatte. Wahrscheinlich zermarterten sie sich das Gehirn mit der Frage, ob sie etwas in das Essen getan hatte.

»Habt Ihr keinen Hunger?«, erkundigte Isetti sich neugierig.

»Da ich das Tier erlegt habe, gehört es sich nicht, davon zu essen.« Diesen Brauch hatte es einst in Khimo gegeben. Heutzutage hielt sich kaum einer daran, was hier aber niemand zu wissen schien.

»Selbst erlegt?«, würgte Paluta hinaus.

Die Frauen sahen sie an, als wären ihr Hörner gewachsen.

»Natürlich. In Khimo herrschen andere Sitten. Ich habe die Jagd erlernt und treffe so gut wie immer ins Schwarze.«

»Um was für ein Tier handelt es sich?«, wollte Paluta wissen, die gerade ein Fleischstück hinunterschluckte.

»Um eine Wüstenviper.«

In der eintretenden Stille hätte man eine Stecknadel zu Boden fallen hören. Diese Ruhe währte nicht lange, bald schon fingen einige Frauen an zu husten. Isetti Al'Far schien als einzige einen Lachanfall durch ein Husten verbergen zu wollen.

Dayana lehnte sich zurück. »Das Tierchen fand seinen Weg in mein Gemach. Offenbar wurde es von einem Xethu gejagt.«

Xethu wurden in Khimo Wüstenbären genannt. Sie waren der natürliche

Feind der Wüstenvipern, da sie gegen ihr Gift immun waren. Allerdings lebten die Xethu in der Gegend, in der die Randstämme ihr Zuhause hatten. Daher konnte es kein Zufall sein, dass dieser sich vor ihren Gärten aufgehalten hatte. Aizens Sandreiter ermittelten in diesem Moment, wem das Tier gehörte. Das war nun kein Bagatelldelikt mehr. Jemand hatte versucht sie zu ermorden. Und der Täter gehörte zu den sieben wichtigsten Häuser Sulakans.

»Meine Königin, würde dieses Tier mir auf die gleiche Weise gefährlich werden, würde ich ebenso handeln«, richtete Isetti das Wort an sie.

Dayana glaubte sich verhört zu haben. Die Frauen hatten es bisher geschickt vermieden, sie mit ihrem Titel anzusprechen. Vor den Augen aller spießte die Al'Far das letzte Fleischstück auf ihre Gabel und verspeiste es genüsslich.

Es kostete Dayana Mühe, sich ihre Verblüffung nicht anmerken zu lassen. Sie hatte sich einiges von dieser Zuschaustellung erhofft, aber nicht, dass ein Mitglied der Al'Fars ihr Verständnis zusprach.

Den adeligen Töchtern erging es nicht anders. Paluta war geradezu grün im Gesicht, als sie Isettis Beispiel folgte und das Fleisch aß. Die anderen taten es ihr nach.

Diese hinterhältige Natter. Es fühlte sich an, als hätte Isetti Al'Far den Spieß umgedreht und das Spiel nun doch gewonnen. Obwohl das nicht gerade zu ihren Gunsten war, empfand Dayana Bewunderung für das Geschick der anderen Frau, die Situation so auszuspielen, dass sie ihr zugutekam.

Nach dem ersten Gang servierten die Dienerinnen die gekühlten Melonen. Dieses Mal bekam auch sie eine Portion. Dayana mundete die Frucht, aber heute war sie zu sehr in Gedanken, um den Geschmack ausreichend zu würdigen.

In den kommenden zwei Stunden betrieb sie Konversation. Sogar die Frauen, die bisher geschwiegen hatten, richteten das Wort an sie. Sie waren keine Freundinnen geworden und Dayana war sich sicher, dass die anderen sie immer noch nicht mochten, aber sie sah es als einen Anfang.

Toshiro war noch wachsamer als sonst, als sie in ihre Gemächer zurückkehrten. »Das war eine Überraschung«, stellte er fest, als sie in das Wohnzimmer traten.

»Sie ist zu undurchschaubar«, grummelte Dayana.

»Die Al'Fars haben sich lange auf die Ränkespiele bei Hofe vorbereiten können. Ein misslungener Mordversuch wird sie nicht aus der Bahn werfen.«

»Wenn sie es waren. Ich wundere mich darüber, dass Isetti gelacht hat.«

Das Gelächter war nicht höhnisch gewesen, sondern vielmehr amüsiert, als würde man sie mit einem exotischen Spiel begrüßen, das sie gerne gewinnen würde.

»Kelior«, sagte Toshiro und sofort löste der Mann sich von seinem Platz. Dayana stieß einen erschrockenen Fluch aus. Der junge Sandreiter hatte sich im hinteren Teil des Zimmers aufgehalten und sich nicht bewegt.

»Berichte«, forderte Toshiro ihn auf.

»Das Schlafgemach ist sicher. Niemand ist hineingelangt und niemand kam hinaus. Herrin Neher ruht friedlich.«

»Ich sehe nach ihr«, informierte Dayana die Männer und eilte in das Zimmer, welches neben ihrem Schlafgemach lag.

Das gestrige Ereignis vor Augen, näherte sie sich dem breiten Bett. Neher hatte sich dagegen entschieden, den Dolch zu benutzen und stattdessen die Schlange so gepackt dass sie nicht gebissen werden konnte. Dabei hatte sie sich unglücklich bewegt und sich an dem Dolch verletzt. Nur einige Millimeter nach rechts und sie hätte die Hauptschlagader durchtrennt. Da die Schlange immer noch eine Gefahr für ihre Freundin darstellte, hatte Dayana Neher den Dolch aus der Hand genommen und das Reptil getötet. Die Ohren hatten ihr geklingelt, so lang war Toshiros Standpauke gewesen. Dayana hatte das viele Blut vor Augen gehabt und sich erst beruhigt, als ein Arzt Nehers verletzte Hand untersucht hatte. Ihr eigenen Hände waren auch blutig gewesen, weil sie die Wunde abgedrückt hatte.

Zum Glück war Neher nicht gebissen worden, aber der hohe Blutverlust machte ihrer Freundin zu schaffen. Ohne Einwände hatte sie sich in das Bett des Gästezimmers legen lassen. Früher hätte sie sich geweigert woanders zu schlafen.

Sie lag immer noch da, wie Dayana sie verlassen hatte. Leise setzte sie sich auf die Bettkante und beugte sich über ihre Freundin. Die schwarzen Brauen waren angespannt zusammengezogen, als hätte sie einen schlechten Traum. Kurz darauf warf Neher unruhig den Kopf hin und her. Noch nicht einmal den Kopfputz hatte sie gestern ablegen wollen. Nun hatten sich einige Strähnen aus dem seidigen Stoff gelöst. Dayana zupfte an ihnen, um sie von der schweißfeuchten Haut zu lösen.

»Nein ... nicht ...«

Die ängstlich ausgesprochenen Worte Nehers beunruhigten Dayana. Sie legte sich zu ihrer Freundin auf das Bett und konnte daher das Zittern ihres Körpers spüren. Was auch immer Neher träumte, es war nicht angenehm.

»Es ist alles in Ordnung.« Zart strich sie über Nehers Stirn. »Du hast nur einen schlimmen Traum.«

Ihre Stimme schien Neher nicht zu erreichen, denn sie wich vor ihrer Berührung zurück. Ratlos setzte Dayana sich auf. Ihre Versuche, sie zu trösten, schienen bei Neher das Gegenteil zu bewirken. In diesem Fall sollte sie jede Art von Berührung unterlassen.

»Neher, es ist alles in Ordnung. Du musst aus diesem Traum erwachen.«

»Mutter ... nicht!«

Ihr Herz zog sich vor Mitgefühl zusammen. Es war frustrierend, ihre Freundin umarmen zu wollen und es nicht zu dürfen. Erneut versuchte sie Neher mit ihrer Stimme zu erreichen. »Wach auf.«

Dieses Mal bewegte sie sich unruhig. Dayana befürchtete, dass Neher sich verletzte und streckte die Hand aus um die Schlafende sachte an der Schulter zu berühren, da wurde sie von ihrer Freundin gepackt. Bevor sie sich versah, lag sie mit dem Rücken auf dem Bett und sah Neher über sich aufragen. Der Kopfputz hatte sich ganz gelöst. Lockige Strähnen umrahmten das schmale Gesicht der anderen Frau.

Etwas in Nehers Antlitz sah seltsam aus, aber Dayana konnte es nicht näher definieren.

Neher blinzelte, als würde sie aus einem dunklen Traum erwachen. Von dem festen Griff, der sie auf das Bett niederdrückte, schmerzten Dayana die

Handgelenke. Da sie jedoch annahm, dass der schlimme Traum ihre Freundin immer noch in seinen Fängen hielt, beschwerte sie sich nicht.

»Wo bin ich?«

»Du hast dich an deinem Dolch verletzt. Weißt du nicht mehr?«

Erschrecken lag nun in dem Blick ihrer Freundin. Stirnrunzelnd schaute Dayana zu Nehers Kiefer. Die Haut sah im Sonnenlicht seltsam aus. Sie bewegte ihre Hand um freizukommen und als es ihr gelang, streckte sie diese aus um über Nehers Kiefer zu streichen, da wurden Stimmen von außen laut. Nicht einmal zwei Sekunden später wurde die Tür zu dem zweiten Schlafzimmer aufgerissen. Dayana traute ihren Augen nicht, als sie Falk und Aizen in der Tür stehen sah. Die Zeit schien wie festgefroren zu sein. Sie betrachtete sich wie eine Außenstehende, wie sie auf dem Bett unter Neher lag.

»Falk!«, stieß sie erfreut aus und versuchte freizukommen.

Neher ließ sie gehen und setzte sich benommen auf die Bettkante.

Dayana stolperte beinahe über ihre eigenen Füße, als sie versuchte ihren Mann so schnell wie möglich zu erreichen. Das Herz drohte ihr vor Freude aus der Brust zu springen, so heftig schlug es in ihr.

»Du bist da. Endlich bist du da.«

Die Frage, warum er nun gekommen war, verdrängte sie in den tiefsten Winkel ihres Verstandes. Seine Briefe hatten eine schnelle Rückkehr nicht vermuten lassen, daher freute sie sich umso mehr.

»Ich habe dich so vermisst«, gestand sie ihm und schlang die Arme um Falk.

Jener seufzte leise und erwiderte ihre Umarmung. »Ein Sandreiter unter Aizens Kommando ist ein Begabter. Als der Mordversuch auf dich verübt wurde, hat Toshiro sich mit Hermia in Verbindung gesetzt und sie hat es mir erzählt.«

»Mir ist nichts geschehen«, versuchet sie ihn zu beruhigen. »Was ist mit deinen Kriegern?«

»Unter Aidans Befehl geht es ihnen gut. Glaubst du wirklich, ich könnte dir fern bleiben während du das erdulden musst?«

»Ich könnte es auch nicht«, sagte Dayana leise.

Sie wollte weiterhin die Nähe seiner Umarmung genießen, doch Falk schob sie von sich um ihr in die Augen zu sehen. »Versteh mich nicht falsch, aber jetzt wirst du mir einiges erklären müssen. Was war das gerade?«

Dayana folgte seinem Blick zu ihrer Freundin, die eigenartigerweise das Gesicht abgewandt hatte. »Neher hatte einen schlimmen Traum. Ich wollte sie wecken, aber sie muss im Schlaf geglaubt haben einen Angreifer festzuhalten.«

»Nach festhalten sah das nicht aus. Und was meinst du mit sie?«

Gefasst kam Neher auf die Beine. »Die Katze ist aus dem Sack, wie?«

Dayana konnte sich keinen Reim auf die Situation machen. Sie verstand Falks Zorn nicht und auch Nehers zurückhaltendes Verhalten war ihr ein Rätsel.

»Willst du es ihr sagen? Oder soll ich das übernehmen?«

Falk sprach mit ihrer Freundin, als würde er sie kennen.

Seufzend begann Neher ihr Gewand aufzuknöpfen. Da sie in den letzten Monaten alles getan hatte um ihre nackte Gestalt zu verbergen, wusste Dayana nicht, was sie davon halten sollte. Irritiert überlegte sie sogar Falk den Blick auf Neher zu versperren. Selbst wenn es von einem kindischen Verhalten zeugte, sie wollte nicht, dass er eine andere Frau unbekleidet sah. Eigenartigerweise lag Falks Blick aber nicht auf Neher, sondern auf ihr.

»Es war keine Lüge, Dayana«, sagte ihre Freundin und ließ das Oberteil auseinanderklaffen.

»Wir kriegen alles hin, auch ohne dass du dich entkleiden ...«

Das letzte Wort blieb ihr im Hals stecken. Zuerst war sie zu verlegen, um genauer hinzusehen, dann glaubte sie ihre Freundin besser zu verstehen, wenn sie sich anschaute was Neher ihr zeigen wollte. Die Narben fielen ihr als Erstes auf. Sie waren so vielzählig, dass Dayana schlecht wurde, doch dann entdeckte sie etwas anderes, beziehungsweise das Fehlen von etwas Wichtigem.

Dayana konnte nicht umhin ihren Blick auf Nehers Brust liegen zu lassen. Sie war vollkommen flach, ohne eine weibliche Erhebung, dafür besaß ihre

Freundin einen erstaunlichen Körperbau. Die Muskeln waren gut von ihrer weiten Kleidung verborgen gewesen.

Als Dayana jetzt Nehers Kinn anschaute, wusste sie, was sie gestört hatte. Der dunkle Schatten darauf war unverkennbar und verriet ihr, warum sie jedes Mal am nächsten Morgen sofort ins Bad verschwunden war.

Sie ging zu der Person, die sie für eine Freundin gehalten hatte, und berührte ihren Kiefer. Das Kratzen an ihrer Handinnenfläche war Beweis genug. »Du bist ein Mann«, flüsterte sie ungläubig.

Sie wurde von Gefühlen überrollt, die sie nicht sofort einordnen konnte. Schmerz, Verrat, Verwirrung. Es war eine Mischung von allem.

»Was ich bin, war keine Lüge«, versuchte Neher sie zu überzeugen.

»Die ganze Zeit über hielt ich dich für eine Frau und du hast es gewusst.«

Wie sollte sie jetzt reagieren? Sie spürte keine bösen Absichten von Neher ausgehen und trotzdem war ihre Freundschaft auf einer Lüge aufgebaut worden.

»Das zu erklären ist kompliziert.«

»Dann fang an«, forderte Falk, der sich vor sie stellte, um zu verhindern, dass Neher sie berührte. »Ich bin auch auf die Geschichte gespannt, Cousin Nehan.«

17

Obwohl er aus dessen Lenden entstanden war, hatte er den Mann mit den kalten Augen nie Vater genannt. Er war immer das Monster gewesen, das ihn in seinen Albträumen aufgesucht hatte und dadurch war er auch zu seinem bösen Traum geworden, der wie ein Schatten über den wenigen Tagen hing, in denen seine Mutter guter Laune war. Wann immer sie sich in Oboo aufhielten, hatte sie gelächelt und sich losgelöst gezeigt. Das Rauschgift, welches sie von einer Freundin bekam, veränderte die Frau, die ihn geboren hatte. Selbst wenn sie liebevolle Worte zu ihm sprach, waren ihre Augen leer gewesen und ihre süßen Kosenamen daher sinnlose Phrasen. Sie erzählte meist von einer Zeit des Ruhms, die nie eintreffen würde. Der Absturz kam, wenn sie Oboo verließen, um nach Hause zurückzukehren. Dann machte die Sucht aus ihr ein zitterndes Wrack, das sich nachts die Seele aus dem Leib schrie. Und doch schaffte sie es, diese Seite vor ihrem Mann zu verbergen.

Auch heute tischte sie sein Essen auf, obwohl sie vor nicht einmal zwei Stunden nach Oboo geschrien hatte. Der Mann mit dem gefühllosen Blick saß am Kopfende des Tisches und genoss die aus Angst geborene Stille, beäugte jede Geste, die von ihnen gemacht wurde. Er schaffte es jedes Mal, in seinen Augen einen Fehler zu machen. Auch heute entging dem Monster nicht das leichte Zittern seiner linken Hand.

»Hast du Angst, Nehan?«

Schlimmer als seine schwarzen Augen war die grausame Stimme, die durch den Raum polterte. Nehan versuchte stark zu bleiben, den Rücken gerade zu halten und nicht zu winseln. Schwäche zu zeigen, konnte aus dem stillen Mann eine Bestie werden lassen. »Warum sollte ich mich in der Anwesenheit meines verehrten Vaters fürchten?«, entgegnete er.

Seine Mutter hielt inne, um auch einen Blick auf seine Hände zu werfen. Nehan brauchte all seine Konzentration, um sich ruhig einen Tee einzuschenken.

»Wie schreitet das Krafttraining voran?«

Sein Erzeuger war ein mächtiger Krieger und als solcher achtete er genau auf die Ausbildung seines einzigen Sohnes.

»Unser Sohn ist ein Meister des Bogens«, lobte seine Mutter.

Nehan schaute sie nicht an, denn die süßen Worte dienten nur dazu, seinen Vater zu beschwichtigen. »Den Umgang mit dem Schwert muss ich noch verbessern. Man gestattet mir nicht die volle Stundenanzahl.«

Dieser Punkt sorgte bei ihm immer für Unmut. Er kannte die Gründe dafür und doch rumorte die Unzufriedenheit in ihm.

Sein Vater schnaubte. »Kein Wunder bei diesem Aufzug.«

Als wäre sein Anblick alleine eine Beleidigung, wandte Karasz Tarashi das Gesicht ab.

Kurz begegnete Nehan dem Blick seiner Mutter und er wusste sofort, dass er in ihren Augen versagt hatte. »Ich bin stark«, beteuerte er.

Der Mann am Kopfende schüttelte betrübt den Kopf. »Sieh dich an. Sieh deine Kleider an. Was denkt sich mein Vater, dieser Narr, nur dabei?«

Nehan erstarrte. Er hatte Wut erlebt und das in jeder Facette, in der es sie gab. Diese Traurigkeit verunsicherte ihn. Wie sollte er darauf reagieren?

»Es ist nur eine Verkleidung, die ich ablegen werde, nachdem ich unsere Feinde getäuscht habe.«

Seine Mutter stellte sich zwischen sie, damit es nicht zu einem erneuten Blickkontakt kam. »Verehrter Gemahl, Nehan wird seine Sache gut machen. Du wirst sehen, wir bringen unsere Blutlinie auf den Thron.«

»Auf den Thron?«

Und da war er, der Fehler. Die Bestie brach durch und legte ihre Hände um den schmalen Hals seiner Mutter.

»Du Dirne! Glaubst du, ich wüsste nicht, was du in Oboo treibst? Wie vieler meiner Kinder hast du dich in den Drogenhöhlen entledigt? Ich hätte andere Söhne haben können, richtige Söhne, die nicht so sind wie dieses Mannweib.«

Jedes dieser Worte fühlte sich an wie ein Schlag in sein Gesicht. Nehan ballte die Hände zu Fäusten und versteckte sie unter dem Tisch.

Seine Mutter versuchte freizukommen, ohne die Bestie zu verletzen. Sie durfte nicht auf Gewalt zurückgreifen, sonst würde er ernst machen.

Nehan hielt den Blick auf die unebene Tischplatte gerichtet. Er unternahm noch nicht einmal den Versuch einzugreifen.

»Sieh dir das Balg an, das du geboren hast. Es lässt dich im Stich und es macht ihm nichts aus.«

Ja, das stimmte. Warum sollte es ihm etwas ausmachen?

Nehan blickte nicht hoch. Die abgedrückten Schreie seiner Mutter waren für ihn nicht mehr als Hintergrundgeräusche. Er empfand kein Mitleid mit ihr. Ein Teil von ihm hoffte sogar, dass die Bestie der Schlange das Genick brach.

Nehan hätte es besser wissen sollen.

Bevor seine Mutter ersticken konnte, ließ sein Erzeuger sie los. Sein Mund verzog sich beim Anblick seiner Frau vor Abscheu, als diese sich auf die Beine mühte. »Ich ließ mich von deinem unschuldigen Aussehen täuschen, aber in dir steckt der Teufel. Hätte ich dich an jenem Tag nur nicht getroffen, dann wäre ich nicht mein Leben lang verflucht.«

Er spie aus und traf dabei das Gesicht seiner Frau. Nehan sah alles aus dem Augenwinkel. Nachdem sein Vater das Esszimmer verlassen hatte, entspannte er die Hände und legte sie wieder auf den Tisch.

»Mein Sohn ...« Seine Mutter mühte sich auf die Beine und wischte sich den Speichel vom Gesicht. »Geh in dein Zimmer und mach dich frei.«

Ihre Worte hatte er erwartet und daher hielt er die aufsteigende Angst zurück. »Ja, Mutter.«

Das lange Mädchengewand tanzte um seine Waden, als er losging. Die Gemächer seiner Eltern befanden sich weit weg von denen seines Großvaters, der den Plan ersonnen hatte. Alles hatte seinen Grund. Er war ein Anverwandter des Königs. Wüsste dieser von seiner Existenz, hätte er sich seiner entledigt. Darum das ganze Schauspiel und die Täuschung. Eine Frau war unbedeutend, daher hatte seine Familie verkündet eine Tochter in der Welt begrüßt zu haben. Seit Kindesbeinen an trug er Frauenkleidung und lebte wie eine Frau. Er wurde bestraft, wenn er sich zu weibisch verhielt und das Gleiche widerfuhr ihm, wenn er seine Tarnung auffliegen ließ.

Nehan verließ das Gebäude und ging in den Garten, vorbei an der Kammer seiner Mutter. Sein Zimmer lag genau daneben. Er hasste es, weil er darin so viele Schreie ausgestoßen hatte, die von niemandem gehört worden waren.

Im abgelegenen Innenbereich befand sich eine versteckte kleine Kammer. Darin hatte man die angsteinflößende Statue des Gottes Kadesh aufgestellt. Nehan hielt den Blick gesenkt, als er davor sein Oberteil auszog und den Rock hinabgleiten ließ. Hinter sich vernahm er die Schritte seiner Mutter, die nach ihm das Zimmer betrat.

Seitlich der Statue befand sich eine Schale mit Räucherwerk auf einem kleinen Tischchen. Der schwere Geruch drückte ihn nieder und machte ihn träge. Sie mischte leichte Drogen in sein Essen, damit er ebenso abhängig wurde. Soweit es ging, mied er die Nahrung, die sie für ihn zubereitete, aber sie fand andere Wege, ihn gefügig zu machen.

»Was zögerst du?«, herrschte sie ihn an. »Ich sagte, zieh alles aus.«

Nehan schluckte und streifte die Unterhose hinab.

Als sie vor ihn trat, lachte sie höhnisch. »Wie hässlich.«

Jedes ihrer Worte ließ sein Herz wie Stahl werden. Er reiste mit seinen Gedanken zu einem anderen Ort. Nehan dachte an Kashan, wo er zum ersten Mal geglaubt hatte die Nähe einer wahren Göttin zu fühlen.

»Auf die Knie mit dir!«

Der Schlag traf ihn unvorbereitet auf seine Waden. Nehan fiel auf die Knie und fing sich mit den Händen ab.

»Du bist so schmutzig. Alles an dir ist falsch«, knurrte sie ihm ins Ohr.

Er hielt die Augen offen, denn sie zu schließen, würde einem Versagen gleichkommen. Weitere Schläge trafen ihn, aber sie waren nicht in der Lage, ihn aus seiner Erinnerung zu zerren. Nehan biss die Zähne zusammen und dachte an den wunderschönen Geysir in Kashan.

»Warum bist du keine Tochter geworden?«

Sie redete sich mehr und mehr in Rage, dabei wurden ihre Schläge fester. Er ertrug sie schweigend.

»Was für ein hässliches, dickköpfiges Kind«, stieß sie aus, als die Schläge endeten. Nehan wagte nicht sich zu entspannen. Es war noch nicht vorbei.

Sie entfernte sich von ihm und ging zu der alten Kiste, die sie überallhin mitnahm. Dieses Mal ballte Nehan die Hände zu Fäusten. Der nächste Schlag entlockte ihm einen Schrei. Sie hatte den Metallstab gewählt und ließ ihn auf seinen Körper nie-

derfallen, immer und immer wieder. Die Qual trieb ihm den Schweiß auf die Stirn und Tränen in die Augen.

»Ich hätte alles haben können. Einen gütigen Mann, einen Palast. Wärst du nicht, hätte ich dieses Leben nicht.«

Die Droge verwandelte ihr Gehirn in Brei. Ganz gleich was sie sich einredete, ihre Ehe war arrangiert worden. Sie hatte keine andere Zukunft, hatte nie eine besessen. Außerdem konnte er nichts für die Umstände seiner Geburt.

Nehan biss die Zähne fest zusammen, als die Schläge mit dem Stab endeten. Es war noch nicht vorbei.

Der nächste Schmerz ließ ihn fast zusammenbrechen. Er zerrte an seinen Nervenenden und der Geruch verbrannten Fleisches bereitete ihm Übelkeit.

»Ishar, hilf«, stieß er aus, als sie den glühenden Holzstift über seinen Rücken zog.

»Ishar?«, lachte sie höhnisch. »Dein Vater hat recht. Du betest zu einer Göttin? Was für ein jämmerlicher Schwächling du bist ...«

Beschütze mich. Rette mich. Ishar, ich bete zu dir. Ich flehe dich an. Wache über deinen Sohn, der in einer Hölle lebt. Gib mir die Stärke, alles zu überstehen. Lass mich stark bleiben.

Diese Gedanken herrschten in seinem Kopf, er klammerte sich an sie wie ein Ertrinkender an ein Rettungsseil.

Seine Mutter hielt das Räucherstück über die Schale mit dem Feuer. Es zu sehen war nicht schlimm. Schlimm wurde es nur, wenn es aus seinem Blickfeld verschwand.

Seine Arme und Beine zitterten.

»Es fing mit unserem Besuch in Kashan an, nicht wahr?«, redete sie, als würden sie bei einer Tasse Tee im Garten sitzen. »Damals fing deine Ergebenheit zu dieser falschen Göttin an.«

Sie war nicht falsch. Er hatte ihre Nähe jedes Mal gespürt, wenn ihm die Schönheit der Wüste bewusst geworden war. Ishar war lebendig, sie war die Herrin des Lebens und nicht dieser kalte Gott mit den toten Augen seines Vaters.

»Nehan.«

Seine Mutter klang so mitleidig, dass er entgegen seines Wissens den Kopf hob und sie anschaute.

»Ishar gibt es nicht«, sagte sie. »Daher wirst du bestraft.«

Kopfschüttelnd widersetzte er sich ihren Worten.

»Und selbst wenn es sie gibt ...«, ihr Atem streifte seinen Nacken, als sie sich zu ihm hinabbeugte, »so sind deine Gebete nutzlos. Weißt du es denn nicht? Diese Göttin schert sich nicht um Männer und auch wenn du dich als Frau verkleidest, du wirst niemals zu ihren Schützlingen gehören. All deine Gebete bleiben unerhört, mein Sohn.«

Der brennende Schmerz erblühte knapp über seinem Hinterteil. Nehan warf den Kopf zurück und schrie gellend auf. In diesem Moment wurde nicht nur sein Körper von der Frau gefoltert, die ihn zur Welt gebracht hatte, sondern auch seine Seele. Sie hatte seine schlimmste Furcht in Worte gefasst. Er war es gewohnt, von seiner Familie gequält zu werden, daher hatte er bereits als Kind zu Ishar aufgesehen. Nie hatte er an ihr gezweifelt, bis zu diesem Tag.

Vielleicht waren es die Schmerzen oder die Drogen, vielleicht auch seine eigene Angst, aber an jenem Tag wurde ihm das Herz gebrochen.

Es war nur einer von vielen sich wiederholenden Albträumen gewesen. Sie zerrissen ihn für gewöhnlich von innen und überließen es ihm nach dem Aufwachen, seine Identität aus den Scherben zusammen zu fügen.

Nehan, Neher. Sein Leben lang war er zwei Personen gewesen. Der Mann Nehan, den er verbergen sollte, und die Frau Neher, die alle darüber hinwegtäuschte, wer er war. Beide Identitäten hatte er ausgelebt, aber Nehan war, wer er sein wollte, und Neher, wer er sein musste. Wie also konnte er Dayanas Wunsch nach einer Erklärung nachkommen?

»Gebt mir die Zeit, mich umzuziehen«, bat er.

»Du siehst gut genug aus.« Falk zeigte keine Gnade.

Dayana hingegen schon. »Wir warten dir in einer halben Stunde in deinem Zimmer auf.«

Nehan verließ das Schlafzimmer, während er immer noch ihren Geruch in der Nase hatte. Die Männer, Toshiro und Aizen, schauten ihm mit kalten Blicken hinterher. Sie sahen einen Feind in ihm, dabei wollte er Dayana helfen.

Für seinen Weg durchstreifte er die Gärten. Die Frauen ruhten zu dieser Tageszeit und er blieb unbehelligt.

In dem Zimmer, das Dayana ihm zugewiesen hatte, lehnte er sich gegen die geschlossene Tür und fuhr sich mit der Hand über die Augen. Der Blutverlust machte ihm weiterhin zu schaffen und doch würde er sich immer wieder vor einer Viper werfen, um Dayana zu schützen.

In den letzten Monaten war sie zu seinem Lebensinhalt geworden, obwohl er sie zu Beginn für zu naiv befunden hatte. Jetzt verstand er sie besser. Sie wusste von dem Übel in dieser Welt und doch zog sie es vor, den Menschen mit Vertrauen zu begegnen. Diese Einstellung hatte es ihm leicht gemacht, in ihre Nähe zu kommen.

Nehan ging in zu seinen Satteltaschen, die er in einer Kleidertruhe weggepackt hatte. Darin befand sich neben seinem Vermögen auch Männerkleidung. Von der Farbe her ähnelten sie seinen Frauenkleidern. Er hatte immer darauf geachtet, Schwarz zu tragen, und es war ihm wichtig gewesen, dass niemand seine Haut sah, die seine Mutter vor ihrem Tode so entstellt hatte. Sein Körper sollte von niemandem angesehen werden und doch war er unter Dayanas Blick dahingeschmolzen. Eine törichte Reaktion, wusste er doch, wem ihr Herz gehörte. Sie hatte nie ein Geheimnis aus ihren Gefühlen gemacht.

Als Nehan das Oberteil schloss, versuchte er sich auf das Treffen vorzubereiten. Er stellte eine Flasche seines besten Weines auf den Tisch und schaute aus dem Fenster. In seinem Kopf existierte immer noch der Albtraum mit seiner Mutter. Keine andere Frau hatte ihn so grausam behandelt und doch war er nicht in der Lage gewesen sie zu verlassen. Erst als seine Eltern während einer Geschäftsreise von Banditen getötet wurden, hatte er gewagt den Sohn seines Onkels zu kontaktieren und sich aus den Fesseln dieser verfluchten Familie zu befreien.

Das Anklopfen riss ihn aus seinen Erinnerungen. Nehan öffnete die Tür und fand zu seiner Überraschung nur Falk und Dayana vor. Einladend trat er beiseite. »Ich möchte euch etwas Wein anbieten.«

»Später«, wies Dayana ab. »Deine Geschichte möchte ich mit klarem Verstand hören.«

Sie klang so ernst, dass sein Herz vor Unruhe schneller zu schlagen begann.

Nickend ging er zu dem Sitzbereich und ließ sich auf die Kissen nieder. Er wartete, bis seine Gäste sich ebenfalls gesetzt hatten, ehe er zu sprechen begann.

»Mein Name ist Nehan Tarashi, einziger Sohn der Familie Tarashi. Meine Mutter war die einzige Schwester des alten Königs. Der Mann, der sie heiratete, tat dies nicht aus Liebe, sondern um eine Chance auf den Thron zu bekommen. Ich war das Mittel, mit dem die Tarashi an Macht gewinnen wollten. Aber ein Sohn wäre dem König aufgefallen. Damals stand ich an vierter Stelle in der Thronfolge. Das Risiko, entdeckt und getötet zu werden, wollten sie nicht eingehen, also teilten sie dem Königshaus mit, die Familie wäre mit einer Tochter gesegnet worden. Ich wuchs verborgen auf, trug Kleider und verstellte mich. Meine Familie entschied, dass ich eine Frau sein sollte, und dafür verachtete sie mich jeden Tag aufs Neue. Ich wusste, in mir gab es eine Seite, die beide Ausgaben von mir kennenlernen wollte. Den Mann wie die Frau. Nachdem ich diesen Wunsch akzeptiert hatte, wurde das Leben leichter. Ich war nicht mehr hin- und hergerissen in meiner Antwort auf die Frage, wer ich war, sondern sah mich als ein Wesen an, das gleichzeitig Mann und Frau sein konnte. Es hing von den Umständen ab und manchmal von meinen Gefühlen. Dann starben meine Eltern, ich war gerade fünfzehn geworden. Die Lieblosigkeit unserer Beziehung verschonte mich vor der Trauer. In ihrem Dahinscheiden sah ich nur die Gelegenheit, von den Tarashi und ihren Plänen fortzukommen. Einen Brief hätte mein Großvater väterlicherseits sofort aufgefangen, also beschloss ich mich persönlich zu überzeugen und reiste nach Sula, wo ich meinem zwei Jahre jüngeren Cousin begegnete. Für dieses Treffen hatte ich mich als Frau gekleidet.«

Falk verzog den Mund und erschwerte es Nehan, die ernste Miene beizubehalten.

»Als Neher habe ich mit ihm gespielt. Er war wie Wachs in meinen Händen. Das verriet mir, dass er zu einem Schürzenjäger werden würde.«

Dayana hob eine Braue, als wäre ihr diese Tatsache bekannt.

»Das war, bevor ich meine Frau traf«, murrte Falk.

Nehan enthielt sich einer Erwiderung und fuhr fort. »Wie gesagt, ich lernte in dieser kurzen Zeit viel über Falk. Nachdem ich mir sicher war, gab ich ihm meine Identität preis und er sprach tatsächlich bei seinem Vater, dem König, für mich vor. Vor seinen Augen unterzeichnete ich eine Erklärung, in der ich auf den Thron verzichtete und danach empfing er mich freundlich. Seine älteren Söhne waren weniger verständnisvoll. Aber ich brauchte sie nicht zu fürchten. Noch nicht einmal mein Großvater konnte mir etwas anhaben, da der König ihn für die Lüge meiner Geburt entmachtete. Ich bekam das Land der Familie Tarashi und führte das Geschäft fort. Dann kam der Tag, als es zu gefährlich wurde in Sula zu bleiben. Selun und Dayorkan rissen immer mehr Macht an sich, je schwächer der König wurde.«

»Zu diesem Zeitpunkt beschloss auch ich zu gehen«, warf Falk ein.

»Etwas Besseres hättest du nicht tun können«, sagte Nehan. »Deine Mutter wurde von Weskar beschützt, der sich Liebkind bei Dayorkan machte. In den Augen deines Bruders hatte eine Frau keine Bedeutung, wenn sie nicht einem Mann gehörte, also ließ er sie in Ruhe.«

Das war neu für Dayana. Sie hing förmlich an seinen Lippen.

»Kommen wir nun zu dem Grund deiner Anwesenheit hier.« Falk wollte das Gespräch beschleunigen.

»Es war Zufall, dass ich deiner Frau in der Oase begegnete, aber es stimmt, ich wollte nach Sula. Meine Geschäfte lieferten mir die nötige Ausrede. Dayorkan hat meinen Wein bevorzugt und Weskar war auch nicht gegen einen Handel.«

»Er hat nicht versucht dich zu töten?«, fragte Falk zweifelnd.

»Weskar ist ein gewiefter Mann. Ich will den Thron nicht, aber ein gutes Geschäft schließe ich gerne ab. Er bekam, was er wollte, und ich vergaß dafür mein Geburtsrecht.«

»Aber die Menschen Sulakans haben unter Dayorkan und Weskar gelitten.« Dayana griff nach Falks Hand, als wolle sie Trost in seiner Berührung suchen.

»Und was hätte ich dagegen tun sollen? Die Männer Sulakans respektieren keinen König, der aufwuchs wie eine Frau und vorgab eine zu sein.« Nehan erhob sich und begann in dem Zimmer umherzuwandern. »Aber das war noch nicht einmal der wahre Grund warum ich kein König sein wollte. Die Tarashi haben mich benutzt. Sie wollten mich zu einem Marionettenkönig machen. Ihretwegen musste ich großen Schmerz erdulden. Ich wollte einfach nicht, dass sich die Zukunft erfüllte, die sie für mich vorsahen. Nein, ich will nichts mit dem Thron und dem Ränkeschmieden der Adeligen zu tun haben.« Nachdem er tief ein- und ausgeatmet hatte, kehrte er zu den beiden zurück. »Meine Unabhängigkeit als Kaufmann ist mir wichtig. Wenn Ashkan wieder sicher ist, werde ich heimkehren und alles wieder aufbauen.«

Diese Worte missfielen Dayana. »Wolltest du mich für deine Geschäfte ausnutzen?«

»Ja«, antwortete Nehan, ohne mit der Wimper zu zucken.

»Lügner«, warf sie ihm vor.

Nehan versucht die Kälte in seiner Miene aufrechtzuhalten. »Was für einen anderen Grund hätte ich sonst?«

Mit jedem seiner Worte trieb er sie in die Enge. Ihre Finger krümmten sich zornig, ehe sie sie streckte.

»Den gleichen Grund, der dich dazu brachte, sich vor sie zu werfen, als man eine Viper in ihr Gemach lockte.« Falk hatte die Antwort geliefert. »Das verrät alles über dich.«

Dayana nickte. »Du willst nicht, dass uns etwas geschieht. Deswegen bist du in Sula geblieben.«

Nehan hätte am liebsten einen Fluch ausgestoßen, denn Dayanas Worte stimmten. Als er sie auf dem Markt gesehen hatte, hatte die Einsamkeit in ihrem Gesicht ihn dazu gebracht, sich so zu verhalten, dass sie auf ihn aufmerksam wurde. »Vielleicht bin ich geblieben, um dir deine Frau zu stehlen?«

Es war ihm nie schwergefallen, Falk zu reizen, und das hatte sich auch nicht nach zehn Jahren verändert. Seltsamerweise fiel es ihm leicht, das weibliche Geschlecht zu becircen. Damals hatte er es vielmehr als Spiel angesehen, Falk und Aidans bevorzugte Mädchen zu stehlen. Die beiden waren manchmal so verzweifelt gewesen, dass sie sämtliche Frauengeschichten vor ihm geheim hielten. Sie sprachen erst wieder mit ihm, als Nehan sich bereit erklärte ihnen sein Geheimnis mit den Frauen zu verraten. Das war eine glatte Lüge gewesen. Seine dunklen Augen und die langen Haare faszinierten die Frauen, das stimmte, aber es war seine Art, sich zu bewegen und zu reden, die ihm ihr Interesse einbrachte. Er hörte ihnen zu, so unwichtig es auch erschien. Mehr brauchte es nicht.

»Du kennst meine Gefühle.« Dayana wandte nicht den Blick von ihm ab. »Deswegen bist du also nicht geblieben.« Ihre Brauen zogen sich zusammen, als sie ihre Überlegung mit ihm teilte. »Du bist meinetwegen geblieben. Als die Adeligen sich weigerten mich zu unterrichten, hat dein Blut vor Zorn gekocht.«

Er wollte vor ihrem offenen Blick fliehen, denn viel zu oft kam sie wie eine Sturmgewalt über ihn. »Ja«, gestand Nehan sanft. »Ich blieb deinetwegen.«

So leicht kam ihm die Wahrheit von seinen Lippen.

»Genug ist genug.« Falk stand auf und blickte verärgert auf ihn hinab. »Du redest von meiner Frau.«

»Dann behandle sie gut«, verlangte Nehan. »Ich bin gewillt sie sonst zu nehmen.«

18

Es mussten die Sonnenstrahlen sein, die sich auf seine Gestalt legten. Zärtlich wanderten sie über seine Brust.

Falk brummte leise. Er hatte von Kashan geträumt. Von der Nacht, in der Dayana vor Ishar zu seiner Frau geworden war.

Neben sich spürte er eine Bewegung, der ein Kichern folgte. Er kämpfte sich aus dem Traum empor, denn er wusste, dass die Wirklichkeit genauso schön war. Als er die Augen aufschlug, sah er Dayana über sich. Sie saß auf seinen Oberschenkeln und bewegte zart die Finger über seine Brust.

»Das ist also meine Sonne«, murmelte er schlaftrunken.

Seine Liebste trug ein luftig leichtes Schlafgewand, auf dem sich die Spitzen ihrer Brüste abzeichneten. Die Sonne hinter ihr umgab ihre Gestalt mit einem goldenen Schimmer.

Gestern Abend hätte er sie am liebsten geliebt, aber gleich nach seiner Rückkehr war ein offizieller Kriegsrat einberufen worden, an dem die wichtigsten Adelshäuser teilgenommen hatten, da sie viele seiner Krieger stellten. Das Treffen hatte bis in die frühen Morgenstunden gedauert und zu nichts geführt. Jedes Adelshaus wetterte gegen das andere. Es war ein Gezänk gewesen, das ihn fast seine Geduld gekostet hätte. Ohne Aizen, der die Männer immer wieder zur Ruhe ermahnte, hätte er einige sehr böse Worte losgelassen.

»Ich habe gar nicht gehört, wann du zurückgekommen bist«, seufzte Dayana. Sie beugte sich vor und legte ihre Wange auf seine Brust. Dabei stieg ihm der Geruch der Seife in die Nase, die sie für ihr Haar benutzte.

Falk versuchte sich zu beherrschen. Dayana war noch jungfräulich und er wollte ihr nicht wehtun. Deshalb hatte er sie nicht geweckt. Wenn er mit ihr zum ersten Mal schlief, wollte er sich genügend Zeit nehmen.

Mit den Fingern glitt er zärtlich durch ihr langes Haar. Alleine sie bei sich zu wissen, erfüllte ihn mit einem tiefen Gefühl der Zufriedenheit.

»Bist du noch müde?«, fragte sie ihn zärtlich, wobei sie sanft die Hüften auf seinem Schoß kreiste.

Falk stockte der Atem. Er setzte sich auf und zog sie näher zu sich. »Wie kann ich müde sein, wenn ich dich in den Armen halte?«

»Antworte mir«, forderte sie lächelnd.

Ihr Mund bewegte sich auf betörende Weise. Er gab seinen Widerstand auf und kostete von ihr, zupfte spielerisch an der Fülle ihrer Unterlippe.

Dayana schlang die Arme um seinen Hals. »Falk, ich will dich.«

Dieses Geständnis weckte seine Lebensgeister vollends. Er umarmte sie und drehte sich mit ihr, bis sie unter ihm lag. Nur einen Moment lang war er irritiert, denn er erinnerte sich an Nehan, der sie auf die gleiche Weise gehalten hatte. Einzig alleine Dayanas freudiger und sehnsuchtsvoller Gesichtsausdruck bei seinem Anblick hatte ihn ruhig bleiben lassen. Sie hatte keine Schuldgefühle gehabt. Das hatte ihm verraten, was er von der Situation wissen musste. Nicht Nehan hatte seine Frau gehalten, sondern Neher.

»Du solltest dich besser konzentrieren«, murmelte Dayana. Sie hob den Kopf und stahl sich einen Kuss. »Vor allem, weil ich in Gefahr bin, verstoßen zu werden.«

Sie bezog sich auf das von ihm abgelehnte Gesetz, nach dem eine Ehefrau verstoßen wurde, wenn ihr Mann ihr nicht innerhalb von drei Monaten beilag. »Darum habe ich mich vor meiner Abreise gekümmert, mein Herz.«

»Gut, dann will ich dich einfach um meinetwegen«, wisperte sie ihm ins Ohr.

Falk stöhnte bedauernd. Er wusste, dass Aizen ihn am Morgen abholen wollte und bettelte stumm dafür, die Zeit möge anhalten und ihm diesen Moment mit Dayana gönnen. »Liebste«, raunte er an ihrem Mund. »Ich muss bald aufstehen.«

Und doch wanderte er mit den Händen über ihre Gestalt. Ihre Reaktion auf seine Berührungen war entzückend. Er liebte die Laute, die sie ausstieß, ebenso wie ihren Körper, der sich sehnsüchtig unter ihm bewegte.

Sein Hunger nach ihr drohte die Oberhand zu gewinnen. Er wollte sie haben und sich in ihrer Wärme verlieren, aber das wäre ihr erstes Mal und sie verdiente, dass er sich Zeit für sie nahm.

»Dayana«, wisperte er ihren Namen. »Aizen wird bald hier sein.«

»Dann schick ihn fort.« Sie bewegte die Schulter damit der Träger ihres Nachtgewandes herunterrutschte. Der Stoff glitt nach unten und entblößte ihre rechte Brust. »Ich will deinen Mund auf mir haben«, verlangte sie. »Küss mich da.«

Die Härte seines Gliedes fühlte sich beinahe schmerzhaft an. Falk senkte sein Becken, damit Dayana spürte wie sehr es ihn nach ihr verlangte. Gleichzeitig konnte er nicht anders als ihrem Wunsch nachzukommen.

Bevor er ihre steif aufgerichtete Brustwarze in den Mund nahm, hauchte er seinen Atem darauf. Ihr Körper reagierte, indem sich die feinen Härchen auf ihren Armen aufrichteten.

»Falk ...«

Ihr lustvolles Wimmern ging ihm unter die Haut. Nie hatte er sich so gewollt gefühlt wie in ihren Armen. Suchend wanderte er mit der Hand tiefer zu der Stelle zwischen ihren Beinen. Die Feuchtigkeit an seinen Fingern verriet ihm, wie bereit sie für ihn war. Er fing an sie zu streicheln. Sofort klammerte sie sich an ihn.

»Falk, komm zu mir ...«

Er wollte es so sehr, aber er würde sich heute zügeln, damit ihr erstes Mal wunderschön war. Geschickt fand er die Stelle, die ihr Lust bereitete und bewegte aufreizend seine Finger.

»Falk.«

Dieses Mal war ihr Blick eine Mischung aus Empörung und Verlangen. Sie wusste was er vorhatte, war aber zu gefangen von ihren Empfindungen, um ihm zu sagen, dass er sich zum Teufel scheren sollte.

»Ich werde dich lieben, Dayana«, versprach er ihr, bevor er ihren Mund küsste und nach ihrer Zunge suchte. »Wenn es geschieht, werde ich dafür sorgen, dass wir genügend Zeit haben, denn ich will dich und jeden einzelnen Moment mit dir auskosten.«

Unkontrolliert hob sie ihren Oberkörper. Falk senkte den Kopf und saugte an ihrer Brustwarze. Stöhnend zuckte sie unter seiner Berührung. »Du ... Mistkerl ...«

Grinsend sah er zu ihr auf, während er mit der Zunge ihre Brust umkreiste. »Komm für mich, meine Liebste.«

Ihre Lippen zitterten und der Körper unter seiner Hand spannte sich an. Falk war verzückt sie so zu sehen, wie sie im Taumel der Wonne zappelte, die er ihr schenkte.

Plötzlich spürte er ihre Hand auf seinem Glied. Überrascht schaute er in ihr Gesicht. Sie blickte ihm mit dem gleichen Schalk in die Augen, den er die ganze Zeit über gezeigt hatte.

Zart streichelte sie ihn durch den Stoff. Das war kaum zu ertragen. Dann schob sie seinen Hosenbund beiseite und umfing ihn mit der Hand.

Falk schloss die Augen, um die Empfindungen zu genießen. Dayana war noch nicht einmal in Kashan scheu gewesen. Sie reagierte ehrlich auf ihre Gefühle für ihn. Und sie wollte ihm die gleiche Freude bereiten.

»Ich liebe dich«, wisperte er. Dabei küsste er die Haut ihres Halses und wanderte zu ihrem Ohr. Als er mit der Zunge ihre Ohrmuschel liebkoste, presste sie sich mit dem Schoß gegen seine Hand und streichelte ihn schneller.

Falk genoss ihre intensive Berührung. Sie gehörten zusammen. Nie war er sich einer Sache sicherer gewesen.

Das Gefühl ihres Schoßes an seinen Fingern beflügelte seine Fantasie. Unwillkürlich fing er an sich in ihrer Hand zu bewegen, wobei er sich vorstellte, es wäre ihr Innerstes.

»Falk ...« Ihre Stimme klang erstickt. Er spürte den sich anbahnenden Höhepunkt bei sich und bei ihr.

Dayana biss sich auf die Unterlippe und stieß einen lang gezogenen Laut aus. Sobald er sie an seiner Hand zucken fühlte, war es um ihn geschehen. Die Außenwelt verschwand, er war sich nur Dayanas Berührungen bewusst. Wie sie sich an ihn presste, ihn streichelte und den freien Arm um seinen Nacken schlang. Im Taumel des gleichen Hochgefühls gefangen, das auch sie empfand, hörte er ihren schnellen Atem an seinem Ohr und spürte ihre sich auf und ab bewegende Brust. Er zuckte in ihren Armen und schien eine Ewigkeit zu brauchen, um wieder in die Wirklichkeit zu finden.

»Das war wunderschön, Falk«, brachte sie stockend hervor. »Ich hätte nie gedacht, dass es so schön sein kann, selbst wenn wir nicht ...«

Er hob den Kopf und küsste sie. »Wir haben Liebe gemacht, Dayana. Selbst wenn wir nicht den ganzen Weg gegangen sind, so war das Liebe.«

Seine Worte gefielen ihr, denn sie lächelte glücklich. »Ja, wir haben Liebe gemacht.«

Nach einem Kuss rückte er von ihr ab, um nach einem Tuch zu greifen, mit dem er ihre Hand und sich reinigen konnte.

»Das ist dein Geruch«, flüsterte sie viel zu unschuldig. »Und er liegt auf mir.«

Falk schloss die Augen, weil er sie schon wieder wollte. »Bald, mein Liebling, werde ich dich ganz in meinem Geruch baden«, versprach er ihr.

Dayana beugte sich vor um ihn zu küssen. »Lass mich nicht zu lange warten.«

Die Sonne fiel auf ihre Gestalt, als sie sich das derangierte Nachtgewand auszog und nackt in Richtung Bad ging. Falk verschlang sie mit Blicken. Er liebte ihre Gestalt. Der makellose Rücken mündete in einer schmalen Taille, die wiederum zu runden Hüften führte. Ihren Po könnte er den ganzen Tag kneten. Er war klein und rund und sie bewegte ihn so verführerisch, dass er ihr am liebsten nachgelaufen wäre.

»Konzentrier dich«, ermahnte er sich leise und verließ das Bett. Die Hose war sauber geblieben, also zog er sich einen Morgenmantel darüber.

Zum Glück hatte er sich nicht hinreißen lassen, denn er vernahm ein Klopfen an der Tür. Falk öffnete seinem Besucher und war nicht überrascht Aizen davor zu finden.

»Mein König.«

»Gehen wir ins Wohnzimmer«, entschied er und begab sich durch einen langen Flur zu dem Raum, in dem er sich meist mit seinen Freunden und Beratern unterhielt. Dayana wusch sich und er wusste nicht, wie sie das Bad verlassen würde. Diesen Anblick wollte er seinem Berater nicht gönnen.

»Du siehst glücklich aus«, stellte Aizen fest. »Deiner Frau geht es gut?«

»Sie ist im Bad.« Er ging zum hinteren Teil des weitläufigen Zimmers wo sich eine kleine Waschschüssel befand, in der man sich frisch machen konnte. Dort säuberte er Gesicht und Hände, trocknete sich mit einem Handtuch ab und kehrte zu seinem Berater zurück.

Aizen saß bereits auf den Kissen und Falk ließ sich ihm gegenüber nieder. »Was hast du herausgefunden?«

Diese eine Sache duldete keinen Aufschub.

»Die Wachen haben den Xethu gefangen, aber es gibt keine Spur von dem Besitzer.«

Das war keine Überraschung. »Trotzdem ist er darauf trainiert worden, die Schlange zu einem bestimmten Ort zu jagen. Wenn wir ihn im Palast umherstreifen lassen, führt er uns zu seinem Besitzer.«

»Bevor wir das tun, sollten wir die Konsequenzen bedenken.«

»Ich werde niemanden in Dayanas Nähe dulden, der versucht hat sie umzubringen.«

Die Kälte, die er momentan in seinem Inneren trug, würde er ihre Feinde spüren lassen, das hatte er sich geschworen, als Hermia ihn über das Attentat unterrichtet hatte.

»Ich glaube nicht, dass du sie beschützen musst. Hat sie dir erzählt, wie sie die Sache mit der Viper gelöst hat?«

Falk schüttelte den Kopf. »Nein, wieso?«

Aizen erzählte es ihm, danach wusste er nicht, ob er lachen oder verärgert sein sollte. Nein, in dieser Sache brauchte Dayana ihn nicht. Sie wusste sich gut zu behaupten.

»Was ist mit den Al'Fars?«, fragte er.

»Sharuks Onkel ist das Oberhaupt. Da er kinderlos geblieben ist, hat er Isetti und ihren Bruder als seine Erben ernannt. Er ist nicht dumm und wird alles versuchen, um seine Tochter auf den Thron zu bringen.« Aizen bewegte die Schultern. »Ich kann dir aber nicht sagen, ob er die Schlange losgeschickt hat. Das könnten genauso gut die anderen sechs Häuser gewesen sein.«

Falk nickte Aizen zu. »Stehen heute irgendwelche Treffen an?«

»Da die Streitmacht erst in zwei Wochen eintreffen wird, können wir planen, wie wir weiter vorgehen werden.«

Da Falk darauf nichts sagte, hob Aizen eine Braue. »Ja?«

»Ich möchte dich um einen Gefallen bitten.«

»Ja, ich werde meinem Großvater schreiben«, seufzte Aizen. »Das bedeutet aber nicht, dass Thurakin dich unterstützen will. Du darfst nicht vergessen, dass er viele Ansichten der Randstämme teilt.«

»Einen Versuch ist es wert«, sagte Falk.

19

»Entweder wir gehen hinein, oder wir gehen wieder weg.«

Dayana drehte sich zu Toshiro, konnte ihm aber nicht die Antwort geben, die er brauchte. Sie standen schon seit fünf Minuten vor Nehans Gemach. Frustriert stieß sie die Luft aus ihren Lungen und fing an hin und her zu laufen. Toshiro lehnte sich gegen die Wand und sah ihr mit gehobener Braue dabei zu.

»Ich klopfe gleich an«, brummte sie, doch bevor sie dazu kam, wurde ihr die Tür geöffnet. Nehan stand davor und trug die Kleidung einer Frau. Es versetzte Dayana einen Stich, dass er ihr so vertraut erschien.

»Ich habe dich gehört und beschlossen dem Versteckspiel ein Ende zu machen«, verriet er ihr. »Möchtest du meine Hilfe?«

Sie wollte, aber er sollte nicht glauben, dass sie ihm so leicht vergab.

»Es gibt keine Geheimnisse mehr zwischen uns. Du weißt alles über mich, meine Königin.«

Dayana verzog das Gesicht. So hatte er sie nie genannt. »Lass das.«

»Was, meine Königin?«

»Bring mich nicht dazu, dir die Augen auszukratzen«, fauchte sie ihn an. »Sprich mich wie immer an.«

Nehan lachte leise und trat vollends aus dem Gemach. »Was also hast du vor, Dayana?«

»Isetti Al'Far hat mich zum Essen eingeladen.« Sie hatte an ein Wunder geglaubt, als die kleine Dienerin mit der geschriebenen Einladung vor ihrer Tür gestanden hatte.

Nehans Gesicht hellte sich auf. »Das wird spannend.«

Kritisch beäugte sie ihn, aber er verhielt sich wie immer. Vielleicht stimmten seine Worte und er war zum Teil Nehan und zum Teil Neher, hatte von jedem Wesen etwas in sich. Insofern konnte sie ihm seine Täuschung nicht übelnehmen, da er selbst nicht definieren konnte, wer er war.

»Gehen wir«, sagte sie und setzte sich in Bewegung.

Die Gemächer der Al'Fars befanden sich vor den königlichen Gärten. Davor hielten Wachen der Familie jeden Eindringling davon ab, ungesehen die Grenze zu passieren.

Offenbar musste man sie erwartet haben, denn die Dienerin stand bei ihnen und kam lächelnd auf sie zu. »Meine Herrin wünscht Euch im Garten zu empfangen, wenn Ihr einverstanden seid.«

»Führ uns zu ihr«, wies Dayana sie an.

Die Wachen warfen Toshiro einen prüfenden Blick zu, aber sie hielten ihn nicht auf.

Zusammen gingen sie an bunt blühenden Büschen vorbei, die man sorgfältig gestutzt hatte. Nichts schien dem Zufall überlassen worden zu sein. Alles war zu einem natürlichen Kunstwerk gestaltet worden.

Isetti erwartete sie vor einer Lichtung, über die man eine Stoffplane gespannt hatte. Dayana hatte geglaubt auch die anderen Familienangehörigen zu treffen, doch die junge Frau war alleine.

»Ich freue mich, dass Ihr gekommen seid.« Einladend deutete ihre Gastgeberin zu dem reich gedeckten Tisch, auf dem sich Früchte, Gemüse und gebratenes Fleisch befanden. Bei Dayanas Blick lachte sie leise. »Keine Sorge, es befinden sich keine Vipern darunter.«

Toshiro stellte sich seitlich neben eine weiße Säule, an der man die Plane befestigt hatte. Er war weit genug weg, um ihnen Privatsphäre zu gönnen, und nahe genug, um sie notfalls zu beschützen.

Dayana und Nehan setzten sich zu der jungen Frau. Ihre Dienerin goss allen Wein ein. Wie es dem Brauch entsprach, trank Isetti von jedem der drei Kelche um zu beweisen, dass ihre Absichten rein waren und sich kein Gift in dem Getränk befand.

Dayana hob ihren Kelch hoch. »Vielen Dank für die Einladung.«

Jetzt musste sie nur in Erfahrung bringen, was diese Frau von ihr wollte.

Isetti musterte Toshiro und Nehan, bevor sie wieder zu ihr schaute. »Ihr vertraut diesen beiden, nicht wahr?«

Das Vertrauen zu Nehan war etwas erschüttert, aber sie glaubte, dass er sie vor allem Übel beschützen würde, also nickte sie. »Ja.«

»Dann rede ich offen. Ich möchte Euren Mann nicht haben.«

Dayana verschluckte sich fast an dem Wein. Es stellte eine Erleichterung dar das zu erfahren, auf der anderen Seite wollte sie wissen, warum die Al'Far dieses Geheimnis lüftete.

»Bevor der Prinz nach Sula zurückkehrte, war ich einem Mann versprochen. Dieser Mann ist liebevoll und gerecht. Mein Herz ist an seiner Seite.«

»Ich … verstehe«, flüsterte Dayana. Isetti musste diesen Mann sehr lieben, sonst würde sie nicht versuchen einer Liaison mit Falk zu entkommen.

»Nein, das tut ihr nicht. Meine Dienerin heißt Kesha. Sie ist die Schwester meines ehemaligen Verlobten.«

Unwillkürlich wanderte Dayanas Blick genauer zu der kleinen Frau, die stumm hinter Isetti stand. Etwas in ihrem Gesicht kam Dayana vertraut vor. Vielleicht war es auch nur die Art, wie Kesha ihre Herrin ansah. »Sie liebt dich.«

Isetti bewegte nervös den Mund. »Ich sagte doch, mein Herz ist an seiner Seite. Kesha und Riok sind Zwillinge. Das erlaubte uns zusammen zu sein, ohne Argwohn zu erregen. Riok ist in dieser Hinsicht ein verständnisvoller Mann.«

Nehan schien ebenso verblüfft wie Toshiro zu sein. Mit der Preisgabe dieses Geheimnisses ging Isetti ein hohes Risiko ein.

»Was willst du von mir?«, verlangte Dayana zu wissen.

»Mein Onkel ist erpicht darauf, mich zur Königin zu machen. Sharuk kann sich nicht für mich einsetzen, sonst würde er ihn enterben. Im Moment scheine ich für meine Familie wichtiger zu sein als ein Mann. Wer hätte das gedacht.«

Sie nicht, dessen war sich Dayana sicher.

»Könntet Ihr mich und Kesha in den Harem lassen? Ich will kein Kind und keine Aufmerksamkeit. Unter dem Deckmantel der Nebenfrau könnten wir glücklich leben.«

Das könnte auch eine Falle sein, dachte Dayana. Vorgeben nur in den Harem zu wollen, um sicher zu sein, und dann von dort die Strippen zu ziehen. »Der König hat Ishar ein Versprechen gegeben«, sagte sie. »Er schwor ihr neben mir keine andere Frau zu haben.«

»Ihr glaubt an Ishar?« Isetti verzog spöttisch den Mund.

»Ich war ihre Priesterin und habe ihre Anwesenheit gespürt. Auf dem Fest der Frauen versprachen Falk und ich einander. Vor der Göttin sind wir verbunden und sie würde ihm sein Leben nehmen, wenn er dieses Gebot missachtet.«

Isetti strich abwesend über das Kissen, auf dem sie saß. »Dann bringt den König dazu, mich zu verbannen.«

Auch das konnte er nicht tun, dann würde Falk seinen wichtigsten Unterstützer verlieren.

Isetti bewegte ungeduldig die Hand. »Wenn Ihr andere Ideen habt, bin ich gerne dafür offen.«

»Es gibt keinen Weg, wie Euch der König und die Königin helfen können.« Nehan hatte gesprochen. »Und das wisst Ihr genau. Ihr wollt nur nach einem einfacheren Weg suchen. Wenn Ihr das Glück in Eurer Hand halten wollt, kämpft gegen Euren Onkel an. Sorgt dafür, dass er Euch nichts anhaben kann. Zwingt ihn dazu.«

Isetti überlegte lange, schließlich seufzte sie lachend auf. »Was sagt eigentlich Euer Gatte dazu, dass Eure Dienerin ein Mann ist?«

Es war zwecklos, das zu leugnen. Bevor Dayana antworten konnte, tat Nehan das. »Ihr Gatte weiß von den Umständen.«

Dayana hatte erwartet, dass Nehan bekanntgab, wer er war, aber er lieferte der Al'Far nicht eine Information über sich.

»Diese ernsten Gespräche schlagen mir auf den Magen. Essen wir etwas, vielleicht fällt uns in der Zeit doch noch eine Lösung ein«, schlug Isetti vor und deutete auf das Essen.

»Sehr gerne.« Dayana kam der Anforderung nach und lud sich ihren Teller vor, während sie eine Lösung für diesen Schlamassel zu finden versuchte.

20

Der Sand gehörte zu dem Land, in dem er geboren worden war. Als Kind hatte er sich an den Staub in der Gasse erinnert, in die er sich eingenistet hatte. Seine Stellung als Wesir hatte ihn vor diesem Staub und diesem Sand bewahrt. Nun musste Weskar sich erneut damit auseinandersetzen. Die Randstämme lebten einfach und in ihren Augen fromm. Sie hatten Sand in den Haaren, zwischen den Zehen und sogar im Essen fand er Sandkörner.

Weskar hasste es, jeden neuen Tag in diesem Dorf aufzuwachen. Wäre er nicht so auf Arudan Kel Kaffar angewiesen, er hätte es längst verlassen, um sein Glück anderswo zu versuchen.

Tatsache war aber, dass er auf den alten Mann angewiesen war, denn hier war er sicher. Mittlerweile trudelten Berichte ein, die von einem König sprachen, der Ashkan rächen wollte. Wäre er nicht auf der Feindesseite, er hätte diesem Vorhaben zugejubelt. Selbst jetzt konnte er Brudan nicht verzeihen, dass er die Universität angegriffen hatte. Das würde er niemals können. All das Wissen seines Landes lag nun unter Ashkan begraben.

Er zitterte immer noch, wenn er daran dachte, aber mittlerweile setzte er seine Prioritäten anders. Er konnte mit dem Verlust umgehen, wenn er dafür die Herrschaft zurückbekam. Dafür brauchte er ein Bündnis, ein Treffen mit den anderen Randstämmen.

Die Plane vor seinem Zimmer wurde zurückgeschoben. Davor stand eine rundliche Frau mit einem verkniffenen Gesicht. Arudans letzte Ehefrau hatte seine Behandlung nicht überlebt, nachdem diese das Kind verloren hatte, das zweifelsohne nur gestorben war, weil Brudan sie in den Bauch geschlagen hatte.

Weskar erhob sich von der unbequemen Pritsche. Diese Braut war aus einem anderen Kaliber. Sie teilte Arudans Ansichten und würde sich nicht so leicht töten lassen.

»Wann kann ich den Dorfherrn sprechen?«, verlangte er zu wissen.

»Mein Gatte betet, ich wage nicht ihn zu stören.«

Sie verachtete ihn. Nachdem er sich von Brudans Streitmacht getrennt hatte und zurück ins Dorf geritten war, hatte man ihn hier einquartiert. Seinem Wunsch nach teurer Kleidung hatte man entsprochen. Er trug einen edlen Kaftan, doch sie sah ihn an, als wäre er ein Schwächling.

Weskar verspürte den Wunsch, diese Frau zu schlagen. Seine Hand zuckte, daher ging er zu seinem Beutel und brachte ein Buch zutage, das er vorgab zu lesen.

Gleich zu Beginn hatte er ihre Neugierde bemerkt. Sie wollte unbedingt lesen lernen, aber es war Frauen verboten. Trotzdem ertappte er sie dabei wie sie ihm über die Schulter schaute und dabei den verkniffenen Gesichtsausdruck verlor.

»Ich kann es dir beibringen«, schlug er ihr vor.

Das erregte ihr Misstrauen. »Und mich dann verraten? Nein, mein Gatte kann lesen, das genügt.«

Sie belog sich selbst und das konnte er für sich nutzen.

»Falls du deine Meinung änderst, weißt du, wo du mich findest.«

»Eingesperrt im hintersten Haus des Dorfes«, antwortete sie mit einem höhnischen Lächeln auf den viel zu breiten Lippen, bevor sie sein Zimmer mit der Schmutzwäsche verließ.

Weskar unterdrückte den Impuls, das Buch in die Ecke zu werfen. Etwas musste sich ändern, sonst würde er diese Tage, die einander so glichen, nicht mehr ertragen.

***

Kadesh musste seine Gebete erhört haben, denn zur Mittagszeit hin wurden Rufe laut. Er stand von seiner Pritsche auf und ging zu dem kleinen Fenster, von dem aus er den Dorfplatz einsehen konnte.

Die Krieger kehrten in das Dorf zurück, unter ihnen der Riese, den Weskar gleich bei seiner ersten Begegnung zu hassen begonnen hatte und nun, nach Ashkans Untergang, verachtete wie keinen anderen Mann.

Die Menschen redeten wild durcheinander und gestikulierten heftig. Er verstand nicht alles, aber scheinbar hatte Brudan Kel Kaffar einen Kampf verloren und kehrte nun mit eingezogenem Schwanz in das Dorf seines Vaters zurück.

Die Stimmen verstummten allmählich und Weskar sah bald darauf den Grund dafür. Arudan hatte sein Gebetszimmer verlassen, um seinen Sohn zu begrüßen. Er musste einst die gleiche Statur besessen haben, doch das Alter hatte ihm alles genommen. Seine Gestalt war gebeugt und die Muskeln waren zurückgegangen. Arudan vernachlässigte sein Training für die Gebete zu einem Gott, der sich seiner nie erbarmen würde.

Kadesh liebte Stärke und den Kampf. Arudan war einst stark gewesen, aber jetzt behielt er seine Macht, weil sein Sohn ihn fürchtete. Das würde nicht mehr lange so sein. Bevor sich das Blatt wendete, musste Weskar das Bündnis abgeschlossen haben.

Die Stille auf dem Dorfplatz wurde von dem Riesen unterbrochen. Weskar verfluchte die Tatsache, dass man ihn so weit weg wie möglich einquartiert hatte. Er konnte kein Wort verstehen.

Das war auch nicht notwendig, denn es konnten nur Ausflüchte gewesen sein, sonst hätte Arudan seinen einzigen Sohn nicht geschlagen. Obwohl dem Schlag die Kraft gefehlt hatte, taumelte Brudan zurück, was vielmehr daran lag, dass dieser Schlag von dem einzigen kam, den er respektierte.

»Interessant«, murmelte er. Offenbar hatte der Riese sein Oberhaupt enttäuscht. Nun brannte Weskar darauf, die Neuigkeiten zu erfahren. Vielleicht konnte er diese Information sogar zu seinen Gunsten verwenden.

Die Plane wurde erneut zurückgeschoben.

»Möchtest du mein Angebot doch annehmen?«

Er drehte sich zum Eingang, doch dort stand nicht die grimmige Frau Arudans, sondern dessen Vertrauter, Kerdu.

Der ältere Krieger kam in das Zimmer und hielt ihm ein Schreiben hin. »Wenn Ihr das gelesen habt, verbrennt das Schreiben, damit Brudan es nicht in die Finger bekommt.«

Vorsichtig nahm Weskar das steife Papier an sich. Das Siegel darauf überraschte ihn, denn es stammte von einem anderen Stamm. »Das Schreiben ist von Kario Beldar«, flüsterte er ungläubig. Er hatte geglaubt, dass der Anführer der Randstämme aus dem Norden ihn aufgegeben hatte, nachdem so lange keine Antwort von ihm gekommen war. Scheinbar hielt der Nomade immer noch an einer Heirat zwischen ihm und Karios Tochter fest.

»Wenn mein Herr sich nicht mehr wehren kann, wird dieses Monster über uns herrschen. Er riskiert unsere Leben ohne Sinn und Verstand«, stieß Arudans Vertrauter aus.

»Dann hast du die gleiche Befürchtung wie ich.«

»Vergleiche mich nicht mit dir«, zischte Kerdu. »Ich bin ein Krieger und ich fürchte mich nicht vor dem Tod, aber ich will keinen sinnlosen Tod. Kadesh soll wissen, dass ich tapfer und weise meinem Gegner erlegen bin.«

»Und das wird er. Wir werden deinen Herrn unterstützen ...«

»Du missverstehst«, unterbrach Kerdu ihn. »Mein Herr weiß, was ihn erwarten wird. Der Tod ist jedem von uns gewiss und er spürt seine Kraft bereits schwinden. Er wird alles in seiner Macht Stehende tun, um seinen Glauben in dieses Land zu festigen.«

Und dafür blieb ihm kaum noch Zeit. Weskar fühlte einen Schauer über seinen Rücken gleiten, der ihn mit Angst erfüllte.

21

Sein Vater hatte ihn mehrmals geschlagen. Die Tracht Prügel war Teil seiner Erziehung gewesen. Um das Fleisch weichzuklopfen, hatte er es genannt, also war er daran gewöhnt. Was Brudan nach seiner Rückkehr zusetzte, war nicht der Schlag aus Arudans Faust, sondern seine Worte.

Versager, hatte er ihn genannt. Und das, nachdem er so vieles erreicht hatte. Er hatte Ashkan dem Erdboden gleich gemacht. Diese Stadt hatte das verbotene Wissen verbreitet und er hatte sie ausgelöscht. Aber das schien Arudan nicht genug zu sein.

»Wo sind die Köpfe der Feinde, die du mir versprochen hast?«, herrschte der alte Mann ihn an.

»Sie befinden sich auf der Ebene vor Ashkan. Zweihundert Menschen haben wir auf Pfählen unter der Sonne unseres Landes verrotten lassen.«

»Und du denkst, das ist ruhmreich genug, um die Ansichten der Menschen zu ändern? Indem du sie so tötest?«

Wo lag der Fehler? Er verstand nicht. Ein Teil in ihm schämte sich wegen der Rüge seines Vaters. Er bezeichnete ihn, den Unbesiegbaren, als Versager. Und die Dorfbewohner hatten es gehört. Wie konnte er es wagen?

Die Ranke der Rebellion begann in Brudan zu wachsen. Er hatte nichts Falsches gemacht. Es war nicht seine Schuld, dass der neue König nicht in die Schlucht geritten war. Sie hatten alles vorbereitet um einen Steinrutsch auszulösen, aber stattdessen hatte dieser Mistkerl ein Flugschiff ausgeschickt. Brudan hatte entschieden nach Hause zurückzukehren, zu Kräften zu kommen und die Reihen aufzustocken. Danach wollte er wieder zurück und weiterkämpfen.

»Hast du nichts zu sagen?«

»Wie ...« Er schluckte und räusperte sich. »Wie kann ich dir dienen, Vater?«

»Vernichte, was Kadesh im Weg ist«, schrie Arudan ihn an. Die Menschen murmelten zustimmend.

Vernichten, was Kadesh im Weg stand. Da gab es nur Ishar ...

Brudans Augen leuchteten auf und sein Vater begann zu grinsen, als würde er seine Gedanken lesen.

»Ja, mein Sohn. Genau das meine ich.«

22

Der Wind strich sanft über Izanas Gestalt, als sie an diesem Abend das Lager aufgeschlagen hatten. Sie ritt mit den restlichen Kriegern unter Aidans Befehl. Der König war vor Wochen übereilt aufgebrochen, nachdem er einen wichtigen Brief erhalten hatte, demzufolge ein Anschlag auf seine Königin stattgefunden hatte. Mit Obosans Luftschiff war er bereits einen Tag später in Sula eingetroffen. Das sulakanische Heer musste die Strecke auf Pferden zurücklegen.

Als sie aufstand, um nach dem Kamel zu sehen, ging Balan mit ihr. »Ich werde nicht weglaufen«, brummte sie, doch sie hörte sich an, als würde sie es selbst nicht glauben.

Bevor sie ihr Kamel erreichte, griff Balan nach ihrer Hand. Sie befanden sich abseits der Lagerfeuer und daher konnte sie ihren Wächter nicht genau sehen. »Was hast du?«, fragte er sie ruhig.

»Es ist nur ein Gefühl.«

»Was für ein Gefühl?«

Ratlos schüttelte sie den Kopf. »Ich fühle mich, als wäre ich auf der Suche nach etwas, nur weiß ich nicht wonach. Und bevor du etwas sagst, es hat nichts mit dem Turm und meiner Aufgabe zu tun.«

Er wusste auch nicht, wie er ihr helfen konnte. »Zurück gibt es nichts. In Sula bekommst du Hilfe.«

»Aber das fühlt sich falsch an. Ich kann dieses Gefühl nicht begreifen, doch es ist da. Mit jeder Meile, die ich zurücklege, wird diese Emotion stärker.«

Plötzlich spürte sie seine Hand auf der Stirn. »Ich habe kein Fieber«, fuhr sie ihn an.

Offenbar hatte er sich an ihre Launen gewöhnt, denn er lachte leise. »Man kann nie wissen.«

Izana lehnte sich gegen das provisorisch errichtete Gatter und blickte in den Sternenhimmel. Balan lehnte sich neben sie und folgte ihrem Blick.

Die Stille zwischen ihnen war nicht unangenehm, sondern friedlich. Würde sie nicht von diesem unverständlichen Gefühl erfüllt sein, sie würde seine Nähe genießen.

»Izana, suche mich.«

Erschrocken fuhr sie herum. »Wer war das?«

Verdutzt drehte Balan sich in die gleiche Richtung. »Was meinst du?«

»Diese Stimme. Jemand hat mich beim Namen genannt.«

Er glaubte ihr nicht, das konnte er nicht. Sie selbst würde sich nicht glauben.

Aufstöhnend fuhr sie sich über die Stirn. »Vielleicht werde ich verrückt.«

»Wirst du nicht«, wandte Balan ein. »Dazu bist du zu starrköpfig.«

»Du könntest *charmant* sagen, dann würde ich dir verfallen«, scherzte sie mit ihm.

Als sein Schweigen andauerte, wünschte sie sich sein Gesicht sehen zu können, um zu wissen, was er dachte. »Was fühlst du?«, fragte sie ihn.

»Ich war früher schön und ich habe die gleichen neckischen Sprüche zu den jungen Frauen gesagt. Sie sind mir verfallen. Du kannst Elis fragen, wenn du mir nicht glaubst. Dir zuzuhören, erinnert mich an das, was ich verloren habe. Ich wünschte, ich könnte wieder so frei und unbeschwert sein. Dieser Teil, der begehren kann, ist immer noch in mir. Und das ist grausam, denn du wirst mich nie ansehen können, ohne vor Entsetzen zu schreien.«

Er war sich dessen so sicher, dass die Widerworte ihr im Hals stecken blieben. Sie schluckte und rang nach Luft. »Das werden wir erst wissen, wenn ich dein Gesicht wirklich gesehen habe.«

»Noch nicht einmal ich kann meinen eigenen Anblick ertragen. Wie könntest du es?«

Er wollte sich zurückziehen, da schlang sie die Arme um seine Mitte und zwang ihn zur Bewegungslosigkeit. »Bleibe eine Weile so.«

Er war angespannt wie eine Bogensehne.

»Mir ist kalt, Balan. Lass mich deine Wärme spüren, vertreibe die Nacht mit ihren Schrecken.«

Er verharrte in ihrer Umarmung, doch er erwiderte sie nicht. Sie hörte seinen schnellen Atem und spürte seinen raschen Herzschlag an ihrer Wange. Balan war nicht so kalt wie er es gerne hätte. Wenn sie weiter vordringen würde, könnte sie ihn haben, aber sie fürchtete, dass ihn das zerstören würde.

»Lass uns zu den anderen zurückgehen.«

»Noch nicht«, bat sie ihn.

»Izana ...« Er berührte ihr Gesicht und umfasste ihre Wangen mit seinen Händen. Sie waren groß und rau von dem Schwertkampf.

»Küsst du mich?«, fragte sie flüsternd.

»Mehr als einmal wollte ich dir deinen frechen Mund verschließen, aber das kann ich nicht.«

Seine Antwort brachte sie dazu sich von ihm zu lösen. »Du kannst es wirklich nicht.«

Er hielt sie nicht davon ab zurück zum Lager zu gehen, wo sie sich im Zelt hinlegte, das sie mit Hermia teilte.

Aber selbst im Schlaf fand sie keine Ruhe. Sie träumte von Gesängen und Füßen, die im gleichen Takt auf den Boden traten. Viele Menschen klatschten in die Hände und stießen trällernde Rufe auf, bis Izana erschrocken erwachte.

23

Die einzige Spur, die sie hatten, war vernichtet worden. Man hatte den Xethu tot aufgefunden. Er trug keine Verletzungen, also vermuteten die Sandreiter, dass man das Tier vorausschauend vergiftet hatte. Um ihm am Leben zu erhalten, musste der Xethu regelmäßig ein Gegengift von seinem Besitzer bekommen haben und da er die letzten Tage fern von ihm verbracht hatte, wurde er von den Nebenwirkungen des Giftes getötet. Praktisch, sollte das Tier von Unbefugten ergriffen werden.

Dayana hatte den Morgen damit verbracht, mit Nehan die verbliebenen vier adeligen Frauen neben Isetti zu besuchen. Sie nahm regelmäßig bei den Versammlungen im Blumensaal teil. Mittlerweile machte das Gerücht die Runde, dass sie sich gut mit Isetti verstand. Paluta hatte sie sehr oft eines Blickes bedacht, der sie getötet hätte, hätte sie Zauberkräfte besessen.

Dayana wusste immer noch nicht, was Isetti vorhatte. Gab sie den Plan ihres Onkels auf? Oder hielt sie daran fest? Obwohl sie eine Frau liebte? Nehan hatte ihr geraten sich darüber nicht den Kopf zu zerbrechen und er hatte recht. Es gab Wichtigeres zu überlegen.

Der Xethu war tot, sie hatten keine Spur mehr und von ihrem Mann bekam sie in letzter Zeit kaum etwas zu sehen. Das frustrierte sie am meisten. Zu wissen, dass diese Adeligen seine Zeit für banale Dinge in Anspruch nahmen. Falk schlichtete Streitigkeiten, anstatt sich um die wichtigen Dinge zu kümmern. Die verschobene Hochzeitsnacht war auch noch nicht nachgeholt worden und Dayana fühlte sich von Tag zu Tag unzufriedener. Dabei gab sie ihm nicht die Schuld, es lag an ihr. Er kehrte hundemüde zu ihr zurück und schlief schnell ein, denn noch bevor die Sonne aufging, wurde er wieder von Aizen abgeholt. Sehr oft hatte sie davorgestanden, vor Wut zu schreien. Ihr Zorn ärgerte sie, denn er richtete sich gegen die Ungeduld in ihr.

»Du musst die Figur nicht massakrieren«, warnte Nehan sie.

Dayana unterließ es, das Holzpferd in den nächsten Busch zu werfen. »Ich bin eine furchtbare Person.«

Das hatte sie zu sich gesagt, aber Nehan schüttelte den Kopf. »Du sehnst dich nach deinem Mann. Es ist normal.«

Weil er immer noch als ihre Dienerin Neher galt, führten sie das Versteckspiel fort. Aus diesem Grund erfuhr er aus nächster Nähe, was sie bedrückte. Es war unvermeidbar.

»Komm, denk an das Spiel. Morgen sind wir bei einer anderen Adelsfamilie eingeladen.«

»Zumindest lässt mich Ioran in Frieden«, brummte Dayana.

Falk hatte ein Gespräch mit ihm geführt, als der Haremswächter sich löblich über eine andere Frau ausgesprochen hatte. Den Inhalt des Gesprächs kannte Dayana nicht, aber der Eunuch war danach ganz bleich im Gesicht gewesen.

»Er ist ein Haremswächter und er wird immer für einen Harem kämpfen.« Nehan fegte eine ihrer Spielfiguren vom Brett.

Dayana konzentrierte sich wieder auf das Spiel. Sie konnte es nicht leiden zu verlieren und gerade Nehan neckte sie am meisten, wenn das geschah.

Keine zwei Spielzüge später hielt er ihren König in der Hand. »Ich habe gewonnen«, grinste er.

»Nein, das war unfair. Du kannst die Dame nicht einfach so für diesen Spielzug benutzen«, wandte sie ein. »In Khimo ...«

»Wir sind in Sulakan«, korrigierte Nehan sie. »Unsere Spielregeln, mein Sieg.«

Knurrend lehnte Dayana sich über das Brett und versuchte ihm die Spielfigur aus der Hand zu nehmen, dabei stolperte sie und fiel auf Nehan. »Aua.« Sie war mit der Stirn gegen seine geprallt und rieb sich die pochende Stelle. »Du hast einen Dickschädel.«

»Das gebe ich gerne zurück.«

Plötzlich wurde sie an der Hand gepackt und auf die Beine gezogen. Dayana blickte in Falks Gesicht. »Was ...«

Er ließ ihr keine Zeit zu antworten, sondern griff nach ihren Hüften und hob sie auf die Arme.

»Falk?«

Schweigend trug er sie aus ihrem privaten Garten zu dem gemeinsamen Gemach.

»Lamin, du kannst dich zurückziehen«, sagte Falk und sie sah den Leibwächter hinter einer Hecke hervortreten.

»Mein König.« Er verneigte sich respektvoll.

Sie erwartete, dass Falk mit ihr speisen wollte, doch er trug sie in das Schlafzimmer und stellte sie dort auf die Beine. Verunsichert schaute sie zu ihm auf. Falk trug einen grimmigen Zug um seinen Mund.

»Er hat damals jedes Mädchen gestohlen, das ich interessant fand«, stieß er hervor.

Dayana brauchte einen Moment, um die Zusammenhänge zu erkennen. »Wer? Nehan? Aber wir haben ...«

Er versperrte ihr den Mund mit einem Kuss, der so intensiv war, dass ihr die Kraft aus den Beinen entwich. Keuchend lehnte sie sich gegen die Kommode hinter sich. »Warte, ich ...«

Er wartete nicht, sondern zog sie an sich und küsste sie weiter. Dayana glaubte keine Luft zu bekommen, so heftig waren seine Küsse. Ihr Mund kribbelte, aber auch in ihrem Magen breitete sich das Gefühl von flatternden Schmetterlingen aus. Da sie nicht wusste, wie es ihm erging, wollte sie zurücktreten und sich nach seinem Befinden erkundigen, doch er ließ sie nicht.

»Nehan weiß, was er zu den Frauen sagen soll. Er hat das perfekte Gespür für solche Situationen.«

Dayana spürte seine Hand, die unter den Bund ihres Leibchens glitt. Unzählige Gedanken kreisten in ihrem Verstand. Er war müde. Er war eifersüchtig und in diesem Moment war er ein Idiot, denn sie würde nie einen anderen Mann haben wollen. Aber sie wollte nicht, dass er aufhörte sich mit ihr zu beschäftigen.

»So? Und du glaubst, dass er etwas zu mir gesagt hat?«, fragte sie schwer atmend.

»Du saßt fast auf seinem Schoß«, stieß er hervor.

Die Eifersucht trieb ihn weiter. Dayana gestand sich ein, dass sie dieses Gefühl genoss, das seine Sehnsucht nach ihr steigerte.

»Auf seinem Schoß? In meiner Erinnerung griff ich gerade nach der Spielfigur. Uns trennten mindestens zwanzig Zentimeter.«

»Genau ... zu nah.«

Er vergrub das Gesicht in ihrem Hals und fing an an der feinen Haut zu saugen. Das entlockte ihr ein sehnsuchtsvolles Geräusch. So lange hatte sie sich nach seinen Berührungen verzehrt, aber sie musste an ihn denken. Er war erschöpft.

»Du musst dich ausruhen«, sprach sie auf ihn ein.

»Ich will nicht.« Fordernd öffnete er die Schnüre des feinen Oberteils.

»Und was willst du dann machen?«

Ihre Frage brachte ihn dazu zurückzutreten. »Ich will dich lieben, bis nur noch mein Name von deinen Lippen kommt.«

»Falk«, flüsterte sie und griff nach seiner Hand, legte sie auf ihre Brust. »Ich will dich. Hörst du das? Ich sehne mich nach dir.«

Er rang nach Luft und wanderte mit der Hand über die Erhebung ihrer Brust. »Genau so«, murmelte er.

Dayana streichelte die gebräunte Haut seines Bauches unter der knappen Weste. Als er ihr das Leibchen auszog, tat sie es ihm nach.

Er trug einen herben Geruch auf der Haut, den sie gierig einatmete, bevor sie zu ihm trat und sich an ihn drückte. »Küss mich«, forderte sie und stellte sich dabei auf die Zehenspitzen. Falk seufzte und glitt mit der Zunge über ihre Unterlippe, bevor er ihren Mund in Besitz nahm.

»All die Tage, die ich nicht zu dir konnte ... Ich wollte alle Aufgaben erledigt haben«, sagte er zwischen mehreren Küssen. »Damit ich die Zeit für dich erübrigen konnte. Wie oft ich mir vorgestellt habe ...«

Er sprach nicht weiter, sondern wanderte mit den Händen zu ihrem Hinterteil. Dayana konnte nicht mehr ruhig bleiben. Ihr Puls stieg an. Trat gerade das ein, was sie vermutete?

»Werde ich dich die ganze Nacht haben?«, wagte sie zu fragen.

»Ja und ich dich auch«, raunte er.

Der Rock folgte dem Leibchen bis sie nur noch in der leichten Unterhose vor ihm stand. Falk ging vor ihr in die Knie und presste seinen Mund auf ihren Bauchnabel. Diese Liebkosung ließ sie erzittern.

Dayana zuckte zusammen und krümmte sich vor Wonne, als er mit der Zunge ihre Haut kostete und dabei das letzte Stück Stoff von ihrem Körper schob. Es fiel zu ihren Füßen. Sie überlegte was sie als Nächstes tun sollte, da legte Falk die Hände auf ihren Po und wanderte tiefer mit der Zunge.

Ein Keuchen entfuhr ihr, als er sie geschickt zu liebkosen begann. Dayana krallte sich in sein Haar und genoss die Empfindungen, die er ihr mit seinem Mund schenkte. »Falk, das ist so schön ...«

Zur Antwort liebkoste er sie schneller. Das Wohlgefühl sammelte sich in ihrem Unterleib, bereit sich zu einem Höhepunkt zu formen. »Falk, warte ...«

Sie wollte nicht so kommen. Er sollte bei ihr sein. Als sie sich unruhig bewegte, hob er den Kopf. »Alles in Ordnung?«

Heftig atmend begegnete sie seinem Blick. »Es ist wunderschön, aber ich will dich spüren.«

Falk stand auf und zog sie auf das Bett. Dayana sah ihm dabei zu, wie er sich der Hose entledigte. Er sah wundervoll aus. Seine kraftvollen Beine mündeten in schmale Hüften, danach folgte ein flacher Bauch, der zu einer breiten Brust führte. Die Muskeln unter seiner Haut und die Narben darauf verrieten ihn als Schwertkämpfer. Er war der erste und einzige Mann, den sie nackt gesehen hatte, und sie fand ihn wunderschön.

Sehnsüchtig streckte sie ihm die Arme entgegen. Er legte sich zu ihr, hatte aber einen ungewohnt ängstlichen Ausdruck im Gesicht. »Was ist los?«, wollte sie leise von ihm wissen.

»Ich habe Angst dir wehzutun«, gestand er ihr. »Du bist mein Lebensinhalt und ich will dir Vergnügen schenken, aber das erste Mal schmerzt immer.«

»So ist das nun mal«, sagte Dayana lächelnd. »Falk, ich weiß, dass du mir nicht wehtun willst. Ich möchte auf jede nur erdenkliche Art von dir geliebt werden und dafür nehme ich einen möglichen Schmerz in Kauf.« Sie hob den Kopf und küsste ihn zart. »Also denk nicht darüber nach, sondern folge deinem Herzen. Ich will dich und ich weiß, dass du dieses Gefühl teilst. Das Verlangen brennt in uns und aus dieser Liebe kann eine tiefe Leidenschaft geboren werden. Wir haben es gespürt, noch bevor wir uns entschieden es ganz zu versuchen. Zeige mir, wie dieser Tanz geht, Falk. Lass mich diese Gefühle mit dir erleben.«

Er zitterte unter ihren Händen, aber als er sie anschaute, war die Furcht verschwunden. Stattdessen entdeckte sie im Grau seines Blickes die große Liebe, die er für sie empfand.

Streichelnd erkundete er ihren Körper, brachte sie mit seinen Zärtlichkeiten beinahe um den Verstand. Je ausgiebiger er sie liebkoste, umso mehr verblassten die Gedanken in ihrem Kopf. Dayana beschäftigte sich nicht mehr mit der Frage, ob es wehtun würde, denn die Art, wie er sie berührte, verriet ihr, wie viel Mühe er sich ihretwegen gab. Und sie selbst blieb auch nicht untätig. Sie erinnerte sich an das Mal, als er in ihre Hand gekommen war, an das feste und doch zarte Gefühl seines Gliedes. Alleine der Gedanke, dass es ihr möglich war, ihn so zu erregen, jagte einen Schauer der Lust nach dem anderen durch ihren Körper.

Wieder glitt seine Hand zu ihrer Scham und wieder schenkte er ihr Vergnügen. Glücklich schlang sie den Arm um seinen Hals und zog ihn näher zu sich. Falk kniete zwischen ihren Beinen und verteilte kleine Küsse auf ihrer Haut, die sie kopflos machten.

Der einsetzende Schmerz, als er mit einem Stoß in sie eindrang, fühlte sich unwirklich an, doch er verwandelte selbst dieses Gefühl in bittersüße Lust, die sie in ihrem Griff gefangen hielt.

Benommen blickte sie zu ihm auf. Ihr Liebster bewegte sich nicht und schien zu warten. Sie schlang die Beine um seine Hüften. Es war wie er gesagt hatte, es tat weh, aber sie hatte so lange auf ihn gewartet und sie wollte ihn spüren.

»Hör nicht auf«, flüsterte sie.

Die Muskulatur auf seinem Rücken spannte sich an, als er sich abstützte um sie nicht zu erdrücken. Dayana spürte ihn auf sich und genoss dieses Gefühl der Nähe und der Schwere.

Vorsichtig bewegte er sich in ihr, liebkoste die zarte Stelle ihres Halses, die ihr so sensibel erschien. Ihr Atem ging heftig, denn neben seinen sanften Stößen streichelte er sie weiter mit der Hand.

»Mein Herz, komm für mich«, bat er an ihrer Halsschlagader.

Ihr Atem ging heftiger, sie drückte sich fest an ihn, spürte das bittersüße Hochgefühl nahen, trotz ihres ersten Males und trotz der leichten Schmerzen.

Falk bewegte sich weiter. Auf seinem Gesicht lag ein so wundervoller Ausdruck, dass sie den Höhepunkt rascher erreichte. Zuckend klammerte sie sich an ihm fest und noch während sie dieses Gefühl genoss, bewegte er sich schneller, bis auch er den Gipfel der Lust erreichte.

Sekunden verstrichen. Dayanas Herz schlug immer noch viel zu schnell. Sie fühlte Liebe, Aufregung und tiefste Zufriedenheit. Nun waren sie tatsächlich Mann und Frau.

Träge lächelnd schaute sie zu Falk auf. »Wir haben es wirklich getan.«

Daraufhin lachte er leise. »Ja, das haben wir. Du siehst wie eine glückliche und überaus zufriedene Katze aus.«

»Weil es so schön war. Ich konnte mir nicht vorstellen, wie es ist.«

Er hauchte einen Kuss auf ihre Stirn. »Es kommt nicht oft vor, dass Frauen bei ihrem ersten Mal einen Höhepunkt bekommen, aber das hast du gut hingekriegt.«

»Weil du mich liebst«, sagte sie sanft. »Wie du mich berührt hast, wie du mich angesehen hast. Ich habe mich ganz und gar geliebt gefühlt, Falk.«

Sein Gesicht verschwamm vor ihren Augen, weil sie vor Glück zu weinen anfing.

Falk glitt behutsam aus ihr und legte sich neben sie, zog sie an sich heran und hielt sie fest. »Weine nicht. Auch wenn es vor Glück ist. Ich will dich lächeln sehen.«

Ihr Körper war von einer ungewohnten Schwere erfüllt. Sie fühlte sich tatsächlich wie die Katze, die den Vogel verspeist hatte. Aber sie war auch erschöpft.

»Schlaf«, flüsterte er ihr zu. »Ich wache über deine Träume.«

Seine Lippen glitten über ihre Schläfe, während er dabei leise Koseworte murmelte. Falks Stimme begleitete sie in ihren Schlaf.

24

Die Betriebsamkeit dieser Stadt schüchterte Izana ein. Der große Markt in Ashkan war gut gefüllt gewesen und auch dort hatte sie sich nur schwer zwischen den Menschen bewegen können, aber die Ausmaße dieser Stadt übertrafen Ashkan bei Weitem.

Als sie mit Aidan und Hermia an der Spitze zum Palast ritt, sogen ihre Augen alles in sich auf. Die Menschen sprachen die gleiche Sprache, trugen die gleiche Kleidung und doch fühlte sie, dass dieser Ort nicht ihr Zuhause war. Es lag nicht daran, dass er nicht schön war, im Gegenteil, etwas prunkvolleres als den berühmten Markt mit der Statue der Göttin hatte Izana nie zuvor gesehen. Sie fühlte sich in Sula fehl am Platz und das nicht nur, weil ihr Körper immer noch danach schrie, nach Westen zu reiten. Dies war einfach nicht ihre Stadt, sie gehörte hier nicht hin, sondern nach Ashkan. Im Moment zweifelte sie daran, ob sich je irgendwann irgendjemand in einer Geisterstadt niederlassen würde.

»Hol auf«, rief Aidan ihr zu. Unbewusst hatte Izana sich zurückfallen lassen. Zum ersten Mal, seit sie ihnen begegnet war, hielten Balan und Elis sich nicht bei ihr auf. Aidan hatte sie für Botengänge eingeteilt.

Der König hatte entschieden, dass sie im Palast residieren würde, bis man eine zufriedenstellende Lösung für ihr Problem gefunden hatte. Auch ohne es ihr zu sagen, bemerkte Izana, dass er andere Probleme hatte, die ihm wichtiger erschienen.

Die Menschen erkannten den Befehlshaber. Viele jubelten ihm zu und wünschten ihm Glück. Als sie sich umschaute, entdeckte sie wohlgenährte, fröhliche Gesichter. Sie verabscheute sich dafür, aber ein Teil von ihr missgönnte diesen Menschen ihr Glück.

Niedergeschlagen ließ sie den Kopf hängen. Auf der ganzen Reise hatte jeder versucht sie davon zu überzeugen, dass sie nur nach Sula kommen musste und all ihre Probleme wären gelöst. Wieso hatte sie dann das Gefühl, dass es gerade anfing, schwer zu werden?

Der Palast von Sula befand sich im Herzen der Stadt und war von einer hohen weißen Mauer umgeben. Die Wachen davor blickten grimmig genug, um jeden unerwünschten Besucher alleine mit ihren finsteren Mienen vertreiben zu können.

Aidan lenkte sein Pferd zu dem breiten Tor, durch das man das Anwesen betrat, und wurde gleich von einem Soldaten begrüßt.

»Befehlshaber, seid willkommen. Der König erwartet Euch und Eure Gäste zum Mittagessen. Wen kann ich neben Eurer bezaubernden Verlobten noch in das Buch eintragen?«

Diese Frage galt ihr. Der Mann kannte Aidan und Hermia, aber sie war eine völlig Fremde.

»Ich bin Izana Hazar«, stellte sie sich vor.

Ihr Name war ihm bekannt, denn seine Augen weiteten sich vor Überraschung. »Herrin, es tut mir leid, was in Ashkan geschehen ist.«

»Danke dir für deine Anteilnahme.« Sie versuchte sich nicht an einem Lächeln, denn das würde sowieso scheitern. In diesem Moment wünschte sie sich Balan herbei. Er hätte sie vor den mitleidigen Augen des Mannes abgeschottet.

Aidan ritt weiter und sie ließen das stabile und schwer bewachte Eingangstor zurück.

Hinter den Mauern existierte eine eigene kleine Stadt. Es gab im großen Hof Schmieden und Ställe. Sogar eine Küche, die die Reisenden versorgte. Fortwährend stieg aus dem kleinen Schornstein Rauch in den Himmel.

Aidan ritt auf die Stallungen zu und übergab sein Pferd einem Stallburschen. Hermia und Izana taten es ihm gleich. Sie streckte die Hand zu dem Kamel aus und es schnupperte daran, doch schnell ließ es sich von einem weiteren Stallburschen mit Nahrung fortlocken.

»Komm, es gibt bald etwas zu essen und du hast seit unserer Begegnung nicht mehr richtig gegessen.«

Die Appetitlosigkeit hatte sich zu den seltsamen Träumen gesellt, die sie seit einem Monat hatte. Sie war vorher schlank gewesen, nun konnte man sie hager nennen.

Hermia hakte sich bei ihr unter und führte sie zu dem hohen Gebäude mit den weißen Kuppeldächern. »Du wirst die Königin mögen. Sie ist eine wundervolle Frau und sie hat großen Einfluss auf ihren Mann.«

Wollte die Begabte ihr zu verstehen geben, dass sie ihre Bitte um Unterstützung auch an die Königin richten sollte? Dann dachte sie daran, dass Dayana in Khimo geboren worden war. Dort genossen die Frauen mehr Rechte und der König hatte das gewusst, als er sie zur Frau nahm.

Einen Versuch würde sie wagen.

Nach zwanzig Minuten zu Fuß befanden sie sich so tief im Palast, dass sie alleine nicht mehr herausgefunden hätte. Die Menschen auf dem Gelände trugen ausnahmslos edle Kleidung, sogar die Dienerschaft eilte in seidigen Gewändern umher.

»Aidan!«

Zwei Jungen liefen auf den Befehlshaber zu. Einer von ihnen besaß Haare in der Farbe von Karotten und der andere einen dunkelbraunen Wuschelkopf.

»Will! Jem!« Aidan nahm die beiden in die Arme und schaute sie von unten bis oben prüfend an. »Wie ist es euch in der Kaserne ergangen?«

Die Jungen verzogen das Gesicht.

»Die Ausbilder sind streng«, beschwerte sich der rothaarige Junge.

»Jem!«, rief der andere aus. »Wir lernen immerhin den Schwertkampf, also müssen sie streng sein.«

Aidan lachte leise. »Wie seid ihr nur so schnell so groß geworden?«

Als Hermia und sie sich den dreien näherten, fiel der Blick der Jungen auf sie.

»Wer ist das?« Erneut stellte Jem die Frage.

»Sei nicht so neugierig«, sagte Hermia und gab ihm eine leichte Kopfnuss.

Die beiden waren genauso schlimm wie ein Wirbelwind. Obwohl sie am Platz standen, bewegten sie sich immerzu, als könnten sie die Energie, die in ihren Körpern wohnte, noch nicht einmal für einige Sekunden kontrollieren.

»Gut, dann gehen wir wieder zurück, bevor unser Ausbilder unser Fehlen bemerkt«, seufzte Jem.

»Wir haben gehofft Dayana zu sehen«, gestand Will.

Izana wusste, dass die Lehrzeit in der Kaserne schwer war. Die Jungen wurden fast völlig von ihren Familien abgeschnitten, denn man formte sie zu Kriegern und eine Mutter könnte es nicht ertragen, ihr Kind auf diese Weise zu verlieren. Aber so wurde der Mann geboren.

Die beiden winkten ihnen zu und liefen davon.

Hermia ging weiter. »Will scheint Dayana zu vermissen.«

»Er wird erwachsen und kann nicht immer am Rockzipfel seiner Schwester hängen«, sagte Aidan.

Sie überwanden einen weiteren schwer bewachten Ring und befanden sich nun im Herzen des Palastes. Wie beim Eingangstor, so ließ man Aidan auch hier passieren. Wieder wurde Izana in das Besucherbuch eingetragen.

Neugierig schaute sie sich um. Ihr geschultes Auge kannte das Material, aus dem Wände und Säulen geschlagen waren. Diesen Marmor fand man an nicht sehr vielen Stellen, daher war er ein Luxusgut Sulakans. Heute würde ein König nie wieder den Alabastermarmor für seine Heimstatt verwenden, aber früher hatte man mehr Wert auf das Material gelegt.

Das unbegrenzte Wissen Ashkans lieferte ihr auch die Antwort darauf, warum dieser Marmor sehr teuer war. Mienen, in denen man ihn abbaute, stürzten häufiger ein, daher war es aufwendiger, ihn aus dem Stein zu schlagen. Früher hatten Menschenleben nichts gezählt, wenn es um die Bedürfnisse des Königs gegangen war.

Sie schob die widersprüchlichen Gefühle beiseite. Was geschehen war, war geschehen und die Nachfahren dieses Königs konnten sowieso nichts dafür.

»Da ist sie!«, rief Hermia aus und rannte los.

Sie standen am Rande eines großen Gartens, in dessen Mitte man einen breiten Brunnen eingelassen hatte. Bereits von hier aus konnte Izana den betörenden Blumengeruch wahrnehmen. Sie blieb neben Aidan im Torbogen zum Garten stehen und schaute den Frauen zu, die einander quietschend umarmten.

»Sie haben sich eine Weile nicht gesehen«, erklärte Aidan gut gelaunt.

Izana wusste nicht, was sie von der Frau halten sollte, die ihre Königin war. Sie war eine Schönheit und in ihren Augen lag Stärke, aber würde sie ihr helfen?

Hermia winkte sie nach einigen Umarmungen heran. »Dayana, das hier ist eine Überlebende aus Ashkan.«

Auch die Königin schien zu wissen, wer sie war. Izana fühlte sich unter dem braunen Blick eigenartig. Das seltsame Gefühl der Verbundenheit war ihr unerklärlich. Offenbar schien es der Königin auch so zu ergehen, denn sie trat zu ihr und griff nach ihrer Hand.

»Dieses Gefühl«, sagte sie nachdenklich. »Du spürst es auch.«

Das Leben wurde verrückter und verrückter. »Ich verstehe gar nichts«, gestand sie. Izana fühlte sich, als würde sie vom Schicksal durchgerüttelt werden, ohne irgendwelche Informationen darüber zu erhalten, wie sie damit fertig werden sollte.

»Ishar«, flüsterte Dayana und lächelte plötzlich. »Es fühlt sich an wie bei Akira. Du wurdest von Ishar auserwählt.«

Das Gefühl des Unglaubens verstärkte sich. Als Hüterin kannte sie die Sagen ihres Landes und sie glaubte auch an die Göttin, aber wieso sollte gerade sie auserwählt worden sein, da sie es noch nicht einmal geschafft hatte, ihre Aufgabe zu erfüllen?

»Ich glaube nicht daran«, entgegnete Izana.

»Das können wir zum Glück ganz leicht überprüfen.« Dayana deutete voraus. »Du warst lange im Sattel und willst dich sicher frisch machen. Wir benutzen das Badehaus selten, aber gerade heute finde ich es passend.«

»Das ist eine gute Idee«, ließ Aidan verlauten. »Ich ziehe mich auch zurück. Wir sehen uns beim Essen.«

Izana konnte den Blick nicht von der jungen Königin lassen. Sie wollte es sich nicht eingestehen, von der Göttin auserwählt zu sein. Ihr wäre es lieber gewesen, wenn Ishar stattdessen ihre Stadt gerettet hätte.

»Du müsstest die Nebenwirkungen, die damit einhergehen, schon spüren«, fuhr Dayana fort.

Im Hintergrund nahm Izana einen dunkelhaarigen Mann wahr, der ihnen auf Schritt und Tritt folgte. Es musste sich um die Wache der Königin handeln.

»Alles was ich spüre, ist ein unerklärlicher Wunsch fortzureiten«, gab Izana zu.

Der große Palastgarten becircte sie mit den wunderschönsten Konstruktionen. Auf einigen Plätzen saßen junge Frauen zusammen und unterhielten sich lachend. Sie konnte sogar Dienerinnen entdecken, die sich zum Essen draußen hingesetzt hatten.

Hier herrschte Frieden. Der fanatische Wahn der Randstämme hatte in Sula noch nicht Fuß gefasst.

Die Königin führte sie zu einem imposanten hellblauen Gebäude mit einem großen goldenen Kuppeldach, das an die Gärten angrenzte. Auf dem Weg dahin hatte Izana mehrmals Männer gesehen, die die gleiche Gewandung wie der Wächter trugen.

»Das sind Sandreiter«, erklärte Hermia, die ihren neugierigen Blick bemerkt hatte.

»Der Zufall führte mich mit ihnen zusammen und seitdem sind sie dem König treu ergeben. Ihr Anführer ist nun der Berater meines Mannes.« Während sie dies sagte, leuchteten die Augen der jungen Herrscherin warm.

Izana hatte von den Sandreitern gehört, allerdings kam es zum ersten Mal vor, dass sie das Nomadenleben in der Wüste aufgaben und sich für einen Platz entschieden, um sesshaft zu werden.

»Da sind wird.«

Vor dem hellblauen Badehaus verabschiedete Dayana sich von ihrem Leibwächter und ging ins Innere. Einige Frauen verneigten sich ehrerbietig vor der Königin.

Von dem achteckigen Foyer aus führten mehrere Wege zu den Umkleideräumen. Dayana folgte einer der Frauen zu einem abgetrennten Bereich. »Hier darf nur die königliche Familie eintreten«, erklärte sie Izana. »Ich habe nichts dagegen, vor den Frauen zu baden, aber wahrscheinlich möchtest du im Moment etwas Privatsphäre.«

Izana nickte stumm.

Das private Bad war kleiner gehalten als das öffentliche, da sich hier nicht so viele Menschen gleichzeitig wuschen. Es gab zwei große Becken. Eines dampfte warm und das andere schien kalt zu sein.

Dayana blieb vor einer Sitznische stehen und begann sich auszuziehen. Wahrscheinlich um ihr die Angst zu nehmen. Izana sah ihr dabei zu, wie sie einen Dolch ablegte, der in einer Scheide an ihrer Hüfte geruht hatte. Dann zog sie sich das gelbe Oberteil aus.

Ihr Blick blieb auf dem schwarzen Zeichen zwischen Dayanas Brüsten liegen. Jede Auserwählte Ishars trug es, doch sie hatte keines an sich entdeckt. Natürlich gab es Stellen, die sie nicht einsehen konnte, wie ihr Rücken. Sie hatte überlegt Balan zu bitten nachzusehen, es aber dann doch nicht zustande gebracht.

»Komm, du musst nichts befürchten.« Auch Hermia begann sich zu entkleiden. Sie hatte einen anmutigen Körper, dem man die Kraft in den Armen und Beinen ansehen konnte.

Izana, die mittlerweile als einzige ihre Kleidung trug, seufzte und folgte dem Beispiel der beiden. Da ihr nachtblaues Gewand gewaschen werden musste, hatte sie sich ein Kleid von Hermia ausgeliehen. Es hing wie ein Sack an ihr, aber sie war froh gewesen überhaupt eines anziehen zu können.

»Dreh dich, bitte«, bat die Königin sie, als sie nackt vor den Frauen stand. Izana kam ihrer Bitte befangen nach, danach schaute sie in das verwirrte Gesicht der jungen Frau.

»Kein Mal?«, riet sie.

Dayana runzelte die Stirn. »Das ist nicht möglich. Ich spüre es.« Schließlich schüttelte sie den Kopf und deutete zu dem Becken. »Waschen wir uns. Über den Rest denken wir später nach.«

Izana schritt auf den kleineren Zuber zu, in den man zuerst eintauchte, um den gröbsten Schmutz zu entfernen. Das heiße Wasser lockerte ihre Muskeln und erfüllte sie mit Zufriedenheit. Ihr Hintern hatte sich nach den vielen Wochen an den Sattel ihres Kamels gewöhnt, aber sie genoss es, in der Schwerelosigkeit des Wassers zu liegen.

Nachdem sie sich gewaschen hatten, sprangen Dayana und Hermia lachend in das große Becken. Erst da wurde Izana sich der Tatsache bewusst, wie jung die Königin war.

Die Ausgelassenheit, mit der sich Zauberin und Königin nass spritzten, vertrieb den Kummer in ihr, als sie sich dazugesellte. Das Becken war tief, sodass Izana prustend an der Oberfläche auftauchte.

Dayana und Hermia hatten sich an den Rand gestellt und lächelten ihr zu. Izana schwamm zu ihnen und hielt sich am Fliesenrand fest. »Sogar in Ashkan schwärmte man von dem wunderschönen Badehaus mit seinem Kuppeldach. Großvater wollte auch eines errichten lassen, hat die Idee aber dann verworfen. Stattdessen hat er immer mehr Geld für das Ansammeln von neuen Büchern gegeben.« Sie lächelte bei dem Gedanken an ihn. »Er war nicht mehr nur zufrieden Bücher aus Sulakan zu haben, sondern hat auch alte Werke aus Kidarka zu sammeln begonnen. Seiner Meinung nach unterschied kein Land sich vom anderen und alle Bücher waren wichtig. Damit hat er die anderen Gelehrten in den Wahnsinn getrieben.«

»Du hast ihn sehr geliebt«, stellte Dayana fest.

»Er war ein großartiger Mann. Ich hoffe mich seiner würdig zu erweisen.«

Dayana strich ihr eine Strähne ihres schwarzen Haares aus dem Gesicht. »Das wirst du. Falk und Hermia haben mir von Ashkan berichtet. Es fällt dir schwer, meinem Mann und König zu vertrauen.«

Weil sie nicht wusste, ob sie die Wahrheit sagen sollte, blieb Izana stumm.

»Im Moment ist es ihm wichtig, die Menschen dieses Landes zu beschützen. Er möchte eine Wiederholung Ashkans vermeiden und das um jeden Preis. Deswegen trifft er Entscheidungen, die dir missfallen. Aber wenn wir zusammen sind, erzählt er mit begeisterten Augen von dem großen Turm Ashkans und von den strahlend hellen Wänden dieser wunderschönen Stadt. Er möchte alles in Bewegung setzen, um Ashkan wieder zum Juwel unseres Landes zu machen.«

»Aber Menschenleben sind jetzt wichtiger«, sagte Izana an Dayanas Stelle.

Die Königin nickte. »Ja, Izana, Menschenleben sind wichtiger. Die Randstämme aufzuhalten, ist wichtiger.«

Die Antwort war ihr nicht neu, nur hatte sie sich dagegen gesträubt.

Izana seufzte und lehnte die Wange auf den Beckenrand, während sie die Füße bewegte. Plötzlich lächelte Dayana und berührte die Stelle oberhalb ihres rechten Ohres. »Da haben wir es ja.«

Verwundert richtete Izana sich im Wasser auf. Neugierig schwamm Hermia zu ihnen. Auch sie begann zu lächeln. »Verborgen unter dem Haar. Es ist wirklich schwer, aus dir schlau zu werden, Kleines.«

Izana legte sich eine Hand auf ihren Kopf und begegnete dem Blick beider Frauen. Dayana deutete zu einem Spiegel, der sich seitlich des Beckens an die Wand gelehnt befand. »Sieh es dir an.«

Rasch schwamm sie zu der schmalen Leiter und trat aus dem Wasser. Der Spiegel zeigte ihre nackte Gestalt, die sich seit ihrer Flucht aus Ashkan verändert hatte, aber ihr Augenmerk lag auf der Stelle über ihrem Ohr. Sie strich sich das Haar beiseite und hielt für einen Moment den Atem an, als sie die gebogenen schwarzen Linien sah, die sich zu einem Auge formten. Es war ein Zwilling des Zeichens, das auch Dayana trug.

Schluchzend sank sie in die Knie und verbarg das Gesicht in den Händen. Sofort kamen Dayana und Hermia zu ihr und hüllten sie in Handtücher ein.

»Ich bin wirklich die Auserwählte«, stieß sie hervor.

Hermia löste sanft ihre Hände von ihrem Gesicht, damit sie ihr in die Augen schauen konnte. »Was meinst du?«

»Ishar hat alles durchdacht. Der Turm kann von vielen Begabten aus dem Sand geholt werden ...«

»Oder von Ishars Auserwählten«, ergänzte Dayana lächelnd.

Die Tränen flossen weiter, aber Izana weinte nicht aus Verzweiflung, sondern weil sie wusste, was zu tun war. Ishar hatte sie auserwählt. Sie war die Hüterin von Ashkan und nun die Priesterin der Göttin. Mit der Macht, die sich bald in ihr entwickeln würde, konnte sie ihre Aufgabe meistern.

Am schlimmsten fühlte sich ihre eigene Dickköpfigkeit an. Sie hatte sogar an der Göttin gezweifelt und die ganze Zeit über hatte Ishar über sie gewacht.

Hermia und Dayana hielten sie und spendeten Trost, bis Izana sich gefangen hatte. »Nun macht es Sinn, dass ich die ganze Zeit zurückreiten will«, sagte sie.

»Das Fest der Frauen naht und Ishars Priesterin muss sich auf den Weg machen«, sagte Dayana. »Sie bringt Hoffnung zu denen, die Hoffnung brauchen. Heute mehr denn je.«

Nickend versuchte Izana sich an einem Lächeln und dieses Mal gelang es ihr. Sie schlang die Arme um die beiden Frauen und gestattete es sich, sie in ihr Herz zu lassen.

25

Die Königin hatte sie mit einem wunderschönen Kleid ausgestattet. Izana glitt mit den Fingern über den mintgrünen Stoff und drehte sich vor dem Spiegel. Das Haar hatte sie zur Seite gekämmt. Damit das Mal der Göttin freigelegt wurde, hatte sie die Stelle über ihrem Ohr kahlrasiert. Ihre neue Frisur sah nicht unschön aus, vielmehr exotisch und ungewohnt. Der silberne Haarschmuck verlieh ihr eine Weiblichkeit, die sie nun begrüßte, denn sie akzeptierte ihr Schicksal.

Um sie sicher zu wissen, hatte Dayana sie im königlichen Flügel einquartiert. Sie verfügte über ein Schlafzimmer, ein eigenes Bad und ein großes Wohnzimmer. Am liebsten hätte sie sich hingelegt, um sich von der Reise zu erholen, aber der König gab ein Bankett und sie sollte daran teilnehmen.

An der Tür wurde angeklopft.

Izana streifte sich die Armbänder über, die ihr Großvater ihr geschenkt hatte und die sie aus Ashkan mitgenommen hatte. An ihren Füßen tanzten feine Kettchen auf den dünnen Riemen der leichten Sandalen.

Sie öffnete dem Besucher die Tür und fand Balan davor. Sein blaues Auge weitete sich bei ihrem Anblick. Izana lächelte ihn an. »Sehe ich seltsam aus?«

Er schüttelte den Kopf, blieb ihr aber die Antwort schuldig.

Izana verließ ihr Gemach und blieb überrascht stehen, als sie Elis aus dem Zimmer nebenan herauskommen sah. »Ihr schlaft auch hier?«

»Es ist immer noch unsere Aufgabe, auf dich aufzupassen«, grinste Elis sie an.

»Du meinst, ich passe eher auf euch zwei auf«, korrigierte sie ihn lachend. Sie fühlte sich so beschwingt wie seit Langem nicht mehr und schritt auch so voran.

Obwohl sie die fragenden Blicken der jungen Männer spürte, lieferte sie ihnen keine Erklärung. Dayana hatte ihre Entscheidung, sich zu dem Mal der Göttin zu bekennen, freudig aufgenommen. Nicht alle würden ihre Meinung teilen, aber mit diesem Problem würde sie sich beschäftigen, wenn jemand gegen sie sprach.

Eine Dienerin erwartete sie vor den königlichen Gemächern. Sie verneigte sich vor ihnen. »Mein Name ist Renza. Die Königin hat mich gebeten euch zur Feierlichkeit zu führen.«

Der silberne Ohrring berührte ihre Wange, als Izana nickte und ihr bedeutete voranzugehen.

Unterwegs war sie sich der Blicke der Menschen bewusst, die auf ihrem zum Teil geschorenen Haupt lagen. In den Gesichtern der Frauen entdeckte sie Freude und das erfüllte Izana mit neuem Mut. Sie hatte die Aufzeichnungen über das Fest der Frauen gelesen und sie wusste, was sie erwartete. Die zeitbegrenzte Macht der Göttin im Austausch für ihren Körper, den sie ihr zur gegebenen Zeit überlassen musste.

Die Geräuschkulisse steigerte sich.

»Warte.« Elis ging voran. »Ich möchte mich vorher auf dem Fest umsehen.«

Nickend deutete Izana an, dass sie hier warten würde. Die Dienerin blieb auf halber Strecke stehen und war sich unsicher, ob sie Elis folgen oder bei ihnen bleiben sollte.

Izana rang nach Luft, dann ging sie zu Balan. »Wirst du mich in Kashan zu deiner Frau machen?«

Sie hatte erwartet, dass er ablehnen würde, aber er schwieg und sah sie mit einem Blick an, als würde er ihre Seele verschlingen. »Du kennst mich nicht«, raunte er.

»Aus meinen Albträumen hast du mich gerettet und wann immer es mir nicht gut ging, warst du für mich da. Ich ...« Sie trat noch einen Schritt auf ihn zu und musste den Kopf in den Nacken legen um zu ihm aufzusehen. »Als Ishars Auserwählte muss ich mir einen Mann erwählen und ich will dich.«

Dieses Eingeständnis schien ihn in Angst und Schrecken zu versetzen. Als er zurückweichen wollte, griff sie nach seinem Oberteil. »Sag mir wenigstens, warum du mich ablehnst. Empfindest du nichts für mich?«

Die Sekunden vergingen, während sie auf seine Antwort wartete. Die Dienerin schien ihren Wunsch nach Abgeschiedenheit zu verstehen und zog sich zurück.

Izana schaute wieder zu Balan und stieß ein Seufzen aus, denn er legte die Hände auf ihre Hüften und schob sie nach hinten, bis sie die Wand im Rücken hatte. »Ich habe dir gesagt, dass du nicht mit mir spielen sollst«, flüsterte er.

Izanas Hände zitterten, als sie diese auf seine Arme legte. »Das ist kein Spiel«, antwortete sie.

»Schließ die Augen«, verlangte er und sie kam seinem Wunsch nach.

Was sie spürte, war etwas Hartes, das sich auf ihren Mund legte. Es fühlte sich eigenartig an, doch sie wagte nicht die Augen zu öffnen. Was dann folgte, konnte sie definieren, es musste seine Zunge sein, die sanft über ihre Lippen glitt. Izana wartete auf seinen Mund, darauf, dass er sie richtig küsste, doch wieder hielt Balan sich zurück.

»Balan«, seufzte sie. »Küss mich richtig.«

Er strich mit einer Hand über ihr Haar, während er die andere auf ihrer Hüfte liegen ließ. »Schau mich an«, forderte er.

Verwundert hob sie die Lider und zuckte zusammen. Balan hatte das Stofftuch beiseitegeschoben. Was darunter lag, war ein zerstörtes Gesicht. Der Oberlippe fehlte ein großes Stück. Wange und Nase waren vernarbt, als hätte man ihm Fleischstücke aus dem Gesicht gerissen. Einzig sein blaues Auge zeugte von der Schönheit die er einst besessen hat.

»Ishar ...«, stieß sie fassungslos aus.

»Möchtest du mich immer noch?«, wollte er wissen. In seinen Worten lag Wut, aber dahinter konnte sie erkennen wie es in seinem Inneren aussah.

Eine Stimme in ihr schrie sie an, dass sie etwas sagen musste, dass sie ihn halten sollte, aber sie war wie erstarrt.

Balan hob die Hand und schob sich das Stoffstück wieder über das Gesicht. Als er sich abwenden wollte, griff sie nach seinem Hemdsärmel, doch sie hatte keine Kraft und er entkam ihr, tauchte in die Schatten des Palastes ein um alleine zu sein.

Sie wurde von Elis gefunden, der nach einer Minute zurückkehrte.

»Wo ist Balan?«

Izana zitterte gegen ihren Willen. Der junge Mann schien die Situation sofort zu durchschauen. »Was hast du getan?«

Ihr Blick hing immer noch an der Stelle, an der Balan verschwunden war. »Ich bin ein Monster«, stieß sie aus.

Elis blickte zwischen ihr und dem Ort, den sie im Auge hatte, hin und her. Er überlegte, ob er seinem Freund nachlaufen sollte, aber sein Befehlshaber hatte ihm die Aufgabe übertragen, auf sie aufzupassen.

»Bitte, geh ihm nach. Du musst es tun«, flehte sie.

Ihr Innerstes war erschüttert. Balan hatte sie auf die Probe gestellt und gehofft, dass sie seine Furcht nicht bestätigte. Sie hätte die Arme um seinen Nacken legen und ihn an sich ziehen sollen, aber sie hatte nur in sein Gesicht blicken können und war dabei wie paralysiert gewesen.

»Ich bin dein Wächter und Balan hat gewusst, dass ich dich nicht alleine lassen kann«, seufzte Elis.

Zitternd legte sie sich die Hände auf die Augen. »Er braucht jemanden ...«

»Dann gehen wir zusammen«, schlug Elis sanft vor.

Izana schüttelte verzweifelt den Kopf. »Verstehst du nicht? Ich habe ihm das Herz gebrochen. Alles was, ich hätte tun sollen, tat ich nicht.«

»Herrin?« Die Dienerin hatte sich wieder in ihre Nähe gewagt. »Gibt es ein Problem?«

»Wir brauchen noch etwas Zeit«, antwortete Elis für sie, dann trat er vor Izana und schaute grimmig auf sie hinab.

Renza verließ den Flur, der zum großen Saal führte.

»Ich will wissen, was du für meinen Freund und Blutsbruder empfindest.«

Elis' Stimme duldete keine Ausflüchte. Sie schluckte das aufsteigende Schluchzen hinunter und erwiderte seinen Blick. »Ich brauche seine Nähe. Wie er mich vor den Albträumen bewahrt. Wie er bemerkt, dass mein Hintern wundgeritten ist, noch bevor ich es weiß. Wie er mir Orangen bringt, um meine Tränen zu stillen. Seine stille Fürsorge, seine Aufmerksamkeit, sein ...«

Elis seufzte. »Das klingt in meinen Ohren vielmehr wie eine Liebeserklärung.«

Izana nickte mit Tränen in den Augen. »Ich habe mich nach ihm gesehnt und wollte von ihm gehalten werden. Aber als er mich küsste, fühlte es sich eigenartig an.«

Der Krieger nickte, als würde er verstehen, was sie meinte. »Balan hätte dich darauf vorbereiten können. Er hätte sich dir offenbaren sollen. Langsam, Stück für Stück.«

»Ich habe ihn enttäuscht«, entgegnete Izana zitternd. »Sein Gesicht sieht furchtbar aus, aber das macht ihn nicht aus. Nicht sein Aussehen hat all diese Dinge getan, es war sein Herz. Ich will es nicht verlieren, aber ich habe Angst, dass ich mich davor scheuen werde, ihn anzusehen, denn das hat er nicht verdient. Bei Ishar, er bedeutet mir so viel.«

Elis hob die Hand und fuhr sich über die Stirn. »Hast du das gehört?«

Zuerst glaubte sie, dass der Krieger sie meinte, doch Elis blickte in den Schatten.

»Muss ich erst kommen und dich ins Licht zerren?«

Nach einigen Sekunden kehrte Balan zurück. Izanas Herz drohte ihr aus der Brust zu springen, so angsterfüllt war sie. Gleichzeitig leuchtete ein Funke Hoffnung in ihr auf.

»Du hättest sie nie alleine gelassen«, sagte Elis sanft. »Jetzt klär das oder ich werde sie nach dem Fest der Frauen nehmen.«

Elis entfernte sich immer mehr von ihnen.

Izanas Blick lag auf Balan. Sie schaute in dieses blaue Auge und verspürte Sehnsucht. Als sie einen Schritt auf ihn zumachte, spannte der junge Krieger sich an. »Hasst du mich?«, fragte sie flüsternd.

»Würde dich das aufhalten?«, entgegnete er.

»Nein.« Langsam ging sie auf ihn zu und griff nach seiner Hand, sobald sie ihn erreicht hatte. »Bitte, verzeih mir.«

Balan atmete schwer aus und versuchte sich vor ihren Blicken zu verbergen, indem er das Gesicht abwandte. »Elis hat recht, ich hätte behutsamer vorgehen können. Ich hätte dir sagen können, was dich erwartet, aber das hätte dir verraten, dass ich noch Hoffnung in mir trage. Und ich dachte mir: Besser, sie reißt mir das Herz in Stücke. Besser, sie schaut mich an, als wäre ich ein Monster, vor dessen Berührung sie sich ekelt. Das tötet jedes Gefühl in mir und vertreibt diese elende Hoffnung, die trotz allem überlebt hat.«

Izana versuchte seinem Blick zu begegnen und als er es ihr nicht erlaubte, schlang sie die Arme um seine Hüften und barg ihre Wange an seiner Brust. »Ich will diese Hoffnung in dir bewahren, Balan«, wisperte sie. »Und ich will noch mehr. Wenn du mir mein Erschrecken verzeihst, werde ich dir schwören, dass ich dich nie wieder so ansehen werde wie vorhin.«

Dieses Mal begegnete er ihrem Blick. Zart legte er seine Hand auf ihre Wange. »Und wenn ich dich nie küssen kann wie ein anderer Mann?«

»Ich will die Küsse eines anderen Mannes nicht«, flüsterte Izana. »Bis zum Fest der Frauen bleibt noch genügend Zeit, uns kennenzulernen. Ich will immer noch, dass du mein Erster wirst.« Weil sie an seine Brust lehnte, konnte sie seinen rasenden Herzschlag hören. »Und du willst mich auch.«

Balan bewegte den Mund, als würde er sich zu einem Lächeln durchringen. »Wie könnte ich einer so starken Persönlichkeit wie deiner widerstehen?«

Als sie immer noch auf seine Antwort wartete, nahm er sie in den Arm. »Ich will dich, Lady Auserwählte. Mit all deinen Ängsten, mit all deinen Fehlern, deinen Flüchen, deinen störrischen Lügen. Nie habe ich jemanden mehr gewollt.«

Izana schluchzte auf und genoss die Wärme seiner Umarmung. In diesem Moment hörte die Welt auf zu existieren. Was ihnen blieb, war dieser Augenblick, in dem sie einander wie Liebende verstanden.

Sie wäre am liebsten weiterhin in seinen Armen geblieben, aber Balan löste sich von ihr. »Wenn wir nicht auf dem Fest erscheinen, wird der Befehlshaber uns suchen lassen. Gehen wir, Izana.«

Sie griff nach seiner Hand, bevor er losgehen konnte, und schaute ihn ernst an. »Ich gehe mit dir zusammen.«

Balan sagte nichts, noch zog er seine Hand aus ihrem Griff, als sie losschritt.

Auf dem Bankett tummelte sich bereits eine große Anzahl von Menschen. Viele saßen an ihren Tischen und andere tanzten miteinander. Sie entdeckte

Elis neben Hermia und Aidan und ging zu ihnen. Obwohl die beiden ihre und Balans ineinander verschlungenen Hände bemerkten, stellten sie keine Fragen.

Izana ließ Balan erst los, als sie sich neben Hermia setzte. Die Anwesenden folgten ihr mit Blicken. Vor allem die Männer verzogen abschätzig den Mund. Izana fühlte sich nackt unter diesen kalten Augen.

»Jetzt ist es Zeit für die störrische Lady Auserwählte«, flüsterte Balan, bevor er sich zurückzog.

Seine Worte stärkten ihre Zuversicht. Sie setzte sich gerade hin und begegnete jedem Blick gefasst. Ishars Auserwählte gehörte zur Geschichte dieses Landes und es erfüllte sie mit Stolz.

Als sie sich neugierig die Gäste ansah, bemerkte sie, dass der König und die Königin noch nicht zugegen waren. In diesem Moment wurde ihr Erscheinen verkündet. Die Menschen stoben auseinander und bildeten eine Gasse für sie.

Königin Dayana trug ein cremefarbenes, zweiteiliges Kleid. Das Oberteil endete knapp unterhalb der Brüste, reichte am Rücken jedoch bis zu den Hüften. Der Saum war mit Goldfäden bestickt und glitzerte im Licht. Der Rock fiel weit die Beine hinab und ließ Zehen frei, die in passenden Sandalen steckten. Bauch und Füße waren in der traditionalen Art bemalt worden.

Ihr Gemahl hatte sich für ein einfaches weißes Oberteil und ebenso weiße Hosen entschieden. Der Schnitt war jugendlich gehalten und schmiegte sich an seine Gestalt. Seit ihrem ersten Aufeinandertreffen hatte Izana nicht mehr mit ihm gesprochen, doch Falk nickte ihr wohlwollend zu, als er auf dem Weg zum Platz des Königspaares ihrem Blick begegnete.

Der König half seiner Frau sich niederzulassen und wandte sich dann seinen Gästen zu. Er hieß alle willkommen und riet ihnen diese kurze Zeit der Ruhe zu genießen. Danach setzte er sich und das Bankett ging weiter.

»Sie sehen wunderschön aus«, flüsterte Izana Hermia zu.

Der Tisch des Königs befand sich am Kopfende des Saales und ihrer zu seiner Rechten. Das stellte ein Privileg dar. Je näher man am Tisch des Königs saß, umso wichtiger war die Stellung.

Izana hatte nun eine Erklärung für die Kälte, die auf einigen Gesichtern lag. Sie war eine Fremde und doch saß sie in der Nähe des Königs. Viele neideten den Menschen an den ersten Tischen ihre Plätze.

Das Essen wurde herumgereicht, während man abwechselnd tanzte und Darbietungen darbrachte. Gerade hatte ein Mann mit sieben trainierten Kapuzineräffchen die Menge unterhalten. Izana hatte immer noch Lachtränen in den Augen. Dem Darsteller folgte eine Gruppe Tänzerinnen, die ihre Körper wie Schlangen bogen.

Sie griff nach einem Fleischstück und zuckte zusammen, als das Bankett vor ihren Augen verschwamm. Unangenehm berührt ließ sie von dem Essen ab. Was war das gewesen?

Balan, der etwas bemerkt haben musste, da er hinter ihrer Gestalt Wache hielt, trat zu ihr. »Geht es dir gut?«

Sie wusste nicht, wie sie das Gefühl der Desorientierung erklären sollte. Die Wirklichkeit begann sich wie ein Traum anzufühlen. Izana blinzelte, um zurückzukehren, aber es schien, als würde sie zwei Orte vor Augen haben. An einem wurde ausgelassen gefeiert und der andere ...

Ihr entkam ein erschrockener Laut, als sie auf ihrer Haut Blut sah. Sie sprang so heftig vom Tisch auf, dass der Teller zu Bruch ging. Die Anwesenden drehten sich nach ihr um.

Im Geist sprach sie sich zu ruhig zu bleiben, aber schon hörte sie einen Schrei, dem das Bild einer brennenden Stadt folgte. Davor zappelten Frauen in den Schlingen, die man um Arme, Beine und Kopf angebracht hatte. Eine schrie gellend, als die Seile sich zu straffen begannen. Izana wollte die Augen davor verschließen, aber wenn sie die Lider senkte, verschwand das Fest und sie hatte die andere Wirklichkeit klarer vor Augen. Ihr entkam ein Schrei, als der armen Frau die Gliedmaßen ausgerissen wurden.

Izana fiel auf die Knie und spürte Balan, der sie hielt und sie fragte, was los sei. Sie öffnete den Mund, aber er schien nur noch schreien zu können. Hilflos schluchzte sie in seinem Griff. »Sie töten sie ...«

Izana verstand nicht, was sie sah und wer hier starb. Es waren Frauen und sie alle trugen schwarze Gewänder.

Eine weitere Gefangene wurde auf die gleiche Weise getötet. Sie wollte nichts sehen, aber wer auch immer ihr diese Bilder zeigte, hatte keine Gnade mit ihr.

Izana presste sich die Hände auf den Kopf und schrie in hilfloser Furcht.

»Sie werden alle getötet.«

Die Umstehenden nannten sie eine Verrückte, aber ihre Meinungen waren bedeutungslos. Der große Schmerz der Frauen griff auf sie über, überschwemmte sie, verdrängte Balans und Hermias Stimme. Sie litt Höhlenquallen und begriff gleichzeitig, dass das nicht ihre Schmerzen waren. Jemand anderes erduldete sie.

Eine nach der anderen wurde getötet, insgesamt neunzehn in schwarz gekleidete Frauen. Mittlerweile hatte Izana die Augen geschlossen. Auch wenn sich ihr Körper dagegen sträubte, der Grausamkeit beizuwohnen, sie wusste, dass sie nur dann Antworten bekam, wenn sie sich konzentrierte und herausfand, was hier geschah.

Vor der brennenden Stadt wurde eine schwarz gekleidete alte Frau vor die Leichenteile getrieben. Die Männer, die sie schlugen, rissen auch an ihren Kleidern. Sie fiel auf die Knie und hob den Kopf, schien Izana genau anzusehen. Das schwarze Kleid klaffte auf und zeigte ihr ein Zeichen, welches sie oberhalb ihrer Brust trug.

»Ishar ...«, stieß Izana hervor. Der Blick dieser Frau verriet ihr alles. Sie wusste, dass sie sterben würde und sie wusste, dass sie nicht alleine war.

Als jemand hinter sie trat und ihr die Kehle durchschnitt, glaubte Izana von innen ausgehöhlt zu werden. Noch während man der Frau vor ihren Augen den Kopf von den Schultern trennte, wurde ihr Geist im tiefsten Winkel ihres Bewusstseins vertrieben. Jemand machte sie zu einer Zuschauerin und übernahm die Kontrolle über ihren Körper.

Sobald das geschah, wurden alle Umstehenden von einer gewaltigen Druckwelle erfasst und zu Boden geworfen. Wie eine Puppe wurde Izana in die Lüfte erhoben. Sie hatte die Arme ausgestreckt und hielt den Blick auf den König und seine Höflinge gerichtet. »Euer aller Wunsch soll sich erfüllen. Meine Priesterinnen habt ihr mir genommen, nun werde ich diesem Land die Frauen nehmen.«

Die Stimme, mit der gesprochen wurde, gehörte nicht ihr. Izana war verdrängt und betäubt worden und die Wesenheit in ihr war von einer Wut erfüllt, die beinahe an Wahnsinn grenzte.

Die Menschen duckten sich unter ihren Blicken. Jeder ertrank in Angst. Dayana, die neben dem König saß, zitterte unkontrolliert in seinem Griff. Ein dünnes Rinnsal Blut floss ihr aus der Nase. Auch sie spürte das Gleiche, nur wurde sie nicht von einer Göttin verdrängt.

Izana konnte nicht sagen, wie lange sie wie eine Puppe in der Luft schwebte. Eine Minute, oder eine Stunde? Als sie fiel, bekam sie die Kontrolle über ihren Körper zurück, aber sie war zu geschwächt, um sich zu wehren.

»Izana!«

Balan versuchte sie aufzufangen. Sie spürte Schmerzen, als sie gegen ihn prallte, und wollte sich entschuldigen, doch selbst zu sprechen fiel ihr schwer. Sie hatte das Gefühl, von der Göttin zerbrochen worden zu sein, die sie auserwählt hatte, um den Frauen Sulakans Mut zu machen. Würde ihr Geist die schrecklichen Bilder verarbeiten können, die sie immer noch in Dauerschleife vor Augen sah?

»Izana, ich bin hier.« Balan streichelte über ihr Gesicht. »Es kommt alles in Ordnung, ich lasse dich nicht alleine.«

Sie wollte ihm antworten, aber als sie den Mund öffnete, kam nicht ein Ton heraus.

26

Falk schritt unruhig über das Deck der Falukard. Im Ohr hatte er das leise Surren der Schwebesteine und die Stimmen der Männer, die sich im Ausguck befanden.

Seit dem Bankett, bei dem die schrecklichen Worte Izanas Mund verlassen hatten, konnte er dieses Gefühl in seinem Inneren nicht verdrängen. Als er Ishars Stimme gelauscht hatte, hatte er geglaubt seine Frau verlieren. Dayana hatte in seinen Armen geblutet und es schien nicht enden zu wollen. Sie so zu sehen, hatte ihm das Herz gebrochen. Dann war der Moment vorbei und Izana war wieder sie selbst gewesen, doch die Anwesenheit der Göttin hatte Trauer in seiner Frau hinterlassen, die er und sie sich nicht erklären konnten.

Er blieb an der Reling stehen und blickte auf die Wüste hinab, die sich im Tageslicht voller Schönheit darstellte. Unter sich entdeckte er eine Karawane, die gemächlich ihrem Ziel entgegenritt. Einige Menschen blickten zu ihm auf und winkten. Falk erwiderte ihre Geste in Gedanken.

Izana hatte nur bruchstückhaft wiedergeben können, was sie gesehen hatte. Eine Stadt in Flammen und davor zwanzig Frauen, die getötet wurden. Eine von ihnen trug das Zeichen der Göttin.

Es konnte sich nur um die Priesterinnen Ishars handeln. Ihre Tempel lagen verstreut und sie waren nicht vielzählig, aber Ishar liebte sie innig.

Jemand betrat das Deck. Falk wandte sich um und konnte die junge Frau auf sich zukommen sehen, die das Massaker in Ashkan mit knapper Not überlebt hatte. Izanas Gesicht war bleich, denn sie war das Fliegen nicht gewohnt. Die jungen Männer, die abgestellt worden waren, um auf sie aufzupassen, folgten ihr auf Schritt und Tritt.

»Du solltest dich hinlegen«, riet er ihr besorgt.

Widerspenstig schüttelte sie den Kopf. »Wenn ich noch länger in dieser Kabine bleibe, ersticke ich.«

Sie lehnte sich an die Reling und blickte nach unten. Acht Stunden hatte es gebraucht, damit sie wieder die Kontrolle über ihren Körper übernehmen und sprechen konnte. In dieser Zeit war Balan ihr nicht von der Seite gewichen und sie hatte seine Hand nicht losgelassen. Sogar jetzt hielt er sich nah bei ihr, um sie aufzufangen, sollte ihr schwindelig werden.

Falk empfand Mitgefühl für dieses junge Mädchen. Ishars Auserwählte zu sein, hatte Dayana als Segen bezeichnet. Es war Wärme in der Nähe der Göttin gewesen. Izana aber hatte Tod gefühlt und dieses Erlebnis beutelte sie immer noch. Ihre Appetitlosigkeit drohte sie zu einem Schatten ihrer selbst zu machen. Hätte sie nicht darauf beharrt mitzukommen, er hätte sie in Sula gelassen.

»Wann erreichen wir unser Ziel?«, fragte sie.

Falk hob den Arm und deutete zu einer Sanddüne im Westen. »Dahinter müsste es liegen. Vielleicht noch eine halbe Stunde Flug.«

Vor Augen hatte er wieder, wie das Mädchen in die Luft geschwebt war. Und die Stimme, die aus Izanas Mund gekommen war, hatte Ishar gehört. Er konnte noch nicht einmal hoffen, dass es sich um einen Irrtum handelte.

»Bringt die Geschütze in Stellung!«

Obosan verließ seinen Platz auf dem erhöhten Deck am Bug und ging zu seinen Männern, um mitanzupacken. »Wenn wir auf Feinde treffen, möchte ich keine Zeit verschwenden und gleich angreifen können.«

Izana schüttelte den Kopf. »Sie werden längst nicht mehr da sein.«

»Warum glaubst du das?« Diese Vermutung hatte er auch, aber ihre Begründung wollte er hören.

»Diese Vision war voller Emotionen. Ich erhielt sie von Ishar, die hektisch und verzweifelt war. Sie konnte sich nicht kontrollieren und alle, die sie je auserwählt hat, haben es gespürt. Meine Stadt ist von radikalen Kriegern ausgelöscht worden, die Kadeshs Namen priesen. Ich kann zwei und zwei zusammenzählen. Die Randstämme würden es als ruhmreich empfinden, Ishar bloßzustellen.«

Er wollte einwenden nicht vorschnell zu urteilen, aber Falk glaubte auch nicht mehr daran, dass die Frauen von Banditen getötet wurden.

Als Izana schwankte, hob Balan sie auf die Arme. »Ich bringe sie zurück in die Kabine.«

Viele Monate waren seit dem Angriff auf Ashkan vergangen. In dieser Zeit hatte er befürchtet den jungen Mann zu verlieren. Falk hatte sein Gesicht gesehen und gleich gewusst, dass Balan es nicht leichthaben würde. Die Menschen würden ihn anstarren, sobald er das Tuch ablegte und die Kinder würden bei seinem Anblick weinen. Trotz allem hatte die Hüterin von Ashkan ihm ihr Herz geschenkt. Er bemerkte es an den Blicken, die sie sich zuwarfen. Izana hatte Balan auserwählt. Anfangs hatte er sie für ihre spitze Zunge bewundert, die ihn an das Wesen seiner Frau erinnerte, nun mochte er sie. Das Herz der Hüterin befand sich auf dem rechten Fleck.

Nachdem die beiden unter Deck verschwunden waren, ging Falk zu seinem Lehrmeister, um bei den Vorbereitungen zu helfen.

Aizen war unterwegs, um seinen Großvater Thurakin zu einem Treffen zu überreden. Aus diesem Grund hatte er Aidan in Sula gelassen, damit er ein Auge auf die Intrigen im Palast hatte. Gerade nach dem Vorfall auf dem Bankett wollte er Dayana nicht alleine lassen. Nehan würde sie weiterhin in seiner Verkleidung zu den adeligen Töchtern begleiten, aber Aidan sollte die obersten Häuser überwachen und den Attentäter finden.

Während er mit der Mannschaft des Luftschiffes arbeitete und die Segel so setzte, dass sie den Schwebesteinen zugutekamen, verging die Zeit wie im Flug, daher schaute er überrascht auf, als Elis ihn rief. »Mein König!«

Falk befestigte das Seil an den dafür vorgesehenen Haken am Mast und ging dann zu dem jungen Mann. Sobald er an die Reling trat, musste er nichts erklären, denn Falk sah die hohe Rauchsäule ebenfalls. Er sparte sich seine Flüche, denn sie würden die Wut in seinem Inneren entfachen und er musste klar und logisch denken.

Sein junger Freund hatte diese Beherrschung nicht, er stieß mit der Faust gegen das Holz der Reling.

»He, lass deinen Zorn nicht an meinem Schätzchen aus«, brummte Obosan, der zu ihnen trat.

Die Besatzung des Luftschiffes hielt ebenfalls inne und blickte stumm zu dem Rauch, der von Weitem zu sehen war.

Den restlichen Flug verbrachten sie schweigend. Kurz bevor sie Kashan erreichten, wollte Izana an Deck gehen, doch Falk schickte sie wieder nach unten.

Sein Befehl ließ sie trotzig werden. »Was sich da befindet, habe ich selbst miterlebt«, stieß sie hervor.

»Und ich werde nicht gestatten, dass du es ein weiteres Mal siehst. Balan, geleite die Hüterin wieder in ihre Kabine.«

Bevor der junge Mann dazu kommen konnte, seinen Befehl auszuführen, fuhr sie auf dem Absatz herum und schritt hoch erhobenen Hauptes wieder unter Deck. Wahrscheinlich würde sie ihn die nächsten Tage mit Nichtachtung strafen, aber er wollte ihr nicht noch mehr zumuten.

Von oben hatten die Luftleute einen guten Blick auf die Verwüstung. Die Stadt, in der er mit seiner Mutter und so vielen anderen Menschen das Fest der Frauen gefeiert hatte, war rußgeschwärzt. Der Tempel stand noch, allerdings hatte man das Banner von Kadesh angebracht, da er dem Gott bereits gehört hatte. Falk schaute zu dem weltbekannten Geysir und schluckte schwer, denn kein klares Wasser schoss daraus in den Himmel. Die Flüssigkeit hatte vielmehr eine kranke rötliche Färbung angenommen.

Als die Falukard zufällig darüber flog, drang ätzende Luft in ihre Lungen und brachte alle zum husten. Obosan wendete das Luftschiff so schnell er konnte und flog sie aus dem gefährdeten Bereich.

»Wir können dort landen«, rief sein Schwertmeister ihm zu und deutete zu einem offenen Platz. Falk wollte einwenden, dass dort nur Frauen gestattet waren, aber schon setzte das Luftschiff zum Sinkflug an.

Nichts geschah. Noch nicht einmal, als die Männer die Ankergewichte nach unten warfen, um nicht davonzutreiben.

»Ihr wollt an Land gehen? Dann überlasst mir den Vortritt.«

Lamin kannte ihn gut genug. Sein Leibwächter entspannte erleichtert die

Schultern, als Falk es ihm gestattete. Vom Himmel aus hatte er etwas gesehen, das an einen Scheiterhaufen erinnerte.

Mit dem Lastenaufzug wurden zwanzig Männer nach unten gelassen. Zu seinem Schutz begleitete ihn eine Leibgarde bestehend aus Aizens besten Sandreitern, allerdings würden sie ihn nicht retten können, sollten die Randstämme sich noch in der Gegend aufhalten.

»Beeilen wir uns.« Lamin hatte als sein Wächter das Kommando und ging voran. Obosan würde auf dem Schiff bleiben und die Gegend im Auge behalten.

Der Angriff musste gestern geschehen sein. Noch immer hing der Geruch von Verbranntem in der Luft.

Falk schaute zurück und konnte das Tor sehen, durch das die Frauen gehen mussten, um zu diesem Bereich zu gelangen. Dieser Ort hatte schon immer nur den Frauen gehört, jetzt gab es niemanden, der sie daran hinderte, ihn zu betreten.

Während er den großen Platz erreichte, erinnerte Falk sich an die Nacht, in der er hier um Dayana gefreit hatte. Er hatte Ishar geschworen sie zu seiner Königin zu machen und zu ehren und diesen Schwur würde er halten.

Nach einigen Minuten sahen sie das Podest, auf dem die Auserwählte unter der Kontrolle der Göttin tanzen würde.

Dayana hatte ein goldenes Gewand getragen, welches das dunkle Auge zwischen ihren Brüsten betont hatte. Ihre anmutigen Bewegungen hatten die Frauen dazu animiert, sich ebenfalls dem Tanz hinzugeben. Es war ein Fest des Lebens und der Erneuerung gewesen. Der Zyklus endete damit, dass die Auserwählte ihre Macht aufgab, um sie einer anderen Frau zu schenken. Nun gab es in Kashan nichts als den Tod.

Die Sandreiter waren stehengeblieben, sodass Falk sich an ihnen vorbeischob.

Auf dem Podest hatte man ein obskures Gebilde gebaut, welches das Auge der Göttin darstellte. Dafür hatten sie die Gliedmaßen der getöteten Frauen verwendet und sie dann angezündet, jedoch darauf geachtet, dass das Feuer die Haut nur schwärzte.

Eine Frau hatten sie nicht wie die anderen verstümmelt. Sie kniete vor dem pervers verdrehten Auge Ishars, als hätte sie diesen Anblick am längsten ertragen müssen, bevor man ihr den Kopf von den Schultern schnitt. Diese Bastarde hatten ihn ihr mit einem Spieß verkehrt herum auf dem Körper befestigt.

Falks Hände zitterten. Izana hatte mitansehen müssen, was diesen Priesterinnen widerfahren war, und sogar Dayana hatte es gespürt. Wer solch eine widerwärtige Tat vollbrachte, besaß keinen gesunden Menschenverstand mehr. In dem Moment, da er die grausige Zuschaustellung der Randstämme in sich aufnahm, schwor er sich diese Männer zu töten. Für sie würde er kein gnädiger König sein. Sie sollten seine ganze Wut zu spüren bekommen.

27

»Ich habe gelernt meine Gebete an dich zu richten. Mein Vater erwartete dies von mir und meine Mutter wagte nicht das Wort gegen ihn zu erheben.«

Die leise gesprochenen Worte weckten Izana. Sie versuchte sich zu erinnern, was geschehen war, aber der Schlaf hielt sie noch zu fest in seinem Griff. Blinzelnd öffnete sie die Augen. Eine Holzdecke befand sich über ihrer Bettstatt, dann hörte sie das Surren der Schwebesteine und sie wusste wieder, wo sie war. Während der König mit seinen Männern die Priesterinnen bestattete, hatte sie sich etwas hingelegt.

»Jetzt sage ich mich von dir los. Kadesh, du bist kein Gott, dem ich mein Liebstes in die Hände legen würde. Deine Herrschaft bringt den Tod und die Männer, die dir folgen, treffen dumme Entscheidungen, die bar jeder Logik sind. Sie sind nicht in der Lage, Mitgefühl zu empfinden.«

Der Sprechende war Balan. Er saß auf ihrem Bettrand und hielt den Kopf gesenkt. Das sanfte Licht der Leuchtsteine warf seinen Schatten auf die Kabinenwand. Als sie sich bewegte, wandte er sich ihr zu. Izana setzte sich aufrecht und legte eine Hand auf seine Wange. Unter ihren Fingern spürte sie den dünnen Stoff, der seinen Anblick vor allen Augen verbarg. »Du betest?«

»Vielmehr ist es ein Fluch, den ich loswerden will«, murmelte er. »Als du dich ausgeruht hast, habe ich nachgesehen, was hier geschehen ist. Izana, es ist furchtbar und du musstest das hautnah miterleben.«

Wieder hatte sie die Schreie der Frauen in den Ohren. Als sie zu zittern anfing, beugte Balan sich vor und schlang einen Arm um sie. »Hab keine Angst. Ich beschütze dich.«

»Ich fürchte mich nicht wegen dieser Fanatiker. Was mir Sorgen macht, ist die Göttin. Vor allem was sie gesagt hat. Ich verstehe nicht, was es bedeutet.«

»Sie will Sulakan die Frauen nehmen«, wiederholte Balan die unheilvollen Worte. »Zumindest hat sie nicht alle getötet.«

Aber was meinte sie dann?

Izana begann an ihrem Fingernagel zu kauen, bis Balan nach ihrer Hand griff. »Wenn du Hunger hast, gibt es hier etwas weitaus gesünderes zu essen.«

Auf dem kleinen Nachttisch befand sich eine Schale, die er ihr nun hinhielt. »Das ist eine nahrhafte Suppe, die dir nicht auf den Magen schlagen wird«, erklärte er.

Sie wusste, dass man sich um sie sorgte. Vor Ashkans Fall hatte sie das Essen genossen. Sie hatte so viel zu sich genommen, dass sie rund und dick hätte sein müssen. Hatte zumindest ihre Amme behauptet. Nun stellte es einen Kampf dar, etwas hinunter zu bringen. Das Essen war köstlich, aber wann immer sie etwas zu sich nahm, brannte ihr Magen. Sie war von einer inneren Unruhe erfüllt, die ihr die unbeschwerte Art, etwas zu essen, genommen hatte.

Balan hob den Löffel mit der Suppe und hielt ihn vor ihre Lippen. Izana begegnete seinem Blick und öffnete schließlich den Mund. Die warme Flüssigkeit schmeckte köstlich und sie wollte mehr. Als könne Balan das zu spüren, fütterte er sie sogleich mit einem weiteren Löffel.

Izana aß alles auf und seufzte, als die Schale leer war. Ihr Wächter legte sie beiseite und blickte zu ihr zurück. Sie erwartete, dass er nun aufstehen würde, doch er berührte ihren Mund. Verwundert hielt Izana den Atem an, als er seinen Finger sanft über ihre Lippen wandern ließ, dann entließ sie ihn lautstark. Balan fuhr fort und streichelte mit dem Daumen über die vorwitzige Oberlippe, die sie aussehen ließ, als würde sie stets schmollen.

Es fiel ihr immer schwerer, ruhig zu bleiben. Sie wusste nicht, was Balan vorhatte, aber sie so zu berühren, ließ ihren Puls ansteigen.

»Willst du mich küssen?«, fragte sie leise. Erst gestern hatten sie es versucht und es war in ein Desaster ausgeartet. Anscheinend dachte Balan ebenso, denn er wollte seine Hand zurückziehen. »Nicht«, flüsterte sie und bewegte sich nach vorne, glitt mit den Lippen über seinen Finger zu seinem

Handrücken, wo sie kleine Küsse verteilte. In seinem Auge leuchteten ihr Sehnsucht, aber auch Furcht entgegen. Es war zu früh für einen weiteren Versuch und doch konnte sie nicht aufhören ihn zu berühren.

»Izana«, murmelte er und zog sie an sich. Dabei wanderte er mit den Händen durch ihr kurzes Haar.

Sie umschlang seine Mitte und genoss seine Berührungen. »Wenn die Zeit der Frauen naht, will ich dich, Balan. Du sollst mein Erster und mein Letzter sein.«

An ihrem Ohr spürte sie seinen stockenden Atem. Sie wartete auf eine Antwort, aber er blieb stumm. Um zu verhindern, dass er verschwand, schmiegte sie sich enger an ihn.

Er ließ sie noch einige Minuten in dieser Umarmung, dann nahm er die leere Schale und verließ die Kabine, in der sie mit ihren Wächtern schlief.

Kaum war Balan verschwunden, kehrte Elis zu ihr zurück. Sein Blick war nicht finster, aber er verriet ihr, dass er durchaus begriff, was hier vor sich gegangen war. »Ihr könntet euer Drama dann abhalten, wenn ich nicht gerade vor eurer Tür stehe«, seufzte er.

Izana öffnete verlegen den Mund, doch da sie nicht wusste, was sie sagen sollte, wandte sie sich einem anderen Thema zu. »Ist der König noch in Kashan?«

Elis seufzte. »Sie haben die Frauen bestattet, aber unser Herrscher sieht sich genauer um. Er hat geschworen diese Stadt wieder aufbauen zu lassen. Aber wird es sinnvoll sein? Der Geysir sprüht kein Wasser mehr in die Luft. Es ist eine Brühe, die die Umgebung mit einer widerlich schlammigen Flüssigkeit vergiftet.«

Der Geysir hatte immer seine Eigenarten gehabt. Als Kadeshs Priester den Tempel übernommen hatten, hatte er aufgehört Wasser zu spenden und dies erst dann fortgeführt, nachdem Ishars Priesterinnen in den Tempel zurückgekehrt waren.

»Weißt du, ich liebe Balan wie einen Bruder, aber er ist ein Feigling«, setzte Elis das Gespräch von vorhin fort. »Selbst als er noch ein hübsches Bürschchen war, ließ er sich nie vollends auf eines der vielen Mädchen ein.«

Zu hören, dass es viele Frauen waren, missfiel ihr, aber sie wollte wissen, was Elis zu sagen hatte.

»Er läuft davon und wird sich erst dessen bewusst, was er will, wenn er es verloren glaubt. Diese Eigenschaft hat er nicht abgelegt.«

»Und was schlägst du vor?«, fragte sie ihn.

Elis lächelte und kam ihr nahe. Stirnrunzelnd wich Izana zurück, doch er wollte sie nicht wie erwartet küssen, sondern stützte sich auf dem Bett ab um ihr in die Augen zu sehen.

»Wähl mich für die Nacht in Kashan aus.«

»Du bist verrückt«, fuhr sie ihn aufgebracht an und stieß ihn zurück.

»Beruhige dich. Das dient dem Zweck, Balan etwas Feuer unter dem Hintern zu machen. Er sieht dich an und glaubt, dass er dich nicht verdient. Die Menschen würden ihn anstarren, wenn sie sein Gesicht sehen könnten, aber dich findet er wunderschön. Wie also kann er dir diese Last aufbürden?«

»Er ist stark«, hielt Izana dagegen. »Und hat ein gutes Herz. Sein Mut übersteigt den von vielen. Obwohl ihm das Schicksal übel mitgespielt hat, stellt er sich dem Leben jeden Tag aufs Neue.«

Elis lächelte warm. »Ja, du beschreibst ihn gut. Trotzdem fürchtet er eine Sache. Er wird dir nicht so schnell vertrauen.«

»Weil ich gestern alles vermasselt habe.« Die Enttäuschung, die sie über ihre eigene Handlung fühlte, drohte sie niederzudrücken.

»Nein, weil es ihm schwerfällt, sich auf andere zu verlassen. Ich bin mit ihm aufgewachsen, als wären wir Geschwister, aber jemanden zu lieben, bedeutet jemandem seine Schwächen bloßzulegen. Balan glaubt, dass er zu viele hat, um sie jemandem zu zeigen. Und zeigen muss er sie dir, denn wenn ihr zusammen sein wollt, wird das nicht so einfach sein wie bei anderen Paaren. Er wird sein Gesicht für immer verbergen und du wirst seine Vertraute und seine Stütze sein müssen, während die Außenwelt hinter seinem Rücken tuschelt. Ja, gestern war ein Desaster, aber wenn du wirklich eine Zukunft mit ihm willst, darf es kein weiteres geben.«

»Aber dann erwähle ich dich und Balan wird glauben, dass du besser für mich bist«, sagte Izana mit ernster Stimme. »Ich kenne ihn, Elis, gegen dich würde er nie etwas unternehmen. Nein, dein Plan wird nicht aufgehen. Und ich möchte, dass er aus freien Stücken zu mir kommt. Dass er mir vertraut und mich an seiner Seite will.«

Obwohl sie ihn abwies, behielt der junge Mann sein Lächeln auf den Lippen. »Ich wünsche es euch, das tue ich wirklich. Und vielleicht ist uns die Zukunft gnädig und Ishar wird ihr Herz trotz allem erneut für uns öffnen. Zu hoffen, das bleibt einem immer.«

28

Dayana erwachte mit einem schweren Kopf. Sie sah sich blinzelnd um und erkannte die mittlerweile vertraute Umgebung ihres Schlafzimmers. Was daran nicht stimmte, war die leere Bettseite neben ihr. Es erschien ihr unglaublich, wie sehr sie Falk vermisste. Nachts führte er manchmal Selbstgespräche und gab ihr sogar Antworten auf ihre Fragen. Am nächsten Morgen wusste er nichts davon.

Sie kannten sich seit zwei Jahren, aber erst seit Kurzem schliefen sie in einem Bett und sie wollte ihn besser kennenlernen. All seine Eigenarten wollte sie aufdecken und ihm ihrerseits ihr Wesen offenbaren. Aus zwei Menschen bildete sich ein Paar, das Seite an Seite der Zukunft entgegenschritt. Das bedeutete die Ehe für sie.

Da er nicht nur Ehemann, sondern auch Sulakans König war, musste sie ihn mit seinem Volk teilen. Ein leeres Bett würde sie auch in Zukunft erwarten, aber sie würde sich wohl nie daran gewöhnen.

Vor drei Tagen hatte er Sula auf seinem Flaggschiff verlassen, um herauszufinden, was Ishar widerfahren war. Der Flug nahm eigentlich nur einen Tag in Anspruch, aber Hermia, die in ständigem Kontakt zu Oreg stand, hatte ihr versichert, dass Falk den Priesterinnen die letzte Ehre erweisen und sie bestatten wollte.

Dayana setzte sich auf und stellte die Füße auf den Boden. Als ihr schwindelig wurde, hielt sie sich am Bettgestell fest, bis sie sich gefangen hatte. Dann goss sie sich aus der Wasserkaraffe ihres Nachttischchens ein Glas voll und trank es leer. Wahrscheinlich hatte sie wieder nicht ausreichend getrunken.

»Mütterchen?« Toshiros besorgte Stimme erklang hinter der Tür. »Bist du vorzeigbar? Neher ist hier.«

Weil Nehan seine Tarnung als Frau aufrechterhalten wollte, wurde er bei diesem Namen genannt.

Dayana spähte aus dem Fenster. Die Sonne stand ziemlich hoch, sie hatte den halben Tag verschlafen. »Ich bin noch im Nachtgewand«, murmelte sie.

»Mütterchen?«, fragte Toshiro noch mal, weil er sie scheinbar nicht gehört hatte.

»Gib mir etwas Zeit mich anzuziehen«, rief sie lauter.

»Wir warten auf dich.«

Sie stand auf und ging ins Bad, wo sie sich wusch, bis ihre Haut rosig glänzte.

Bei ihrer Rückkehr ins Schlafzimmer steuerte sie den wuchtigen Kleiderschrank an. Darin befand sich Iorans Ausbeute. Ein Kleid prunkvoller als das andere. Sie nahm ein hellblaues Kleid, das einen fließenden Rock besaß, und zog sich an. Es war vorne geschlossen, ließ aber den Rücken frei.

Dayana knöpfte sich die Ärmel zu und ging zu den anderen.

Renza musste entschieden haben sie ausschlafen zu lassen und brachte nun, nachdem Toshiros sie geweckt hatte, das späte Frühstück. Zu ihrer Überraschung befand sich auch der ältere Leibarzt im Wohngemach. Taman maß sie mit einem prüfenden Blick.

»In der ganzen Zeit, in der ich dich kenne, hast du noch nie so lange geschlafen. Ich habe Taman gerufen, damit er dich ansieht«, erklärte Toshiro.

»Ich bin einfach müde, weil der Kreislauf nicht mitmacht«, wehrte sie ab.

»Und daran trage ich die Schuld. Ich muss mehr trinken.«

Trotz ihrer abwehrenden Worte trat der Arzt zu ihr und maß ihren Puls. Dann überprüfte er ihren Atem. Eine Methode, um herauszufinden, ob man vergiftet worden war.

»Ihr Herzschlag ist kräftig«, bestätigte der ältere Mann. »Um sicherzugehen, bereite ich einen stärkenden Trank für die Königin zu.«

»Etwas Bekömmliches.«

Überrascht wandte Dayana sich zu der Außentür, die in den Garten führte und seit dem Eintreten ihrer Besucher offen stand. Der Reiter, der den Zugang zu den königlichen Gemächern bewachte, stand mit verdrossener

Miene hinter dem Haremswächter. Offenbar hatte Ioran alles daran gesetzt, um zu ihr zu kommen.

»Verzeiht mein Eindringen, meine Königin. Ich habe nichts Schlechtes im Sinn.«

»Schon gut«, sagte Dayana und der Sandreiter kehrte auf seinen Posten zurück.

»Mir fiel auf, dass die Königin nie so lange schläft und es ihr aus diesem Grund nicht gut gehen kann. Ich habe etwas für sie.«

Aus einem Beutel, der an dem Gürtel an seiner Hose hing, entnahm er einen Gegenstand, der in Papier eingewickelt war. Sobald er es auseinanderfaltete, drang ein furchtbarer Gestank zu ihnen. Dayana würgte und schaffte es nur bis zu dem leeren Waschzuber, wo sie sich lautstark übergab. Mit aller Kraft umklammerte sie das Holzgestell und versuchte nach Luft zu schnappen, während ihr Körper alles von sich gab was sie gestern gegessen hatte.

Ihr Magen brauchte eine kleine Ewigkeit um sich zu beruhigen. Nehan hielt ihr das lange Haar aus dem Gesicht, damit sie es nicht beschmutzte, und reichte ihr ein Tuch, mit dem sie sich den Mund abwischen konnte.

»Tut mir leid«, murmelte sie benommen und mit Tränen in den Augen, die sie vom Würgereflex bekommen hatte. Ihr war immer noch übel.

»Ich bringe das rasch fort.«

Renza kümmerte sich zu Dayanas Leidwesen um den Zuber. Ihre Beine fühlten sich an, als könnten sie sich nicht tragen, daher stützte Nehan sie, als er sie zu der Sitzgelegenheit zurückbrachte.

»Ioran, was ist das für ein grässlicher Gestank?«, wollte Toshiro wissen, während er die Nase verzog.

»Das, werter Toshiro, ist mein Frühstück«, verkündete der Haremswächter gut gelaunt. »Der Käse riecht nicht gut, aber dafür schmeckt er vorzüglich. Es kostet mich ein Vermögen, ihn aus Kidarka einfliegen zu lassen.«

Alleine beim Gedanken, etwas so widerlich riechendes zu essen, wurde Dayanas Magen erneut aufgewühlt. Zum Glück hatte Ioran das Papier wieder zusammengefaltet.

»Schwindel und nun Übelkeit«, seufzte der Arzt. »Ich werde die Königin noch einmal untersuchen, um einen besseren Trank zu brauen.«

»Deine Tränke sind hier nicht von Nutzen, Taman«, verkündete der Haremswächter.

Arzt und Haremswächter bedachten einander mit finsteren Blicken, als gäbe es eine gemeinsame Vergangenheit und viel Ungesagtes zwischen ihnen.

Dayana wurde aus Ioran nicht schlau. Seit dem Gespräch mit Falk hatte er sich rar gemacht, aber nun schien sein ganzes Gesicht vor Glück zu leuchten. Verwirrt folgte Dayana seiner Gestalt mit den Augen, als er zu Renza ging und sich leise mit ihr unterhielt. Was auch immer er zu ihr sagte, die Dienerin bekam große Augen und zeigte dann den gleichen glücklichen Gesichtsausdruck.

»Was geht hier vor sich?«, platzte Toshiro mit der Frage heraus, da er mit seiner Geduld am Ende zu sein schien. »Ist die Königin in Gefahr?«

»Ganz so kann man es nicht nennen.« Ioran rieb sich überlegend über den Bart.

»Lass endlich das Getue und sprich Klartext«, fuhr der Leibarzt ihn an.

Ioran schien seine Empörung beiseite zu schieben, denn als er zu Dayana ging, war sein Blick ungewohnt warm. »Ihr seid mit einem Kind gesegnet.«

Ihre erste Reaktion bestand in Ablehnung. Nicht weil sie eine Schwangerschaft nicht wollte, sondern weil es ihr so unglaublich erschien. Ihre Gedanken rasten hin und her. Wann hatte sie ihre letzte Blutung gehabt? Es stimmte, sie war überfällig. Die Antwort überschwemmte sie mit einer erneuten Übelkeitswelle.

»Dessen könnt Ihr Euch nicht sicher sein«, warf Nehan ein, der sich zu ihr setzte und ihre Hand hielt, als wüsste er von ihren verwirrenden Gefühlen.

»Nicht sicher sein?«, wiederholte der alte Mann empört. »Meine Familie stellt schon seit mehreren Generationen Söhne für den Harem. Ein Sohn erbt das Vermögen und produziert Nachkommen, während der andere dem Königshaus dient. Ich war schon zu Zeiten des alten Königs Haremswächter. Keine schwangere Frau konnte den Geruch meines Essens ertragen. So erfuhr ich früh, wer ein Kind in sich trug. Ich sage Euch, die Königin ist schwanger.«

Es fühlte sich so unwirklich an, aber wenn Dayana über die vergangenen Wochen nachdachte, musste Ioran recht haben. Ihre Blutung war ausgeblieben und jetzt verstand sie auch, warum ihre Brüste spannten und empfindlich waren.

Und die Übelkeit ... In Ordnung, bei diesem Geruch hätte sie auch so gebrochen.

»Stimmt das?«, wollte Nehan sanft wissen.

»Meine Blutung ist nicht gekommen, aber die letzten Wochen waren problematisch, deswegen habe ich mir keine Gedanken darüber gemacht«, sagte Dayana matt.

»Wir wissen mehr, wenn die nächste ebenfalls ausbleibt«, verkündete Ioran.

»Zufälligerweise bin ich der Arzt hier«, schnappte Taman.

Dayana hörte nur mit halbem Ohr hin. Ein Kind von Falk? Sie schob die verwirrenden Gefühle beiseite und entdeckte Freude darunter. Ja, sie freute sich über dieses neue Leben, aber sie schämte sich für die Angst, die sie auch empfand. Wie verlief eine Schwangerschaft? Alles was sie über die Geburt wusste, waren die starken Schmerzen bei den Wehen. Ihre Schwägerin Marian hatte drei Kinder geboren und erwartete ihr viertes Kind. Immerzu wurden Frauen schwanger und bekamen Kinder. Die Natur hatte sich etwas dabei gedacht.

»Zufälligerweise bin ich darin geschult, schwangere Frauen mit dem zu versorgen, was sie brauchen. Auf diesem Gebiet übertrifft mich niemand.«

Ioran zeigte nicht eine Spur Unsicherheit und das nahm Dayana die Angst. Sie richtete sich auf und fasste jeden Anwesenden ins Auge. »Wir halten es geheim.«

»Aber meine Königin ...«

»Nein, Ioran«, unterbrach sie ihn. »Der König ist unterwegs und ich weiß in etwa, wie der Hof auf diese Ankündigung reagieren wird.«

Die Adeligen würden in Panik verfallen, wenn sie wüssten, dass die fremdländische Königin für einen Erben sorgte. Es würde nicht nur bei einem Mordversuch bleiben.

»Nun, sehr lange werdet Ihr Euren Zustand nicht geheim halten können«, meinte Ioran. »Zumindest wird das viele Höflinge zum Verstummen bringen. Als Königin, die einen Erben in sich trägt, habt Ihr nun einige Rechte, die Ihr in Anspruch nehmen könnt. Sollte jemand gegen Euch sprechen, könnt Ihr ihn des Hofes verweisen.«

Und dadurch Falks Unterstützer vergraulen?

»Nein, das kann ich nicht«, seufzte sie. »Der König ist auf diese Menschen angewiesen. Mein Befehl bleibt. Wir halten die Schwangerschaft vorerst geheim.«

Falk hätte der erste sein sollen, der es erfuhr. Sie verfluchte die Tatsache, dass sie sich von ihm überreden ließ in Sula zu bleiben. Izana hatte er doch auch mitgenommen.

»Dem König möchte ich es persönlich sagen.«

»Natürlich«, stimmte Toshiro ihr zu. »Bis dahin werde ich die Sicherheitsvorkehrungen erhöhen.«

»Und ich werde mich ab nun persönlich um Eure Nahrung kümmern«, meinte Ioran enthusiastisch. »Ah, wie lange ich darauf warten musste ...«

Der sonst grimmige Haremswächter war kaum wiederzuerkennen.

»Wir sollten eines der Gästezimmer in ein Kinderzimmer umbauen.«

Toshiro wollte etwas einwenden, blieb jedoch stumm, als Dayana kaum wahrnehmbar den Kopf schüttelte.

»Das duldet keinen Aufschub«, verkündete Ioran. »Meine Königin, ich entschuldige mich. Heute Abend komme ich mit Eurem Abendessen zurück.«

Nachdem Ioran gegangen war, schnaubte der Leibarzt empört. »Seine Art konnte ich noch nie leiden.«

»Kennt er sich bei Schwangerschaften wirklich besser aus als Ihr?«, wollte Nehan wissen.

Taman beantwortete die Frage nicht gleich, sondern erst nach einem tiefen Seufzen. »Dafür wurde er ausgebildet. Ich kann nur dann etwas tun, wenn die Schwangerschaft fortgeschritten ist. Ioran aber wird dieses Kind zur Welt bringen, so wie er auch den König in dieser Welt begrüßte.«

Diese Neuigkeit schockierte Dayana. »Er hat Falk auf die Welt gebracht?«

»Ebenso seine Brüder Dayorkan und Selun«, erzählte Taman. »Ich gehöre ebenso lange dem Haushalt an wie Ioran. Wir waren selten einer Meinung, aber es hat uns das Herz gebrochen, hilflos mitansehen zu müssen, wie sie einander meuchelten. Nur der damalige Prinz und nun König Falk bediente sich dieser niederen Methoden nicht.«

Falk hatte seinen Brüdern nichts antun wollen und stattdessen das Land verlassen.

»Ioran wird also wieder gut gelaunt sein, wenn er jemanden zu bemuttern hat«, stellte Nehan amüsiert fest.

Ob sie das gut finden sollte, wusste Dayana nicht.

»Du wolltest doch heute ausreiten«, begann ihr Freund. »Geht es dir dafür gut genug?«

»Ohne den fürchterlich riechenden Käse, ja«, antwortete Dayana. »Ich will den Markt besuchen.«

Zwischen Sulas Bewohnern könnte sie das schreckliche Bankett vergessen und etwas aufatmen.

»Bist du dazu in der Lage?«, fragte Toshiro besorgt.

»Ich werde nicht den ganzen Tag im Bett verbringen«, erklärte Dayana entschieden.

»Viel kann ich nicht tun, aber einen Trank werde ich Euch brauen«, brummte der Leibarzt. »Das verhindert zumindest, dass Ihr Euch erbrecht. Gegen Abend solltet Ihr wieder zurück sein, sonst wird der Haremswächter die Truppen mobilisieren, um Euch zu finden.«

Nachdem sie Ioran heute erlebt hatte, traute sie ihm das durchaus zu. »Wir nehmen Will und Jem mit, falls ihre Ausbilder es erlauben.«

»Darum kümmere ich mich«, bot Toshiro an. »In einer halben Stunde sollte ich wieder da sein. Bis dahin bleibst du bei Nehan.«

Dayana erklärte sich einverstanden.

»Dann werde ich nun den Trank für die Königin brauen und mich dann auch verabschieden.«

Renza verschwand ins Schlafzimmer, um aufzuräumen, während Taman seinen Beutel auf eine erhöhte Kommode stellte. Dort begann er einige Zutaten in einen Kelch zu füllen.

Dayana war sich Nehans Hand bewusst, die ihre hielt, aber in Gedanken war sie bei der neu eingetretenen Situation. In einem Moment war sie sich sicher ein Kind unter dem Herzen zu tragen, im nächsten zweifelte sie daran. Immerhin war nichts zu sehen. Sie blickte auf ihren Bauch, denn ihn jetzt zu berühren, wäre zu offensichtlich.

Nach einigen Minuten überreichte der Leibarzt ihr ein tiefgrünes Gebräu. »Darin habe ich einige Kräuter verrieben und Stücke der Wüstenfrucht hineingeschnitten. Der Honig wird den Geschmack erträglich machen. Ihr solltet den Inhalt dennoch in einem Zug leeren.«

Dayana versuchte nicht zu tief einzuatmen, als sie die Flüssigkeit hinunterschluckte. Für einen Moment glaubte sie sich noch einmal übergeben zu müssen, doch ihr Körper beruhigte sich.

»Ich ziehe mich nun zurück. Sollte sich Euer Zustand verschlimmern, kontaktiert mich umgehend.«

»Das mache ich. Vielen Dank, Taman.«

Dayana wartete, bis der füllige Arzt das Wohngemach verlassen hatte, dann schöpfte sie geräuschvoll Atem.

»Wie geht es dir wirklich?« Nehan berührte zaghaft ihre Hand. »Hast du Angst?«

Er hatte nie Probleme gehabt, aus ihrer Miene zu lesen.

»Ein wenig, aber wahrscheinlich fühlt sich jede Schwangere zu Beginn so.«

»Glaubst du wirklich, dass du schwanger bist?«

Darauf konnte sie nicht gleich antworten. Zaghaft berührte sie ihren Bauch, versuchte zu ergründen, wie verändert sie sich fühlte. Sie war wie immer, nur das Gefühl der Unruhe stieg immer weiter in ihr an.

»Falk wird im siebten Himmel sein.«

Nehans Feststellung brachte sie dazu, ihn anzusehen. »Glaubst du wirklich?«

»Nach all den schrecklichen Erlebnissen der vergangenen Monate? Mich würde es glücklich machen.«

Seine letzten Worte machten ihr Mut. »Du hast recht. Vielleicht ist diese Nachricht etwas, was Sulakan braucht. Ganz gleich was die Randstämme zerstören, es wird neues Leben geboren.«

Dayana kam auf die Beine. »Und jetzt machen wir die Stadt unsicher«, verkündete sie gutgelaunt.

**

Als Toshiro mit den beiden Jungen zurückkehrte, war sie reisefertig angezogen. Will und Jem hatten sie vermisst, denn sie nahmen sofort ihre Aufmerksamkeit in Anspruch.

Beide Jungen befanden sich in einem komplizierten Alter. Dayana suchte in ihren Gesichtern nach Zeichen der Überanstrengung und Furcht. Die Kriegerausbildung würde sie ihre Kindheit kosten, aber noch feixten sie herum und machten den gleichen Blödsinn wie immer.

Jems offenes Wesen hatte Will aus der Reserve gelockt. Er war kein Adeliger, der die Freundschaft eines Grafensohnes für eine Gegenleistung erringen wollte. Jem sah in ihrem kleinen Bruder nur einen Freund. Dadurch wirkte Will wesentlich entspannter. Lord Vilken hätte seinen Jüngsten für die Streiche getadelt, zu denen der ehemalige Schiffsjunge ihn anstiftete, aber sie war dankbar für Jems Freundschaft, die ihrem Bruder so gut zu bekommen schien.

Während sie zu den Ställen gingen, erzählten die Jungen von ihrer Ausbildung. Die Wüstenhitze zeigte auf sie keine Wirkung.

Dayana ließ sich von Toshiro in den Sattel helfen und griff nach den Zügeln. Während sie vom Palastgelände ritten, versuchte sie ihre Sehnsucht zu unterdrücken. Mehr denn je brauchte sie Falk in ihre Nähe. Das zuzugeben, erschien ihr egoistisch, selbst wenn sie wusste, dass er ihr das nie vorwerfen würde.

»Dayana, sieh mal, was mein Pferd kann.« Will streichelte stolz über den Hals des dunkelgrauen Rappen und ließ ihn dann eine kurze Parade laufen.

Die Jungen erhielten in der Ausbildung die Chance, sich ein Reittier zu verdienen. Will musste eine gute Leistung abgegeben haben. Jem hatte sich seinen Rappen bereits eine Woche zuvor verdient. Er liebte das braune Pferd abgöttisch.

Pferde zu besitzen, bedeutete auf ihnen in die Schlacht zu ziehen. Nicht mehr lange und die beiden würden lernen vom Rücken eines Pferdes aus zu kämpfen. Alles was sie erreicht hatten, diente diesem Zweck und ein Geschenk war nie wirklich ein Geschenk.

Die Menschen Sulas erledigten ihre Einkäufe, bevor die größte Hitze des Tages auf sie hereinbrach. Dayana suchte in der Menge nach Anzeichen eines Übels. Ishars Worte ließen sie nicht los, aber Männer wie Frauen schienen kerngesund zu sein.

Jem und Will wetteten darum, wer den Markt als Erster erreichen würde.

»Wagt es ja nicht, ein Rennen auf den Straßen Sulas zu veranstalten«, verbot sie den beiden. Die Straßen waren überfüllt und ein solch kindisches Rennen konnte böse ausgehen.

»Ach, komm schon«, versuchte Will sie zu überreden. »Wir passen auf.«

»Nein. Und wenn ihr ungehorsam seid, werde ich das dem Ausbilder sagen.«

Jeder Verstoß konnte dafür sorgen, dass die Jungen ihre Privilegien und die Pferde verloren.

Für den Rest des Weges benahmen sich Jem und Will vorbildlich.

Dayana atmete auf, als sie den schönen Marktplatz mit dem großen Brunnen erreichten. Die Jungen zogen sogleich zu einem Rüstungshändler und Toshiro hatte sich unter die Menge gemischt, wo er sie überwachte. Nur Nehan begleitete sie in seiner Verkleidung als Neher.

Sie schlenderten zum Brunnen und setzten sich auf den aufgewärmten Steinrand. Einige Frauen erkannten sie und begrüßten sie freundlich. Dayana erkundigte sich nach dem Wohlergehen ihrer Kinder.

Die Älteste, die bereits eine dicke graue Strähne in ihrem dunkelbraunen Haar trug, schüttelte betrübt den Kopf. »Kaya hält sich seit einer Woche nur noch in ihrem Haus auf.«

Dayana erinnerte sich an Kaya. Die junge Frau war bei der letzten Begegnung hochschwanger gewesen. »Sie ist sicher erschöpft«, meinte sie zu der anderen Frau. »Das Kind müsste schon da sein.«

Offenbar hatte sie etwas Falsches gesagt, denn die Frauen schwiegen betrübt und warfen sich stumme Blicke zu.

»Ist etwas geschehen?« Sie sollte sich nicht einmischen, aber die junge Frau war ihr als lebenslustig vorgekommen und ihr Schicksal interessierte Dayana.

Die Älteste vertraute sich ihr an. »Das arme Würmchen kam tot auf die Welt. Kaya trauert immer noch um ihr kleines Mädchen.«

Das zu hören weckte die Angst in Dayanas Herzen. Auch dieses Schicksal konnte ihr drohen. Ihr Kind käme entweder gesund zur Welt oder es verstarb wie das von Kaya.

Unbehaglich setzte sie sich gerade hin. »Das tut mir leid.«

»Muss es nicht. Du hast Kaya nicht gut gekannt. Sie würde dir für deine Anteilnahme danken, aber im Moment wird niemand sie erreichen können. Das Herz muss heilen.«

Mit diesen Worten verstummten die Frauen. Sie luden sich ihre Einkäufe auf die Schultern und trugen die mit Wasser gefüllten Amphoren zu ihren Eseln, die vor dem Atrium warteten.

Dayana schaute ihnen stumm hinterher.

»So etwas geschieht.« Nehan sprach behutsam zu ihr. »Und es bedeutet nicht, dass es dir auch widerfahren muss.«

»Ich weiß«, sagte sie leise. Trotzdem hätte sie Kaya ein rundum gesundes und zufriedenes Baby gewünscht.

Die Sonne wanderte am Himmel. Nehan lud sie zum Essen ein. Es gab gezuckerte Datteln und mit Fleisch gefülltes Fladenbrot. Dayana war dankbar für Tamans Trank, der die Übelkeit fernhielt und es ihr erlaubte, das Essen zu genießen. Die Jungen redeten wie ein Wasserfall über die neuesten Rüstungen, die sie sich verdienen wollten. Ihre Anwesenheit hielt die trüben Gedanken von ihr fern.

Als die größte Hitze über die Stadt hereinbrach, zogen sie sich in eine Gaststätte zurück, wo es Reisenden erlaubt wurde, der größten Hitzeperiode zu entschlafen. Dayana gab sich ihrer Müdigkeit hin und schlief neben den Jungen und Nehan, während Toshiro über sie wachte.

Als es Zeit wurde aufzuwachen, eilte die Bedienung in dem Schankraum umher und verteilte Tee an den Tischen.

Nach dem zweistündigen Schlaf fühlte Dayana sich wie neugeboren. Sie tranken den herrlich duftenden Kräutertee, aßen die beigelegten Küchlein und machten sich dann auf den Rückweg.

Sie hatten die Hälfte des Weges zum Palast hinter sich, als Jem aufgeregt ihren Namen rief und in den Himmel zeigte. Dayana, die in Gedanken gewesen war, blickte neugierig auf. Neben dem prunkvollen Palast schwebte ein Luftschiff.

»Die Falukard!«, rief Jem begeistert aus. Er wollte ein Krieger Sulakans werden, aber nach seiner Ausbildung würde er sich für den Dienst auf einem militärischen Luftschiff bewerben.

Dayanas Herz raste. Falk war zurück!

Sie wollte Sell antreiben schneller zu reiten, doch Nehan packte ihre Zügel. »Du wirst dir nicht das Genick brechen. Dein Mann läuft dir nicht davon.«

Er sagte es nicht laut, aber Dayana wusste was er meinte. Sie war nun nicht mehr nur für sich verantwortlich.

Offenbar hatte Falk sie auch vermisst, denn als sie die Ställe erreichten, kam er mit großen Schritten auf sie zu. Bevor Dayana aus dem Sattel gleiten konnte, hob er sie in seine Arme und hielt sie fest. Sie presste sich glücklich an ihn und genoss die Wärme seiner Umarmung.

»Ich habe dich vermisst«, flüsterte er.

Seine angespannte Haltung verriet ihr, wie schlecht es ihm erging. »Ich dich auch«, erwiderte sie.

»Da Lamin hier ist, bringe ich die zwei zu ihrem Ausbilder zurück.« Toshiro verneigte sich vor dem König.

»Aber wir wollen Falk begrüßen und ...« Jem verstummte bei dem finsteren Blick des Sandreiters.

»Dann kümmere ich mich um die Pferde«, bot Nehan an. »Geht schon vor.«

Dayana lächelte ihm zu, griff nach Falks Hand und ging langsam los.

»Was geht hier vor sich?«, wollte Falk wissen. »Als ich ankam, war Ioran gerade dabei, unser Gästezimmer auszuräumen. Bei meinem Anblick ist er panisch davongelaufen, während er immer ›Ich darf es Euch nicht sagen‹ von sich gab.«

Sie lachte leise. Ioran brannte darauf, dem König die Neuigkeit zu unterbreiten, aber er hielt sich ihretwegen zurück.

Während ihres Spaziergangs überlegte Dayana, wie sie Falk die Neuigkeiten am besten überbringen sollte.

»Was hast du?«

Sie hatten gerade den königlichen Garten erreicht, als Falk diese Frage stellte.

»Du hast mir doch etwas zu sagen. Die ganze Zeit bewegst du den Mund, als müsstest du ein Geheimnis bewahren. Und Ioran kennt es scheinbar.«

Dayana zog Falk zu dem Zweisitzer und sah ihm in die Augen. »Ich wünschte, du hättest es als Erster erfahren, aber es war Ioran, dem es aufgefallen ist.«

Ihr Liebster wartete darauf, dass sie fortfuhr.

»Meine Blutung blieb aus.«

Seine Augen weiteten sich.

»Und heute Morgen musste ich mich übergeben.«

Sie hatte nicht erwartet, dass er noch verblüffter aussehen konnte, doch genau das brachte er zustande.

Dayana berichtete ihm von dem heutigen Vorfall. In der ganzen Zeit sagte Falk kein Wort. Unsicherheit begann an ihr zu nagen. Vielleicht wollte er noch kein Kind.

»Ganz sicher werden wir es in zwei Wochen wissen, aber ...«

»Große Göttin«, murmelte Falk und zog sie an sich. »Schau mich nicht so ängstlich an. Ich freue mich wirklich, aber gerade herrscht Chaos in meinem Kopf. Für eine Sekunde gehe ich über vor Freude, bevor mich die Angst packt. Frauen haben immer schon Babys bekommen, aber unseres wird unser Erstgeborenes sein.«

Seine Gefühle waren ein Spiegelbild von ihren. Das zu wissen, nahm Dayana die Furcht. »Ich bin überglücklich, Falk. Wir bekommen ein Baby.«

Kaum hatte sie die Worte ausgesprochen, als Falk sie nach hinten schob, bis sie auf dem Zweisitzer lag. Danach küsste er sie hingebungsvoll.

29

Weskar verließ sein Gemach in dem Moment, in dem Arudans neue Hauptfrau ihn aufsuchte. Ramea hob überrascht eine Braue. »Du bist früh auf den Beinen.«

»Ich will mir den Sonnenaufgang ansehen.«

»Dann begleite ich dich.«

Er unterdrückte einen Fluch und ging weiter. Arudans Dorf lag im Gebirge. Unerwünschte Gäste würden es nie in einem Stück hierher schaffen, aber die Aussicht war atemberaubend.

Weskar hatte sich gegen die Morgenkälte in einen dicken Mantel gewickelt und stapfte die Stufen hoch, die zur höchsten Stelle des Dorfes führten. Dort ließ er sich auf den breiten Stein nieder, den man zum Sitzen abgeflacht hatte.

Aus dem Zimmer des Dorfoberhauptes drang sein Gesang. Ramea wagte nicht auszusprechen, was in vielen Dorfbewohnern vorging.

Arudan betete Tag und Nacht, vergaß darüber sogar zu essen. Er war nicht mehr nur fanatisch, die Menschen befürchteten, dass er den Verstand verlor. Sogar Rameas anfängliche Bewunderung hatte sich in Sorge verwandelt.

Weskar hatte sich für Arudans Stamm entschieden, weil er am einfachsten zu ködern gewesen war, doch nun zweifelte er an der Richtigkeit seiner Entscheidung. Ein Handel mit einem Wahnsinnigen konnte keinen Gewinn einbringen. Sollte Arudan sterben, würde sein Leben verwirkt sein, denn Brudan würde ihm nur allzu gerne das Genick brechen.

»Ich liebe die Berge«, gestand Ramea ihm. »Im Flachland bei meinem Stamm gab es nur hartes Gras und stechende Büsche. Dort konnte ich nur bis zu den Bergen sehen, die ...«

Ihr Redeschwall wurde unterbrochen, als sie sich gurgelnd an die Brust griff. Zwischen ihren Fingern war die Spitze eines Dolches zu sehen.

Wortlos beobachtete Weskar, wie Arudans Frau röchelnd zu Boden ging, während sich ihr Herzblut auf ebenjenem Gebirge vergoss, das sie so liebte.

Hinter Ramea stand Kerdu. Der sonst loyale Mann war nun Weskars einzige Hoffnung. Kerdu hatte Todesangst. Sein Herr verhielt sich zu seltsam und Brudan war für Argumente nicht zugänglich. Aus diesem Grund hatte er zugestimmt ihn zu Kario Beldar zu bringen.

Die Herrschaft über Sulakan war ihm verloren gegangen, aber er hatte noch drei Lager, die mit dem Gold gefüllt waren, das er aus dem Volk gepresst hatte.

»Hast du alles?«, fragte Kerdu hastig.

Weskar bückte sich und brachte den Beutel zutage, den er hinter der Bank verstaut hatte. Jeden Tag hatte er Stück für Stück seines wichtigen Besitzes hierher gebracht. Heute sollte seine Flucht stattfinden. Ihm war übel vor Angst, aber er musste das Risiko eingehen, sonst würde er garantiert sterben.

»Rasch! Gehen wir!«

Kerdu führte ihn die Stufen hinab zur Hinterseite des Dorfes, wo sich ein geheimer Gebirgspfad befand. Sie mussten nur die Mauer überwinden, die das Dorf wie ein Ring umschloss.

Nachdem sie durch eine gut versteckte und kaum sichtbare Tür in der Mauer gegangen waren, fanden sie zwei Esel dahinter.

»Die bringen uns sicher nach unten. Dort tauschen wir sie gegen Pferde.«

Weskar setzte sich auf den Rücken des Tieres. Sein Herz drohte ihm vor Angst aus der Brust zu springen, als das Maultier sich an den Abstieg machte. Mehrmals glaubte er mit gebrochenem Genick am Fuß des Hanges zu liegen, doch der Esel war den Abstieg gewohnt und fand sicher seinen Weg.

Sie hatten den Abhang gerade bewältigt, als von oben ein Schrei zu hören war. Weskar fuhr herum und öffnete erschrocken den Mund.

Die Gestalt, die auf der Mauer des Dorfes stand, gehörte Arudan und sie ... leuchtete in einem dunklen Rotton, der sich gegen den stahlblauen Himmel abhob.

Um zu hören, was er sagte, waren sie zu weit weg, aber ihm ging dieses Leuchten nicht aus dem Sinn. Was war das gewesen?

»Schneller!«, brüllte Kerdu. Er hatte Todesangst.

Von ihrem Platz aus konnte er zwei Pferde sehen. Der Krieger hatte an alles gedacht. Sogar Proviant befand sich in den Satteltaschen.

Sie stiegen auf die Pferde und ritten los.

Über ihnen wurden Stimmen laut. Arudans Männer würden gleich die Verfolgung aufnehmen.

»Reite, so schnell du kannst«, riet Kerdu ihm. »Wir müssen es bis zum Ausgang des Höhlensystems schaffen, dann verliert sich unsere Spur.«

Das ließ Weskar sich kein zweites Mal sagen. Er trieb seinen Hengst an, aber in Gedanken beschäftigte er sich immer noch mit der Frage, was er vorhin gesehen hatte. Der alte Mann hatte rötlich geleuchtet. Weskar hatte von Menschen gehört, die in der Lage waren, die Seele eines Menschen als Schein wahrzunehmen. Bisher hatte sich ihm die Gabe nicht offenbart, also musste es sich um etwas anderes handeln. Bei Arudans Anblick hatte er Todesangst empfunden.

Weskar warf einen Blick zurück. Ihr früher Aufbruch war gut geplant gewesen, da die Randstämme generell ausschliefen.

Kerdu führte ihn sicher durch die Gebirgshänge auf eine Ebene hinab. Nach einem fünfminütigen Ritt würden sie den Eingang zum Höhlensystem erreichen. Nur die Dorfbewohner kannten den Weg.

Ein Zischen zog an seinem Ohr vorbei. Jemand verfolgte sie. Die Gestalt des Reiters war in rötliches Licht getaucht.

Arudan!

»Schneller!«, drängte nun er.

Im Dorf wurde Alarm geschlagen. Bei ihrem Verfolger handelte es sich nur um einen Mann, aber etwas riet Weskar, das Weite zu suchen und nicht anzugreifen.

Ein weiterer Pfeil flog vorbei. Die Distanz war ausreichend genug, um einem jungen Krieger viel Kraft abzuverlangen, doch Arudan legte einen Pfeil nach dem anderen ein und schien nicht zu ermüden.

Weskar hatte das Dorfoberhaupt hautnah erlebt. Arudan war nur Haut und Knochen. Körperlich hätte er zu diesem Kraftakt überhaupt nicht in der Lage sein dürfen.

Ein gellender Schrei von links lenkte seine Aufmerksamkeit von dem Fanatiker zu Kerdu. Ein langer Pfeil ragte aus dessen Seite.

Bevor das Pferd zurückfallen konnte, griff Weskar nach dessen Zügel. Es fehlte nicht viel und er wäre aus dem Sattel gefallen, aber ohne Kerdu war er so gut wie tot. Nur er kannte den Weg durch die Höhlen.

»Hältst du durch?«, fragte er.

Der Krieger war kreidebleich, aber nach einer Weile übernahm er die Zügel wieder. Sein leidgeplagtes Gesicht verriet Weskar, dass Kerdu bei jedem Galopp unter Schmerzen litt, doch er wurde nicht langsamer.

Nach zwei Minuten kam der Höhleneingang in Sicht. Das gab ihm neuen Antrieb.

»Wir müssen alles aus den Pferden herausholen«, rief Kerdu ihm zu. »Es gibt eine Gabelung, die sich in drei teilt. Er darf nicht sehen, welchen Abzweig wir nehmen.«

Die Pferde waren zum Glück ausgeruht gewesen und sie hatten ohnehin einen Vorsprung gehabt, weshalb sie die besagte Gabelung erreichten, bevor Arudan die Höhle erreichte.

Im Inneren des Gebirges hatten sie genügend Licht, da diese Höhle vielmehr eine Schlucht war. Über ihren Köpfen wurde der Durchgang so schmal, dass nur das Sonnenlicht hindurchpasste.

Kerdu wurde immer bleicher. »Er wird nach Spuren suchen und uns finden. Schneller.«

Weskar überließ ihm die Führung. In diesem Höhlensystem gab es einen Unterwassersee. Über Jahrtausende hinweg hatte dieses Wasser den Stein ausgehöhlt. Als der Meeresspiegel gesunken war, hatte er das Höhlensystem freigelegt und zugänglich gemacht.

Kerdu führte ihn zielsicher voran. Ab und zu mussten sie sich auf die Leuchtsteine verlassen, denn die Windungen wurden an manchen Stellen so eng, dass noch nicht einmal das Tageslicht zu ihnen drang. Es war stockdunkel und Weskar fürchtete um die Pferde, doch Kerdu wurde nicht langsamer.

Zwei Stunden waren vergangen, als der Krieger im Sattel schwankte.

»Haben wir ihn abgehängt?«

»Ich weiß nicht«, antwortete Kerdu ehrlich.

»Bleib stehen.«

Weskar zügelte sein Pferd und der Krieger tat es ihm nach. Zum Glück hielten sie an einer Stelle an, die vom Tageslicht erhellt war.

»Wir müssen deine Wunde versorgen.«

Als er absteigen wollte, schüttelte Kerdu den Kopf. »Wenn ich jetzt absitze, komme ich nicht mehr aufs Pferd.«

Weskar führte sein Reittier nahe an das andere heran und versuchte die Wunde notdürftig zu versorgen. Sein Mantel war zu dick, aber aus seinen Satteltaschen entnahm er einen älteren Kaftan, den er in Streifen schnitt.

»Die Wunde blutet nicht stark. Soll ich den Pfeil herausziehen?«

Kerdu schüttelte den Kopf. »Vielleicht drückt er eine Ader ab. Ziehst du ihn heraus, verliere ich zu viel Blut. Binde das Geschoss fest.«

Weskar tat wie geheißen. Zehn Minuten später konnten sie weiterreiten. Die Furcht war zum Teil aus Kerdus Miene verschwunden, wahrscheinlich wähnte er sich nun sicher. Er trieb die Pferde auch nicht mehr so stark an.

»Hast du das Gleiche gesehen wie ich?«, wollte Weskar wissen. »Arudan hat geleuchtet.«

»Er ist der Teufel geworden«, stieß Kerdu aus. »Tag und Nacht hat er zu Kadesh gebetet, aber nicht unser Gott hat ihm geantwortet.«

Weskar hatte sich bereits die Frage zu den Göttern gestellt. Gab es Kadesh? Oder nur Ishar? Im Endeffekt hatte er aber eingesehen, dass es egal war. Zu seinem Schicksal würde ihm kein Gott verhelfen, sondern nur er alleine. Weder Ishar noch Kadesh hatten verhindert, dass Renya den König heiratete, also brauchte er sie nicht.

»Wir werden den in der Mitte gelegenen Ausgang nehmen und dann zur Tarkatiwüste in den Süden reiten«, sagte Kerdu.

»Der Süden gehört Thurakin«, wandte Weskar ein.

»Kario Beldar versteht sich gut mit dem alten Mann. Er hält sich in der Tarkatiwüste auf. Dort wird er uns mit offenen Armen empfangen.«

Er hätte gleich zu Kario reiten sollen, hatte aber geglaubt, dass eine Verbindung zwischen den Reichen vorteilhafter wäre, um Sulakan zurückzuerobern. Wahrscheinlich würde er ein Viertel seines Vermögens für dieses Schlitzohr ausgeben müssen, aber zumindest wäre er danach wieder Herrscher über Sulakan.

Ein anderer hätte Kario Ambitionen zum Herrschen unterstellt, aber Weskar wusste, dass der Krieger es nicht für lange an ein und denselben Ort aushielt. Kario war ein Nomade, der das Reiten liebte. Daher überließ er ihm den Thron ihm Austausch dafür, dass sein Blut über Sulakan herrschte.

»Ich bin müde«, murmelte Kerdu.

»Bleib wach!« Weskar packte den Krieger am Arm. »Du musst uns führen.«

Kerdu blinzelte und setzte sich wieder aufrecht hin. Schweiß lief ihm in Rinnsalen die Wangen hinab.

Weskar befürchtete, dass Kerdu sich verirrte oder die Richtung verwechselte, aber er brachte sie sicher durch die Höhle. Er konnte nicht genau sagen, wie viel Zeit sie im Inneren des Berges verbracht hatten, aber als sie endlich ins Freie gelangten, ging die Sonne am Horizont unter.

»Die Tarkatiwüste«, murmelte Kerdu. »Jetzt ...« Er schluckte schwer und kippte vornüber.

Fluchend stieg Weskar vom Pferd um nach dem Mann zu sehen. Er lag reglos auf dem Boden.

»Das auch noch.«

Nicht der Pfeil hatte Kerdu getötet, sondern der Sturz vom Pferd. Er musste beim Fallen das Bewusstsein verloren haben, denn der Kopf stand in einem ungesunden Winkel ab.

Weskar ging zum Rand des Plateaus und konnte einen Pfad sehen, der ihn auf die Ebene führte. Trotzdem, wie sollte er Kario finden?

Er konnte an der Situation nichts ändern. Kerdu war tot. Da er beide Pferde zum Reiten nutzen wollte, ergriff er die Zügel von Kerdus Pferd und machte sich an den Abstieg. Mit einem Reservepferd könnte er sogar die Nacht durchreiten ohne eine Pause einzulegen.

Die Tarkatiwüste erstreckte sich nach zwanzig Minuten Abstieg vor ihm. Er hatte gelernt anhand des Himmels die Richtung zu bestimmen. Wenn er sich südlich hielt, hoffte er auf Karios Leute zu treffen.

***

Am nächsten Morgen, nachdem er sich in einer Senke ausgeruht hatte, wurde er von dem unruhigen Wiehern der Pferde geweckt. »Ho«, gurrte er auf die Tiere ein, dann fiel ihm auf, dass er nicht alleine war.

Weskar schnappte sich die Zügel und machte sich bereit fortzureiten, da sah er sich die Menschengruppe genauer an.

Ein Mann löste sich aus der Menge und ritt auf ihn zu. Er trug Lederhosen und eine Fellweste über einem lockeren Hemd. Das Haar war unter einem grauen Tuch verborgen. »Sieh an, offenbar war es doch eine gute Entscheidung, dir entgegen zu reiten.«

Weskar stockte der Atem, denn der Reiter erwies sich als Kario Beldar. Der ältere Mann zog sich das Tuch vom Gesicht und grinste ihn breit an. Kario ging auf die fünfzig zu, aber in seinem Bart zog sich nicht ein graues Haar, dafür hatte er Krähenfüße um die Augen, weil er sich zum größten Teil im Freien aufhielt.

Weskars Beine zitterten vor Erleichterung und er lehnte sich gegen das Pferd, um es zu verbergen. »Es ist in der Tat ein Glücksfall. Mein Führer hat sich das Genick gebrochen.«

»Noch weiter wärst du alleine nicht gekommen. Du hast dein Lager in einer Gegend aufgeschlagen, in der sich Schlangen paaren.«

Weskar versuchte sich an einem Lächeln und scheiterte. »Ich bin, wie du sagst, nicht für einen Ausritt durch die Wüste geeignet. Dein Auftauchen bewahrt mich vor dem Tod.«

»Pack deine Sachen ein«, schlug Kario ihm vor. »Wir wollen so schnell wie möglich aufbrechen.«

Da er nur das Zelt einpacken musste, war er innerhalb weniger Minuten fertig. Über die wenigen Stunden Schlaf war er nun froh. Sein Verstand war so scharf wie eh und je und bei einem Mann wie Kario brauchte er ihn.

Im Gefolge der Krieger befanden sich auch deren Frauen. Kario war im Vergleich zu den anderen Randstämmen ein Revolutionär. Er erachtete in seinem Volk die Töchter als ebenso wichtig wie die Söhne. Amitha, seine einzige Tochter, befand sich ebenfalls bei dem Tross. Weskar hatte sie das letzte

Mal vor Jahren gesehen, da war sie noch ein Kind gewesen. Sie trug ein Rundschwert an der Hüfte und war ansehnlich. Bei seinem Blick runzelte sie die Stirn und wendete ihr Pferd.

»Sie ist schüchtern«, log Kario, ohne rot zu werden.

Weskar war nicht darauf aus, eine neue Liebe zu finden. Amitha musste ihm nur gesunde Söhne schenken, dann wäre er zufrieden.

Kario führte die Truppe an. Weskar, der an seiner Seite ritt, erzählte ihm von seiner Flucht.

»Arudan leuchtete rot, sagtest du?«

Der Zweifel in Karios Stimme reizte Weskar. »Ja, um seine Gestalt lag ein roter Schein.«

»Wie lange warst du ohne Kopfbedeckung in der bloßen Sonne?«

»Ich bin nicht verrückt«, presste Weskar mühsam beherrscht hervor.

»Nun, das werden wir sehen. Thurakin hat eine Versammlung einberufen. Wir werden uns in der großen Oase von Merash treffen.«

30

»Ist es jetzt bequemer?«

Dayana verkniff sich ein Seufzen, als Ioran ein weiteres Kissen hinter ihren Rücken schob. Ihre Schwangerschaft hatte sich bestätigt. Sie befand sich im fünften Monat und wurde sich der Veränderung ihres Körpers bewusst. Ihr leicht runder Bauch barg ein Geheimnis, das nun keines mehr war.

Bereits vor zwei Wochen hatte Falk öffentlich verkündet, dass sie ein Kind erwarteten. Das hielt die Sandreiter auf Trab. Erst gestern hatten sie wieder eine Giftschlange entdeckt, bevor sie ihr gefährlich werden konnte. Sie glaubten auch nicht an einen Zufall, denn jede Schlange war in der Nähe ihres Gemaches gefangen worden.

»Danke, Ioran, aber ich muss bald aufbrechen.«

Falk hatte eine Versammlung aller Höflinge einberufen. Der Ort, an dem das Treffen stattfinden sollte, machte Dayana nervös. Sie sollten sich vor dem Haremseingang treffen. Obwohl sie sich Falks Gefühle sicher war, fragte sie sich, was er vorhatte. Er war recht schweigsam gewesen und hatte all ihre Fragen geschickt umschifft. Noch nicht einmal Toshiro wusste, was sein König plante.

»Macht Euch keine Gedanken, meine Königin.«

Seit er von ihrer Schwangerschaft erfahren hatte, war Ioran kaum wiederzuerkennen. Er bemutterte sie und sorgte besser für ihr leibliches Wohl, als eine Amme es könnte. Obwohl Taman ebenfalls für ihre Untersuchung zuständig war, musste Dayana zugeben, dass Ioran ein Meister war, was Schwangerschaften betraf. Mithilfe seiner Tränke hatte sie die Zeit der Morgenübelkeit gut überstanden. Sogar für Izanas Appetitlosigkeit hatte er ein Mittel gehabt, obwohl sie nicht in seinem Aufgabengebiet lag, wie er behauptete.

»Hier, esst etwas.«

Dayana aß von den kleingeschnittenen Früchten und kam schließlich auf die Beine. Ioran hatte Falk davon überzeugt, ihren gesamten Ernährungsplan zu übernehmen. Grund dafür war ein Mahl gewesen, das sie Renza überlassen hatte, weil sie zu dieser Zeit kaum einen Bissen hinunterbekam. Ihre Leibdienerin hatte danach zwei Wochen lang ihre Blutungen und Durchfall gehabt.

Die Sicherheitsvorkehrungen waren erhöht worden. Wenn Ioran nicht das Essen zubereitete, prüfte ein Vorkoster die Gerichte. Der kleine, gedrungene Mann war seit Kindesbeinen an auf Gifte spezialisiert. Er kannte genügend Wege, um toxische Mittel aufzuspüren. Seit Neuestem trug Dayana einen weiteren Anhänger neben Lorans Bernstein. Dieser war auch zu ihrem Schutz da, denn der weiße Edelstein reagierte auf Gifte in ihrer Nähe und wurde schwarz.

»Seid Ihr soweit?«

Trotz ihrer Schwangerschaft trug Dayana immer noch ihre jugendliche Kleidung. Sie liebte ihren Körper nun noch mehr, da sie einen Teil von Falk und sich darin austrug. Jeden Morgen betrachtete sie sich im Spiegel und wurde von Glückshormonen überschwemmt. Sie konnte gar nicht aufzählen, wie viele Küsse Falk bereits auf ihren Leib verteilt hatte.

Gemeinsam mit Loran und Toshiro verließ sie ihre Gemächerflucht und schlenderte durch den Garten zu dem ringförmigen Haremsbezirk, in dem sich fünfzig ungenutzte Wohnbereiche befanden. Der große Bereich bot Platz für viele Frauen, die nun nicht da waren. Als Dayana mit Toshiro und Ioran ankam, hatte sich bereits eine aufgeregte Menge davor eingefunden.

»Macht Platz für die Königin«, befahl Ioran, bevor Toshiro es konnte.

Die Höflinge traten beiseite und bildeten eine Gasse. An ihrem Ende konnte Dayana Falk sehen. Ihr Liebster trug ungewohnt legere Kleidung und hielt einen übergroßen Hammer aufrecht, der ihm bis zur Hüfte reichte.

Toshiro bedeutete ihr sich vor alle anderen zu stellen und baute sich mit Ioran schützend neben ihr auf. Der Haremswächter schien zu wissen, was vor sich ging, denn er hatte eine Traurigkeit in den Augen, die sie nicht verstand. Als sie fragend ihre Hand auf seinen Arm legte, tätschelte er sie sanft.

Falk wartete, bis Stille in die Reihen gekommen war, dann packte er den Hammer und schmetterte ihn mit voller Wucht gegen das marmorne Tor des Harems. Die Höflinge schrien erschrocken auf und wichen furchtvoll zurück. Neben Falk folgten an die zwanzig Sandreiter seinem Beispiel. Sie alle benutzten Werkzeuge und ihre Muskelkraft um die Mauern einzureißen, in dem etwas in Sulakanisch geschrieben stand.

Dayana konnte nur verwirrt zusehen, wie der einst schöne Torbogen in Grund und Boden geschlagen wurde. Erst nachdem er nicht mehr stand, ließ Falk den Riesenhammer los.

»Mein König, was hat das zu bedeuten?« Hathuk Al'Far hatte Haltung besessen und nicht einmal mit der Wimper gezuckt. Nun ergriff er das Wort.

»Ich löse den Harem auf«, erklärte er ungerührt. »In diesem Torbogen waren die Regeln des Harems festgehalten. Da ich mir keine weiteren Frauen nehmen werde, nutze ich diese große Fläche für etwas anderes.«

»Mein König, Ihr könnt den Harem nicht auflösen«, verkündete Sharuks Onkel mit kalten Augen.

Falk wandte sich lächelnd an Aizen. »Kann ich nicht?«

Jener schenkte ihm ein weitaus zufriedeneres Lächeln. »Ihr könnt. Der König Sulakans ist unantastbar. Sein Wort ist Gesetz.«

Falk nickte und hielt dem Blick des Alten stand. »Mein Wort ist Gesetz! Hier steht meine Königin, die meinen Erben in sich trägt und meine Blutlinie fortführt. Seit unserer Vermählung ist der Harem eine Bedrohung für sie und unser ungeborenes Kind. Ich werde nicht länger tatenlos zusehen. Jeder weitere Mordversuch wird mich nur noch mehr darin bestärken, diesen Ort dem Erdboden gleich zu machen.«

»Vielleicht sollte ich meine Krieger nehmen und ...«

»Droh mir nicht!«, unterbrach Falk ihn bellend. »Während du Intrigen um Intrigen gewirkt hast, war ich nicht untätig. Du willst mir deine Unterstützung entziehen? Ich habe ein Abkommen mit Kidarka geschlossen. Für den gleichen Preis werden sie mich mit Stahl und Eisen überhäufen. Mir ist es gestattet einzukaufen, wo ich möchte, aber du darfst deine Waffen laut unseren uralten Gesetzen nicht außerhalb Sulakans verkaufen.«

Dayana öffnete überrascht den Mund. Falk war seit Monaten erst spätnachts zu ihr gekommen und sie hatte sich immer gefragt, was er den ganzen Tag trieb.

»Auch mit Khimo habe ich einen Vertrag aufgesetzt. Beide Reiche sehen den Gewinn meiner Herrschaft ein. Der Handel floriert und Sulakans Waren sind dort beliebt. Sollten meine eigenen Krieger sich gegen mich wenden, werden sie nicht zögern mir ihre Unterstützung zukommen zu lassen. Für einen möglichen Kampf gegen die Randstämme würde ich die doppelte Kriegeranzahl bekommen, die du mir zur Verfügung stellst.«

Hathuk schüttelte verächtlich den Kopf. »Ihr zieht Ausländer Eurem Volk vor?«

»Wenn mein Volk glaubt, mich, den König, erpressen zu können, werde ich es lehren, was das bedeutet. Und solltest du irrtümlich glauben, dass ich zu unserem Nachteil gehandelt habe, kannst du dir die abgeschlossenen Verträge ansehen. Sie befinden sich in der Obhut meines Beraters.«

Falk trat von dem erhöhten Bereich nach unten zu den Höflingen. »Sulakan war einst ein mächtiges Reich. Wir waren überlegen in der Wissenschaft und in der Medizin. Jedes Land wollte unsere Heilkunst erlernen. Dann kam die dunkle Zeit, in der der Glaube an Kadesh wichtiger wurde als unser Fortschritt. Unser Volk musste darunter leiden.«

»Kadesh ist unser wahrer Gott!«, rief ein Höfling aus.

Dayana musste an sich halten, um stumm zu bleiben. Es gab nur Ishar, die Wüstengöttin.

»Wirklich?«

Ihr Magen schlug Purzelbäume. Obwohl sie sich gerne zu Ishar alleine bekannt hätte, wusste sie nicht, ob es gut war, dass Falk gerade jetzt an dem heißgeliebten männlichen Gott dieses Landes zweifelte.

»Die fanatischen Randstämme haben Ishars Priesterinnen getötet und sie hat uns dafür verflucht!«

Das war selbst für Dayana neu. Mit heftig pochendem Herzen wartete sie auf seine nächsten Worte.

»Nach diesem katastrophalen Bankett schickte ich Kundschafter aus, die alles Ungewöhnliche melden sollten. Nach vier Monaten kamen sie zu einem Entschluss: In Sulakan wurde seit dem Bankett kein einziges lebendes Mädchen geboren. Die weiblichen Neugeborenen sterben sofort, nur die Jungen bleiben am Leben.«

Dayana fing an zu zittern, als sie endlich Ishars Fluch begriff. Mit dem Verstehen kam die Angst, denn auch sie war schwanger.

Falk, der ihre Furcht ahnte, kam zu ihr und nahm sie in den Arm. »Meine Königin erwartet ein Kind und auch wir sind vor diesem Fluch nicht gefeit.«

»Das kann alles bloßer Zufall sein«, meinte Hathuk ungerührt.

»Glaubst du? Ich halte weder dich noch jemand anderen davon ab, nach Hause zu reiten und sich zu überzeugen«, antwortete Falk kalt. »In Sula leben hundertdreißigtausend Menschen. Etwa fünftausend davon sind Frauen, die in den letzten vier Monaten ihr Kind gebaren. Die Jungen haben überlebt, aber alle Mädchen fanden nach der Geburt den Tod.« Falk deutete in Richtung der Stadt. »Wann habt ihr den Palast verlassen und seid durch Sula geritten? An viel zu vielen Häusern hängen weiße Trauertücher im Wind.«

Schwarze Tücher wurden für den Tod alter Menschen und Erwachsener an den Häusern angebracht. Weiße Tücher kündeten vom Dahinscheiden eines Kindes oder Neugeborenen.

Die Höflinge flüsterten einander leise zu, doch niemand wagte das Wort gegen den König zu erheben. Dayana fühlte die Panik in ihrem Inneren wachsen, doch sie musste Haltung bewahren.

»Das beweist nur noch mehr, dass wir unsere Gebete an Kadesh richten müssen«, beharrte Hathuk.

Falk ließ sie los und trat vor den Mann. »Ich werde dir nicht vorschreiben, wen du anbeten sollst. Das ist nicht meine Entscheidung und ihr seid alle alt genug, um es selbst zu wissen. Bedenkt nur eines. Eure Frauen und Töchter gebären die Mitglieder unseres Volkes und es waren Fanatiker, die Kadeshs Namen priesen und die Göttin bedrängten.«

Dayana musste nicht in Hathuks Gesicht sehen, um zu wissen, dass jedes an ihn gerichtete Wort vergebens war.

»Ich werde für unsere Frauen zu Ishar beten«, erklärte sie mit ruhiger Stimme. »Ishar liebte Sulakan und sie liebt das Volk. Ich trage die Hoffnung in mir, dass sie trotz ihrer Trauer um ihre Priesterinnen ihr Herz für uns öffnet.«

Darauf hätte Hathuk liebend gerne etwas erwidert, aber Falk ließ ihn nicht dazu kommen. Er löste die Versammlung auf und die Höflinge zogen sich sofort zurück. Vielleicht wollten sich alle vom Wahrheitsgehalt seiner Worte überzeugen. Bei Falk und ihr blieben nur die Sandreiter, Nehan, Lamin und Ioran. Der Haremswächter betrachtete die Zerstörung mit Tränen in den Augen.

Dayana streckte langsam die Hände aus und als der ältere Mann nicht zurückwich, umfasste sie sein Gesicht. »Das ist kein Grund zur Trauer, Ioran. Die Zukunft ruht in mir und auch ohne einen Harem gibt es genügend Arbeit. Unsere Kinder werden dich brauchen.«

Vielleicht war es die Aussicht auf Erben, die ihm Trost spendete, denn Ioran trocknete seine Augen und räusperte sich. »Vielleicht kann sich mein Aufgabengebiet erweitern. Aber was habt Ihr nun mit dieser großen Fläche vor?«

»Ich werde eine Schule eröffnen«, verkündete Falk. »Ashkan wird Zeit brauchen, um wieder zu der glorreichen Stadt zu werden, die wir kennen und lieben. Daher ist eine Schule dringend notwendig. Und diese wird jeden aufnehmen, der voller Wissbegierde ist und sich diesen Platz verdient. Weder Status noch das soziale Umfeld werden bestimmen, wer hier lernen darf. Sogar das Geschlecht wird völlig gleichgültig sein.«

»Und du bist nicht der Meinung, dass du mit der Tür ins Haus fällst?«, wollte Dayana wissen, doch insgeheim konnte sie sich keinen besseren Verwendungszweck vorstellen.

»Ich war behutsam und habe darauf geachtet niemanden zu verärgern. Und was kam dabei heraus? Es gab mehrere Attentate auf dich und unser Land wurde verflucht. Die Zeit des Duckens ist vorbei. Ich bin König und als solcher werde ich herrschen, wie es mein Gewissen verlangt.«

Falk würde sie nie in Gefahr bringen, in diesem Punkt vertraute sie ihrem Liebsten. Dayana schlang die Arme um seine Mitte und barg die Wange an seiner Brust. »Aber Hathuk Al'Far ist unser Feind geworden«, sagte sie leise.

»In der Tat. Und aus diesem Grund ziehe ich ihm die Zähne.« Ihr Liebster grinste kalt. »Ich habe alles in die Wege geleitet, um ihn zu entmachten. Wenn der alte Fuchs nach Hause zurückkehrt, wird er erfahren, dass ich seinem Neffen die Vollmacht über alle Ländereien übertragen habe.«

Er hatte geschickt die Fäden gezogen. Mit dieser Lösung würde Sharuk Al'Far sich mehr als zufriedengeben.

»Wie kamst du auf diese Idee?«, wollte Dayana wissen.

»Nehan«, brummte Falk. »Er hat mir vorgeschlagen mit Isetti Al'Far zu sprechen. Sie hat diesen Vorschlag gemacht. Die Männer ihres Onkels folgen dem Oberhaupt, aber Hathuk ist alt, daher werden sie ihrem Bruder die Treue schwören.«

Der junge Mann blickte stets finster in die Welt, aber Dayana zweifelte nicht daran, dass Isetti ihren Bruder händeln konnte. Und so konnte sie problemlos mit ihrer Geliebten zusammen sein.

»Das war jetzt genug Aufregung für die Königin«, verkündete Ioran ernst. »Sie muss sich ausruhen.«

»Ich werde persönlich dafür sorgen«, versprach Falk und griff nach Dayanas Hand.

Sie kehrten mit Toshiro und Lamin in den königlichen Privatbereich zurück, wo die zwei vor dem Gelände Posten bezogen. Falk führte Dayana ins Schlafzimmer und setzte sich auf das Bett, bevor er sie auf seine Knie zog.

»Falls ich dich erschreckt habe, tut es mir leid.«

Kopfschüttelnd schlang sie die Arme um seinen Hals. »Ich verstehe deine Beweggründe. Aber nun habe ich Angst. Falk, unser Kind ...«

»Ich weiß, mein Herz«, flüsterte er leise und küsste sanft ihre Schläfe.

»Wieso hat Ishar uns verflucht?«, wagte Dayana leise zu fragen. »Ich will nicht an ihr zweifeln, aber ein Kind zu verlieren, reißt das Herz einer Frau in Stücke und ich kann nicht begreifen, wie sie gerade jenen, die sie so liebt, das antun kann.«

»Ich maße mir nicht an ihre Beweggründe zu verstehen, aber vielleicht will sie diesem Land zeigen, was in ihrem Inneren hervorgeht. Dass ihr Herz in tausend Stücke zerbrochen wurde.«

Falks Antwort klang logisch. Ishar hatte ihre Priesterinnen geliebt und hilflos ihrem Sterben zusehen müssen, denn die Göttin musste sich an bestimmte Regeln halten. Sie gab sich nur der Auserwählten zu erkennen.

»Glaubst du wirklich, unser Volk kann aus diesem Fluch lernen?«, fragte Dayana weiter

»Nicht alle, aber ich hoffe, dass sie darüber nachdenken, was ein Land ohne Frauen bedeutet.«

Dayana schloss die Augen, als Falk sie zart küsste.

»Zumindest ist Aizens Großvater gewillt sich mit mir zu treffen. Er hat auch bemerkt, dass etwas mit den vielen verstorbenen Mädchen nicht stimmt. Ob er sich auf unsere Seite stellen wird, weiß ich nicht. Das kann mir noch nicht einmal Aizen sagen.«

»Vielleicht sind unsere Versuche, einen Frieden anzustreben, vergebens«, seufzte Dayana.

»Es muss klappen«, sagte Falk ernst. »Ich muss versuchen unsere Träume zu verwirklichen und dabei will ich nicht auf Männer wie Hathuk Al'Far angewiesen sein.«

»Ich stehe hinter dir«, versicherte Dayana ihm.

Die Liebe in seinen Augen stärkte ihr Vertrauen in ihn.

»Ich werde dich demnächst alleine lassen müssen«, sagte Falk bedauernd, während seine Hände über ihren runden Bauch wanderten.

»Es ist wichtig und ich verstehe es.« Sanft zog sie sein Gesicht zu sich heran und küsste ihn. »Lass mich nur nicht zu lange auf deine Rückkehr warten.«

31

In ihren Träumen erlebte Izana den Albtraum der Göttin. Sie sah die Priesterinnen sterben und teilte Ishars Leid. Es fühlte sich an, als würde man ihr persönlich die Gliedmaßen herausreißen. Meist wurde sie von Balan oder Elis geweckt. Heute erwachte sie, bevor sie schreien konnte. Sie saß aufrecht auf dem Bett, fühlte die Dunkelheit ihres Zimmers fast körperlich. Lediglich ihre Hände schimmerten fahl im Licht des Mondes, das sich wie vergossene Milch in ihrem Zimmer im Palast erstreckte.

»Wieso hast du mich auserwählt?«, fragte sie leise. »Um mich leiden zu lassen? Die Königin erzählte mir von ihrer Zeit und von der Freude der Frauen. Ich beneide sie darum, denn mir gibst du nur diese unerträglichen Träume, die zersetzt sind von Furcht und Leid.«

Falls sie auf eine Antwort gewartet hatte, wurde sie enttäuscht. Fluchend schob sie die Decke zurück und stieg aus dem Bett, im nächsten Moment fiel sie hin. Der erwartete Aufprall auf dem Marmorboden blieb aus. Stattdessen versank sie mit den Händen in Sand. Izana blickte sich um und stieß einen erschrockenen Laut aus, denn um sie herum befand sich die offene Wüste. Weil sie glaubte zu träumen, hob sie die Faust und ließ die Sandkörner darin zu Boden rieseln. Es fühlte sich echt an. Nachdenklich kam sie auf die Beine. War sie doch wieder eingeschlafen?

»Elis? Balan?«

Ihre Stimme hallte durch die Unendlichkeit, aber niemand antwortete ihr. »Balan? Elis?«, schallte es zurück.

Sie schluckte. Es gab hier niemand anderen, aber sie war wach, denn als sie sich in den Arm zwickte, empfand sie Schmerzen.

Izana ging los, obwohl sie weder eine Behausung noch eine andere Menschenseele sehen konnte. Nach zehn Minuten blieb sie stehen. Die Umgebung aus Sanddünen hatte sich nicht verändert. Ihr war, als wäre sie auf der Stelle gelaufen. Sie ließ sich in den Sand fallen und starrte vor sich hin. Dayana war Ishar in ihrer Zeit als Auserwählte mehrmals begegnet, aber sie bekam die Leere einer Wüste. Selbst die Sterne am Himmel hatten ihren Glanz verloren.

»Das ist nicht richtig!«, rief sie wütend aus. »Die Wüste ist wunderschön. Was du mir zeigst, ist eine Lüge!«

Ishar antwortete nicht, stattdessen verblasste sogar der Mond und die Finsternis nahm zu.

Izanas Puls stieg an. Sie fürchtete sich und weigerte sich gleichzeitig diese Furcht zu zeigen. Fluchend kam sie auf die Beine und reckte die Faust in den Himmel. »Ich bin Izana Hazar und die Dunkelheit in deinem Herzen wird mir nichts anhaben! Selbst wenn du die Schönheit deiner eigenen Schöpfung nicht mehr erkennst, so werde ich nicht blind für sie werden. Also lass uns aus diesem Albtraum entkommen.«

Etwas anderes als ihre Stimme durchbrach die Stille. Sie hörte ein fernes Schluchzen. Izana suchte die trostlose Umgebung mit den Augen ab und entdeckte auf einem Hang seitlich von ihr eine kniende Gestalt.

Izana mühte sich die Sanddüne hinauf. Die Frau kniete mit dem Rücken zu ihr und drohte von der Dunkelheit verschluckt zu werden. Wahrscheinlich sah es gerade so in Ishars Herz aus. Keine Hoffnung, nur Tod, Trauer und Hass.

Als sie die leise weinende Gestalt berühren wollte, sprang die Frau auf und rannte davon. Störrisch setzte Izana ihr nach. »Stell dich mir!«, rief sie. »Du hast mich auserwählt, wieso läufst du davon?«

Während sie die Frau verfolgte, veränderte sich die Umgebung. Aus den Weiten der von Sanddünen übersäten Wüste bildete sich ein Tal heraus, umsäumt von einem Gebirge.

Die Frau kniete schluchzend in der Ebene. Izana konnte ein feines Leuchten ausmachen, das flackernd aus ihrer Brust entstieg, als würde es demnächst erlöschen. Als Izana versuchte das Gesicht Ishars zu sehen, zuckte sie vor ihr zurück, denn die kniende Frau besaß nicht nur ein Gesicht, sondern es veränderte sich immerzu. Es fühlte sich an, als wären in einem Körper hunderttausende von Frauen vorhanden und sie alle weinten verzweifelt. Einmal glaubte sie sogar das Gesicht der Königin zu erkennen.

»Ishar«, wisperte sie. »Dein Herz ist gebrochen.«

Plötzlich stieß die Göttin einen Schrei aus und raufte sich die Haare.

Vom Gebirge her drang ein fürchterliches Geräusch, wie das Knistern von Flügeln, bevor die Heuschrecken sich erhoben und eine Plage über das Land brachten.

Als sie hinaufschaute, stand dort eine rötlich schimmernde Gestalt. Die Größe und die breiten Schultern ließen auf einen Mann schließen, aber Izana wusste, dass das kein einfacher Mann war.

Ishars Manifestation kauerte sich in den Sand und wurde immer verzweifelter, je länger diese Gestalt sie beobachtete. Wer war das?

Der Mann hob den Arm und deutete auf die kniende Göttin. Die herabwürdigende Geste erregte Izanas Zorn. Bevor sie wusste, was sie tat, stellte sie sich vor sie. »Ich fürchte dich nicht!«

Er reckte die Faust in die Luft, doch er kam nicht zu ihr. Da begriff sie, dass er diesen Ort nicht verlassen konnte. Izana kehrte ihm den Rücken zu und ignorierte seinen Groll.

Die Göttin, die sie beschützen sollte, zitterte wie ein kleines Kind. Mitfühlend ging Izana in die Knie und schlang die Arme um die schluchzende Frau. Obwohl sie von der Kälte des Körpers überrascht wurde, trat sie nicht zurück.

»Ich gebe nicht auf«, murmelte sie. »Ganz gleich wie schwer es wird.«

Vielleicht hatte die Göttin sie doch gehört, denn ein scharfer Wind umwehte sie. Um sich vor den Sandkörnern zu schützen, schloss sie die Augen. Als sie diese wieder öffnete, kniete sie in ihrem Zimmer. Keuchend stand sie vom Boden auf und setzte sich auf das Bett. Dort ließ sie alles, was sie erlebt hatte, Revue passieren.

Ishar trauerte. Nur wie konnte sie die Göttin trösten? Und was war das für eine seltsame Gestalt gewesen?

Als sie sich sicher war, dass ihre Beine sie tragen konnten, stand sie auf und ging zum Fenster, wo sie auf das Firmament blickte. Der Nachthimmel war wunderschön, nur hatte die Göttin das in ihrer Trauer vergessen. Sie

musste sich wieder erinnern, aber Izana wusste, dass sie das von Sula aus nicht erreichen würde. Und schon gar nicht alleine.
 Izana würde Hilfe brauchen.

32

Brudans Herz schlug unregelmäßig. Als er heute in das Dorf seines Vaters eingeritten war, um ihm von dem Sieg gegen diese Metzen zu berichten, hatten sich alle im Aufruhr befunden. Nur bruchstückhaft hatte der Mann, der zur Bewachung des Dorfes abgestellt worden war, wiedergegeben, was sich während seiner Abwesenheit ereignet hatte. In seinem Zorn brach Brudan dem Kerl das Genick.

Kerdu war geflohen und als ob das nicht schlimm genug wäre, hatte er dem Wesir zur Flucht verholfen.

Zorn übermannte ihn. Bevor ihm bewusst wurde, was er tat, tötete er einen Krieger nach dem anderen. Die Schuld lag nicht bei diesen Männern, sie lag bei seinem Vater, aber sich das einzugestehen, erschien ihm wie Verrat. Sein Vater war allmächtig. Und doch nagte der Zweifel an ihm. Arudan hatte Kerdus Betrug nicht vorhergesehen und sich mit einem Schwächling verbündet.

Ein weiterer Krieger geriet in sein Blickfeld. Brudan griff nach ihm und stieß einen überraschten Schrei aus, denn er wurde am Arm gepackt.

Ihm entfuhr ein Knurren. Brudan fuhr herum, um denjenigen, der ihn berührte, zu töten, da verließ ihn alle Kraft. Sein Vater, von dem er geglaubt hatte dem Tode nahe zu sein, hatte seinen Arm gepackt und drückte ihn gnadenlos in die Knie.

Brudan kämpfte mit allem, was er hatte, darum, auf den Beinen zu bleiben und schaffte es nicht. »Vater«, ächzte er.

»Vater?«, wiederholte Arudan. »Bist du dir sicher?«

Er blickte zu dem Mann auf und sah einen greisenhaften Körper, aber die Stärke darin konnte nicht die seine sein. Brudan stierte Arudan an und gab alles, um wieder auf die Beine zu kommen.

»Der Hellste scheinst du nicht gerade zu sein, aber dein Körper ist ein Meisterwerk und ich werde ihn zu gegebener Zeit beanspruchen.«

Sein Vater sprach und doch waren es nicht Arudans Worte.

»Wer bist du?«

»Meinen Namen habt ihr gepriesen. Für meinen Ruhm habt ihr mehrfach getötet und nun wollt ihr nicht erkennen, wer ich bin?«

Die Menschen zogen sich furchtvoll von dem Dorfplatz zurück. Brudan schaffte es, auf einem Bein zu stehen.

»Vorsicht oder du tötest den gebrechlichen Alten«, warnte Arudan ihn.

Geflüster über einen schlimmen Geist wurde hörbar und allmählich glaubte auch er, dass Arudan besessen war.

»Ich habe gesehen, was du für mich getan hast. Wie du diese Frauen in meinem Namen gefoltert hast.«

In seinem Namen? Brudan keuchte. Nein, das konnte nicht sein! Sein Vater hatte über Jahre hinweg zu Kadesh gebetet und nie hatte der Gott sich ihm gezeigt. Wieso ausgerechnet jetzt?

»Die Zeit meiner Geburt ist gekommen. Der Glaube an Kadesh überwiegt den Glauben an Ishar und erlaubt es mir, mich dem Pantheon anzuschließen. Dafür muss ich diesem Alten hier danken. Ohne seinen Glauben, wäre diese Gelegenheit nie gekommen.«

Noch während er sprach, wurde Arudans Gestalt von einem kalten Feuer eingehüllt.

Konnte das wirklich der Gott Kadesh sein?

»Willst du meine Feinde bezwingen?«

Für seinen Vater würde er es tun und da Arudan zu Kadesh betete, stand seine Antwort fest. »Ja.«

»Gut. Dann holen wir zum letzten Schlag gegen Ishar aus. Es gibt noch eine einzige Priesterin, die von dir ausgemerzt werden muss. Aber alles zu seiner Zeit.«

Der greisenhafte und furchteinflößende Arudan hob euphorisch die Arme in die Luft. »Betet zu mir. Fürchtet mich. Gebt mir noch mehr von eurer Kraft.«

Diese Mal sank Brudan eigenmächtig in die Knie. Eine innere Stimme schrie ihm zu, dass er von sich aus nie gekniet hätte, doch das rötliche Leuchten vertrieb jeden klaren Gedanken.

In dem gleichen Wahn seines Vaters beugte das ganze Dorf das Haupt vor einem neuen Gott, der dabei war, das Licht der Welt zu erblicken.

33

Kario Beldars Dorf war ein richtiger Augenöffner. Die Reiterschar bestand aus mindestens zwanzigtausend Kriegern, die einer Route folgten, die schon immer existiert hatte. Sie zogen von Oase zu Oase, blieben jedoch nie zu lange dort, um dem Ort die Möglichkeit zu geben, sich wieder zu regenerieren. Dieses Verhalten hatte Weskar schon immer erstaunlich gefunden, wo die anderen Stämme sich einfach nahmen, was sie wollten.

Als er nun sein Pferd in das Lager der Nomaden führte, wurde er von niemandem beobachtet. Diesen Menschen war es egal, wer mit ihrem Anführer ritt. Sie taten es nicht aus Geringschätzung, sondern weil sie Kario vertrauten und respektierten.

Inmitten der vielen Zelte und Pferdeherden gab es eine Behausung, die sich von allen abhob. Sie gehörte Karios Familie. Daran grenzte eine Koppel, auf der sich die prächtigsten Pferde aufhielten, die Weskar je gesehen hatte. Es wunderte ihn, dass Kario den Thron friedlich für seine Enkel wollte, denn er schien in der Lage zu sein, das ganze Land einzunehmen.

»Meine Frau erwartet sehnsüchtig meinen Besuch«, verkündete Kario, der an der Spitze ritt. »Amitha wird dich zu deinem Schlafplatz bringen. Wir legen keinen Wert auf Weltliches, aber als unser Gast wirst du unsere schlichten Bedürfnisse ertragen müssen.«

Kaum hatte Kario zu Ende gesprochen, erschien seine Tochter an Weskars Seite. »Ich kümmere mich um ihn, Vater.«

»Natürlich, Kind.«

Der braunhaarige Mann winkte ihm zu und spaltete sich von der Gruppe ab.

Weskar schaute zu der Frau, die demnächst sein Bett wärmen würde. »Dein Vater hat von einer Frau gesprochen.«

Amitha bedachte ihn eines Blickes, als würde sie an seiner Intelligenz zweifeln. »Mehrere Frauen zu haben, würde zu Streitigkeiten führen. Vater hat es daher verboten.«

Weskar runzelte die Stirn. »Und die Krieger halten sich daran?«

»Ja, genauso wie du dich daran halten wirst.«

Er fühlte sich vor den Kopf gestoßen. Nie hatte eine Frau gewagt so mit ihm zu reden. Auf der anderen Seite durfte er nicht vergessen, dass Amitha klug war. Sie wusste, dass er auf die Unterstützung ihres Vaters angewiesen war.

Vor dem Zelt saß sie ab. Wie die meisten Frauen trug sie einen Rock und darunter eine Hose. Sie war ziemlich klein, bewegte sich aber anmutig. Fast erinnerte sie ihn an Renya.

Amitha führte ihn ins Innere des großen Zeltes. Um die Luft nicht allzu stickig werden zu lassen, hatten sie die Zeltplanen am Boden zehn Zentimeter nach oben festgebunden.

In dem großen Auffangraum begrüßte Amitha einige Kinder, die am Boden Würfelspiele veranstalteten. Ein Kleinkind von zwei Jahren nahm sie sogar in den Arm und herzte es. Karios Frau und Tochter und die Familien seiner beiden Söhne lebten hier. Die Mütter der Kinder warfen ihm neugierige Blicke zu, mehr aber auch nicht.

Weskar folgte der jungen Frau zu einem seitlichen Bereich, der vielmehr einem Gang ähnelte, und blieb wie angewurzelt stehen, denn er hatte jemanden entdeckt, den er hier nicht erwartet hatte. Der alte Mann saß auf einem breiten Kissen und zog genüsslich an einem Schlauch.

Weskar unterdrückte einen Fluch und ging in den abgelegenen Bereich.

»Wesir, dieser Wohnbereich ist dem Gast meines Vaters vorbehalten«, hörte er Amitha hinter sich protestieren.

»Wenn dein Vater nicht gewollt hätte, dass ich das sehe, hätte er mich woanders einquartieren sollen«, knurrte er.

Der Alte stieß ein keckerndes Lachen aus und deutete zu dem Sitzplatz neben sich. »Weskar, alter Freund, setz dich zu mir. Lass uns zusammen rauchen.«

»Dazan Tarashi!« Er spie den Namen beinahe aus. Nach dem Tod von Dayorkan und Selun hatte der alte Fuchs versucht die Macht über Sulakan zu ergreifen, dies jedoch nicht geschafft, da sein Enkel sich weigerte seinen Befehlen Folge zu leisten. Nach seiner Entmachtung musste Dazan sich Kario angeschlossen haben.

»Rauchen?«, stieß er ungläubig hervor. »Was suchst du hier?«

»Ah, wir befinden uns immer noch im Rennen«, erklärte der Alte ihm. »Unser Gastgeber ist sich nicht schlüssig, wem er seine einzige Tochter geben will. Einem alten Bock wie dir, oder meinem Enkel.«

Fassungslos wandte Weskar sich Amitha zu, doch diese zeigte nicht die geringste Reaktion. Folglich stimmte es. Kario versuchte ihn zu hintergehen.

»Dein Enkel möchte noch nicht einmal die gleiche Luft einatmen wie du«, stieß er hervor, während er fieberhaft überlegte. Was sollte er tun, um den Alten aus dem Rennen zu schießen?

»Das muss er auch nicht, solange er meine Linie fortführt.«

Und danach würde Dazan eine Möglichkeit finden, um den widerspenstigen Nehan Tarashi aus dem Weg zu schaffen.

Weskar verfluchte seine Nachlässigkeit. Anstatt Handel mit ihm zu treiben, hätte er Nehan vernichten sollen. Selbst wenn er nicht Teil von Dazans Spiel sein wollte, der Bastard würde einen Weg finden, ihn so zu lenken, dass er gehorchte.

»Habt ihr euch genug unterhalten?« Amitha bedeutete ihm den privaten Wohnbereich zu verlassen. »Vater lädt alle Gäste heute Abend zu einem Festmahl ein. Dort wird er die Situation aufklären.«

Weskar unterdrückte einen Fluch und entfernte sich von dem Alten, der genauso tödlich wie eine Viper sein konnte.

In seiner Jugend hatte Dazan sich sein Vermögen als Assassine des Königs verdient. Er hatte die Feinde Sulakans getötet und dafür Ländereien und einen Titel bekommen. Wäre er nicht so gierig geworden, hätte er einem gemütlichen Lebensabend entgegen sehen können. Dazan durfte sich glücklich schätzen, dass der König ihn nur entmachtet hatte.

Kario musste einen Streit befürchtet haben, deswegen befand sich sein

Zimmer auf der anderen Seite des Zeltes. Wenn man es ein Zimmer nennen konnte. Es maß zwei auf zwei Meter und bestand aus einer Bettunterlage und einer Pfeife.

»Ich rauche nicht«, sagte er schlecht gelaunt.

»Dann räum sie weg«, erklärte Amitha ihm ungerührt. »Bleib bis zum Abend hier. Ich hole dich dann ab.«

Je länger er diese Frau kannte, umso unsympathischer wurde sie ihm. Für den Thron würde er seinen Samen in ihr vergießen, aber es würde eine Qual darstellen, ihr jeden Tag aufs Neueste zu begegnen.

Karios Tochter gönnte ihm noch nicht einmal einen weiteren Blick, sondern ließ ihn alleine. Fassungslos blickte er zu der Stelle, an der sie eben noch gestanden hatte. Dieses Miststück!

Weil die Wut über die geringschätzige Behandlung ihn zu übermannen drohte, biss er sich auf den Fingerknöchel. Einige Sekunden lang blieb er reglos, dann ließ er sich auf die weiche Unterlage nieder. Er hätte gerne für einige Stunden geschlafen, aber der Zorn ließ ihn nicht zur Ruhe kommen. Weskar fragte sich die ganze Zeit, wie es nur so weit hatte kommen können.

Düstere Gedanken klammerten sich um seinen Verstand. Er überdachte seine Lage. Mit Arudan hatte er sich verschätzt und Thurakin hatte ihn nie gemocht. Die Stämme waren ohnehin zu zerstritten, um überhaupt miteinander zu kommunizieren. Er hatte keine Auswahl mehr. Weskar musste Kario davon überzeugen, dass er der bessere Kandidat war. Aber er haderte mit dieser Entscheidung selbst dann noch, als Amitha ihn für das Bankett abholte.

Die junge Frau war kaum wiederzuerkennen. Sie trug ein zweiteiliges goldenes Gewand, das ihren füllligen Busen betonte und den geschmückten Nabel freiließ. Das pechschwarze Haar fiel ihr nun offen den Rücken hinab und glänzte gesund im Licht der Leuchtsteine. Ein schwarzer Lidstrich betonte ihre hellbraunen Augen und das Rot machte ihre vollen Lippen noch verführerischer. Selbst wenn Weskar sie als viel zu unverschämt empfand, konnte er nicht umhin sich einzugestehen, dass sie schön war.

»Gehen wir«, befahl sie kurz angebunden.

Für einen Moment glaubte Weskar, dass ihr Erscheinen ein Zeichen der Bevorzugung war, doch Amitha blieb vor Dazans Bereich stehen und rief ihn ebenfalls.

Weskar knirschte mit den Zähnen, während der alte Fuchs die Hände in die Weite seiner Ärmel verbarg und ihnen folgte.

Das Essen fand im Auffangbereich statt. Man hatte Tische und Stühle bereitgestellt. Köstlich duftende Speisen lagen bereit und warteten darauf, verspeist zu werden.

»Meine Gäste.« Kario war bei ihrem Erscheinen aufgestanden und deutete auf die Tische links und rechts von sich, an denen jeweils ein Platz frei war. »Setzt euch.«

Jetzt zu fordern aufgeklärt zu werden war nicht der günstigste Moment. Weskar setzte sich an Karios rechte Seite. Die Kinder neben ihm mussten seine Enkel sein. Neben dem Anführer saß eine wunderschöne Frau am Tisch. Sie glich Amitha wie ein Zwilling, doch ihr Gesicht besaß Reife und verriet ihm, dass sie längst aus dem Alter heraus war, in dem sie noch Kinder haben könnte.

»Esst und trinkt«, lud der Nomade sie ein. »Mit leerem Magen kann man schlecht verhandeln.«

Weskar schwieg und spießte sich einige Stücke des Hammels auf. Er mochte weder den Geschmack noch den eindeutigen Geruch nach Hammelfleisch, aber sein Gastgeber liebte diese Speise, daher aß er davon, ohne eine Miene zu verziehen.

Jeder speiste in harmonischer Stille. Sogar die Kinder benahmen sich. Amitha saß an der Seite ihrer Mutter und ließ sich nicht anmerken was sie von der Situation hielt.

Nachdem die Platten geleert waren, erhoben sich die meisten und verließen den ausladenden Zeltbereich. Karios Frau beugte sich zu ihm hinab und flüsterte ihm etwas zu, was ihn wohl amüsierte, denn er lachte laut.

Weskar konnte nicht umhin zu glauben, dass sie sich auf seine Kosten lustig gemacht hatte.

Sie pflanzte einen Kuss auf die Lippen ihres Mannes und verließ das Zelt. Nun war er mit Dazan, Amitha und Kario alleine.

Der Nomade säuberte seine Hände mit einem feuchten Tuch und deutete zu den bauchigen Flaschen inmitten der Tische. »Trinken wir.«

Weskar wartete, ob Amitha ihm einschenken würde, doch Kario griff selbst nach der Flasche, also tat er es ihm gleich. Der Wein verströmte ein fruchtiges Aroma. Weskar war gegen einige Gifte immunisiert, indem er über Jahre hinweg winzige Dosen davon eingenommen hatte, aber das richtige vermochte ihn zu töten.

Prüfend schaute er zu Dazan. Der alte Mann füllte seinen Kelch und prostete seinem Gastgeber zu, bevor er an dem Getränk nippte. »Vorzüglich«, lobte er dann.

Weskar beeilte sich, um ebenfalls von dem Getränk zu kosten, und versuchte sich nichts anmerken zu lassen. Verflucht, dieser Dattelwein hatte einen unverkennbaren Geschmack. Er war von den Tarashi hergestellt worden. »In der Tat«, sagte er stattdessen. »Ein ausgezeichneter Tropfen.«

Kario lächelte zufrieden. »Ich dachte mir, dass ihr zumindest den gleichen Weingeschmack besitzt. Nun, dann wollen wir mit den Verhandlungen beginnen. Was könnt ihr mir anbieten?«

»Das starke Blut meiner Linie«, antwortete Dazan. »Meine Vorfahren wurden immer steinalt. Außerdem ist mein Enkel noch ein junger Mann.«

»Wir haben auch edle Vorfahren«, warf Kario unbeeindruckt ein. »Weskar?«

Das war der Moment, in dem er glänzen konnte. »Wie wäre es mit der Eroberung Sulas?«

Das überraschte seinen Gastgeber. »Wir sind Nomaden. Wieso sollte ich die Stadt erobern wollen?«

»Damit sich die Kunde im ganzen Reich verbreitet.«

Ja, er hatte Kario gut eingeschätzt. Er war eitel und genoss die Bewunderung der anderen. »Und wie sollte ich die Hauptstadt unseres Reiches erobern?«

»Durch den geheimen Weg, den ich nachträglich bauen ließ und den noch nicht einmal der neue König kennt«, verkündete Weskar siegesgewiss.

34

Auf seinem Weg zu Dayana kam Nehan am ehemaligen Harem vorbei. Die Umbauten waren bereits in vollem Gange. Er hörte das Hämmern schon von Weitem.

Toshiro hielt Wache vor dem Gemach, was ihm verriet, dass Dayana sich darin befand. »Etwas gefunden?«

Der Sandreiter wusste, dass er in der Stadt nach einem passenden Geschenk für die Geburt gesucht hatte. Kopfschüttelnd hob er den Beutel. »Zumindest habe ich die Bananenmilch dabei.«

»Mütterchen wird dich dafür anbeten«, lachte Toshiro und ließ ihn passieren.

Dayana hatte in der Schwangerschaft eine Vorliebe für Bananen entwickelt. Sie aß sie roh, gekocht, geröstet, in Milch gerührt. Da Ioran nicht zuließ, dass sie jeden Tag ihren Gelüsten nachgab, war sie auf Gaben angewiesen und seltsamerweise wurde sie reich mit Nahrungsmittel beschenkt, die Bananen in sich trugen.

»Dayana? Ioran?«

Vielleicht war Dayana zu erschöpft und hatte sich hingelegt. In letzter Zeit litt sie an extremer Müdigkeit. Sie würde die Tage am liebsten im Bett verbringen, aber Ioran trieb sie zu regelmäßigen Spaziergängen an.

»Dayana?« Er machte sich auf Iorans Rüge gefasst, als er die Köstlichkeit aus dem Beutel nahm und auf den Tisch legte.

Die Tür zum Schlafzimmer stand offen.

»Alles in ...«

Er verharrte im Türrahmen, wie erstarrt, wagte noch nicht einmal zu atmen, dann nahm er tief Luft und brüllte Toshiros Namen. Der Sandreiter war keine fünf Sekunden später bei ihm. Er stellte keine Fragen, denn was sie beide sahen erklärte alles. In Falk und Dayanas Schlafgemach gab es eine Geheimtür. Und die Kampfspuren im Zimmer verrieten, dass Dayana davon nicht gewusst hatte. Zu seinem Entsetzen entdeckte er auf dem Marmorboden sogar einige Tropfen Blut.

Ihm wurde schwarz vor Augen. Sie gehörte einem anderen Mann. Und nicht nur das, sie gehörte seinem Cousin, der zudem König war, aber als ihm drohte sie zu verlieren, wurde ihm bewusst, was sie ihm bedeutete.

»Du wusstest davon?«

Toshiro schüttelte fassungslos den Kopf. »Ich habe die Baupläne studiert und diese Tür ist nicht darin verzeichnet.«

»Dann haben wir das Weskar zu verdanken«, vermutete Nehan. Plötzlich fiel ihm ein Schreiben auf den dunkelblauen Seidenlaken des Bettes auf. Die Handschrift der verfassten Nachricht war ihm so vertraut, dass ihm übel wurde.

»Sie können nicht weit gekommen sein. Benachrichtige die Wachen!«, rief Toshiro ihm zu und rannte in den dunklen Gang.

Nehans Beine trugen ihn nicht mehr, daher ließ er sich auf die Bettkante nieder. Auch ohne den Brief zu öffnen, wusste er, von wem das Schreiben war. Das war er, der Fädenzieher und Puppenspieler. Derjenige, der über sein Leben bestimmt und ihn unglücklich gemacht hatte.

Niemals hätte er sich zu einem Treffen überreden lassen, das hatte Dazan gewusst und nur auf eine Gelegenheit gelauert. Selbst im Palast mussten sich seine Spitzel aufhalten, denn wie hätte er sonst erfahren, wie wichtig Dayana ihm geworden war.

Nehan saß immer noch reglos da, als Toshiro zurückkehrte. »Die Spur verliert sich bei einem Gebäude neben der Karawanserei. Ich habe zum Glück keine Leichen gefunden.«

»Es wird auch keine geben«, antwortete Nehan trostlos. Ihm wurde übel und er hatte einen bitteren Geschmack auf der Zunge.

»Warum sind die Wachen nicht hier? Hast du sie nicht benachrichtigt? Wir müssen Sula abriegeln.«

Als Toshiro an ihm vorbeigehen wollte, schüttelte Nehan den Kopf. »Warte.«

»Warten und Zeit vergeuden? Bist du verrückt?«, schrie der Sandreiter ihn an. »Wenn du die Wachen alarmierst, ist Dayana so gut wie tot.«

Das brachte Toshiro zur Ruhe. »Du weißt, wer das getan hat.«

Es war eine Feststellung, trotzdem nickte Nehan. »Ich erzähle dir, was ich weiß. Aber zuvor wirst du Aidan hierher rufen. Er muss es auch wissen.«

Offenbar beunruhigte ihn sein Gesichtsausdruck, denn Toshiro ging in den Garten, wo sich die zweite Wache befand. Diese schickte er nach dem Befehlshaber aus.

Nehan faltete das Dokument auseinander und fluchte, als etwas hinausfiel. Erst als er es in die Hand nahm, bemerkte er, dass die lange Haarsträhne Dayana gehören musste.

»Wer auch immer das getan hat, ich werde ihn töten«, knurrte Toshiro.

In diesem Moment wünschte Nehan sich nichts sehnlicher, als dass seine Drohung wahr werden würde.

Offenbar musste der Bote Aidan vermittelt haben, wie wichtig Zeit war, denn er war außer Atem, als er ankam. »Ist etwas mit dem Baby? Was zur ...?«

Nehan hatte mittlerweile den Brief gelesen und sich nicht geirrt. Hinter all dem steckte sein Großvater. Wortlos reichte er Aidan das Schreiben, der immer noch erschrocken zu dem Geheimgang sah.

»Mein Großvater, Dazan Tarashi, hat die Königin entführen lassen«, sagte Nehan leise.

Aidan las das Schreiben mit schmalen Augen und reichte es dann an Toshiro weiter. »Wieso?«

»Weil er ein Sadist ist. Fast mein Leben lang ließ er mich foltern und er bedauert es immer noch nicht.«

Nun würde er Dayana benutzen, um sich für die Schmach an ihn zu rächen. »Wird er sie töten?«, wollte Toshiro wissen.

»In dem Schreiben hat er uns einige Koordinaten genannt. Wenn ich alleine komme, tut er Dayana vorerst nichts.«

Dieser Plan gefiel Toshiro überhaupt nicht. »Kommt nicht infrage.

»Ich kann sie alleine nicht retten, das weiß ich«, gab Nehan zu. »Hilfe werde ich dringend brauchen, aber wir müssen besonnen vorgehen.«

»Ich rufe die Falukard«, entschied Aidan. »Sie wird die Suche beginnen und kann Falk gleich ...«

»Nein, du darfst es dem König nicht sagen. Er würde alle Verhandlungen mit Thurakin unterbrechen und so meinem Großvater zeigen, dass ich ihn eingeweiht habe. Falk kann es erfahren, wenn wir Dayana gerettet haben.«

»Er ist ihr Mann!«, rief Toshiro aus. In seinem Gesicht konnte er den Selbsthass erkennen. Der König hatte ihm die Königin anvertraut und sie war während seiner Wacht entführt worden.

»Das ändert nichts an der Tatsache, dass mein Großvater sie als Köder benutzt. Ich werde zu dem angegebenen Ort reiten, aber wir müssen in Kontakt bleiben.« Entschlossen stand Nehan auf. »Ich werde mich umziehen. Dazan will Nehan sehen und nicht Neher.«

Er ließ die Männer zurück und ging in sein Gemach. Dort holte er aus seinen Taschen die Männerkleidung hervor und zog sich um.

Als Toshiro und Aidan zwanzig Minuten später vor seiner Tür standen, schien seine Aufmachung sie zu überraschen. Um den Wünschen seines Großvaters zu entsprechen, hatte Nehan sich das lange Haar abgeschnitten.

Seine Rolle als Frau war für Dazan nur Mittel zum Zweck gewesen. Er hatte es gehasst, wenn Nehan sich in Frauenkleider kleidete. Und Nehan hatte es genossen, ihn mit seiner Verkleidung zu demütigen.

Aidan schloss die Tür hinter sich. »Ich sollte mitkommen.«

»Das kannst du nicht«, warf Nehan ein. »Falk hat dir den Palast anvertraut und er sollte noch stehen, wenn wir mit Dayana zurück sind.«

»Dann kontaktiere ich wenigstens Hermia«, entschied Aidan. »Vielleicht fällt ihr etwas ein.«

Jede Hilfe wäre in diesem Fall gut, aber er war auf sich angewiesen, denn das Spiel mit seinem Großvater barg immer Risiken.

35

Dayana hasste den Geruch des Umhangs, den man auf ihre Gestalt gestreift hatte.

Die Männer waren aus dem Nichts gekommen und hatten sie sofort festgebunden, als sie sich für eine Weile im Schlafzimmer ausruhen wollte. Sobald Ioran sich ihnen entgegen gestellt hatte, hatte sie das Schlimmste befürchtet, doch die Angreifer verpassten ihm lediglich einen Fausthieb, der ihm die Lippe aufplatzte.

Dayana kämpfte gegen die Fesseln an, die unter dem Umhang verborgen waren, aber sie lösten sich nicht.

»Habt Ihr Durst?« Ioran hielt ihr den Wasserschlauch hin und sie trank in durstigen Zügen.

Ihre Entführer bewiesen Einfallsreichtum dabei, sie aus der Stadt zu schaffen. Sie hatten sie in einen von zehn Teppichen eingewickelt und dabei Ioran immerzu in ihrem Blickfeld sitzen lassen. Ein Entführer hatte dicht neben ihm gesessen, um ihn notfalls zum Verstummen zu bringen. Die Stadtwachen hatten die obersten Teppiche untersucht, aber sie nicht entdeckt.

Außerhalb der Stadt hatten sie sie aus dem Teppich geholt. Sie kauerte sich neben Ioran und hatte die Arme schützend um ihren Leib gewickelt.

Eine Woche lang verbrachte sie ihre Tage auf diese Weise. Sie bekam genug zu trinken und zu essen, aber ihre Entführer beantworteten keine ihrer vielen Fragen.

»Habt keine Angst«, flüsterte Ioran in einem unbeobachteten Moment. »Der König wird uns finden.«

Dayana fand Trost in seiner Zusicherung.

Dann kam der Tag, an dem man sie fesselte und ihr Aussehen unter einem

Umhang verbarg. Sie hatten einen Nomadenstamm erreicht, der ihre ganze Aufmerksamkeit in Beschlag nahm.

Inmitten all dieser Menschen erhob sich ein breites Zelt in die Luft. Die Frauen und Männer ritten gemeinsam auf Pferden. Niemand warf ihr argwöhnische Blicke zu, als man sie abseits des Wagens schaffte.

Dayana klammerte sich hilfesuchend an Ioran, als man sie in das größte Zelt drängte. Ihre Entführer gingen zielstrebig vor, als würden sie ihren Weg kennen.

In einem abgetrennten Bereich blieben sie stehen. Drei Männer und eine Frau hielten sich darin auf.

»Werter Dazan, wen bringst du uns hier?«

Die Frage hatte ein Mann in Nomadenkleidung gestellt, der am Kopfende saß. Der Mann, der an einem anderen Tisch saß, musste die Männer angeheuert haben sie zu entführen.

Dazan deutete triumphierend auf sie. »Das, Kario Beldar, ist niemand anderes als unsere neue Königin.«

Dayana versuchte ruhig zu bleiben, als man ihr den Umhang abnahm. Die Männer starrten sie an und ihre Blicke ließen nichts durchsickern. Was dachten sie? Wollten sie sie tot sehen?

Die Stille im Zelt breitete sich aus und wurde nur von den Außengeräuschen unterbrochen.

Der hagere Mann gegenüber von Dazan fluchte ausgiebig. »Ich teile das Geheimnis des Geheimganges mit dir, um Sula zurückzuerobern, und du hast nichts Besseres zu tun, als die Königin zu entführen und ihr Geheimnis preiszugeben? Es geht hier um meinen Thron, verflucht nochmal!«

Das musste Weskar sein, durchfuhr es Dayana. Ihr Blick richtete sich auf den hageren Mann mit dem dunkelgrauen Bart. Seine Augen blickten sie kalt und voller Wut an.

Der letzte Mann im Bunde, dessen Name sie nicht kannte, sagte kein Wort, sondern beobachtete sie.

»Für die richtige Beute bracht man den passenden Köder«, verkündete Dazan überheblich.

Dayana wünschte sich in diesem Moment nicht von der Angst um ihr Kind belastet zu werden. Dann hätte sie diesen Männern die Augen ausgekratzt.

Ioran spürte ihre Angst, denn er versuchte sie mit seiner Gestalt vor den Blicken aller abzuschirmen. »Diese Frau ist meine Königin und sie ist eine gute Frau. Tut ihr nichts.«

»Ioran«, nannte Weskar den Haremswächter verwirrt beim Namen. »Was tust du hier?«

»Ich beschütze die wichtige Blutlinie«, antwortete Ioran ihm ruhig.

Es hörte sich an, als würden die beiden einander gut kennen.

»Die wichtige Blutlinie besteht aus Mördern. Oder hast du vergessen, dass die ältesten Söhne des Königs einander getötet haben? Kario, das ist unverzeihlich. Ich verlange Genugtuung. Das Geheimnis des Ganges war für dich gedacht und nicht für diesen alten ...«

»Meine Herren.« Der Mann am Kopfende, der von Weskar Kario genannt worden war, erhob sich und fasste alles ins Auge. »Wir wollen diese Frau nicht erschrecken. Wie man sieht, ist sie in anderen Umständen.«

»Tut es ruhig«, gab Dayana kalt von sich. »Ihr werdet feststellen, dass ich nicht schreckhaft bin.«

Ioran war schreckhaft, denn er drückte warnend ihre Hand, die sie vor den Blicken aller versteckte, weil sie zitterte.

»Ich liebe Mut und bewundere Leidenschaft. Läge mein Herz nicht in den Händen der großartigsten Frau aller Zeiten, ich wäre dir verfallen.«

»Wie romantisch«, höhnte Dayana. »Meines gehört dem wundervollsten und mutigsten Mann, den ich kenne. Ich wünsche euch allen die Pest an den Hals.«

Kario lachte, als wäre ihre Verwünschung besonders originell. Schließlich wandte er sich an den alten Mann. »Dazan, wie Weskar sagte, hast du uns mit dieser Tat hintergangen. Der Geheimgang ist nicht mehr geheim. Was hast du mit ihr vor?«

»Du kannst sie gerne deinen Männern überlassen, wenn ich meinen Enkel habe.«

»Enkel?«, hakte Dayana nach. Wen meinte er?

»Nehan«, antwortete Dazan grinsend.

»Kenne ich nicht«, log Dayana.

Nun stand der ältere Mann auf und kam auf sie zu. Haare und Bart waren eisengrau, er musste auf die siebzig zugehen, aber er bewegte sich kräftig und anmutig. Bei ihr angekommen, hob er die Hand, um sie zu schlagen. Ioran versuchte ihn aufzuhalten und wurde von Dazans Handlangern festgehalten.

»Tut es«, spie sie ihm entgegen. »Offenbar scheint Ihr Euch nur dann etwas auf Euch einzubilden, wenn Ihr eine gefesselte Frau schlagt.«

Er hätte sie wirklich geschlagen, wenn der andere Mann, Kario, ihn nicht aufgehalten hätte.

»Wir beruhigen uns nun«, erklärte der Nomade nachdrücklich. »Dazan Tarashi, du entführst die Königin und bringst sie in mein Haus?«

»Da du die Kinder deiner Tochter auf dem Thron willst, ist dir diese Frau wohl eher im Weg«, gab der Alte ungerührt von sich.

»Maße dir nicht an meine Beweggründe zu kennen!«

Kario schien über den Alleingang des anderen Mannes alles andere als erfreut zu sein. Und wenn stimmte, was Dazan sagte? Sie war Königin und daher würde Falk sich keine neue Frau holen.

Nach einem Moment wandte der Nomade sich der einzig anwesenden Frau zu. »Tochter, wir bauen das Lager ab. In einer Stunde will ich aufbrechen.«

»Natürlich, Vater.«

Seine Entscheidung rief nicht nur in Dayana Panik hervor, sondern auch im Gesicht des Ältesten. »Das kannst du nicht machen! Mein Enkel wird zu mir zurückkehren!«

Sie konnte nicht fassen, dass dieser Mann zu Nehans furchtbarer Familie gehörte. Immer noch hatte sie seine leidvollen Erzählungen im Kopf, daher genoss Dayana es, seiner wachsenden Verzweiflung zuzusehen.

»Amitha wird über die Königin wachen«, entschied Kario mit eisiger Stimme.

»Als Haremswächter kann ich mich am besten um die schwangere Königin kümmern«, meinte Ioran.

Kario wehrte sich nicht dagegen. »Dann sei es so. Amitha, bring Weskar, die Königin und den Haremswächter zu den Fuhrwagen. Dazan, du hast meine Gastfreundschaft lange genug ausgenutzt. Ich gebe dir genau eine Stunde dich zu entfernen.«

»Was?«, entfuhr es dem alten Mann.

»Was gesagt werden musste, wurde gesagt. Wehe, ich finde dich heute Abend noch bei unseren Reitern.«

Dayana konnte nicht mitansehen, wie Dazan darauf reagierte, denn Amitha schob sie aus dem abgetrennten Bereich. Unterwegs brüllte sie den Leuten den Befehl zu, den ihr Vater ihr gegeben hatte. In Rekordschnelle fingen die Männer und Frauen an das Zelt abzubauen. Noch während sie aus dem Zeltinneren geführt wurden, kletterten Männer an den hohen Holzstangen hoch und lösten die schweren Stoffplanen. Zu zweit schlugen sie den schweren Stoff übereinander und verstauten ihn in hölzerne Kisten, die sie auf den Fuhrwagen stapelten, der sich vor dem Zelt befand.

Ein weiterer Wagen stand genau daneben. Auf diesen sollten sie sich setzen. Ioran kletterte als erster hinauf und hielt ihr die Hand hin. Dayana überwand mühevoll die zwei Stufen des Wagens und setzte sich dann neben ihm auf die Bretter. Weskar nahm ihnen gegenüber Platz. Die ganze Zeit über beobachtete er Dayana und machte so ihre Hoffnung zunichte, mit Ioran über einen Fluchtversuch zu sprechen.

»Ich dachte, du würdest auf meine Rückkehr warten«, fuhr der Wesir fort.

»Der Harem war die ganze Zeit über mein Zuhause, aber erst mit dem neuen König habe ich begriffen, dass es ein Übel war.«

»Der neue König«, betonte Weskar verächtlich, »ist aus dem gleichen Blut wie Dayorkan und Selun. Er wird auch Unglück über das Land bringen.«

»Nein, ist er nicht«, entgegnete Ioran bestimmt. »Er hat nicht die gleiche Blutlinie.« Der Haremswächter sah sie an, als würde er ihre Anwesenheit in genau diesem Moment bedauern. »Renya bat mich dieses Geheimnis mit ins Grab zu nehmen, aber wenn es um die Sicherheit ihrer Nachkommen geht, kann ich mein Wort nicht halten.«

Während er sprach, hatte er die Stimme gesenkt, damit Amitha, die nun ebenfalls beim Zeltabbau half, ihn nicht hörte.

»Der jüngste Sohn des Königs ist der deine.«

Dayana glaubte sich verhört zu haben. Renya war Falks Mutter, die dritte Frau des alten Königs. Es hieß, Weskar hätte sie in den Tod gestürzt.

»Du lügst«, herrschte der hagere Mann ihn an. Seine ganze Gestalt zitterte. »Das sagst du nur, um sie zu schützen.«

Anklagend zeigte er mit dem Finger auf sie.

»Nein, das tue ich nicht.« Ioran griff nach Dayanas Hand und sah ihr ernst in die Augen. »Der Wesir und Renya waren Kindheitsfreunde, aber der König erwählte sie zu seiner Drittfrau. Renya wusste, dass Weskar alles tun würde, um sie zurückzubekommen, und darunter auch sich selbst in Gefahr bringen würde. Gegen den König durfte man nicht rebellieren. Weskar kam dann dennoch in den Palast und wurde zum Berater des Königs. Ich konnte förmlich zusehen, wie das Unglück seinen Lauf nahm. Ein einziges Mal hatte ich nicht aufgepasst und die beiden zeugten in dieser Nacht ein Kind. Aber wenn der König davon erfahren hätte, hätte er Renya und das Kind getötet.«

Weskar wurde nun kreidebleich, er verschränkte die Finger ineinander, um ihr Zittern zu verhindern. »Sie hat gesagt, dass sie den König liebt. Selbst als ich herrschte, ist sie nicht davon zurückgewichen. Noch nicht einmal, als diese schreckliche Krankheit sie mir raubte, sagte sie mir, was sie fühlte.«

Ihn so zu sehen, verriet Dayana, dass dieser Mann Falks Mutter wirklich geliebt hatte. Konnten sich alle in ihm getäuscht haben? Nein, er war ein hartherziger Mann, der sein Volk ausgepresst hatte. Aber jetzt, wo er um seine Geliebte trauerte, begann sie Iorans Worten zu glauben.

»Sie wollte Falk auf dem Thron sehen«, berichtete Ioran. »Aus diesem Grund schwieg sie.«

Kopfschüttelnd sträubte Weskar sich dagegen. »Nein, es ist eine Lüge.«

»Dann überzeuge dich«, zischte der Haremswächter ihn ungeduldig an. »Wenn der König demnächst hier ankommt, bekommst du die Möglichkeit dazu. Renya ist in Tränen ausgebrochen, denn ihr Baby hatte das gleiche Muttermal wie du auf dem Rücken. Ein Leberfleck in der Form eines Juwels. Sie war eine wundervolle und schlaue Frau, daher habe ich ihr geholfen. Die Dienerin beging den Fehler, den Prinzen mit einem Kohlestück zu verbrennen. Sie wurde geschlagen und vom Hof verwiesen, aber das verbarg die Gefahr unter einer winzig kleinen Brandnarbe.«

Dayana erinnerte sich an die Narben auf Falks Körper. Es waren nicht wenige und darunter hatte sie tatsächlich eine winzig kleine Brandnarbe gesehen. »Gütige Ishar, es ist wirklich wahr. Falk ist sein Sohn?«

»Leise sein«, bedeutete Ioran ihr, denn Amitha wickelte das Seil gerade in ihrer Nähe auf.

»Du kannst versuchen dich zu überzeugen«, flüsterte Ioran weiter. »Oder du versuchst weiterhin dein Glück mit einem einsamen Thron, der dir dennoch deine Liebe nie wiederbringen wird.«

Weskar gab ihm keine Antwort. Er schien in düsteren Gedanken versunken zu sein. Dayana konnte die Neuigkeiten auch nur schwer glauben, doch Iorans Worte klangen nicht nach einer Lüge.

»Ioran, du bist Haremswächter und als solcher dem König verpflichtet. Wieso hast du für Renya geschwiegen?«

»Weil sie eine wundervolle Frau war. Und ich konnte sehen, wo das Ganze hinführen würde. Das Blut der alten Dynastie war ausgedünnt und dem Wahnsinn verfallen. Die älteren Prinzen sahen nur ihren eigenen Vorteil. Sie waren nicht die Könige, die ich für Sulakan haben wollte. Renyas Kind aber war rein. Ein neuer Anfang, dachte ich mir, und ich habe sie geliebt. Nicht leidenschaftlich wie Weskar es tat, aber ich liebte sie.«

Deswegen hatte er dieses Geheimnis für sie bewahrt und ihr Kind beschützt. Das glaubte Dayana ihm sofort.

36

Die Falukard zog gemächlich über die Sanddünen hinweg. Izana hatte immer wieder auf einem Flugschiff die Welt bereisen wollen, doch ihre Pflichten hatten sie stets in Ashkan gehalten. Noch nicht einmal Benen hatte die Stadt verlassen können. Sie genoss nun den Flug, da die Übelkeit nach einem Tag abgeklungen war.

»Eine Karawane«, sagte Balan, der sich neben sie lehnte und deutete auf die lange Reihe, in der die Menschen auf Kamelen durch die Wüste ritten.

Izana wandte sich von dem Anblick ab und schaute ihn an. Heute trug er nur das Stoffstück über der unteren Hälfte seines Gesichtes und die Augenklappe. Sein braunes Haar schimmerte im Sonnenlicht rötlich. Einem Impuls folgend streckte sie die Hand aus und strich über eine Strähne. Er zuckte zusammen, wich aber nicht vor ihrer Berührung zurück.

»Die Karawane ist wesentlich sehenswerter«, flüsterte er.

»Ich will aber dich ansehen«, sagte sie.

»Izana«, flüsterte er.

Sie nahm seine Hand und ging in Richtung der Treppen, die unter Deck führten. Stumm folgte er ihr.

Elis, der in den Wanten saß, warf ihnen einen Blick zu und konzentrierte sich wieder darauf, ein Segel zu befestigen. Die Schwebesteine hielten das Schiff in der Luft, aber ein Flugschiff brauchte auch den Wind.

Izana ging unter Deck und blieb unten überrascht stehen, als Balan an ihrer Hand zog. Sie stolperte gegen ihn und er zog sie in eine Nische, die sich genau neben der Treppe befand.

»Was hast du vor?«, fragte er sie rau.

Stumm griff sie nach dem Stoffstück und zog es beiseite. Sie hatte sich auf den Anblick vorbereitet und doch traf er sie. Balan schien sich wehren zu wollen, aber sie ließ ihn nicht. Sanft glitt sie mit den Fingern über sein vernarbtes Gesicht. Ein Teil seiner Oberlippe fehlte, deswegen würden seine Küsse immer anders sein. Sie stellte sich auf die Zehenspitzen und glitt sanft mit dem Mund zu seiner Wange. Als sie einen leichten Kuss darauf platzierte, hörte sie ihn scharf einatmen, als würde sie ihn mit dieser Zärtlichkeit verletzen.

Izana legte ihre Hände auf seine Hüften und lehnte sich zurück um in sein Gesicht zu sehen. »Mach es mir nicht so schwer«, bat sie ihn.

Er schloss das Auge und schluckte, dann schlang er die Arme um ihre Mitte und zog sie an sich. Das Kribbeln in ihrem Bauch weitete sich bis zu ihrem Unterleib hinab.

»Wenn du etwas willst, lässt du nicht locker«, flüsterte er. Langsam drehte er sich mit ihr und drückte sie gegen die Holzwand des Schiffes. »Du kannst die Augen schließen.«

»Das möchte ich nicht«, flüsterte sie. »Ich will sehen, wen ich küsse.«

»Das ist Neuland für mich«, gestand er ihr. »Mein Mund ist nicht mehr so wie ...«

»Ich bin sicher, du bekommst es auch so hin«, unterbrach sie ihn und schlang die Arme um seinen Hals, zog ihn zu sich hinab.

Balans Atem lag auf ihren Lippen, gefolgt von seiner Unterlippe, die sanft über ihre streichelte. Seiner Oberlippe fehlte ein Stück, doch dieses Mal wollte er ihr nicht bewusst machen, wie anders er war, und setzte sein Können ein. Sie spürte nicht nur Zähne, sondern die Weichheit seines Mundes.

Izana zupfte daran und keuchte auf, als sie seiner Zungenspitze begegnete. Dieser Kuss war wirklich anders, aber er stammte von Balan und sie wollte ihn.

Ihr Atem ging heftiger, je länger sie einander küssten. Die Andersartigkeit von Balans Küssen minderte nicht das Wohlgefühl, das sie dabei spürte. Es war schön, ihn im Arm zu halten und in seiner Wärme zu schwelgen. Außerdem fühlte sie seine Erregung an ihrem Bauch. Er hatte sich die ganze Zeit gegen das Gefühl gewehrt, aber er wollte sie.

»Warte«, keuchte er auf, als ihre Hand über seinen Rücken nach unten wanderte. Blinzelnd blickte Izana zu ihm auf. Sie fühlte sich wie ein Fisch, den man der See entrissen hatte und der nun heftig zappelte, weil er nicht wusste, wo er sich befand und was geschehen war.

»Bei Ishar, du bist wunderschön«, murmelte er und streichelte mit der Hand über ihre Wange, wanderte dann zu dem freigelegten Zeichen auf ihrem Kopf. »Du könntest jeden Mann haben.«

»Ich will dich«.

Er verzog den Mund zu einem nachsichtigen Lächeln. »Ich weiß«, murmelte er und küsste sie erneut. Dabei lächelte er sie beinahe verzweifelt an. »In dieser Sache bin ich der Feigling.«

»Bist du nicht. Du hältst mich fest«, entgegnete sie und schmiegte sich an ihn.

Balan unterdrückte einen leisen Laut und schloss sein Auge, als wäre ihr erregter Anblick zu viel für ihn.

Sie sehnte sich nach weiteren seiner Küsse, aber er schien die kleine Auszeit zu brauchen.

»Izana ... ich werde nie ein Mann sein, der einfach so mit dir auf dem Markt spazieren gehen kann.«

»Dann trifft es sich gut, dass ich auch einige Makel habe. Ich bin die Hüterin von Ashkan und ich werde immer in dieser Stadt bleiben müssen, wenn wir sie erneut bewohnbar gemacht haben.«

Balan fuhr mit den Fingern durch ihr Haar. »Wenn es nur diese eine Nacht beim Fest der Frauen ist ...«

»Was? Willst du mich etwa nehmen und dann zurücklassen? Bin ich dir so wenig wert?«

Sie wusste, dass er so nicht war, aber er konnte nicht anders, als ihr zu widersprechen. »Mit jedem anderen Mann würde das Leben leichter sein.«

»Wirke ich auf dich wie eine Frau, die ein einfaches Leben will?«

Das brachte ihn zum Lachen. »Du bist alles andere, aber garantiert nicht einfach.«

Liebevoll sah sie zu ihm auf. Er lachte nicht oft und das gerade eben mitanzusehen, war wundervoll gewesen. Weil sie das Bedürfnis verspürte, stellte sie sich erneut auf die Zehenspitzen und küsste ihn.

Sie hatte sich keine Illusionen gemacht und wusste, was auf sie und ihn zukommen würde. Menschen verschlangen alles, was anders aussah, mit unwohlen Blicken. Die Kinder würden sich vor seinem Anblick fürchten. Aber sie hatte sich für ihn entschieden. Er war kein schöner Mann mehr, doch er war ihr Mann.

Die Zeit, in der sie Balans Nähe genoss, schien stillzustehen. Es hätte ewig so weitergehen können, doch schließlich wurden Stimmen an Deck laut.

»Wir sind angekommen«, flüsterte Balan und hob den Kopf.

Izana pflanzte einen letzten Kuss und befestigte das Stoffstück zurück an seinem Ohr. »Gehen wir hinauf.«

»Warte noch.« Sanft berührte er ihre vom Küssen empfindlichen Lippen. »Wenn du jetzt hinaufgehst, wird jeder wissen, was dir widerfahren ist.«

Ihr Mund musste gerötet sein. Verlegen legte sie ihre Finger darauf, schließlich grinste sie ihn an. »Mal sehen, ob mich jemand darauf anspricht.«

Wieder lachte er. »Ich würde auf Elis tippen.«

Izana ging zur Treppe und stieg hinauf. Der Wind an Deck wirbelte ihr das Haar auf, als sie zur Reling lief. Hinter sich hörte sie Balans Schritte.

Mehrere Menschen hatten sich auf Deck eingefunden, darunter auch Hermia und Obosan. Die Zauberin winkte sie heran und lächelte sie warm an. »Wir sind gleich da.«

Ihr Herz schlug rasend schnell, als sie nach unten schaute. Vor sich konnte sie Ashkan sehen. Ihre Geburtsstadt trug noch die blutigen Zeichen des Angriffs, aber sie schimmerte im Sonnenlicht wie ein Juwel. Izana ging bei ihrem Anblick das Herz auf. »Sie ist trotzdem wunderschön.«

»Ja.« Balan stellte sich neben sie und griff nach ihren Fingern.

»Ashkan wird selbst in tausend Jahren wunderschön sein«, verkündete Elis, der ihre Gefühle teilte.

»Macht euch bereit für die Landung.«

Aidans Großvater übernahm das Kommando über das Flugschiff und brachte die Falukard sanft vor die Tore Ashkans. Izana konnte es kaum erwarten, das Schiff zu verlassen, und tänzelte ungeduldig umher, bis Balan sie zur Seite nahm, damit sie den Luftleuten aus dem Weg waren.

Keine zehn Minuten später wurden sie mit dem Lastenaufzug nach unten gelassen. Mit ihnen hatte das Schiff auch andere Familien transportiert, die nach Ashkan zurückkehren wollten. Aidan hielt es für eine schlechte Idee, aber Izana hatte ihm keine Wahl gelassen. Seit sie den Traum von Ishar und diesem eigenartigen Kadesh gehabt hatte, wusste sie, dass sie etwas unternehmen musste. Mit Hermia hatte sie einen Plan ausgearbeitet, der funktionieren würde. Das Fest der Frauen würde in nicht einmal drei Monaten stattfinden und sie musste sich auf den Weg machen.

Ishar hatte nicht nur ihre Priesterinnen verloren, sie bemerkte auch die Entstehung eines neuen Gottes und verlor den Mut und das Vertrauen in ihr Volk. Izana wollte ihr beides wiedergeben.

Mit Hermia, Balan und Elis ging sie durch die Stadtmauern Ashkans. Kaum etwas hatte sich verändert, es gab nur eine weite Fläche vor den Stadtmauern, in der man die Toten beerdigt hatte. Balan blieb eine Weile stehen und schaute zu der Stelle. Aus Elis' Erzählungen hatte sie erfahren, dass er zu den Menschen gehört hatte, die auf einem Pfahl festgebunden gewesen waren. Hier hatte sein Martyrium begonnen.

Izana berührte seine Hand und als er sich ihr zuwandte, lächelte sie ihn an. »Gehen wir?«

Nickend ließ er sich von ihr zu den Stadttoren führen, wo die anderen bereits auf ihn warteten.

Bis zum Universitätsgelände brauchten sie eine halbe Stunde. Die Armee des Königs hatte sich wirklich um jeden Toten gekümmert. Jetzt mussten nur noch die geborgen werden, die im Sand lagen.

Sie hatte gewusst, was für ein Anblick sie erwartete, doch es tat weh, die Stelle zu sehen, an der sich ein Turm befinden müsste.

Izana rang nach Luft und ging zu dem Abgrund, an dessen Ende sich immer noch feiner Sand befand. Jeder, der versuchte darüber zu laufen, würde hineinsacken und ersticken.

»Bist du so weit?«, fragte Hermia behutsam.

Izana nickte.

Balan und Elis zogen sich zurück und schauten ihnen zu.

Der breite Bereich am Ende des Abgrunds zog Izanas Blick an. »Unter all dem Sand liegt der Mechanismus, der den Turm bewegt. Als Ishars Priesterin gebiete ich über den Sand und die Stürme, aber ich kann ihn nicht in Gang setzen. Das wirst du mit deiner Magie tun müssen.«

Hermia nickte ihr zu. »Wenn ich diesen Mechanismus sehe, kann ich meine Kraft darum legen.«

Nickend bereitete Izana sich vor. In den letzten Monaten hatte sie die Kraft ausprobiert, über die sie verfügte. Sie konnte keine Gegenstände bewegen, dafür aber den Sand und mit ihm Sandstürme erschaffen. Außerdem spürte sie die Naturelemente und konnte immer sagen, wann das Wetter umschlug.

In den vergangenen Wochen hatte sie trainiert, aber nichts konnte sie auf den Ernstfall vorbereiten. Sie lenkte Ishars Kraft in den Sand, füllte jedes Sandkorn mit ihrer Gabe und bewegte es.

Anfangs war nichts zu sehen und Izana strengte sich mehr an. Sie war sich der Blicke ihrer Wächter bewusst, aber nicht nur sie schauten ihr zu. Vom Luftschiff aus wurde sie von den Bewohnern Ashkans beobachtet, daher legte sie sich mehr ins Zeug. Wenn sie den Turm aus seinem Grab hob, konnten die Menschen neue Hoffnung schöpfen.

Am Abgrund bewegte sich die Oberfläche. Izana biss die Zähne zusammen und führte noch mehr ihrer Macht ein. Plötzlich schoss der Sand wie eine Fontäne nach oben. Sie überwand ihren Schrecken rasch und hielt ihn in die Luft.

Hermia hatte jetzt einen freien Blick auf den Mechanismus, der das Gelände verschluckt hatte. Auch sie setzte ihre Gabe ein und gemeinsam schafften sie es, die uralte Falle dieser Stadt zu lösen. Der Schacht, in dem der Turm und große Teile der Universität unter dem Sand geruht hatten, wurde von Hermia geöffnet, während Izana den Sand und somit das Gewicht von ihm nahm.

Befreit von den Tonnen von Sand, konnte der Turm emporsteigen, während die schweren Schachtplatten darunter sich scharrend wieder zusammenschoben. Diese Arbeit verlangte ihnen alles ab. Schweiß floss ihnen in

Strömen die Schläfen hinab, während Arme und Beine zu zittern anfingen.

Izana barg neben dem Turm auch einige Leichen aus dem Grab, in dem sie mit Sulakans Wissen geruht hatten.

Für einen Moment wurde die Kammer sichtbar, in der Benen sich aufgehalten haben musste, bevor die große Platte sich darüber zu schließen begann. Izana wollte nach unten schauen, aber dann würde sie ihre Konzentration verlieren.

Der Turm war bereits aus dem Sand befreit, als Hermia zu zittern anfing. Die großen Steinplatten mahlten aneinander, doch geschlossen waren sie noch nicht ganz. Die Kräfte der Zauberin schwanden. Sie hätten Oreg um Hilfe bitten sollen, selbst auf die Gefahr hin, dass seine Unerfahrenheit ihnen mehr schadete als half.

»Herrin.«

Jemand lief auf sie zu und stellte sich an Hermias Seite.

»Er kann Gedanken lesen«, stieß Izana aus, bewegte den Sand schneller aus der Falle und in die dafür vorgesehenen Schächte.

Der junge Mann schloss die Augen, im nächsten Moment wurde Hermia von einer Kraftwelle erfasst. Oreg konnte nicht auf die gleiche Erfahrung zurückgreifen, aber er konnte Hermia einen Teil seiner Kraft geben.

Davon beruhigt machten sie weiter, bis sich das Gelände über dem Mechanismus stabilisiert hatte.

Ihr Herz quoll über vor Glück, als sie Ashkans vertrautes Stadtbild vor Augen hatte. Erleichtert sank sie zurück und wurde von Balan aufgefangen.

»Sieh nur«, flüsterte er. »Hermia hat daran gedacht, jemanden zu bergen.«

Izana folgte seiner Hand und konnte eine ausgemergelte Gestalt sehen. Das waren Benens Überreste, nun konnte sie ihn endlich bestatten.

Schluchzend ließ sie sich von Balan in den Arm nehmen. Sie hatte ihre Aufgabe erledigt. Eine schwere Last fiel ihr vom Herzen. Das Vermächtnis Sulakans war dem Land zurückgegeben worden.

Erschöpft brach sie in Balans Armen zusammen. Sie konnte nur noch sehen, wie auch Oreg die verausgabte Hermia stützte.

***

Eine Stunde später stand sie mit den anderen vor dem Haus ihrer Familie, das nur knapp den Einsturz der Universität überstanden hatte. Balan und Elis hatten Benen beerdigt und sie hatte ein kurzes Gebet an Ishar gerichtet, selbst wenn sie nicht sagen konnte, ob die Göttin zuhörte. Die Menschen Ashkans, die mit ihr gekommen waren, nahmen an der Beerdigung teil.

»Und was jetzt?«, fragte eine Frau. »Wie können wir den Turm beschützen? Was hindert die Randstämme daran, erneut anzugreifen?«

»Das werden sie nicht«, sagte Izana überzeugt. »Diese Männer sind von einem bösen Geist besessen und ich spüre ihn. Um ihn zu besiegen, muss das Fest der Frauen stattfinden.«

Einige der Anwesenden stießen Verwünschungen und Flüche aus. Sie hatten zu viele Kinder verloren.

Bevor Izana etwas sagen konnte, trat eine alte Frau hervor. Sie hatte sich als Gedra vorgestellt und vor dem Angriff als Weberin gearbeitet. Auch sie hatte man zusammen mit Balan auf die Pfähle gebunden und sie hatte diese Geißel überlebt.

»Wie könnt ihr blind für den Schmerz der Göttin sein? Ihr trauert um eure Kinder? Sie fühlt die gleiche Pein. Auch sie hat die geliebten Priesterinnen verloren. Und nun ist sie verzweifelt. Was kann sie tun, um unser Land zu bewahren? Was kann sie tun, um die Frauen zu bewahren?«

Viele Männer musterten die alte Frau unbehaglich, sagten jedoch nichts.

Gedra deutete auf Izana. »Ich werde mit der Priesterin weiterziehen, um Ishar zu unterstützen. Ihr solltet mir folgen. Denn euer Schmerz und euer Trotz werden nicht verhindern, dass weiterhin unsere Töchter bei der Geburt sterben. Es wird nur aufhören, wenn wir nach Kashan gehen.«

»Das Fest wird nicht in Kashan stattfinden«, sagte Izana entschieden. Im Geiste spürte sie Ishars Gegenpart und er ritt genau auf sie zu. Es gab nur einen Ort, wo das Fest der Frauen gefeiert werden konnte.

»Wir reisen zur großen Oase von Merash«, verkündete sie.

Dorthin brachen alle auf. Sie fühlte Falks Anwesenheit, ebenso die von Dayana, und sie spürte auch den gefährlichen Mann, der Kadesh in sich trug. In Merash würden sie einander begegnen.

37

Nehan strich sich über das stoppelige Kinn. Er hatte sich seit zwei Wochen nicht rasiert und der feine Bart fühlte sich ungewohnt an. Toshiro verzichtete auch auf seine tägliche Rasur. Gestern Abend hatten sie sich trennen wollen, um nach Dayana zu suchen, aber waren auf eine Reiterschar gestoßen. Obwohl Toshiro und er sich verstecken wollten, wurden sie von den Reitern entdeckt und aufgehalten.

Ihr Anführer schien ihn zu kennen, denn er begrüßte ihn mit Namen. »Nehan Tarashi.«

Er schwieg verdrossen.

Toshiro konnte nicht länger an sich halten. »Wo ist meine Königin? Wehe, ihr habt ihr etwas getan!«

»Eurer Königin geht es gut. Für dich tut es mir leid, Nehan. Ich habe deinen Großvater aus dem Lager geworfen.«

Diese Neuigkeit entlockte ihm ein bellendes Lachen. »Wenn das stimmt, muss ich dir dafür danken.«

»Es stimmt, aber der alte Fuchs wird sich davon nicht abhalten lassen. Ich bin Kario Beldar, Herr über den nördlichen Stamm. Eine Versammlung aller Stämme wurde in Merash einberufen. Die Not drängt. Auch wir haben Verluste zu beklagen. Deine Königin wirst du nicht wiederbekommen, doch kannst du dich uns anschließen.«

Nehan warf Toshiro einen Blick zu. Als der Sandreiter nickte, wandte er sich an Kario. »Gut, aber ich will mich dem gesunden Zustand der Königin vergewissern.«

Nickend bedeutete Kario seine Zustimmung. »Sie befindet sich im Wagen dort hinten. Mein Sohn führt euch hin. Benehmt euch, sonst gibt es Ärger.«

Dayana fiel Nehan schon von Weitem auf. Sie trug mittlerweile ein einfaches Gewand der Nomaden und hatte das Haar offen, aber sie wirkte gesund.

»Ishar sei Dank«, murmelte Toshiro.

Nehans Augenmerk wurde auf den Mann ihr gegenüber gelenkt und er beeilte sich, um zu ihr kommen.

»Nehan? Toshiro?«

Als Dayana sie sah, stand sie auf und hätte Ioran fast einen Herzanfall beschert. Schimpfend befahl er ihr sich während der Fahrt zu setzen.

Nehan lenkte sein Pferd neben den Fuhrwagen und kletterte auf den Wagen. Dort nahm er Dayana in den Arm.

»Es ist ein Wunder, dass du uns gefunden hast.«

Sie hielt hinter ihm Ausschau. »Ist Falk nicht bei euch?«

»Wir haben es ihm nicht gesagt«, gestand Nehan. »Mein Großvater hätte es gewusst, denn nichts hätte deinen Mann von dir fernhalten können. Dann wärst du in Gefahr gewesen.«

»Wir wollten euch eigentlich retten«, murrte Toshiro.

»Das hat ja wunderbar geklappt«, kommentierte Ioran trocken.

»Ihr könnt euch gerne dazusetzen«, lud Karios Sohn sie ein.

Da Toshiro sowieso nicht fliehen konnte, kletterte er ebenfalls auf den Wagen und ging vor Dayana in die Hocke um sie prüfend anzusehen. »Dir geht es gut?«

In der Zeit warf Nehan Weskar einen Blick zu. »Und was hast du hier zu suchen?«

Die Schultern des hageren Mannes schienen eingesunken zu sein. Selbst sein Blick wirkte trostlos. »Das frage ich mich mittlerweile auch.«

»Weißt du, was in Merash vor sich geht?«, wollte Nehan von ihm wissen.

»Thurakin soll eine Versammlung einberufen haben. Kario meinte, sein Stamm hätte seit einigen Monaten keine Tochter mehr bekommen.«

Also hatten die Stämme das auch bemerkt. Dayana legte sich eine Hand auf ihren gewölbten Leib und presste zornig die Lippen zusammen. »Hätten sie die Priesterinnen der Göttin nicht getötet, hätte Ishar uns nicht verflucht.«

Darauf gab Weskar keine Antwort. Nehan fand dieses Verhalten seltsam. Der Wesir schien ein gebrochener Mann zu sein.

»Nun, das kann uns helfen«, sagte Toshiro. »Unser König hält sich bei Thurakin auf. Vielleicht haben wir endlich etwas Glück und treffen dort aufeinander.«

***

Gegen Abend bauten die Reiter ein behelfsmäßiges Lager auf. Die Gefangenen bekamen ein eigenes Zelt. Ioran und Weskar schliefen bereits und Toshiro hatte sich mit dem Rücken zu ihnen am Eingang postiert. Vielleicht schlief er auch, das konnte Nehan nicht sagen.

Dayana kniete auf dem Boden und drapierte den Umhang um sich, dabei fiel Nehan die Wölbung ihres Leibes auf. Er hatte das Gefühl, als wäre das Kind in ihrem Bauch um das Zweifache gewachsen.

»Was hast du?«, fragte sie besorgt.

»Ich liebe dich.«

Ihr stockte der Atem, er hörte es, dann entließ sie ihn geräuschvoll. »Nehan ...«

»Und du liebst Falk, das weiß ich«, unterbrach er sie. »Als ich in dieses Zimmer kam und du weg warst, glaubte ich, mein Herz würde zerbrechen. Erst da bemerkte ich die Art meiner Gefühle. Du bist nicht nur eine Freundin, sondern die Frau, die ich liebe. Und gleichzeitig schmerzt es mich zu wissen, dass diese Liebe unerwidert bleiben wird. Aber noch mehr würde ich es bedauern, dir das nicht zu sagen. Du musst mir auch nicht darauf antworten, Dayana.«

Sie kam zu ihm, griff nach seinen Händen. »Danke für deine Gefühle, Nehan. Ich werde sie immer ehren.«

Er verzog den Mund zu einem gequälten Lächeln und nickte ihr zu. Schließlich stand er auf und ging nach draußen. Toshiro, der nicht geschlafen hatte, stand auf und folgte ihm.

Vor dem Zelt lagerte eine Gruppe Krieger, die sich sofort anspannten, sobald sie ins Freie traten.

»Ich setze mich nur kurz draußen hin.«

Nehan ließ sich vor dem Zelteingang in den Sand nieder. Toshiro legte ihm eine Hand auf die Schulter. »Das war sehr ehrenvoll«, sagte er leise.

Darauf konnte Nehan nur nicken. In seinem Herzen steckte der Dolch der Ablehnung, aber viel schlimmer wäre es gewesen, eine Lüge zu hören. Diesen Schmerz konnte er überwinden, er hatte noch weitaus Schlimmeres überstanden. Und verloren hatte er Dayana nicht, sie war immer noch seine Freundin. Er musste die Liebe in seinem Inneren umwandeln, damit er nicht jedes Mal vor Unglück starb, wenn er sie mit Falk sah. Ob ihm das gelingen würde, konnte er nicht sagen.

38

Die unverwechselbaren Geräusche eines großen Lagers weckten Falk. Er blickte zu dem Stoffdach seines Zeltes und hob die Hand, um sich über die verschlafenen Augen zu streichen.

Neben sich vernahm er ein leises Klirren. Aizen saß auf dem Teppich, den sie im Zelt ausgelegt hatten, und putzte sein Pferdegeschirr. »Guten Morgen.«

Falk erwiderte den Morgengruß brummend und brachte seinen Freund zum Lachen. »Ich bin nicht gerade das, was du dir an einem Morgen vorzufinden erhofftest, was?«

Murrend setzte er sich auf und fuhr sich durch das lange Haar. »Dayanas Anblick wäre mir lieber, wenn du mir meine Ehrlichkeit verzeihst.«

Gutgelaunt deutete der Sandreiter zu einer Kanne, die sich zwischen ihnen befand. »Hier, trink das. Das Kraut wächst in der Nähe meines Zuhauses und macht einen müden Mann innerhalb weniger Minuten munter.«

Falk griff nach der Tasse aus seiner Satteltasche und schenkte sich von dem Getränk ein. Die dunkelbraune Brühe sah wenig appetitlich aus, aber er vertraute Aizen und nahm einen Schluck. Sofort hellte sich seine Miene auf. »Das schmeckt gut.«

»Wir vermischen das Kraut gerne mit Milch, wenn sie zu Sahne geworden ist. Ich trinke es lieber pur. Mein Vorfahr wollte großen Handel damit treiben, aber die Menschen mögen Nahrungsmittel nicht, wenn sie schwarz oder dunkelbraun sind.«

»Vielleicht trinken sie es, wenn der König es trinkt«, meinte Falk grinsend.

»Das ist auch eine Möglichkeit.«

Falk nahm einen weiteren Schluck und spürte erstaunt, wie sein Körper bereits auf das Mittel zu reagieren begann. »Gib es zu, du bist nur mein Berater geworden, weil du eine große Geldsumme in dieses Konzept investieren willst.«

Lachend warf Aizen den Putzlappen auf ihn, den er für sein Reitgeschirr benutzt hatte. »Wenn ich das damals schon geplant hätte, müsste ich ein verfluchtes Genie sein.«

»Sogar das traue ich dir zu.«

Falk stand auf und ging zum Zeltausgang. Davor hielt Lamin mit vor der Brust verschränkten Armen Wache. Eine kleine Gruppe Frauen stand abseits und beobachtete den Krieger kichernd.

Dunkelhäutige Menschen waren bei den Randstämmen eine Seltenheit, daher sorgte Lamin bei Thurakins Volk für Aufsehen. In den fast drei Monaten, die sie sich hier befanden, hatte sein Wächter mehrere eindeutige Angebote bekommen.

»Jetzt kann ich dich noch weniger leiden«, brummte Aizen, der nach ihm das Zelt verließ.

Lamin grinste breit.

»Hör auf dich über mich zu mokieren. Dir ist klar, dass sie von dir ein Kind wollen?«, fragte sein Berater.

Falk hörte mit halbem Ohr zu, wie die beiden Männer miteinander feixten. Die Gruppe Frauen gluckste immer noch, als sie sich zurückzogen.

Ein Reiter schlug die Richtung zu Falk und Aizens Zelt ein. Er war wesentlich jünger als sein derzeitiger Gastgeber, es handelte sich um Rahim, Aizens Vater und Thurakins ältesten Sohn.

»Guten Morgen«, wünschte Falk ihm höflich.

Der Reiter nickte ihm respektvoll zu. »Willst du uns nach Merash begleiten?«

Sie hatten bei Abendeinbruch die Oase erreicht. Da es zu dunkel gewesen war, sich in der kleinen Stadt einzurichten, hatten die Reiter entschieden am Morgen in Merash einzuziehen.

Die Frauen waren seit den frühesten Morgenstunden auf den Beinen und befreiten die Häuser von Staub und von Tieren, die sich in der Zeit ihrer Abwesenheit eingenistet hatten. Das ganze Jahr über war Merash unbewohnt, denn die Stadt gehörte den Randstämmen und niemand wagte sich gegen sie aufzulehnen oder ihre Häuser zu beanspruchen.

Merash war in drei Wohnviertel aufgeteilt. Dazwischen befand sich ein großes Gebäude. Früher hatten darin Vermählungen oder Kämpfe stattgefunden. In diesem Jahr wollten die Randstämme miteinander kommunizieren.

Thurakin war kein Narr, er hatte wie viele andere auch bemerkt, dass die Frauen seines Stammes keine weiblichen Nachkommen bekamen. Den anderen Stämmen musste dies auch aufgefallen sein, sonst hätten sie einem Treffen nicht zugestimmt.

Falk besann sich Rahims Frage. »Ich würde gerne mit dir und den anderen in die Stadt einreiten.«

Er ging zu Teufel, der neben dem Zelt angebunden war und schon gefressen und seinen Durst gestillt hatte. Rahim bewies Geduld, während Falk den Hengst sattelte. In der Zeit unterhielt Aizen sich mit seinem Vater. Soweit er wusste, hatte Aizen einen Bruder und vier Schwestern, aber er hatte immer zu Rahims Lieblingen gehört, da seine Mutter, dessen erste Frau, verstorben war.

Nach einigen Minuten hatte er Teufel gesattelt und saß auf. Aizen und Lamin hatten ihre Pferde ebenfalls vorbereitet und folgten dem Krieger zwischen den Zelten hindurch.

Viele Stammesmitglieder erwachten, erst lange nachdem die Sonne aufgegangen war. Thurakin gehörte zu den wenigen Frühaufstehern.

Aizens Großvater fiel ihm ins Auge, als sie die Wasserstelle erreichten, bei der eine Herde Schafe ihren Durst stillte. Der alte Mann mit dem schneeweißen Haar unterhielt sich mit dem Hirten. Die Tiere versorgten den Stamm während der Versammlung mit Nahrung sowie Milch und waren ein wichtiges Gut.

Thurakin wandte sich ihm beim Näherkommen zu. »Hast du gut geschlafen?«

»Ich durfte vor dem Zubettgehen Ishars Wunder im Himmel betrachten. Vom Palast aus sehen die Sterne auch schön aus, aber in der Wüste schimmern sie wie Diamanten.«

»Ishar, eh?«, brummte der alte Mann. »Hat man dir in der Ferne deinen Glauben genommen?«

»Ich habe einen Fluch überwunden und das Wirken der Göttin mehrmals gespürt. Auf dem Fest der Frauen sah ich ihre Wunder, während Kadesh nur Tod und Unglück brachte.«

Der alte Mann lehnte sich neugierig in seinem Sattel vor. »Und wie erklärst du dir das Unglück, das nun über das Land hereinbricht? Oder willst du das unserem Gott in die Schuhe schieben?«

»Nein, dieses Unglück haben wir unseren Fanatikern zu verdanken. Zum ersten Mal spüren wir den Zorn der Göttin und anstatt zu lernen, überhäufen wir sie mit Vorwürfen.«

Daraufhin entgegnete Thurakin nichts. Er wendete sein Pferd und ritt auf Merash zu. Weitere Herden wurden bereits zur Wasserstelle getrieben. In den Häusern hatte man Fester und Türen geöffnet. Frauen eilten zwischen der Wasserstelle und den Räumlichkeiten hin und her. Sie grüßten Thurakin respektvoll, der auf das breite und runde Gebäude aus Sandstein zuhielt, welches sich im Herzen von Merash befand.

»Dieses Haus wurde von meinem Vorfahren errichtet«, verkündete Thurakin. »Er hat auch das erste Treffen zwischen den Stämmen ausgerufen.«

»Damals wurde Sulakan von dem Land aus dem Osten bedroht«, stimmte Falk ihm zu. Aus jenem kriegerischen Reich stammte Lamin ursprünglich. »Die Randstämme stellten sich den wandernden Kriegern und vertrieben sie.«

Früher hatten die Randstämme Sulakan beschützt, aber mit jedem neuen König hatten sie sich weiter vom Königshaus distanziert. Falk wollte sie alle wieder vereinen, doch er hatte gleich bei seiner ersten Begegnung klargestellt, dass er Brudan Kel Kaffar und seinem Stamm niemals verzeihen würde. Diese Bedingung war nicht verhandelbar. Das Monster würde für seine Taten büßen.

Vor dem vierstöckigen Versammlungshaus, das vielmehr einem Amphitheater glich, stieg Aizens Großvater ab und führte sein Pferd in den danebenliegenden Stall. Falk und die anderen taten es ihm gleich. Danach folgten sie Thurakin ins Innere und blickten erstaunt nach oben.

Diesem Gebäude fehlte die Decke, lediglich ein Stoffstück war darüber gespannt, das man nach Belieben einrollen konnte. Abends entzündete man in der Mitte des Gebäudes ein großes Feuer, an dem jeder Krieger seine Sorgen besprechen konnte. Sitzreihen und Bänke befanden sich außerhalb in der Nähe der Wände.

Hier würden alle Stämme sitzen und miteinander reden. Vielleicht sogar noch heute Abend.

Einige Frauen waren immer noch dabei, den Platz zu säubern. Thurakin sah sich alles an und verließ dann den Rundbau.

»Wann werden die anderen Stämme eintreffen?«, erkundigte sich Falk.

»Kario hat einem Treffen zugestimmt, wahrscheinlich trifft er im Laufe des Tages ein. Von Arudan habe ich nichts gehört.«

Gerade diesem Stamm hoffte Falk heute Abend zu begegnen. Er wollte den Männern in die Augen sehen, die sich nur dadurch stark fühlten, dass sie andere Menschen unterdrückten.

»Was geschieht, wenn ein Stamm dem Treffen nicht beiwohnt?«, wollte Lamin wissen.

»Dann wird er verbannt«, verkündete Thurakin. »Das Abkommen wurde von unseren Vorfahren getroffen und in all der Zeit haben wir uns daran gehalten. Die Tradition zu verschmähen, ist genauso schlimm wie Kadesh zu verschmähen.«

Zu dem Thema hatte Falk einiges zu sagen, doch kaum hatten sie das Gebäude verlassen, wurden Rufe laut.

»Ein weiterer Stamm hat die Oase erreicht«, sagte Thurakin nachdenklich. Er ging zu seinem Pferd und führte es aus dem Stall.

Falk verspürte eine innere Unruhe. Als Thurakins Gast stand er unter dessen Schutz, aber dafür waren ihm die Hände gebunden, wenn er Ashkans Mördern gegenübertrat. Wenn er einen Stamm angriff, würde Thurakin ihn persönlich vierteilen und noch nicht einmal Lamin und Aizen konnten ihn davor bewahren.

Falk folgte dem Alten zum Rand der Stadt. Eine Reitertruppe füllte die weite Ebene vor Merash aus. Ihm wurde mulmig zumute, denn dieser Stamm war gewaltig.

»Kario«, brummte der Alte mürrisch.

»Es sind wirklich viele«, bemerkte Aizen besorgt.

»Er hat all die kleineren Stämme in seinem Gebiet unter seinem Namen vereint. Ich würde sagen, die Leute aus dem Norden lassen sich einfacher überzeugen.«

Falk erkämpfte sich seine Zuversicht zurück. Wenn dieser Mann es gewollt hätte, hätte er viele Städte mit seinen Kriegern erobern können, aber das hatte Kario Beldar nicht getan.

Während Thurakin vorausritt, kam Aizen an seine Seite. »Ich kann immer noch die Notbremse ziehen und uns in Sicherheit bringen.«

Abwehrend schüttelte Falk den Kopf. »Dann würde alles eskalieren. Schauen wir, wie sich die Situation entwickelt.«

»Dayana wird nicht mehr lange schwanger bleiben«, wandte sein Freund ein.

»Etwas Zeit haben wir noch. Ich will vor der Geburt unseres Kindes alles geklärt wissen.«

Einen Moment lang hielt Aizen seinen Blick gefangen, schließlich nickte er lächelnd. »In Ordnung. Ich stehe hinter dir.«

Sie hatten die letzten Häuser Merashs verlassen und trafen gerade auf die ersten Reiter. Ein kleiner Mann mit einem dunkelbraunen Schnauzer führte alle an. »Ho, alter Freund!«, rief er Thurakin entgegen.

Dieser erwiderte den Gruß weniger enthusiastisch.

Der Nomade nahm ihm das nicht übel und taxierte die Stadt nach Veränderungen. »Hast du dir wieder das beste Viertel geschnappt?«

»Wenn du trödelst, kann ich nichts dafür«, gab Thurakin zur Antwort.

»Nun, dann wird das kleinste Viertel für unseren frommen Bruder übrig bleiben.«

»Sofern Arudan kommt«, stieß Thurakin mürrisch aus.

Kario erwiderte nichts darauf, sondern lenkte seinen Blick auf sie. »Du hast königlichen Besuch bekommen, alter Freund. Ich wage kaum meinen Augen zu trauen. Du lässt einen dieser – wie hast du sie noch mal genannt? – verzogenen Königsgören in deinen Stamm?«

»Er verhielt sich zuvorkommend«, brummte Thurakin.

»Ein zuvorkommender und höflicher König ist selten in diesen Tagen.« Kario lenkte sein Pferd auf ihn zu und maß Falk mit neugierigen Augen. »Wir haben uns noch nicht vorgestellt.«

»Und doch wissen wir vieles voneinander«, ergänzte er seine Worte.

Kario grinste ihn an. »Wir werden den ganzen Morgen benötigen, um uns in Merash einzurichten. Du und deine Freude sowie mein alter Bekannter Thurakin seid herzlich zum Essen eingeladen.«

Dankbar neigte Falk den Kopf. »Es ist mir ein Vergnügen.«

»Nur wenn du nicht wieder zähes Hammelfleisch auftischst«, brummte Thurakin. »So wunderschön deine Frau auch ist, kochen war noch nie ihre Stärke.«

Daraufhin entbrannte ein Streitgespräch, welches vielmehr einem Geplänkel ähnelte.

Falk lenkte sein Pferd von den beiden weg und ritt zu Aizen. »Hast du einen Rat für mich?«

»Ja. Stell bloß keinen Blödsinn an«, brummte dieser. »Wenn Kario ernst macht, sind wir alle tot.«

**

Gegen Mittag speisten sie im Haus des Nomadenanführers. Das Gebäude bot einer Großfamilie Platz, aber Kario jammerte darüber, wie viel praktischer sein Zelt im Vergleich zu diesem Haus war. Dort hatte er seine ganze Familie um sich, während seine Söhne nun in eigenen Häusern in der näheren Umgebung lebten.

Das Essen war nicht, wie Thurakin vorausgesagt hatte. Fleisch und Gemüse waren gekonnt zubereitet worden und das frische Fladenbrot dampfte, als man es auseinanderriss.

»Meine Tochter ist eine weitaus bessere Köchin als ihre Mutter«, teilte Kario ihm grinsend mit. »Sie wäre eine Ergänzung für deinen Harem.«

Falk schluckte den Bissen hinunter und wandte sich seinem Gastgeber zu. »Es gibt keinen Harem mehr.«

Überrascht faltete Kario die Hände und lehnte sich voran. »Wie das?«

»Meine Frau bekommt mein Kind und mein ganzes Herz gehört ihr. Ich würde eine andere Frau nie glücklich machen können.«

»Das weißt du nicht«, entgegnete Kario.

»Doch, ich weiß es. Oder würdest du eine zweite Frau an deiner Seite haben wollen?«

Diese Frage brachte ihm die Aufmerksamkeit von Karios Frau ein. Was Falk in ihren dunklen Augen entdeckte, war ein messerscharfer Verstand.

»Eine andere Frau könnte das große Ego meines Mannes nicht ertragen«, verkündete sie schelmisch.

Falk wartete auf Karios Reaktion, die darin bestand, dass er seine Frau warm anlächelte.

Amitha, Karios Tochter, hatte die ganze Zeit den Blick in seine Richtung gewandt, doch es war nicht er, den sie anschaute, sondern Aizen. Falk kannte diese Art von Blick. Ihr Vater wollte sie mit Sulakans König vermählen, doch Amitha schien sich einen anderen Mann ausgesucht zu haben. Was Aizen davon hielt, konnte er nicht sagen. Er hatte seinen Freund nie in der Gegenwart einer Frau gesehen.

Sie waren kurz davor, das Mahl zu beenden, als es erneut Aufregung im Lager gab.

»Kann es sein, dass Arudan doch noch kommt?«, wunderte sich Kario.

Neugierig erhoben sich alle von ihren Tischen und verließen das Gebäude.

Die Männer und Frauen hatten alle ihre Häuser verlassen. Viele Stimmen vermischten sich zu einem eintönigen Murmeln. Sehen konnte Falk jedoch nichts außer den Rücken vieler Leute, die ebenfalls nachsehen wollten, was hier draußen geschah.

»Vom Versammlungshaus aus haben wir einen besseren Blick.« Kario lief bereits auf das runde Gebäude zu. Da es mehr Stammesmitglieder gab, als in das Gebäude passten, hatte man außen Stufen angebracht, die nach oben zu einer Balustrade führten, von der man nach unten blicken konnte.

Falk folgte dem Nomaden mit den anderen. Sein Puls war angestiegen, denn zu dem Murmeln der Randstämme war etwas zu hören, das wie Gesänge klang. Er bezweifelte, dass Ashkans Mörder singend hier eintreffen würden.

Die Aussicht war vom Dach des Versammlungshauses besser und doch konnte Falk sich keinen Reim auf das machen, was er sah.

Am immer dunkler werdenden Horizont war ein Schatten zu erkennen. Er brauchte nur einen Moment um festzustellen, dass es sich um Menschen handelte, die auf Merash zukamen. Obwohl ihn dieses Bild beunruhigen sollte, spürte er keine Panik und keine Sorgen.

»Ich wüsste nicht, dass wir noch jemanden zu dieser Versammlung eingeladen haben«, brummte Thurakin.

»Und doch sind sehr viele gekommen«, wandte Kario ein.

»Sie singen.« Diese Feststellung hatte Karios Frau getroffen. Gleich darauf erhellte sich ihr Gesicht und sie stieß einen trällernden Ruf auf. Wenig später folgten andere Frauen ihrem Beispiel.

Die Männer wirkten ratlos, nur Kario schien zu ahnen, was vor sich ging. »Das wird interessant.«

Je länger sie den Horizont im Auge behielten, umso mehr Menschen waren zu sehen. Was auf sie zukam, überstieg die Zahl der Randstämme um das Zehnfache.

Eine Stunde später war das Geräusch, das wie ein tosendes Summen geklungen hatte, auch vom letzten als Gesang erkannt worden. Die Stimmen von Zehntausenden erhob sich in Sulakans Himmel.

Freude erfasste Falks Herz. Er verließ seinen erhöhten Aussichtspunkt und schwang sich in Teufels Sattel. Hinter sich konnte er Lamin und Aizen hören, die ihm folgten, sobald er losritt.

Die Randstämme hatten in ihrer Arbeit innegehalten und warteten beklommen auf das, was sie zu überrollen drohte.

Falk ritt bis in den Außenbezirk von Merash und stieg dann von Teufel ab.

»Hast du eine Ahnung, was das ist?«, fragte Aizen.

Falk nickte ihm zu. Sein unfreiwilliger Aufenthalt in einem Frauenkörper hatte ihm erlaubt eine Seite seines Landes zu erleben, die den Männern Sulakans verborgen blieb.

Eine halbe Stunde später kehrte Unruhe unter den Umstehenden ein. Der Gesang der Frauen, die sich Merash näherten, war klar und deutlich zu hören. Sie priesen Ishars Namen, aber sie betrauerten auch den gemeinsam erlittenen Verlust.

Ihr Gesang war hoffnungsspendend und doch brach es ihm das Herz, denn dieses Mal sangen die Frauen auch von vielen vergossenen Tränen und gebrochenen Herzen. Sie beklagten die Töchter, die ihnen genommen worden waren, und flehten Ishar an das Unheil von den Frauen abzuwenden.

Trotz der Trauer, die in ihren Stimmen lag, strahlten diese Frauen eine Stärke aus, die Falk den Atem raubte.

Sobald sie nahe genug waren, um ihre Gesichter zu erkennen, entdeckte er an ihrer Spitze ein vertrautes Antlitz. Izana führte den Zug an. Ihre Stimme erhob sich mit den anderen in den Himmel. Sie trug ein prachtvolles zweiteiliges Gewand. Weite Hosen, die tief auf ihren Hüften lagen und an den Knöcheln in engen Bündchen mündeten. Die Brust wurde von einem passenden Leibchen bedeckt. Ihren Körper hatte man mit goldenen Zeichen geschmückt, die in der Sonne schillerten.

Ihre Bewegungen verrieten ihm, dass sie schon seit Tagesanbruch zu Fuß unterwegs war. Unermüdlich sang und tanzte sie für die Göttin, die sie auserwählt hatte. Trotz der Müdigkeit, die sie empfinden musste, führte sie die Frauen voran.

Falk bezwang den Drang zu ihr zu laufen. Das hier war Izanas Aufgabe. Sie hatte viel erlebt, grausame Dinge gesehen und den Mut nicht verloren.

Als nur noch eine Meile die Frauen von Merash trennte, bewegten sich einige Mitglieder der Randstämme auf sie zu. Die Frauen in Merash stimmten in das Lied der Neuankömmlinge ein. Sobald die Männer versuchten sie aufzuhalten, halfen sie einander und hielten zusammen. Niemals zuvor hatten ihre Frauen sich ihnen widersetzt. Beinahe hilflos standen sie da und sahen zu der Menge.

Vor Merash versammelten sich alle Frauen in einem Kreis. Da es aber zu viele waren, bildeten sich in der Ebene dahinter weitere Kreise. In Falks Nähe tanzte Izana mit neugewonnener Energie.

»Sie ist wahrlich Ishars Auserwählte«, flüsterte Lamin bewundernd.

»Das ist Hermia!«, rief Aizen aus.

»Und da stehen Balan und Elis«, meinte Falk.

Die jungen Männer hielten sich in Izanas Nähe auf, aber auch andere Männer waren dem Tross gefolgt. Einige beobachteten den Gesang nur, während andere den Mut gefunden hatten und mitsangen.

Falk wusste nicht, was Izana vorhatte oder wie lange sie noch tanzen würde. Im Moment feierte sie das Fest der Frauen, aber warum führte sie die Menschen nach Merash und nicht nach Kashan? Nach der Verunreinigung durch Brudan hatte er den Befehl gegeben, Kashan wiederaufzubauen. Mittlerweile müsste es vorzeigbar sein.

Während die Sonne hinter dem Horizont verschwand, erwartete Merash eine Überraschung nach der anderen. Immer mehr Gruppen von Frauen stießen dazu und schlossen sich Izanas Gesang an.

Falk war überwältigt. Niemals zuvor hatte er so viele Menschen an einem Ort gesehen. Sie füllten die Ebene aus und die Menschentraube reichte bis weit dahinter hinaus.

Eine weitere Gruppe stieß aus der Richtung dazu, in der Rufar lag, dann noch eine aus Sula. Sie umschlossen die Randstämme in Merash wie ein Ring aus betenden Frauen.

Kario und Thurakin hatten den gleichen überwältigten Gesichtsausdruck. Karios Frau und seine Tochter hatten sich zu den Tanzenden gesellt.

»Diesen Tag werden die Randstämme nie vergessen«, brummte Kario, der zum ersten Mal überrumpelt zu sein schien.

»Falk!«

Aus der Menge der tanzenden und singenden Frauen schob sich ein Mann. Er stieß einen Fluch aus, als er Aidan auf sich zu rennen sah.

»Zum Glück habe ich euch gefunden«, ächzte sein Befehlshaber.

»Glück würde ich es nicht nennen«, knurrte Aizen. »Was hast du hier verloren? Nennst du das auf den Palast aufpassen?«

»Na ja, es waren nicht mehr viele Menschen in Sula, die den Palast einnehmen konnten. Fast alle sind aufgebrochen.«

»Aber warum?«, wunderte sich Falk laut.

»Ich glaube, das hat etwas mit meiner Liebsten und Izana zu tun. Die meisten Städte sind verlassen. Der Tod ihrer Töchter hat den Frauen die Stärke gegeben, sich den Männern zu widersetzen. Das hättet ihr sehen müssen. Wenn ein Mann auf Gewalt zurückgriff, setzten sich die Frauen füreinander ein.«

»Also ist Dayana mit allen mitgeritten? In ihrem Zustand?«, regte Falk sich auf. »Wo ist sie?«

Er suchte die Gruppe, aus der Aidan gekommen war, mit den Augen ab. Seltsam, dass sie nicht zu ihm gekommen war.

»Also ...« Aidan sprach nicht weiter und sah sich hilfesuchend um.

Sofort breitete sich Angst in seinen Eingeweiden aus. »Geht es ihr und dem Baby gut?«

Als Aidan immer noch nicht antwortete, packte Falk ihn an den Schultern. »Sprich endlich!«

»Sie wurde entführt«, gestand Aidan ihm.

Falk glaubte alle Kraft aus den Beinen verloren zu haben und taumelte nach hinten. Der Gesang verblasste vor dieser schrecklichen Nachricht. Dayana war entführt worden!

»Wann?« Aizen stellte die Frage, da Falk sich nicht dazu in der Lage sah.

»Das war vor etwa drei Monaten«, sagte Aidan.

Nun kehrte die Kraft in seine Glieder zurück. »Drei Monate?«, brüllte er. »Warum hast du mich nicht gerufen?«

»Weil sie dann getötet worden wäre. Nehan fand ein Schreiben seines Großvaters vor. In diesem warnte er ihn davor, dir die Entführung mitzuteilen. Er und Toshiro sind gleich aufgebrochen, um Dayana zu retten.«

»Dazan Tarashi?«, stieß Falk aus. »Er hat meine Frau entführt?«

»Ja und er befindet sich bei dem nördlichen Stamm, denn diese Information hat er Nehan gegeben.«

Falk sah rot, als er sich Kario zuwandte. »Hast du mir etwas zu sagen?«

»Befand«, meinte dieser. »Benutze die Vergangenheitsform. Der ältere Tarashi hat meine Gastfreundschaft zu lange ausgenutzt und musste uns vor Kurzem verlassen.«

»Dann bin ich auf den Grund gespannt«, sagte Aizen. »Du bewirtest doch nicht jemanden für Jahre und wirfst ihn zufällig zur gleichen Zeit hinaus, in der die Königin entführt wurde.«

»Dein Enkel ist klug genug die Zusammenhänge zu erkennen«, wandte Kario sich mit lobenden Worten an Thurakin.

Falk war mit seiner Geduld am Ende. Grob packte er den kleinen Mann am Kragen seines Hemdes. »Wo ist meine Frau?«

»Es geht ihr blendend«, verkündetet der Nomade. »Sie befindet sich in meinem Haus und der Haremswächter hat sie die ganze Zeit betreut.«

Befand sie sich in dem Gebäude, in dem er mit diesem Mistkerl gegessen hatte? »Bring mich sofort zu ihr!«

»Zuerst sollten wir verhandeln«, gab Kario ungerührt von sich.

Falk nickte kalt. »Gut. Was willst du? Mein Land? Ich liebe mein Volk und ich liebe Sulakan, aber ich werde meine Frau nicht für einen Thron opfern. Was willst du noch? Deine Tochter als meine Zweitfrau? Sie wäre nicht glücklich, denn ich würde sie niemals berühren. Was also erhoffst du dir mit dieser Erpressung zu gewinnen?«

»Eine Heirat zwischen deiner Blutlinie und meiner«, verkündete Kario entschieden. »Wenn du nicht in der Lage bist, verschieben wir diese Verbindung auf später. Dein Kind kann ein Enkelkind von mir heiraten.«

Falk biss die Zähne zusammen, um nicht die Geduld zu verlieren. »Das werde ich nicht entscheiden.«

»Oh, aber du musst«, versicherte Kario lächelnd.

Im gleichen Moment vernahm Falk eine bekannte Stimme.

»Falk! Ich bin hier!«

Kario verlor sein Grinsen. »Nicht einmal eine einfache Aufgabe bringt dieser Nichtsnutz zustande ...«

Auf einem Fuhrwagen konnte er Dayana sehen. Sie hüpfte aufgeregt auf und ab, was beim Umfang ihres Bauches erstaunlich war.

Verflucht, wieso setzte sie sich nicht hin? Das Gefährt brauste in hohem Tempo auf sie zu. Sie konnte sich jeden Knochen brechen.

Bevor er ihr eine Warnung zurufen konnte, wurde sie nach unten gezogen.

Falk erkannte in ihrer Nähe Toshiro, Ioran und Nehan. Sein Cousin lenkte das Gefährt und zügelte schließlich die Pferde, als er sie erreichte.

Der Mann, den Falk nun bei ihnen sah, überraschte ihn. »Weskar?«

»Das klären wir später«, wies Dayana ab, die auf ihn zugelaufen kam. Falk, der fürchtete, dass sie über den Rand des Gefährts stürzte, kletterte auf den Fuhrwagen und nahm sie in den Arm.

»Dir geht es gut?«

Dayana nickte glücklich. »Wir wurden gut behandelt.«

»Bei Ishar, was hast du seit unserem Abschied gemacht?«, rief er überrascht aus. »Hast du hier vielleicht zwei Kinder versteckt?«

Liebevoll umfasste er ihren gewölbten Leib und trauerte gleichzeitig um die fehlende Zeit, die er nicht bei ihr sein konnte.

Lachend boxte sie ihm in die Schulter. »Unser Kind ist gewachsen und wenn ich mir dich so ansehe, werde ich ein hartes Stück Arbeit haben, es in die Welt zu bringen, denn du bist ein Riese.«

Sie zu halten, fühlte sich so wundervoll an, dass er sie küsste und dann das Gesicht in ihrem Haar vergrub.

»Was habt ihr mit meinem Enkelsohn gemacht?« Kario trat zu ihnen. »Er wurde dazu abgestellt, auf euch aufzupassen.«

»Wir schickten ihn schlafen«, antwortete Toshiro. »Er wird nach dem Aufwachen etwas Kopfschmerzen haben, aber mehr nicht.«

Brummend warf der Nomade einen Blick zu dem Bewusstlosen, der ausgestreckt in dem Fuhrwagen lag.

Falk konnte Dayana nicht loslassen. Sie hatte sich seit ihrer letzten Begegnung stark verändert. Ihr Bauch war um das Zweifache gewachsen.

»Steigen wir runter«, entschied Nehan. »Von diesem Fuhrwagen habe ich die Nase gestrichen voll.«

Auch sein Cousin hatte eine Wandlung durchgemacht. Er hatte sich das lange Haar kurz geschnitten und trug einen leichten Bart. Nie zuvor hatte er Nehan so gesehen.

Falk kletterte vom Gefährt hinunter und hob Dayana aus dem Wagen. Kaum hatte er sie auf den Boden gestellt, als jemand auf ihn zu rannte und ihm einen

Schnitt am Arm zufügte. Weil die Menschen in der Nähe im Moment sowieso unruhig waren, hatte er den Angriff nicht kommen sehen. Instinktiv versuchte er Dayana mit seinem Körper abzuschirmen, während er nach Anzeichen der Gefahr in der Menge suchte. Er entdeckte nur die Krieger der Randstämme, aber sein Angreifer hatte aus dem Augenwinkel wie ein schwarzer Schatten gewirkt. Blut floss seinen linken Arm hinab.

Lamin hatte die Bedrohung sofort erkannt und kam in seine Richtung, doch nach wenigen Schritten wurde ihm der Weg von einem weiteren Angreifer abgeschnitten, der sich ebenfalls aus der Menge schob.

Die Umstehenden missverstanden die Situation und glaubten an einen Kampf zwischen den Stämmen. Sofort entstanden weitere Kämpfe. Kario und Thurakin verließen sie, um ihre Leute zur Räson zu bringen.

Zwischen den vielen sich bewegenden Menschen suchte Falk nach seinem Angreifer. »Nehan, Toshiro, beschützt Dayana.«

Er hörte wie sie nach Luft schnappte, um zu protestieren, und schüttelte den Kopf. »Hör auf mich, nur dieses eine Mal.«

Jemand kämpfte gegen Aizen. Aidan wurde von zwei Mitglieder der Randstämme in Schach gehalten.

Alle Angreifer trugen schwarze Gewänder und verbargen ihre Gesichter, aber sie besaßen kämpferisches Geschick. Wer waren sie? Den Grund ihrer Angriffe musste er nicht erfragen, denn sie versuchten seine Wächter von ihm fernzuhalten, folglich hatten sie es auf den König Sulakans abgesehen.

Falk entfernte sich von Dayana, um sie vor einer Verletzung zu beschützen, und sah Stahl aufblitzen. Der Angreifer kam aus dem Schatten des Fuhrwagens und versuchte ihm die Kehle aufzuschlitzen. Er begegnete dem Langdolch mit seiner Klinge und hielt ihn in Schach.

Ein weiterer scharfer Schmerz entlockte ihm einen Laut. Jemand hatte ihn von hinten angegriffen.

Falk entfernte sich weiter von dem Gefährt, um ihnen keine Möglichkeit zu geben, sich zu verbergen.

Die Frauen sangen immer noch zu Ishar, während die Männer sich kopflos prügelten. In dem Chaos hatte sich eine kleine Gruppe schwarz gekleideter

Angreifer um Falk und seine Verbündeten versammelt, die weder zu Kario noch zu Thurakin gehörten.

Er brauchte all seine Kraft, um die Angreifer im Zaum zu halten. Sie bewegten sich präzise, als wären sie eine eingespielte Einheit. Es kostete ihn etliche Schnittwunden, ihre Schwächen herauszufinden. Weil sie zu sehr darauf achteten, einander nicht in die Quere zu kommen, würde er diese Taktik anwenden, folglich trieb er sie dazu, einander bei ihren Angriffen zu begegnen, und schaffte es mit einer gekonnten Drehung, hinter einem von ihnen zu gelangen. Mit einem schnellen Handgriff packte er den Mann und drückte ihn gegen seinen anderen Gegner. Noch während dessen Klinge sich in seinen Kampfgefährten bohrte, holte Falk mit dem Schwert aus und stieß seinem Feind die Klinge ins Herz.

Röchelnd gingen beide Männer zu Boden.

»Falk!«

Dayanas Ausruf hatte panisch geklungen. Er fuhr herum und blickte in Weskars weit aufgerissene Augen. Der ehemalige Wesir von Sulakan zog die Brauen zusammen und legte eine Hand auf seine Schulter. Falk glaubte zuerst, der hagere Mann wolle ihm schaden, doch dann fiel ihm der Blutfleck im Brustbereich auf, der sich immer mehr ausweitete.

Weskar taumelte nach vorne und brach zu seinen Füßen zusammen. Hinter ihm lauerte ein weiterer Angreifer.

»Dazan, nein!«

Dieser Ausruf war von Nehan gekommen und jetzt verstand Falk, wer die Angreifer waren. Dazan war einst ein Assassine gewesen. Nun hatte er sich mit seinen Männern unter die Randstämme gemischt, um ihn im passenden Moment zu töten.

Zwischen Nehan und dem sulakanischen Thron standen zwei Menschen. Er und sein ungeborenes Kind, das in Dayana ruhte. Wenn er diesen Mann nicht besiegte, würde seine Frau niemals in Sicherheit sein.

Falk versuchte den alten Mann ins Gedränge zu locken. Hier mussten sie aufpassen, um von den anderen Kämpfern nicht getroffen zu werden. Er war wendiger als Dazan und könnte eine solche Situation besser handhaben.

Nach einigen Paraden und Konterangriffen ermüdete sein Gegner, aber Falk musste sich dennoch mit seinem ganzen Geschick seiner Haut erwehren. Trotz seines hohen Alters hatte Dazan Tarashi sein Können nicht vergessen, aber je länger der Kampf andauerte, umso mehr forderte das Alter seinen Tribut. Als Nehans Großvater seinen Angriff abzublocken versuchte, drängte Falk ihn zurück. Dazan verlor den Halt. Darauf hatte Falk gewartet und er durchtrennte mit einer entschiedenen Bewegung die Halsschlagader seines Gegners.

Mit fassungsloser Miene sank der alte Mann in die Knie. Er machte sich nicht die Mühe, die Blutung zu stoppen, da er wusste, dass sein Ende gekommen war.

Falk wandte sich von dem Sterbenden ab und ging zu seinen Freunden. Vor Weskar blieb er stehen. Ioran hatte den Wesir auf seine Knie gehoben.

»Warum?« Diese Frage musste er stellen. Weskar hatte sich vor ihn geworfen und Dazans tödlichen Hieb mit seinem Körper abgefangen.

»Ist es wirklich ... wahr?«

Da Falk nicht wusste, was er meinte, erwiderte er den Blick des Schwerverletzten. Immer mehr Blut tränkte den Boden unter ihm. Auch dieses Leben würde bald enden.

»Alles was ich dir erzählte, entsprach der Wahrheit«, sagte Ioran betrübt.

Falk verstand die Situation nicht, aber Dayana, Toshiro und Nehan blickten traurig auf den Sterbenden.

»Renya und mein ...«

Diese Worte entkamen Weskar mit seinem letzten Atemzug, bevor sein Blick leer wurde und das Leben aus ihm wich.

Falk trat einen Schritt zurück und konnte sich nicht erklären, warum er sich so befangen fühlte.

Lamin und Aizen hatten ihre Gegner ebenfalls besiegt und kamen zu ihnen. Nach und nach brachten Thurakin und Kario wieder Ruhe in ihre Leute, da fiel Falk auf, dass die Gesänge verstummt waren. Die Frauen verhielten sich ruhig und schienen auf etwas zu warten.

39

Jede Voraussage Kadeshs hatte sich erfüllt. Die anderen Stämme waren in Merash angekommen und sie hatten ihrem heiligen Glauben abgeschworen. Wie sonst hätten all diese Weibsbilder es bis hierher geschafft?

Brudan ritt an der Spitze neben seinem übermächtigen Gott und blickte verachtungsvoll auf die Menschenmenge, die zu warten schien. Die Gesänge, die er von Weitem gehört hatte, waren bei Kadeshs Anblick verstummt. Das verriet ihm ihre Angst. Sie waren ihnen in ihrer Anzahl überlegen, aber Kadesh würde sie in dieser Nacht zerschmettern. All diese Metzen, die Ishars Namen besungen hatten, würden in Kürze den Tod finden.

»Mein Sohn, bist du bereit?«

Überrascht schaute er zu seinem Vater. Ab und zu sprach Arudan zu ihm. Er schien schwächer zu werden, je mehr der Gott in ihm erstarkte.

»Wirst du meine letzte Bitte erfüllen?«

Brudan lenkte seinen Blick erneut über die Menge und fand sofort sein Ziel. Sie befand sich in der Nähe von Merash. Die Sonne tanzte auf ihrer Haut und verlieh den Verzierungen einen goldenen Glanz. Er hatte Ishars wichtigste Priesterinnen vernichtet, nun gab es nur noch eine Hürde, die er bewältigen musste. Ein einziges Leben, das er auslöschen musste, um seinem Gott zu dienen.

Während die Sonne sich immer mehr dem Horizont näherte, trieb er sein Pferd an. Die Frauen bildeten eine Gasse für ihn, aber etwas anderes hatte er von diesen schwachen und unwürdigen Geschöpfen nicht erwartet. Es war nur rechtens, dass er sie unter seinem Stiefel zerquetschte.

Mit ihm ritten die Krieger seines Stammes. Brudan warf einen Blick zurück und konnte Arudan immer noch auf der Sanddüne auf seinem Pferd sitzen sehen. Das Feuer seiner Seele hatte sich auf seinen Körper gelegt und vertrieb den Menschen, machte mehr Platz für den Gott.

Unruhe zeigte sich in der Menge, die Kadesh aus nächster Nähe zu sehen bekam. Sie taten gut sich zu fürchten, denn er würde zu ihrer Geißel werden. Obwohl die Frauen sich nicht wehrten, schlugen seine Krieger mit den Peitschen nach ihnen.

Brudan fand seine Zielperson und stieß ein mächtiges Kampfgebrüll aus. Das Weibsbild war kaum dem Kindesalter entwachsen. Er würde sie lehren ihm gegenüber nie wieder diesen Trotz zu zeigen.

Ihn trennten nur wenige Meter von Ishars Schlampe, als der erste Krieger hinter ihm schrie. Ein weiterer stieß einen Schmerzenslaut aus. Immer mehr seiner Leute fielen getroffen zu Boden. Brudan versuchte herauszufinden, wer die Pfeile schoss, und entdeckte zwischen den Frauen auch Männer. Das stellte den größten Verrat dar. Wie konnte ein Mann an eine weibische Gottheit glauben? Er schwor sich alle Ungläubigen auszumerzen.

Noch während er diesen Schwur leistete, wurde sein Pferd aufgeschreckt. Es bäumte sich auf und warf ihn aus dem Sattel. Brudan rollte sich auf dem sandigen Boden ab und kam kampfbereit auf die Beine. Jemand musste sein Pferd angegriffen haben.

Die Frauen schlossen den Kreis um ihn. Er hörte die Schreie seiner Männer und knurrte die Metze an, die er auslöschen musste. Während er sich ihr mit gezückter Klinge näherte, regte sie sich kein einziges Mal. Niemand bewegte sich.

Triumphierend hob Brudan sein Breitschwert. Er hatte nicht erwartet, dass es ein Kinderspiel werden würde. »Hier wirst du sterben, zu den Füßen meines Gottes!«

Ein Schatten huschte aus der Menge und traf ihn. Brudan fuhr herum, da wurde er von einer anderen schattenhaften Gestalt getroffen. Blut floss ihm die Seiten hinab. Überrumpelt wandte er sich der Auserwählten zu und konnte nun zwei Männer an ihrer Seite sehen. Einer trug ein Stoffstück auf der unteren Gesichtshälfte, während der andere ihm bekannt vorkam. Die Priesterin in ihrer Mitte hob grimmig lächelnd die Arme. Sand peitschte ihm ins Gesicht.

Brudan schüttelte sich und versuchte sie mit seiner Klinge zu treffen. Ihre

Wächter konterten seine Angriffe und fügten ihm weitere Schnitte zu. Als Brudan sich drehen wollte, wurde sein Fuß von etwas festgehalten. Einen Blick zu riskieren, bedeutete weitere Verletzungen, aber er musste nachsehen, was ihn hielt. Steinharter Sand hatte sich um seinen Knöchel geschlungen.

Brudan brüllte und versuchte das unnatürliche Gebilde mit seinem Schwert zu treffen. Dabei verletzte er sich selbst und spürte gleichzeitig Schnitte an Rücken und Beinen.

Die Priesterin entließ ihn aus ihrem Griff und er taumelte voran. »Du Metze!«, schrie er. Ihre Wächter trieben ihn mit ihren Angriffen von ihr fort und jedes Mal, wenn er ihr zu nahe kam, setzte sie ihre verfluchte Magie ein.

Brudan galt als der stärkste Krieger aller Randstämme, doch je länger er den Kampf gegen diese drei führte, umso schwächer wurde er. Sie stachen nicht zu, um seine Organe zu treffen, sondern schnitten tief in sein Fleisch, damit er so viel Blut wie möglich verlor. Hemd und Hose waren bereits blutdurchtränkt, als er einen weiteren Angriff wagte.

Er war der stärkste Mann. Wo waren seine Krieger? Wieso half Kadesh ihm nicht?

Die Frauen, die ihn umkreisten, bedachten ihn mit abschätzigen kalten Blicken. Brudan stählte sich gegen das ungewohnte Gefühl der Angst, das tief in seinem Bauch geboren wurde und langsam sein Herz umschloss. Es durfte nicht sein, dass er sich vor Weibern fürchtete. Sie standen weit unter ihm!

Wieder griffen sie zu dritt an. Während die verabscheuungswürdige Priesterin ihm Sand ins Gesicht schoss, fügten ihre Wächter ihm weitere Wunden zu.

»Das ist ... nicht gerecht. Kämpft ... fair«, keuchte er.

»Fair?« Der Maskierte, richtete das Wort an ihn. »Wo war deine Fairness, als du Ashkans Bewohner auf Pfähle gebunden hast, damit die Krähen sich an ihnen gütlich tun?«

»Wo war deine Fairness, als du meine Freunde vor meinen Augen getötet hast, um mir deine Überlegenheit zu demonstrieren? Sie waren unbewaffnet und konnten sich nicht wehren, als du sie abgeschlachtet hast.«

Dumpf erinnerte Brudan sich an dieses Gesicht. Den Jungspund hatte er einst mit der Drohung laufen, lassen seinen König zu töten, wenn er seine Freunde retten wollte. Nun wünschte er sich ihn getötet zu haben.

»Wo war deine Fairness, als du wehrlose Frauen verstümmelt hast?«

Die Priesterin kam auf ihn zu. Ihre Augen waren kalt, als sie erneut mit ihrer Kraft angriff. »Unsere Stadt hast du in Trümmer gelegt, aber Ashkan lebt in uns, weil wir dich überlebt haben. Ich bin die Hüterin und wache über unser Wissen und über Ishar. Der Turm von Ashkan steht wieder und die Menschen werden zurückkehren. Nicht mehr lange und du wirst nichts weiter als ein böser Traum sein.«

Nachdem sie zu Ende gesprochen hatte, gingen die Angriffe in atemberaubendem Tempo weiter. Wenn Brudan nach einem Angreifer hieb, fügte der andere ihm eine Wunde zu.

Hilfesuchend wandte er sich seinem Vater und Gott zu. Er öffnete den Mund um nach Hilfe zu rufen, da fuhr ihm ein Sandstrahl in die Kehle. Hustend ließ er sein Schwert fallen, um den Sand aufzuhalten. Sobald er versuchte die Hände vor den Mund zu halten, wurden sie von Magie gepackt.

Die Hexe hielt ihn fest und verstärkte den Druck. Er fühlte seine Zähne brechen und schmeckte neben dem Sand Blut. Die Körner zerfetzten seine Lippen und seine Kehle.

Brudan versuchte zu würgen und gleichzeitig zu atmen, aber die Schlampe hatte ihn in ein Gefäß verwandelt, in das jemand ungeahnt der Konsequenzen Sand kippte. Noch nicht einmal zu schreien war ihm vergönnt.

Als der Sand sein Innerstes nicht mehr füllen konnte, sackte er in die Knie und starb, während hunderte von Frauen kalt seinem Dahinscheiden beiwohnten. Selbst als der letzte Atemzug seinen Lippen entwich, weigerte er sich die Wahrheit zu akzeptieren, dass drei Heranwachsende aus Ashkan den mächtigen Brudan Kel Kaffar getötet hatten.

40

Wie alle anderen konnte Nehan nicht umhin den Blick von dem Reiter abzuwenden, dessen Gestalt in einen bedrohlichen Rotton gehüllt war. Es war nicht nur die Farbe an sich, die ihn so furchteinflößend wirken ließ, sondern auch die Gefühle, die man bei seinem Anblick verspürte.

Nehan spürte die Unruhe der Menge, denn sie übertrug sich auch auf ihn.

Als der Reiter begann die Sanddüne hinabzureiten, gingen ihm die Menschen freiwillig aus dem Weg.

Die Kämpfe hatten aufgehört, Arudans Stamm war ausgelöscht. Einige von Thurakins und Karios Krieger hatten sich ihren Mut bewahrt und griffen den Reiter an, doch jeder Angreifer krümmte sich mit schmerzverzerrtem Gesicht und ging zu Boden. Der Reiter gönnte den Gefallenen keinen weiteren Blick.

»Was hat er vor?«, fragte sich Thurakin.

Immer mehr Menschen versuchten vor dem Reiter zu fliehen.

»Sicher nichts Gutes«, brummte Aizen. »Großvater, du musst zum Angriff rufen.«

Thurakin schien sich dagegen zu sträuben.

Kaum hatte Aizen zu Ende gesprochen, als Arudan nach seiner Klinge griff. Sie war, anders als die der anderen Stämme, gerundet und halb so groß wie ein Mann.

Als der alte Mann die Klinge schwang, löste sich ein rötlicher Wirbel von der Schneide und fraß sich durch die Menschenmenge. Schreie erklangen.

Wie die meisten vermutete Nehan, dass der Reiter es auf Izana abgesehen hatte, doch er lenkte sein Pferd an ihr vorbei durch die Gasse, die sich für ihn gebildet hatte.

»So ist es richtig.«

Arudans Stimme hallte weit über die Ebene, viel zu laut für die Kehle eines Menschen, aber dieser Mann hatte kaum noch etwas Menschliches an sich.

»Schmerz, Blut, Hass, all diese Emotionen liegen in der Luft und sie sind wie süßer Wein für mich. Über Jahrhunderte hinweg habt ihr meinen Namen gepriesen und für mein Schicksal gemordet. Wieso erheben sich eure Stimmen nicht jetzt? Betet zu eurem Gott. Fleht mich, Kadesh, an, eure Seelen zu retten.«

»Kadesh?«, entfuhr es ihm. Nehan schüttelte den Kopf. All die Jahre hatte er zu Ishar gebetet und diesen Gott für ein Hirngespinst gehalten.

»Hat es euch die Sprache verschlagen?«, höhnte der selbst ernannte Gott.

Weitere Angriffe erfolgten, doch nichts schien ihm schaden zu können. Als er erneut seine Klinge schwang, verwandelte sich die dadurch entstandene Luft in eine Druckwelle, die über sie fegte.

Nehan verlor den Halt und fiel. Seine Gedanken waren in diesem Moment bei Dayana. Er wollte zu ihr laufen und sie beschützen, doch Falk war schon dort. Sein Cousin hielt die Frau, die Nehan liebte, in den Armen. Das zu sehen, schmerzte nicht weniger als sonst, doch dieses Mal krallten sich die düsteren Emotionen regelrecht in seinen Verstand.

Wieso Falk? Warum hatte das Schicksal es nicht erlaubt, dass Dayana ihm zuerst begegnet war? In seinem ganzen Leben war er der Spielball von anderen gewesen. Jeder hatte ihn nach Belieben benutzt und er hatte sich nicht gewehrt und es zugelassen. Nun gab es diese eine Sache, die er sich mehr als alles andere wünschte, und gleichzeitig wusste er, dass es ihm nicht vergönnt war. Dayana wusste von seinen Gefühlen, aber sie hatte ihn abgewiesen.

»Bringt euch in Sicherheit!«

Aizen packte ihn an der Schulter und zerrte ihn davon. Nehan stolperte auf die Beine und hielt den Blick immer noch auf Dayana gerichtet. Obwohl es schmerzte, sie und Falk zusammen zu sehen, konnte er sie nicht aus den Augen lassen.

Die Menschen liefen wild durcheinander, versuchten nach Merash auszuweichen.

Nehan wurde kalt. Obwohl er es nicht wollte, drehte er sich um und blickte zurück. Sofort begegnete er Kadeshs Blick. Alle Kraft entwich aus ihm. Er fühlte sich bloßgestellt. Jedes hässliche Gefühl, das in ihm wohnte, wurde an die Oberfläche gezerrt.

Der Schmerz, den er die ganze Zeit unterdrückt hatte, überrollte ihn. Zusammen mit den Erinnerungen und den Schlägen, die er erleiden musste, raste er durch seine Glieder und seinen Verstand.

Aufschreiend krümmte Nehan sich am Boden. Er hörte Aizens Ruf, dem ein Schrei folgt. Als er den Kopf hob, befand er sich im Inneren eines rötlichen Schildes, der ihn und Kadesh von den anderen trennte. Der Gott war mittlerweile von seinem Pferd abgestiegen und schritt auf ihn zu.

Nehan unterdrückte ein Schluchzen. »Ich glaube nicht an dich!«

»Das macht nichts«, entgegnete der Gott. »Dafür habe ich immer an dich geglaubt. Während deine Mutter dich in meinem Namen schlug habe ich deinen Schreien und deinen Gebeten an Ishar gelauscht.«

Widerstrebend schüttelte Nehan den Kopf. »Das ist nicht wahr.«

Kadesh beugte sich zu ihm hinab und umfasste sein Kinn. »Doch und du weißt es. Jedes Mal, wenn du Ishar um Hilfe angefleht hast, war ich zugegen. Sie hat dich nie erhört.«

Nehan wollte wiedersprechen und erneut seinen Glauben in Ishar festigen, aber die qualvollen Erinnerungen zerrten an seiner Seele.

»Ishar ist eine Heuchlerin!«, verkündete Kadesh lautstark. »Sie hält zu den Frauen, aber einen leidenden Mann, der zu ihr betet, sieht sie nicht.«

Dieses Wesen sprach seine geheimsten Ängste aus. Zu wissen, dass – egal wie sehr er an Ishar glaubte – sie ihn dennoch nie annehmen würde und das nur weil er ein Mann war, nagte die ganze Zeit an ihm.

Warum wusste Kadesh davon? Stimmten seine Anschuldigungen?

»Nehan!«

Die Frauenstimme vermochte ihn aus der Dunkelheit seiner Gedanken zu reißen. Er wandte sich von Kadesh ab und schaute zu der Sprecherin. Das Denken fiel ihm so schwer, als er sich an ihren Namen zu erinnern versuchte.

»Dayana …«

Sie versuchte den Schild zu durchdringen und wurde von Falk zurückgehalten.

»Du hasst ihn, mach mir nichts vor«, sagte Kadesh. »Würden sich die Menschen an die alten Traditionen halten, könntest du ihn töten und dir seine Frau nehmen.«

Dayana nehmen ... sie lieben. Der Nebel legte sich um seinen Verstand, betäubte ihn, bis er glaubte nichts mehr zu fühlen.

»Du bist Ishar treuester Diener«, sprach Kadesh mit lauter Stimme. »Dennoch hat sie dich nicht auserwählt. Sie hat nie zuvor einen Mann auserwählt. Aber ich lege große Hoffnung in euch, daher beanspruche ich dich für mich. Gemeinsam werden wir sie vernichten.«

Kadesh hob sein Schwert und hielt es quer, bis die Spitze direkt auf ihn zielte. Nehans Instinkt riet ihm auszuweichen, nach Hilfe zu rufen oder anzugreifen, aber die Kälte in seinem Inneren hatte auch auf seinen Körper übergegriffen. Selbst als das Schwert sich in ihn bohrte, wehrte er sich nicht.

Das teuflische Gesicht vor seinen Augen verlor das unnatürliche rote Leuchten.

Nehan senkte den Kopf und blickte zu der Wunde in seiner Seite. Als wäre er ein Magnet, drang das rote Licht durch die Wunde in sein Innerstes und füllte ihn aus. Je länger dieser Zustand anhielt, umso menschlicher wurde sein Gegenüber, bis Kadesh vollkommen aus ihm verschwunden war und nur noch der gebrechliche Arudan zurückblieb.

Nehan fühlte sich fremd im eigenen Körper. Teilnahmslos sah er zu, wie Arudan Kel Kaffar zitternd und zuckend zu Boden stürzte und sich dann panisch an die Brust griff.

»Kadesh ... warum?«

Nehan wandte sich von dem Sterbenden ab und schaute zu den Menschen, die seine Freundschaft nicht verdient hatten. Er wusste, dass er sie von sich aus nie verletzen könnte, aber die Kontrolle über seinen Körper war ihm entrissen worden.

41

Das musste ein Albtraum sein. Dayana wollte nicht glauben, dass der lebendig gewordene Gott Kadesh Nehan beinahe getötet hätte und ihn dann übernommen hatte. Als sie befürchtet hatte, Nehan an den Tod zu verlieren, hatte sie sogar vergessen, dass sie für die Sicherheit ihres Babys verantwortlich war. Sie wollte zu Nehan und ihren Freund in die Arme schließen.

Kadesh hatte ihr und allen anderen Nehans Qualen offenbart. Ihr Herz weinte für ihn, denn er hatte so viel durchgemacht und nun quälte er sich noch mehr, da er seinen Glauben zu Ishar infrage stellte.

»Dayana, du musst dich in Sicherheit bringen lassen.«

Falk hatte einen Arm um ihre Mitte geschlungen und versuchte sie von dem durchsichtigen Schild wegzuziehen. Sie weigerte sich, denn sie wusste, wenn sie sich jetzt von Nehan abwandte, würde sie ihn an Kadesh verlieren.

»Ich kann nicht!«, rief sie und befreite sich aus Falks Armen. Ihr Liebster sah sie an, als hätte sie ihn geschlagen. Flehend streckte sie die Hand nach ihm aus. »Tut mir leid, aber Nehan braucht uns nun mehr als jemals sonst. Wir können ihn nicht im Stich lassen.«

Kadeshs Essenz mochte in ihn eingedrungen sein, aber er war immer noch da. Daran zweifelte sie nicht.

Falk las ihr den Wunsch von den Augen ab und lächelte schließlich matt. »Mir sprießen gerade graue Haare, aber du hast recht. Wir lassen Nehan nicht im Stich.«

Gemeinsam näherten sie sich dem jungen Mann, wobei Falk darauf achtete, sie hinter seiner Gestalt zu halten.

»Ihr wollt ihn befreien?«, rief Kadesh spöttisch. »Nachdem ihr ihn dazu getrieben habt? Nachdem ihr ihn gequält habt?«

Als Dayana seinem Blick begegnete, stieß er ein keckerndes Lachen aus.

»Du bist die größte Heuchlerin von allen. Diesen Schmerz fühlt er deinetwegen. Du hast ihm das Herz gebrochen.«

Sie liebte Nehan als Freund, aber sie konnte nicht leugnen, dass sie seine Gefühle abgewiesen hatte. Dayana zweifelte an sich. Vielleicht war sie wirklich schuld.

»Hör nicht auf ihn.« Falk ließ Kadesh nicht eine Sekunde aus den Augen, aber sie spürte die Wärme seiner Hand, die ihre umschloss. »Das ist nicht mein Cousin. Nehan hätte das niemals zu dir gesagt. Niemand kann etwas dafür, dass wir uns begegnet sind und uns verliebt haben.«

»Ist das so?«

Es tat weh ihren Freund zu sehen und zu wissen, dass er am Schwinden war.

»Und wenn du doch Schuld daran trägst?« Nun richtete Kadesh seine Aufmerksamkeit auf Falk. »Was, wenn das Schicksal dir den Tod zugedacht hat? Du hättest in Sula sterben sollen. Nehan wäre König geworden und er hätte Dayana während eines Staatsbesuchs in Khimo getroffen. Dieses Schicksal war ihm und ihr vorherbestimmt.«

»Das ist eine Lüge, um Nehans Geist zu verwirren!«, rief Dayana aus. »Du kennst die Zukunft nicht!«

»Ich bin ein Gott.«

Das durfte so nicht weitergehen. Sie wollte diese Boshaftigkeit aus Nehans Gesicht vertreiben.

»Nein«, widersetzte sie sich. »Ishar ist die einzig wahre Göttin. Du bist nur ein Traum.«

Jedes Mal, wenn sie ihn verleugnete, zuckte er zusammen.

Kadesh hatte sein volles Potential noch nicht erreicht. Zumindest zum Teil stimmten seine Worte. Nehan war Ishar treu ergeben und nie hatte sein Glaube gelitten. Wenn Kadesh ihn dazu brachte, die Wüstengöttin zu verleugnen, versetzte er ihr damit den Todesstoß.

Dayana wollte ihm von ganzem Herzen helfen, nur wusste sie nicht wie. Verzweifelt schloss sie die Augen und suchte in ihrem Inneren nach dem Feuer, das in ihrer Zeit als Auerwählte gebrannt hatte. »Ishar, erhöre mich. Ich flehe dich an.«

»Du betest vergebens. Ishar ist zu schwach.«

Jedes Wort aus Nehans Mund sollte wie Hammerschläge auf sie fallen.

»Ishar, wir beten zu dir«, sprach sie dennoch weiter.

Ein weiteres Gebet gesellte zu ihrem. Izana war zu ihr getreten und befand sich nun hinter Kadesh. Als sie den rötlichen Schild berührte, waberte er und verlor seine Kraft.

Kadesh fuhr zu ihr herum und versuchte sie mit seiner Klinge zu treffen. Izana parierte seinen Angriff mit den Kräften, die sie von der Göttin erhalten hatte.

»Ishar, richte deinen Blick auf deinen Diener Nehan«, rief Dayana aus und Izana wiederholte ihre Worte. Sie musste Nehan retten, um jeden Preis.

Während die beiden mit ihren übernatürlichen Kräften gegeneinander fochten, suchten Falk, Elis und Balan nach einem Weg Kadesh zu fesseln, doch der Gott war zu stark. Als Falk ansetzte ihn mit seinem Schwertknauf bewusstlos zu schlagen, wurde er von Kadeshs Macht mehrere Meter zurückgeworfen.

»Falk!«, rief Dayana entsetzt, doch ihr Liebster hob die Hand und setzte sich wieder auf. Er schien nicht verletzt zu sein.

Dayana schaute wieder zu Nehan. Er litt an Kummer und sie hatte ihm das Herz gebrochen, aber er war immer noch ein guter Mensch. Daran hielt sie fest, als sie losrannte.

Hinter sich hörte sie Falk erschrocken ihren Namen rufen, doch sie wurde nicht langsamer.

In dem Moment, in dem Kadesh das Schwert hob, um nach Izana zu schlagen, schlang sie die Arme um seine Mitte. Sie war erschöpft und hatte Krämpfe bekommen, aber sie hielt Nehan fest und ließ nicht los.

»Du bist nicht alleine«, sagte sie. »Ich bin bei dir und werde es immer sein. Wenn du mich weiterhin beschützen willst, musst du Kadesh verdrängen. Halte ihn davon ab, diese Welt mit seiner Kaltherzigkeit zu überschütten.«

Sie fürchtete um das ungeborene Kind und davor, Falk nie wiederzusehen, aber stärker als ihre Furcht war ihr Wunsch, ihrem Freund beizustehen.

Ihr Körper zitterte und sie hatte das Gesicht gesenkt. Als weder ein Todesstoß noch ein anderer Angriff erfolgte, hob sie den Blick.

Nehan besaß immer noch den rötlichen Schein um seine Gestalt, aber sein Arm, der das große Schwert hielt, zitterte unkontrolliert.

»Ich bin für dich da«, versicherte Dayana ihm. »Niemand wird dich von nun an mehr quälen. Du bist ein Händler aus Ashkan, der Cousin des Königs und mein bester Freund. Ab nun wirst du nicht mehr alleine sein müssen.«

Er verzog das Gesicht, als würden ihre Worte ihn schmerzen. Das Schwert glitt aus seiner Hand und fiel in den Sand. Der erhobene Arm zitterte immer noch.

Dayana hob die Hand und legte sie auf Nehans Wange. »Komm zu uns zurück. Verliere nicht das Vertrauen in Ishar. Sie braucht dich und wir brauchen dich.«

»Nur du kannst uns retten«, sagte Izana und trat zu ihnen. Vorsichtig berührte sie Nehan.

In diesem Moment ging ein Zucken durch seinen Körper und Izana stieß ein Keuchen aus. In der immer dunkler werdenden Umgebung fiel das Leuchten auf, das aus Izanas Körper kam. Dieses übertönte sogar die goldenen Bemalungen. Das war nicht Izanas Gabe, sondern Ishar selbst.

Dayana lächelte Nehan unter Tränen an. »Sie ist hier. Ishar ist zu uns zurückgekommen.«

Ihre Worte brachten Nehan dazu, den Arm sinken zu lassen. Das goldene Leuchten ging von Izana auf ihn über. Sobald es sich von ihr gelöst hatte, stolperte die junge Frau nach hinten und wurde von Balan aufgefangen.

Dayana wollte weiterhin bei Nehan bleiben, doch er schob sie entschieden von sich. Danach brach er in die Knie und krümmte sich, als hätte er Schmerzen.

Beide Götter kämpften gegeneinander und Nehan war das Gefäß.

Dayana bewegte sich unruhig. Sie wusste nicht, wer den Sieg davontragen würde, doch bevor sie zu Nehan gehen konnte, kam Falk zu ihr und nahm sie in den Arm.

»Hierbei kannst du ihm nicht helfen«, flüsterte er in ihrem Haar. »Das ist ein Kampf zwischen Ishar und Kadesh.«

Weil sie sich nicht anders zu helfen wusste, faltete sie die Hände auf ihrem zuckenden Bauch. »Ishar, beschütze deinen Diener Nehan. Beschütze das Volk Sulakans«, betete sie leise. »So viele fanden hier zusammen, um dich um Gnade anzuflehen. Gib Sulakan seine Frauen zurück. Lass Jungen und Mädchen gleichermaßen gesund zur Welt kommen.«

Sie wusste nicht, ob Gebete halfen, sie hoffte es.

Izana stimmte in das Gebt ein, während Nehan stumm zuckte und sich hin und her warf. Niemand wusste wer den Sieg davontragen würde.

Dayana befürchtete das Schlimmste, als er zu Boden ging und immer noch das rote Leuchten um ihn lag. Heftig atmend blickte er in den Sternenhimmel.

»Nehan?«

Der rötliche Schein verschwand von seiner Gestalt und löste sich in der Luft auf, ließ nur ein sanftes Leuchten zurück, das sich in seine Haut zurückzog.

»Ishar ist fort«, stellte Izana verwundert fest. »Wie ist das möglich? Ich dachte, es würde erst passieren, wenn ...« Verlegen sah sie zu Balan auf.

»Vielleicht hat sie gespürt, dass dieser Mann sie im Moment mehr braucht«, flüsterte der junge Mann.

Dayana löste sich aus Falks Umarmung und ging zu ihrem Freund. Sie hatte immer noch vor Augen, wie Kadesh ihn mit dem Schwert durchbohrt hatte. Vielleicht verblutete er gerade. Beunruhigt öffnete sie Nehans Hemd und suchte nach der Wunde. Was sie jedoch seitlich des Nabels vorfand, war ein Zeichen, welches sie nur allzu gut kannte.

»Ishars Auge«, meinte sie überwältigt. »Falk, sieh, es ist Ishars Auge.«

»Ich sehe es«, brummte Falk. »Könntest du trotzdem aufhören den Bauch eines anderen Mannes zu kraulen?«

Kaum hatte er zu Ende gesprochen, bewegten sich die Bauchmuskeln unter Dayanas Fingern. Verlegen zog sie ihre Hand zurück.

»Bist du etwa eifersüchtig, Cousin?«

Nehan öffnete die Augen und schaute zu ihnen auf. Er sah mitgenommen aus, aber in seinem Blick existierte ein inneres Leuchten, das vorher nicht da gewesen war.

»Geht es dir gut?«

»Wenn du auf Kadesh anspielst, er ist weg. Der Glaube hielt ihn am Leben, aber in dieser Nacht hat er alles getan, um den Glauben dieser Menschen zu erschüttern. Indem er ihre Frauen angriff, wandten sich viele Mitglieder der Randstämme von ihm ab. Du wirst also keine Probleme damit haben, einen Friedensvertrag mit ihnen auszuhandeln.«

»Woher weißt du das?«, fragte Falk.

Nehan setzte sich auf. »Ich glaubte wirklich, dass Ishar mich im Stich lässt, dass eine Frau ihr wichtiger ist als ein Mann. Aber sie hat mich auserwählt und zu ihrem Priester gemacht.« Glücklich schloss er die Augen. »Sie ist in mir und wie sie mein wundes Herz heilt, so heilt jeder Anwesende, der an sie glaubt, in dieser Nacht das ihre. Ishar schöpft neue Hoffnung für Sulakan. Die Trauer wird sie noch eine Weile begleiten, aber sie hat den Fluch von unserem Land genommen.«

Erleichtert sank Dayana in sich zusammen. Falk stützte sie, indem er sich gegen ihren Rücken lehnte.

Nehan griff nach ihrer Hand und lächelte sie warm an. »Euer Baby wird sicher sein, ganz gleich welches Geschlecht es hat.«

»Welch ein Glück«, schluchzte sie und wischte sich die Tränen der Erleichterung von den Wangen.

Falk küsste sie überglücklich. »Wir haben es geschafft.«

Offenbar wurde das Gesagte verbreitet, denn nach und nach brachen die Frauen in Jubel aus und es zog sich bis über die Ebene.

»Meine Beine sind eingeschlafen«, ächzte Dayana, die sich ihrer unbequemen Haltung bewusst wurde.

Falk und Nehan erhoben sich und halfen ihr hoch. Sobald sie stand, spürte sie Feuchtigkeit über ihre Beine laufen, dem ein Wasserschwall folgte. Erschrocken schaute sie nach unten, denn sie war sich sicher ihre Blase nicht entleert zu haben. »Was war das?«

»Dein Baby«, sagte Nehan sanft. »Es will zur Welt kommen.«

Obwohl sie die Anzeichen kannte, fühlte Dayana sich wie in einem Traum.

»Aber mir bleiben noch zwei Wochen ...«

»Darauf hast du keinen Einfluss. Falk, such nach Ioran«, befahl Nehan, denn ihr Liebster schien plötzlich wie erstarrt zu sein. Erst Nehans Stimme löste ihn aus seinem leichten Schockzustand.

Die Menschen um sie zerstreuten sich. Manche nahmen einander in die Arme. Auch Nehan umarmte sie und blickte ernst auf sie hinab.

»Du musst dir keine Sorgen um mich machen, Dayana«, sagte er leise. »Die Göttin hat mir versprochen, dass du in unserem nächsten Leben meine Liebste werden wirst.«

Dayana war von seinen Worten und der Situation so überrascht, dass sie nicht reagierte, als Nehan sich vorbeugte und sich einen sanften Kuss von ihren Lippen stahl.

»Verflucht noch mal«, donnerte Falk hinter ihr und zog sie aus Nehans Armen. »Ich sagte dir bereits, dass meine Frau für dich tabu ist.«

»Du kannst es mir nicht verdenken, dass ich mich von ihr verabschieden wollte«, verteidigte Nehan sich lächelnd. »Als Ishars erster männlicher Priester werde ich viel unterwegs sein.«

Dayana wollte fragen, wohin er gehen würde, da bohrte sich ein tiefer Schmerz in ihren Unterleib. Fluchend klammerte sie sich an Falk.

»Meine Königin.« Anders als Falk schien Ioran die Ruhe in Person zu sein. »Als Entschuldigung bietet Kario Euch seine Gastfreundschaft an.«

»Auf keinen Fall«, wies Falk den Vorschlag ab. »Er hielt meine Frau ...«

Dayana schnitt ihm das Wort ab. »Mir ist es gleich wo, aber wenn ich mich nicht bald irgendwo setzen kann, schreie ich.«

Nach ihrem keuchenden Ausruf, beeilten Falk und Ioran sich, um sie in eines der Häuser zu führen, während die Menschen in Merash die Nacht zum Tag machten.

42

Der Morgen war nur noch wenige Stunden entfernt, als die Gesänge der Frauen verstummten. Izana, die mit ihnen getanzt und gesungen hatte, saß erschöpft auf den Stufen, die zu einem Haus in Merash führten, das man ihr zur Verfügung gestellt hatte. Matt lehnte sie gegen Balan, der einen Arm um sie geschlungen hatte.

»Etwas so Außergewöhnliches habe ich noch nie erlebt«, flüsterte er leise. »Die Göttin war wirklich da.«

»Und der Gott auch«, wisperte sie.

»Und ist er es noch?«, fragte Balan.

Schulterzuckend schaute sie zu ihm auf. »Das weiß ich nicht. Im Grunde hat er nur für eine kurze Zeit existiert und heute Nacht sollte er als Sulakans Gott geboren werden, aber Ishar hat ihn besiegt. Vielleicht existiert er in ihr.«

Was sie in dieser Nacht gefühlt hatte, war Ishars Schmerz, aber auch ihre Hoffnung. Die Frauen Sulakans hatten zu ihr gebetet und ihr damit die Kraft gegeben, sich Kadesh zu widersetzen.

»Was wird jetzt werden?«, fragte Balan leise. Er hatte den Blick auf die Sanddünen Sulakans gerichtet.

Izana kam auf die Beine und streckte ihm die Hand entgegen. »Komm mit mir hinein.«

Eine Weile sagte er nichts, dann stand er auf und ließ sich von ihr ins Innere führen. Elis hatte sich bereits vor einer halben Stunde verabschiedet, um dem Befehlshaber dabei zu helfen, Ordnung zu halten.

Das Innere des Hauses war schlicht gehalten. Es gab eine Kochecke, einen Tisch mit vier Stühlen und im hinteren Teil ein Zimmer mit einem großen Bett. Als Izana ihn darauf zuzog blieb Balan stehen. Fragend drehte sie sich nach ihm um. »Willst du nicht?«

Sie liebte die Art, wie er sie betrachtete, als würde er jeden ihrer verrückten Vorschläge abwägen.

»Ich will«, gab er zu. »Das wollte ich, seit ich dich auf diesem Kamel sah. Du hast gegen mich angekämpft, obwohl du eine Frau bist. Dieser Mut hat mich angezogen und seither will ich dich immer mehr.«

Lächelnd trat sie zu ihm und schlang ihre Finger durch seine. »Was ist dann das Problem?«

»Der Zeitpunkt.«

Überrascht weiteten sich ihre Augen. Bevor sie fragen konnte, was er meinte, beugte er sich nach vorne und lehnte sein Gesicht an ihres. »Ich will nicht, dass unser erstes Mal stattfindet, weil es stattfinden muss. Das zwischen uns soll geschehen, wann und weil wir es wollen.«

In seinen Worten erkannte Izana seine Ernsthaftigkeit. Das Fest der Frauen endete immer damit, dass die Auserwählte einem Mann übergeben wurde. In dieser Nacht aber war vieles geschehen. Ishar hatte einen Mann zu ihrem Auserwählten ernannt und das, noch bevor die alte Auserwählte einem Mann beigelegen hatte.

Sie umarmte Balan und lehnte sich etwas zurück um ihm in die Augen zu sehen. »Du hast recht. Es ist immer noch barbarisch und vielleicht sollten wir das ändern.«

Als sie die Hand hob, um seine Stoffmaske zu entfernen, zuckte er zusammen, aber er hinderte sie nicht daran. Sein Anblick war ihr mittlerweile vertraut. Sie ließ den Blick zu dem blauen Auge wandern und lächelte ihn an. »Leg dich zu mir, mein Liebster. Sehen wir, was die Nacht uns bringt.«

Sie zog ihn zu dem Bett und legte sich darauf, nachdem sie die Schuhe abgestreift hatte. Balan befreite sich von den Stiefeln und legte sich neben sie. Als Izana sich an ihn schmiegte, hörte sie ihn leise ein Kosewort murmeln.

Erst als sie lag, wurde ihr bewusst, wie erschöpft sie war. Sie wollte sich mit Balan unterhalten, über seine und ihre Zukunft reden, doch der Schlaf nahm sie gefangen.

Izana glaubte ins Reich der Träume zu gleiten, tatsächlich aber fand sie sich in der Wüste wieder. Ein kleines Zelt existierte zwischen den Sanddünen. Sie befand sich auf einem Hang und konnte auf einem anderen eine weitere Person ausmachen. Das war er, der Mann, der von Ishar auserwählt worden war. Obwohl sie mit ihm sprechen wollte, zog es sie zum Zelt hin. Sie machte sich an den Abstieg, während der Sand zwischen ihre nackten Fußsohlen rieselte. In ihrem Traum konnte man keine Kälte empfinden und doch tat sie es, vielleicht war dies also kein Schlafgespinst.

Vor dem Zelt hörte sie von innen einen leisen Gesang. Izana bückte sich und trat hinein. Ein weit größerer Raum erstreckte sich dahinter. Er bestand aus prunkvollem Marmor und schien eher in einen Palast zu gehören als in ein Zelt.

»Willkommen.«

Izana fuhr herum, doch nicht der Zelteingang befand sich hinter ihr, sondern eine Frau in einem schwarzen Gewand. Die Falten in ihrem Gesicht spiegelten das Wesen der Wüste wider. Sie war alt und erhaben zugleich.

Ihr stockte der Atem, denn das konnte nur Ishar sein. Die Präsenz der Göttin war erdrückend. Da Izana nicht wusste wie sie reagieren sollte, ging sie in die Knie und senkte das Haupt.

»Steh auf, beschäme mich nicht, Tochter«, verlangte Ishar und sie kam ihrer Aufforderung allmählich nach.

»Beschämen?«

Die Göttin nickte. »Nicht Ishar hat den Sieg gegen Kadesh errungen, das warst du. Ohne deine Unterstützung, ohne deinen Glauben wäre ich immer noch schwach und hilflos. Du hast mich vor dem Schlimmsten bewahrt, Kind. Du hast dich gegen einen jungen Gott gestellt und mich beschützt.«

Da sie nicht wusste, was sie sagen sollte, schwieg Izana.

Ishar trat vor sie und berührte zart ihre Wange. »Dabei habe ich dir so viele Qualen bereitet. In meinem Zorn habe ich dir Unaussprechliches angetan. Das bedauere ich.«

Dem konnte sie nicht widersprechen. Ihre Zeit als Auserwählte war nicht einfach gewesen, aber sie hatte sich der Aufgabe gestellt und bestanden. »Ich bin stark«, sagte sie.

Die Göttin nickte. »Das bist du und du wirst es brauchen. Merash ist ein

Neubeginn. Nicht nur die Menschen haben heute Nacht etwas gelernt, auch ich wurde eines Besseren belehrt.«

Ishar griff nach ihrer Hand und führte sie wieder durch den Zeltausgang, der nach einer Handbewegung von ihr erschienen war. Gemeinsam betraten sie die Wüste, in der die Nacht gegen den heraufziehenden Morgen verlor. Die Sterne schimmerten in ihrem unendlichen Licht am Himmel. Noch wurden sie nicht von der Morgenröte vertrieben. Izana spürte Wärme in ihrem Inneren aufsteigen, als sie sich der Schönheit dieser Welt bewusst wurde.

Ishar drückte ihre Hand. »Wundervoll, nicht wahr?«

Nickend wandte sie sich der Göttin zu, doch dieses Mal legte sich ein Schatten auf ihren Gedanken. »Das Fest der Frauen ist vorüber und ich lag keinem Mann bei.«

»Das stimmt nicht«, wandte die Göttin lächelnd ein. »Oder liegst du alleine in dem großen Bett?«

Überrascht öffnete Izana den Mund, brachte jedoch keine Silbe heraus.

»Es ging nie darum, miteinander zu schlafen. Wenn das Fest der Frauen endet, kehren alle zu ihren Liebsten zurück. Auch die Auserwählte sollte das tun. Im Laufe der Zeit veränderte sich die Bedeutung. Ich kann noch nicht einmal sagen, ob ein Mann oder eine Frau diese Veränderung eingeführt hat. Meist habe ich Frauen auserwählt, die ihren Liebsten bereits gefunden hatten, aber nächstes Jahr wird es nicht einfach werden.«

Ein Seufzen entkam Ishar. Betrübt sah sie zu dem sitzenden Mann, der dem Sonnenaufgang den Rücken gekehrt hatte und in den Nachthimmel blickte.

»Er trauert«, stellte Izana fest.

»Ein gebrochenes Herz ist nicht leicht zu heilen«, stimmte Ishar ihr zu. »Vor allem wenn es voller Liebe und Sehnsucht ist wie seines. Mein neuer Priester wird große Veränderung bringen, aber ich hoffe, dass auch ich ihn verändern kann.«

Für einen kurzen Moment, als Ishar auf ihn übergegangen war, hatte sie Nehans Wesen gestreift. Er war ein guter Mensch, der viele Qualen durchlebt hatte, aber sie hatte auch seine Stärke gespürt. »Wie wir stammt auch er aus Ashkan. Wir werden uns umeinander kümmern.«

Ishar nickte. »Und ihr braucht ihn in Ashkan, bis der König die Stadt gesichert hat. Noch sind die Fanatiker dieses Landes nicht besiegt. Nehans Kraft wird Ashkan und sein Wissen beschützen.«

Und das würde er. Weil sie sein Wesen kannte, wusste sie die Antwort darauf.

Als hätte er ihr Gespräch gehört, erhob sich der Mann auf der Sanddüne und wandte sich ihnen zu. Er war zu weit weg, um in sein Gesicht zu sehen, doch Izana vermeinte seine Gegenwart zu spüren, die sie wie eine feine Berührung streifte. Überrascht griff sie sich an den Kopf, weil sie glaubte seine Stimme in ihren Gedanken gehört zu haben.

Ishar lachte leise. »Wie ich sagte, er wird einige Veränderungen bringen, denn während des Kampfes ließ ich zu viel von mir in ihm.«

Ishars Blick war voller Wärme, als sie sein Herannahen beobachtete. Vorhin hatte sie das nicht bemerkt, doch als er nun auf sie zuschritt, glaubte Izana einen goldenen Schimmer auf seiner Gestalt zu sehen. Wer auch immer Nehan vorher gewesen war, diese Nacht hatte auch ihn verändert. Er war kein Gott, aber auch kein Mensch. Izana verspürte ob dieses Wissens keine Angst vor ihm. Freundlich streckte sie ihm die Hand entgegen und fühlte seinen sanften Griff. Mit der Berührung gingen seine Gefühle auf sie über. Sie waren warm und so sanft, dass sie lächelnd die Augen schloss.

»Wir sehen uns nach dem Aufwachen«, verabschiedete er sich und Izana überließ sich dieses Mal den Träumen.

EPILOG

Das Bündel in ihren Armen roch herrlich und es passte genau in ihre Arme, als wäre es geschaffen worden, um von ihr gehalten zu werden. Dayana lehnte gegen das hölzerne Kopfende des Bettes und blickte liebevoll auf ihr Kind hinab.

Falk, der neben ihr saß, wirkte etwas bleich. Fünf Stunden lang hatte die Geburt angedauert, was für ein erstes Kind eine kurze Zeit darstellte, wie Ioran ihr versichert hatte. In dieser Zeit waren er und Falk bei ihr gewesen. Ihr Liebster hatte sie ermuntert und ihr immer wieder versichert, wie tapfer sie sei, aber nachdem das Baby endlich gekommen war, war er zusammengebrochen.

Dayana erinnerte sich an die Schmerzen der Geburt, doch die Gefühle, die sie überfluteten, hatten nichts mit Angst zu tun. Sie war überglücklich ihren Sohn endlich in den Armen zu halten.

»Wie nennen wir ihn?«, fragte sie, als der Junge suchend den Mund bewegte.

»Ich weiß es nicht«, gestand Falk und lachte dann leise. »Eigentlich versuche ich immer noch zu begreifen, dass ich nun ein Vater bin.«

Auch sie hatte das surreale Gefühl, in einem Traum zu stecken, und doch wurde sie immer in die Wirklichkeit gerufen, wenn sie die Stirn des Babys küsste und seinen unverkennbaren Geruch einatmete.

»Vielleicht nach einem berühmten Vorfahren von dir?«

Falk schwieg, daher löste sie den Blick von dem schlafenden Kind und schaute zu ihrem Mann.

»Waren es wirklich meine Vorfahren?«, fragte er leise.

Dayana streckte die freie Hand aus und berührte zart seine Wange. Ioran hatte ihm das große Geheimnis über seine Abstammung verraten. Das schien ihn weitaus mehr mitzunehmen, als sie erwartet hatte.

»Es ist unwichtig«, sagte Dayana entschieden. »Du bist Sulakans König und du wirst diesem Land gut dienen. Sogar Ishar wollte, dass du Sulakans Thron besteigst. Das ist alles, was zählt.«

Falk überlegte eine Weile und lächelte dann. »Du hast recht. Nicht unser Blut macht uns zu den Menschen, die wir sind, sondern unsere Erziehung.«

Zustimmend nickte Dayana. »Unsere Aufgabe wird es nun sein, nicht nur für unser Volk zu sorgen, sondern auch unserem Sohn beizubringen das Richtige zu tun.«

Kaum hatte sie zu Ende gesprochen, als der kleine Junge die Augen öffnete und verschlafen zu ihnen schaue.

»Er sieht wunderschön aus«, wisperte Dayana. Das schwarze Haar hatte eindeutig Falk seinem Sohn vermacht.

»Das ist er. Ihr beide seid wunderschön.«

Seufzend schlang Falk den Arm um ihre Schultern. »Ich kann noch immer nicht fassen, dass ein Mensch so glücklich sein kann, wenn er sein Liebstes in den Armen hält.«

Auch ihr Herz schien ihr aus der Brust springen zu wollen, so herrlich fühlte sich das tief empfundene Glücksgefühl in ihrem Inneren an. Lange hatte sie nicht an ein gutes Ende geglaubt, aber hier waren sie nun. Der Mann, den sie über alles liebte, hatte ihr ein Kind und seine unendliche Liebe geschenkt. Gemeinsam hatten sie viele Gefahren überwunden, dem Sterben eines Gottes und der Wiedergeburt einer Göttin zugesehen. Dayana hatte mitbekommen, wie die Frauen Sulakans geschlossen zusammenhielten. Dieser Tag würde in die Geschichte eingehen und ihr Sohn war in dieser Nacht geboren worden.

Schlimme Tage konnten immer noch auf sie zukommen. Manche Menschen waren zu verbohrt, um sich von einem Tag auf den anderen zu ändern, und es bestand immer die Möglichkeit, dass Kadesh zurückkehrte. Aber heute Nacht war er von Ishar besiegt worden und sein Schatten war aus den Herzen der meisten Menschen verbannt worden.

Gemeinsam mit dem Mann an ihrer Seite und dem Kind in ihren Armen wollte Dayana einer glücklichen Zukunft entgegenblicken. Sie würde weiterkämpfen, für ihre Liebe, für ihren Sohn und für das Volk Sulakans, zu dem sie sich heute verbundener fühlte als gestern.

ENDE

NACHWORT UND DANKSAGUNG

Als ich ›Wüstenruf‹ schrieb, wusste ich gleich, dass es einen zweiten Band geben sollte. Obwohl die Geschichte um Dayana und Falk abgeschlossen war, gab es noch viel zu erzählen. Ich wollte über dieses faszinierende Wüstenreich schreiben. Das hat mich die ganze Zeit nicht losgelassen, daher fragte ich beim Verlag an, wie es mit einem zweiten Teil aussehen würde, und man hat zu meiner Freude zugesagt.

Die Geschichte zu schreiben, war hingegen nicht so einfach, weil alles im Moment zusammenkam. Ein weiteres Lektorat, der leichte Druck, Band zwei noch besser zu schreiben. Aber ich bin drangeblieben und das Ergebnis stellt mich mehr als zufrieden. ›Wüstenerbe‹ empfinde ich als einen krönenden Abschluss dieses Liebespaares, was jedoch nicht bedeutet, dass ich mit Falk und Dayanas Welt fertig wäre. Hierzu habe ich noch unzählige Ideen im Kopf.

Geholfen haben mir beim Schreiben zwei Personen.

Meine Lektorin Martina König, die superlieb und verständnisvoll ist und mir mit ihren Ratschlägen mehrmals aus der Logikpatsche geholfen hat. Ihr findet sie unter: www.lektorat-sprachgefuehl.de

Dazu kommt meine Testleserin Luna, die den Blog ›Books – The Essence of Life‹ führt. Obwohl sie ein kleines Baby daheim hat, hat sie sich die Zeit genommen und gelesen. Das ist eine beachtliche Leistung! Daher möchte ich ihnen, aber auch meinen Lesern danken. Mir geht das Herz auf, wenn ich eure Rezensionen entdecke und nachvollziehen kann, wie ihr euch beim Lesen gefühlt habt. In diesem Sinne sage ich euch allen ein ganz liebes Dankeschön. <3

DIE MACHT DER GEFÜHLE

TAUCH EIN IN ROMANTISCH-FANTASTISCHE GESCHICHTEN.

#IMPRESSBOOKS

ALLES VON IMPRESS HIER:
IMPRESSBOOKS.DE

DIE MACHT DER GÖTTER

Asuka Lionera
**SON OF DARKNESS 1:
GÖTTLICHES GEFÄNGNIS**
ISBN 978-3-551-30227-4
Softcover
Auch als E-Book erhältlich

**Die ehrgeizige Archäologin
Emma** verirrt sich während einer Expedition in das höhlenartige Gefängnis eines riesigen schwarzen Wolfs. Sie befreit das Tier und steht plötzlich einem göttlich gut aussehenden Fremden gegenüber. Emma ahnt nicht, dass sich um ihn eine zerstörerische Prophezeiung rankt ...

Aurelia L. Night
**DIVINE DAMNATION 1:
DAS VERMÄCHTNIS DER MAGIE**
ISBN 978-3-551-30246-5
Softcover
Auch als E-Book erhältlich

Tivra ist eine begabte Hexe aus dem Zirkel der Deva. Doch durch ein Missgeschick lässt sie auf einer Mission in den Ruinen eines alten Tempels versehentlich die Göttin der Zerstörung frei. Aus der Not heraus erfragt der Zirkel die Hilfe eines Rudels von Gestaltwandlern und Tivra muss mit ihrem mysteriösen Anführer zusammenarbeiten.

WWW.IMPRESSBOOKS.DE

GÖTTLICHE GABEN

Francesca Peluso
DAS MAL DER GÖTTER 1: BERUFEN
ISBN 978-3-551-30242-7
Softcover
Auch als E-Book erhältlich

Andreas Dutter
CAMP DER DREI GABEN 1: JUWELENGLANZ
ISBN 978-3-551-30085-0
Softcover
Auch als E-Book erhältlich

Im Land Sirion erwählt der Sonnengott alle fünfzig Jahre einen neuen König. Dessen Pflicht ist es, sich eine Braut aus dem Kreis der Priesterinnen zu nehmen. Celeste ist eine von ihnen, aber sie möchte ihre Freiheit nicht aufgeben. Und auch Nathaniel ist wenig begeistert von seiner Rolle im Spiel der Götter.

Fleur erfährt, dass magische Fähigkeiten in ihr schlummern. In einem Ausbildungscamp für Menschen mit Begabungen soll sie lernen diese zu beherrschen. Dass sie dabei auch dem gut aussehenden Theo näherkommt, könnte sich jedoch als gefährlich herausstellen …

WWW.IMPRESSBOOKS.DE

ROMANTISCHE FANTASY
IN DÜSTER-DRAMATISCHEM SETTING

B. E. Pfeiffer
CHASING DARKNESS.
DAS HERZ EINES DÄMONS
ISBN 978-3-551-30241-0
Softcover
Auch als E-Book erhältlich

Christina Hiemer
MENTIRA 1:
STADT DER LÜGEN
ISBN 978-3-551-30233-5
Softcover
Auch als E-Book erhältlich

Jenna Wood
DIE BLACK-REIHE 1:
BLACK HEARTS
ISBN 978-3-551-30205-2
Softcover
Auch als E-Book erhältlich

Alana ist eine der begabtesten Dämonen-Jägerinnen im ganzen Königreich. Sogar dem Herrscher imponieren ihre außergewöhnlichen Fähigkeiten. Doch ausgerechnet sie soll einen Halbdämon heiraten, um den Jahrhunderte andauernden Krieg zwischen Menschen und Dämonen endlich zu beenden.

Melia ist ein Mitglied der Ruína und als solches ist die Wahrheit tief in ihr verwurzelt. Doch außerhalb der Stadtmauern Mentiras liegt eine Welt, in der Lügen und Betrügereien zum Alltag gehören. Hier trifft sie auf Jaron, einem Verstoßenen. Obwohl sich Melia der Gefahr bewusst ist, schenkt sie dem Mann mit den stechend grünen Augen ihr Herz …

Ezra ist eine Todesfee, eines der seltensten Geschöpfe in dieser Welt. Als solche schwebt sie in größter Gefahr. Auf einem Internat für magische Wesen soll sie lernen, ihre Fähigkeiten zu kontrollieren. Ihr zur Seite gestellt wird der ruhige und verschlossene Bodyguard Zero Fox – eine völlig unnötige Schutzmaßnahme, findet Ezra und versucht ihm bei jeder Gelegenheit zu entkommen …

WWW.IMPRESSBOOKS.DE

Impress
Die Macht der Gefühle

Alle Rechte vorbehalten.
Unbefugte Nutzungen, wie etwa Vervielfältigung, Verbreitung, Speicherung oder Übertragung, können zivil- oder strafrechtlich verfolgt werden.

Impress
Ein Imprint der CARLSEN Verlag GmbH
Juli 2020
© der Originalausgabe by CARLSEN Verlag GmbH, Hamburg 2020
Text © Christina M. Fischer, 2020
Lektorat: Martina König
Umschlagbild: shutterstock.com / © wtamas / © Anna Poguliaeva/
© Vandathai / © Ersler Dmitry
Umschlaggestaltung: formlabor
Satz und Umsetzung: readbox publishing, Dortmund
Druck und Bindung: CPI Books GmbH, Birkach
ISBN 978-3-551-30289-2
Printed in Germany
www.carlsen.de/impress

Alle Bücher im Internet: www.carlsen.de